中国电影艺术家传记丛书

平常人生

秦裕权 著

中国电影出版社

2020·北京

图书在版编目（CIP）数据

平常人生/秦裕权著. —北京：中国电影出版社，2019.12
（中国电影艺术家传记丛书）
ISBN 978-7-106-05046-7

Ⅰ.①平… Ⅱ.①秦… Ⅲ.①中国文学—当代文学—作品综合集 Ⅳ.①I217.2

中国版本图书馆CIP数据核字（2020）第004972号

平常人生

秦裕权 著

出版发行 中国电影出版社（北京北三环东路22号）邮编100013
电话：64296664（总编室） 64216278（发行部）
64296742（读者服务部）E-mail：cfpbjb@126.com

经　销 新华书店
印　刷 中国电影出版社印刷厂
版　次 2020年4月第1版 2020年4月北京第1次印刷
开　本 710×1000 1/16
印　张 28.75
插　页 2
字　数 410千字
定　价 99.00元

父亲、母亲和我

母亲、姐姐和我

上初中

上高中

在中南部队艺术学院

和妻子、儿女在一起

和小外孙、小孙子在一起

目　录

第三部分　叙事诗

第四部分　童话

第五部分　电影剧本

第一部分

平常人生

父母家乡

父 亲

父亲生于1908年农历十一月二十二日，名光灿，字梦贤。三岁左右丧父丧母，由其姐姐抚养长大。

我能清晰记得的是我八九岁以后即父亲30岁以后的情况，再早的，就不大清晰了。

此时，父亲已经身有残疾，二十多年以后，我才知道，他患的是帕金森综合征。这种病的症状是：在一般情况下，神情呆滞，手脚或全身轻微颤抖；严重的时候，则坐立不稳；酒后或受了什么刺激，症状就更严重，甚至说不出话来。

父亲年轻的时候曾念过书，大概有当时的初中水平。我姐姐丙初是1926年即父亲18岁时出生的，由此估计，父亲在十六七岁时就结婚了。母亲是我父亲的亲表妹，即祖母的侄女，外婆即是父亲的舅母。我于1930年出生，是父母的第三个孩子，在我之前出生的一个哥哥很小就夭折了。

父亲的病是怎么得的呢？他曾告诉我，他年轻的时候喜欢争强好胜，常跟别人摔跤、掰腕子，也许受了什么伤，后来就渐渐发现患了这个病。当然，这只是他自己的说法，未必科学。

从我记事时开始，父亲吃饭的时候总是由别人给他喂饭。先是姐姐，后来是我。喂饭的用具是一个金属的小调羹（当时有一种瓶装的鱼肝油，包装盒里就附有一个可能是铝制的小调羹），姐姐或我，常常用这样一个小调羹一口一口地给父亲喂饭。父亲有时不耐烦，想要自己拿筷子吃饭。可是，总是不行。我有时给父亲喂饭，时间长了也会有点不耐烦，但我总能耐着性子把饭喂完。姐姐当然就更有耐心了，常能非常耐心地把饭喂完。

父亲有时也抽烟，但抽得不多。我在家的时候，碰上他要抽烟，如果抽的是旱烟杆，我就给他装烟、点火。后来姐姐工作了，从城里买回纸烟来，我就给他点纸烟。父亲晚饭时如果菜比较好，间或也喝点酒，但酒后晚上睡觉时小解往往就不顺畅，我要搀着他在尿桶边站许久才能完事儿。

父亲虽然有病，但仍能看书，他看的主要是章回小说和医药书，我在家时见到的书有《水浒》《三国志》《东周列国志》《彭公案》和一些记不得名字的医药书。

父亲病魔缠身，但对我们仍很疼爱关切，只要他的病情稍微好一点儿，就会和我们谈天、散步或玩儿，我至今还记得父亲和我在村子北面的草地及大路上散步和聊天的情景，也还记得他怎么给我讲《西游记》的故事和鬼故事，更记得他怎么跟我玩“韩信点兵”和夜里躺在床上让我猜谜语，做“斤求两”“两求斤”的算术的情景。（父亲让我猜过的字谜有：“上又在下，下又在上，但且在下，不可在上。”“有水可种莲花，有土可种桑麻，有人不是你我，有马走遍天涯。”“上头去下头，下头去上头，两头去中间，中间去两头。”“左看三十一，右看一十三，合起来一起看，三百二十三。”“三人同日去观花，百友原来是一家，禾火二人同凳坐，夕阳底下一双瓜。”“紫金山被风吹倒，长江里滴水不流，凤凰桥鸟已飞去，杏花村又无木林。”等等。当时用旧秤，每斤十六两，那么，知道多少钱一斤以后，其若干两是多少钱呢？那计算的口诀是：一六二五，二一二五，三一八七五，四二五，五三一二五……即一两等于一斤的0.0625的价钱，二两就是0.125等。）

给我留下深刻记忆的，是父亲对我说过的几句话。一个初秋的晚上，我和父亲躺在一张床上，床上有帐子，有被褥，父亲就带着感慨地对我说："啊，天有点凉啦！要晓得，有一些人家，夏天没有蚊帐，冬天没有被子……"

父亲看过一些医书，略懂一点中医知识，但我从未见他给人开过药方。我们生病，也总是请医生开药方。不过，药买回来以后，父亲总要把药包打开，把药仔细地辨认一番，有时也顺便告诉我们一些药的名字。我长大点以后，有一天，他告诉我说，他想起了一个"万应九钱方"（也许是他构思的，也许是他从哪本书上看到的），并把那个"九钱方"告诉了我。那方子是这样的：广陈皮钱半，川星朴钱半，云茯苓钱半，漂白术钱半，姜半夏钱半，炙甘草钱半。我没有试用过这个方子，我想，这大概是一个平和的、有益无害的方子吧！

父亲在村里是数得着的几个文化人之一。人家有什么字不认识，就来问他，写信件什么的，不知道格式也来问他。他也是村里为数不多的几个会下象棋的人之一。此外，父亲似乎还知道一点占卜术之类的东西。我曾见有乡亲来找他，说某某肚子疼之类，父亲就掐指一算，然后说，在什么地方放一碗水，等等。但我没有见到这个办法的效果如何，没有人来说很好，谢谢他，也没有人来说不好！

我还见父亲和邻里的年轻人玩过一种游戏，这种游戏，从并不常玩和玩时的神情看，似乎颇有点儿神秘。游戏是这样的：在屋中间，扣一个普通的瓷碗，然后，将一张八仙桌翻过来，置于那朝上的碗底之上，居中，使其保持平衡。然后，让四个年轻人分别扶住桌子的四条腿，并告诉他们：桌子动，你们也跟着它动；它动得快起来，你们就跟着它跑，不然，就会把你摔倒，一直到我喊"停"，你们才能停下来。果然，不一会儿桌子就真的慢慢转动起来，四个年轻人就跟着它走，接着，桌子很快地旋转起来，年轻人就使劲跟着它跑，越转越快，越跑越快……一直到父亲高喊一声"停"，桌子才停止了转动！这个游戏的奥秘，今天想来，可能主要是某种心理作用。

由此看来，父亲因为有时间看闲书，他的学问是很杂的，如果他有可能看到更多的书，一定是一个杂学家。

父亲对我们很和蔼很疼爱，很少斥责我们，就像朋友那样平和相处。因此，他有时候也给我们讲一些他小时候淘气的故事。记得有一次他曾说，他小时候，常和我三舅四舅（他的表兄弟）一起玩，有一次，三舅用树根做了一个小烟斗，他见了很喜欢，于是就一把抢了过来，三舅怎么抢也抢不回去，没办法，三舅只好把烟斗给了他。

我12岁以后，到桂林读中学，每年寒暑假才回家，和父亲相处的时间就少了。给父亲喂饭的任务，就交给了妹妹壬赐、弟弟裕柄（裕柄下面还有一个弟弟，叫裕民，四五岁时也夭折了）。

1949年11月23日，我参军入伍之前，曾回家住了一宿，第二天一早，我离家时，父亲曾送我到村外，一直到我上路。

1959年，父亲曾到北京来过一次，为了看我，也为了治病。当时，曾去打过梅花针，也曾去协和医院。协和医院的医生告诉我，他的病叫帕金森综合征。医生开了药，父亲吃了，手便不颤抖了（因为药是抑制性的），父亲很高兴，激动地对我说："我们登报鸣谢吧！"（"鸣谢"这个词儿，当时几乎不用，好在我还知道这个词儿。）可等药的抑制性能过去以后，他的手仍有些抖。但总的来说，情况要好得多。

由于当时的客观情况和我个人的能力有限，更由于我还不很懂事，父亲的吃住都安排得不大好，更很少带父亲出去玩儿，好像只去过一次动物园。

几个月后，好像是9月初，就由姐姐来北京把他接回去了。临行前，我和腹中怀着赞赞的陶筠搀送，陶筠不小心绊了个趔趄，半跪在地，姐姐风趣地说："好！给爷爷磕头啦！"这是还在母腹中的孙女儿给爷爷叩的第一个头，也是最后一个叩头。

父亲回乡以后，我还按时给他寄药……

父亲于1962年去世。

母　亲

母亲姓蒋，名玉英，亦名玉谷，生于1909年农历六月二十九日，本乡堡里村人。

母亲本是父亲的表妹，因父亲自幼父母双亡，他的舅母（我的外婆）就把二女儿嫁给了他。

自我记事时开始，就看见家中的一切事情都由母亲一手操持。

我家的主要经济来源是靠祖传的50亩左右田地，其中10亩自己耕种，40亩租给别人种，每年的收入大约有8000斤（旧秤）谷子。

母亲的家务繁杂，难以尽述，略记如下：

每隔三天，赶圩之日，母亲就请人挑一担谷子到圩上去卖，以取得现金并买回一些日用品。

平日，吃的方面，一是舂米。阴雨天或不须外出干活的日子，母亲就请人并参与舂米，一两天下来，可得净米一缸，够一家人吃一个月左右，同时，也准备一些糯米。二是准备各种杂粮，如花生、黄豆、绿豆、玉米等，或自种，或购买。三是菜蔬，主要是自己种（种在菜园或田埂上），有青菜、白菜、扯根菜（菠菜）、菠菜（一种生菜）、南瓜、冬瓜、黄瓜、苦瓜、水瓜（丝瓜）、茄子、辣椒、长豆（豇豆）、四季豆（扁豆）、娥眉豆（形如眉）、萝卜、芋头、小葱、大蒜等。当然，每天还要做三顿饭，此外，一定的时候要包粽子、做粑粑、蒸年糕。

穿的方面，别的不说，只说穿鞋子吧：母亲每年起码要做十几二十双布鞋。其程序大致是这样的：秋冬季节，将麻用手指甲劈细，然后搓成麻线，积到一定数量，就用稻草灰滤出碱水来将其煮洗漂白，然后才能用来纳鞋底。鞋底则用许多碎布叠成。做鞋面亦得先准备布壳，即用米浆将布浆一下，铺平晒干，这样才能剪成鞋面型。再经若干工序，才能做成一双鞋子！

此外，就是日常的洗衣服，冬天做腊肉，新春请客人，等等。

母亲当然也要打扮，除大家常见的化妆以外，我还见过她“做脸”（即请人用线绞去脸上的汗毛。那动作是这样的：取一根线，一头用牙咬着，一头捏在手里，另一只手叉在线中段，拧两拧，使其成剪状，操纵线，使其中的纽绞处前后移动，从而绞去汗毛）。这是母亲和邻里、姑嫂们交往闲聊的最好时候，也是她显得最清闲的时候。

母亲是村里更为少有的女知识分子，大概是和父亲同一时期到桂林上的学，写字、作文都相当好。她常和我们一起唱歌，给我们讲故事。我记得最早的是她唱的《花弄影》，后来，姐姐抄回《可爱的家》等歌，她就常和我们一起唱《可爱的家》。我还记得她一边给我们讲故事一边唱桂戏，讲的是刘邦去寻找张良的故事：张良（因为什么，记不清了）避居山野，刘邦去找他，唱道："寡人抬驾到荒山，不见贤人独见庵；日映桃花真耀眼，风吹竹叶透人寒；炉中炼药灰犹暖，桌上题诗墨未干；琴棋书画依然在，子房何处把身安！"刘邦在茅屋里没有找到张良，出来，却见张良站在山野里，于是便追了上去。张良见刘邦来了，跑过一道小桥，便成仙去了！我们因为喜欢听这一段唱，所以常要求母亲唱这一段。

母亲对我管教比较严，常教我要"争气"，我如果有什么做得不好，就责骂我"不争气"！我十四五岁时（当时日寇侵占桂林，我辍学在家），有一次，母亲要我上山割茅柴，我去了一会儿，就回来了，不愿干，母亲一生气，就用棍子打了我一顿！

我到桂林上学以后，和母亲相处的时间也就少了；参军以后，就没有再见过母亲。但我给家里写信，则总是由母亲回复的，因此，母亲的声音，似乎比父亲的声音还更多地留在我心间。

1954年，我从母亲的信中知道，母亲患病：尿中常有米粒大小的异物。在当时的情况下，我没有能力也没有知识和经验可以帮助母亲治病，只能劝她到县里、乡里的医院去看……

母亲于1955年去世。

母亲去世时，有她的妹妹（君慈姨母）在她身边。1980年，我见到慈姨，慈姨详细地给我讲了母亲去世时的情状。我不忍在此记述。

高岑村

我们村叫高岑村，是兴安县高尚乡所辖的一个小山村。它的地理位置是这样的：西靠大山，大山之后约60里是灵川，西南约90里是桂林、临桂；南面亦是山，山外30里是海洋坪，此地被称为湘漓二水之源；北面是丘陵和平地，至县城兴安约60里；东面视野广阔，10里外能见零星石山，再放眼50里外能见大山脉，我至今不知那叫什么地方，查地图，地图上赫然标着"海洋山"！

我们村的小环境是这样的：村后约50米是松林，正西约200米有一座形如铜铃的山叫铃子山，西南约200米有一座椭圆形山叫木鱼山，再远1000米是水源山，有涧水从西南及南面流下；东面为村门，有路往东延，一里许即逢南下之山涧，二里可达邻村鲁家，三里可至乡政府所在地高上田；村北是松林，一里许有河自西向东流。（此河与来自海洋坪的河水汇合后，流向兴安，亦成湘漓之水源。）

我们村约有50户人家，绝大部分都姓秦，只有两户外姓人。姓秦的都出自一个祖宗——秦隆兴。秦隆兴有五个儿子，下传为我村五房人，我是第十五代。据说，秦隆兴原籍山东，三四百年前来此（秦隆兴有墓，墓碑上当有记载，惜年轻时没有很好拜读）。秦氏家谱为："隆宗鼎居信，世运竟国昌，怀佩增光裕，崇贤立守邦。"有的房曾把"信、世、运"改为"廷、深、先"。

我的祖父叫增芳，曾祖父叫佩瑛，太祖父叫怀勋。

秦姓的人家除作为邻居以外，当然还有一定的宗族联系：有一点共有的山林、田地，有一个祠堂，还有两种重要活动："会众"和"祭祖"。祭祖，就是每年清明节，全部秦姓子孙都来到秦隆兴墓前，烧香、磕头、扫墓，然后一起吃一顿饭。会众，就是秦姓的人们有什么事要商量，就每户出一人（多为户主），到祠堂前，先吃一顿饭，然后就商量事情。祭祖和会众，都由族中长辈主持。

我们家的这一房是大房（长房），人丁兴旺，我这辈人中，姐姐是最早出生的，我在男孩子中排行第三。村里有些很小的小孩，论辈分我却该叫他们"爷爷"。

50户人家中，有50亩左右田地的约有5家；完全没有或只有很少田地的约有15家；其余多为只有几亩或十几亩的人家。除我家以外，有较多田地的人家，田地多由自己耕种，因为他们有劳动力，不像我们家，父亲患病，已基本丧失劳动能力。

村里的房屋多为砖墙木结构瓦房。我家和叔公家相连的房屋在村里是比较好的。其布局是：大门前是石板坪和花岗石台阶，进门后是叔公家的前堂屋和侧屋，然后是天井和厢房，再后是我们和叔公家共有的正堂屋和侧屋，堂屋中有神龛，神龛后是过渡性的后堂屋，然后是我家的天井，再后是我家的正堂屋、神龛、后堂屋。还有一些侧屋有门与正屋相连，是舂米、养猪牛的地方。

屋后是我家的菜园，种有各种各样的蔬菜。还有两棵长势喜人的石榴树，一棵枣树，一棵香椿树，还有柚子、柑子树，还曾有过无花果。此外还有一块空地，铺上竹席就可以晒谷子。

我太祖怀勋是清末进士。我的父辈中念过书的只有我父亲、堂叔和另外一两个人。我辈中，女孩子能出去念书的只有我姐姐和妹妹，男孩子能到桂林念书的只有我一人。村里有一所小学校，孩子们多在那里读一两年书。

怀勋的“进士”匾和在村前竖立的“夹石”，似乎是我村的传统文化的唯一标志。红底金字的“进士”匾高挂在祠堂里，“夹石”则孤傲地竖立在村前的田埂上。夹石，是一对成双而立的碑石，形如并列的两个H；碑石高约200厘米，宽约50厘米，厚20厘米左右；两块并立，间距约20厘米；这对双石碑相距约20米，形状类似天安门前的华表。夹石上刻有文字，记载着为谁而立、什么时候立的，等等。我在别的地方也见过一些进士匾和夹石，但都没有怀勋的那么气派。我还在我家楼上的一个专门的竹筒里见过一个“顶子”（清朝官员戴的那种帽子），我还拿它戴了一戴呢！我们和叔公家共有的堂屋上也挂有三块匾额，其年代似比怀勋的“进士”匾更早，可惜我记不清它们的内容了。我家的堂屋里，跟别人家一样，也有对联。但我大多不记得了，只记得一副：“得山水清其人多寿，饶诗书气有子必贤”。我现在想，为什么只记得这一副呢，看来，主要是由于它通俗易懂，内容也好，有文化意味，因而有感染力，能让人记住。

我们村的一些带有文化或民俗意味的事情，我在《看不见的礼物》（后结集为《冰珠》）一书中已写到一些，例如“送老鼠”“新娘子挑水”之类。此外，值得一记的还有“送郎”和“闹丧”（一种结婚时唱歌、死了人也唱歌的风俗）。

送郎，是在结婚的晚宴尚未结束之前，一部分调皮的年轻人就抢先进入新娘子所在的新房里，然后拴上门栓，不让吃完饭后的新郎和其他想闹洞房的人们进来，于是，后来的人便唱起歌来：“送郎来（罗嘛）送郎来（罗嘛里连罗连），送起郎来门要开（呀罗累罗累）……”这样，就隔着房门，里外对起歌来！一般总得要对唱、笑骂一两个时辰，里面的人才会开门放新郎和外面的人进来，一起闹洞房。

闹丧，是某家有人去世之后，便将死者封闭在棺材里，放在堂屋中。晚饭后，就有人来闹丧，来的多为青壮年人。开始，由一人打鼓，打一阵后，就有人开口唱。唱的多为一种字谜似的词儿，唱一句，打一阵鼓；唱完一个以后，鼓打得长一些，然后再唱另一个。那歌词最常见的是："一点一横长，一撇撇东方，十字对十字，日头对月亮！"（繁体的庙字）"一点一横长，二字口四方，牛仔想打架，角仔没有长！"（繁体的许字）等等。还有唱这样一个字的："一点一横长，二字口四方，两边挂绞绞（绞丝），中间马大王，左一长，右一长，心字底，月字旁，打个金钩挂衣裳（戈）！"不知是哪位天才发明了这个复杂而奇特的字！它有时会出现在某处的白粉墙上，曾有人告诉过我它念什么音，好像是念"béng"，但我记不清了！午夜以后，就要唱长歌，可惜，我从未坚持到过午夜，因此，从未听到过长歌，也许，它会是某种史诗或故事吧！我不知是从谁那里听到过一个也许是长歌也许是山歌的开头，那词儿是这样的："竹叶青，竹叶落在海当心，谁人拾得竹叶起，我拿竹叶起个音……"这词儿，不是很有点儿味道吗！

我们的方言，例如，"吃饭"的发音是yebei，"念书"的发音是nueshou，等等，人们称之为土话。方圆十里左右的人会听会说，再远就不行了，就又有别的方言了。人们对自己的方言有一种亲切感，如果有人外出了若干年，回来以后就不讲土话，而大讲"官话"，就要受到嘲笑或批评。有一个带有讽刺告诫意味的故事是这么说的：有一个年轻人外出了几年，回来之后，和父亲一起走在路上，走到一块荞麦地旁边，就用官话问父亲说："这红梗子开白花的，是什么东西呀？"父亲听了，一生气，就把他按倒在荞麦地里，使劲地揍起来。这时，那年轻人连忙用土话大声喊道："快来呀！快来呀！荞麦地里打死人啦！"他父亲听了，冷笑着说："啊，你现在，土话会说了，荞麦也认识啦！"

我们村北边的那条河，夏季雨水多些，河水经常约有30米宽，最深处约有两米深，常常清澈见底，河滩上都是粗沙和鹅卵石。这是我小时候玩耍、游泳和抓鱼、钓鱼的好地方。

村西面、西南面的山野，松林、蕨草茂密，是我小时候捡松果、扒松毛、捡菌子的好地方。

村东面、东南面的田野，我在那里割过禾、放过牛、抓过泥鳅。记得有一次我在东边山涧旁的水沟里抓泥鳅，搬石头时，不慎把右脚大拇指的指甲砸坏了，立即哭喊起来。正在涧东边劳动的一位鲁家的伯伯听见了，立刻跑了过来，并从身旁的灌木上捋下一些树叶，放进嘴里，嚼烂了，敷在我的脚指头上，然后，从衣襟上撕下根布条来，裹上……没多久，伤就好了。后来，这位伯伯在我们村前见到我，还询问我脚好了没有呢！

给刘劭的十八封信

——我的人生简历

我出生于1930年农历六月十六日。

我把1941年之前（含1941年）的日子称为我的童年。

现在还能记得的最早的童年的事情有两件：

一是大概在四五岁的时候，我曾自己搬了一张板凳到村里的一户人家去，那里可能是一个私塾，我可能算是上私塾了。但在那里学了多久，学了些什么，却一点也记不得了。

二是大概在我五六岁的时候，我生过一次病。不知道是得了什么病，躺在床上有两个月左右，浑身软绵绵的，一点力气也没有，但是，头不疼，肚子也不疼。

到了六七岁，我能记得的事情就多些了，当然，首先是家里的事情，和爸爸妈妈有关的事情。这些记忆，有些已记述在“父母家乡”一节里了，其他一些，则都记述在后面的“山乡见闻”一节里，这里就不重述。

1942年，我可以算进入了少年期，这以后的经历，就记述在下面我给刘劭（我沾亲带故的同乡，1947年在桂林国立汉民中学的同学）的信件里。

一

刘兄：

按照约定，我向你叙述我的一些生活历程。

1942年前，我先是在村上的小学读初小，后到乡的中心小学读高小。

1942年夏，我小学毕业，但没考取中学。那时，我姐姐已经在两江儿童教养院工作，便由姐姐把我带进了儿童教养院。

记得是一个闷热的上午，我们上了一辆以烧木炭为动力的公共汽车，就出发了。那是我第一次乘公共汽车。路况极差的黄泥碎石公路，到处是泥洼水潭，汽车像老牛似的爬行，走走停停，坐在汽车里，很不舒服，一直想吐。经过约3小时的折腾，终于到达两江。

两江，是李宗仁的家乡。两江儿童教养院由郭德洁创办。教养院占地面积不小，比你我后来所在的汉民中学的面积还要大。教养院主要收容从沦陷区流浪来的无家可归的儿童和抗日阵亡将士的子弟。

据资料记载：当时教养院共有难童一千余人，教职员七十余人。难童共分为九个大队：一至五大队为男生大队（8岁以上）；六、七大队为男女混合大队（8岁以下）；八、九大队为女生大队。

我到达的第一天就被分配到四大队。记得当晚在宿舍前列队点名之后，队长就把我带进宿舍（很大的宿舍，都是上下两层的床），并发给我衣服、草纸等。

教养院的孩子们是半天学习、半天劳动。我最初是在一个相当于高小的班学习，劳动是挖土、抬土（挖一个很大的池塘，并用挖出的土去填平一处洼地）。后来升入一个相当于初中的班，叫“农一班”，劳动也改为到农场去劳动了。一直到1943年秋我考入桂林立达中学，在教养院的时间是一年多一点。

那一年是我第一次走出家门和一般的学校之门，走进大社会的一个开始，留给我清晰印象的事情比往年要多得多。

一是学习方面：我到院里后不几天，就参加了一次在院后门围墙边野草地里召开的分小组的学习会，每小组大约是七八个难童。这是一种时事性、政治性的学习。一些老资格的难童见多识广，说了一些使我感到很新鲜的话。例如，我至今还记得这样的话：“敌人只能占领我们的点，不能占领我们的线，即使能占领我们的线，也不能占领我们的面……”这是对当时抗日形势的分析性语言，新中国成立后，我才从“毛著”里读到这样意思的词句。可是当时说这话的是一个十来岁的孩子！在课堂学习中，难童们多半也是很努力、很出色的，许多难童后来都考入了比较好的学校。我在“汉中”时所在的初28班的同学中，就有五位曾在教养院学习过。那里还有一个借阅图书颇为方便的图书馆，我曾借阅过一些书，但是些什么书，记不清了。

二是劳动方面：最初的挖土、抬土，十岁左右的男孩女孩，挖的挖，挑的挑，抬的抬，已显出一种十分紧张的、努力干的气氛；后来到农场劳动，则更是争先恐后了！农场离院部约有两三里地，下午下了第一节课后，一些同学就使劲往农场跑，主要是为了抢先拿到一些好一点的农具，以便能更好更快地把活干完！当时农场种有大片的蔬菜、西瓜，十分逗人喜爱！这样的环境，自然对我也是一种锻炼。

三是文娱、体育方面：我还记得一次文艺晚会上的节目是我以往没有见识过的。有一个歌舞节目，由七八个女孩子演出，她们身着纯白的衣裙，边唱边舞：“一样的月亮，一样的月亮，月亮下面是故乡，故乡啊，在后方，邻家的好孩子可有歌唱？水天牧草（此四字记不准）可是如常？一样的月亮，一样的月亮，月亮下面是战场……”还有一个节目，好像是一个单人说唱表演，说的是一个抗日游击队员，如何打击敌人，并缴获了一支驳壳枪。

平日里唱的歌也颇有战斗气息。我记得有一首《大青山》：“大青山，草色青，大青山上马成群。啊，马成群，兵成林，要把敌人赶出境！大青山，草色黄，铁骑纵横敌后方。啊，敌后方，兵马壮，统一和平有保障！”教养院的院歌《我们是宝山下的一群》（教养院依山而建，山名宝山），则是以延安“抗大”校歌的曲调填词的。这些，对我都是一种文艺的启蒙。

难童中，有不少孩子的毽子踢得特别好，各种动作、技巧都是不一般的，如让毽子停在头顶、停在鞋底上，等等。每到下午，降旗之前，神毽手们就在操场上比武、对抗，引得众难童将他们团团围住，喝彩、鼓掌，欢笑声不断！

两江附近有机场，常有敌机来袭。每有警报，难童们就躲进宝山半腰的岩洞里。一次，似有空战，只见一架日寇战机呼啸着从宝山腰间、我头顶上二三十米的低空掠过。我第一次如此近的看到敌机，听到它的嚎叫！

宝山山石质地较软，且有各种颜色的花纹。难童们拿它到井边打磨，磨成各种大小的彩色图章型材或圆球，圆球叫做弹子，既可用它们做打弹子的游戏，亦可作为一种收藏。

每当郭德洁驱车前来，难童们就夹道欢呼："妈妈来了！妈妈来了！"这一天，食堂必定会给大家加菜。

至今，教养院出来的难友们见了面，仍很怀念那一段生活，认为那是一个熔炉，给了我们最初的熔炼！

祝健康，愉快！

裕权

2003年2月2日

二

刘兄：

2月17日信收到。

你说，"这类东西是否总要给后人昭示些什么"，很对！我的想法是：有些东西的含义，可以用话语加以点明；有些东西，事实本身就能说明。后人们如能作些思考、对比，自然会有所领会的。而且，我这是平常人生，先平平实实地把事实记录下来，记录过程中如有什么进一步的感悟，还可以在以后补进去。至于你的写法，我想，你会按你的习惯和想法行事！愿你继续如此地给我点出问题。

下面，我继续叙说。

1943年秋天，我考入桂林立达中学，念初中第一学期。

立达中学位于漓江东岸中正桥下南侧，校舍大概原是一个会馆之类的处所，宿舍则分散在民房内，条件很差。我在那里只读了一个学期，可说的事儿不多。

记得和两位同学一起演过一个讽刺喜剧《半斤八两》，在一进校门的戏台上演出的。

音乐课，老师曾教唱《本事》，歌中有一句“风在林梢鸟在叫”，而班上有一小女生名叫林家笑，于是，我们便故意把这一句唱成“风在林家笑鸟在叫”！

还有过一次新年联欢之类的集会。会上有灯谜，其中有一条，谜面是“千呼万唤始出来（打一同学名）”，猜出的谜底是“陈步昂”。陈步昂是当时高中部一个比较引人注目的女生。也许是此谜出得不错，也许是步昂这名字起得不错，所以我把它和她记住了！

此处离我大姨妈的住处不远（“香港沦陷”前夕，他们从香港迁居桂林），因此我得以常去大姨妈家，常和健雄、健威玩。当时曼莲在青年中学，健雄、健威在黄花岗小学读书。记得姨爹还曾带我们到乐群路一个影院看卓别林演的《大独裁者》。

那时常有日寇空袭警报。预报时在独秀峰顶上、七星岩山顶上挂一个红灯笼，紧急警报则挂两个红灯笼，警报声为一不断起伏的嘶叫声。此时我们多躲到七星岩，或进入洞内，或在洞外观望、玩耍。解除警报则挂一个白灯笼，声音是平稳的拉长声。

有一件事我一直弄不明白，特提出来请你帮助解释：当时，每天下午四五点，我们常见一个西装革履、魁梧健壮的中年男子，腋下夹着报纸，大步奔走、大声呼叫地卖报：“《中央日报》！《大公报》！《扫荡报》！”似乎健雄曾告诉我说，这人是特务！（健雄一直在城市长大，此类见识比我多）但现在我想：如是特务，为何要如此公开张扬呢！也许他是个办报的人，想借此了解读者的状况？也许他就是一个真正的卖报的人！你春节电话中说，春天将回桂林，和高18班的几位同学聚会。届时，请你把此事提出来问问几位学长，看看他们是否知道底细，是否能做出解释！

我为何要离开立达中学和如何能比较顺利地于1944年春转学进入逸仙中学，已经记不清楚了，也许逸仙中学的校舍、教学条件要比立达中学好一些吧！

我在逸仙中学也只读了一个学期。1944年秋，日寇逼近桂林，人们已开始疏散，下半年学校都不开学了，我也在放暑假回家乡后就没有再回桂林。

在逸仙中学一个学期，留有印象的是：逸仙中学有比较宽阔的操场，上体育课或课余可以踢足球，我也第一次尝到了踢足球的乐趣。当时我们班踢球时，常是广西籍、广东籍的同学各为一边进行对抗！逸仙中学是广东人办的学校，广东籍同学颇多，而“地头蛇”广西籍的同学自然也不少，因此，足球比赛往往就会演变成两广学生的拳脚之战！

逸仙中学离象鼻山不远，入夏，中午或晚饭后小跑几分钟就可到达象鼻山南侧江边。江边有标艇出租，租上一条飞桨逆流而上，半小时可达中正桥下。划艇很畅快，很好玩！有时，足球场上的拳脚之战还会延伸到江心，把对手的标艇搞翻就更富于乐趣！

教我们音乐的姓陈的女老师比较特别，打扮、气质都比较洋气，搽口红，穿闪亮的旗袍！更特别的是，如果我们唱歌用心，会得快，她就留出时间来给我们讲故事。（用德沃夏克的曲子填词的《念故乡》，好像就是那时候学唱的）她讲的故事内容和她讲述的技巧是能吸引住我们的，不然我们不会乖乖地听。我记得最清楚的是她给我们讲的莫泊桑的《项链》，那是真正抓住了我们的心！我至今没有阅读过《项链》，但它的故事情节和含义我却似乎很熟悉。

在逸仙中学的同班同学中，有三位后来成了我的同行。第一位是陈光忠，后来是中央新闻纪录电影制片厂出色的编导；第二位是李坤钱，是“新影”的新闻摄影师；第三位是韦启玄，是中国戏剧家协会常写文章的人员之一，好像当过一个刊物的主编或副主编。

1944年初夏，桂林已经相当萧条。有一天，我走在洋桥往南马路的人行道上，忽见一个美国大兵驾了辆小吉普从北向南飞驰而来，在行人很少的马路上撞倒了一个老百姓后，扬长而去！这是美国大兵给我留下的最早的一次坏印象！此后数十年里，美国大兵给我的坏印象就更多了！国民党及其政权在我这样的中学生心目中不断贬值，除了他们自身的腐败、无能之外，来华美国大兵的坏形象无疑也是一种催化剂！

哦，记起来了，我在家乡上小学的那一时期，我还曾唱过一首歌：“中国省份二十八，广西子弟最刚强，天生会打仗，个个都愿把兵当，扛起枪来上战场，雄壮啊真雄壮，敌人见就要慌，军队和民团本领都是那同一样，打倒一切恶势力，定家邦！”这显然是桂系自我宣扬的一首歌，但其中有“打倒一切恶势力”一语，其意向和抱负还不错嘛！

祝健康！愉快！

裕权

2003年2月20日

三

刘兄：

从1944年秋，日寇入侵广西，直至1945年整整一年，我都辍学在家。

1944年夏末，我暑假回家时，已有国民党军队进驻我村，有十余人住在我家里。他们每天似乎也在备战：在我村周围的山坡上挖战壕，并把我村北面小河两岸护岸的柳树全都砍倒，理由是柳树林挡住了他们御敌的视线，真好像要在这里决一死战似的。但是，不久后的一天，这些军队却一枪未发，突然悄悄地撤走了！

国民党军队撤走后一两天，日军来了。我和父亲便与其他村民一样逃上了山，住进临时搭的窝棚。（我母亲和弟弟妹妹去了离交通线更远的亲戚家里）一天上午，我回家取东西，转回时，刚走上一个山坡，突然见有飞机飞来，我便停下来，坐在茅柴丛中观看。（此处离我村直线距离不到500米）只见两三架国民党军队的美式飞机（可能是美国飞行员，因为听说掉了一架飞机，是美国飞行员，在老百姓的指引下朝桂林方向走去了）向我村内外俯冲扫射，转了一个大圈以后，就往村里扔炸弹。如此扫射、轰炸了两轮，然后就扫射、轰炸我村北面河对岸的另一个小村子。前后约半小时，然后飞去，此后，再也不见回来。当时给我的感觉，那扫射是漫无目标的，炸弹则是扔完了事！至于是否能杀伤敌人，则是很可怀疑的。而老百姓的房屋被炸塌，屋瓦被打了许多窟窿，则是确实的。后来我们发现，我家房屋的一角被砸塌，旁边侧屋的猪栏里则躺着一颗一米多长、比水桶还粗的未爆炸的大炸弹！

几天以后，一天上午，我和父亲在山上的窝棚里说话，忽然闯入两个日本人。他们见我父亲是病人，没有抓他，就把我抓走了。我被他们带到一个窝棚前，见有十余个日本士兵。（没有其他被抓来的人，也许人们早躲起来了，只有我和父亲不知有日本士兵上山）日本士兵们在那里匆忙地吃饭，此时，我本想伺机逃走的，但想到父亲还在那窝棚里，我若逃了，日本士兵会再去抓我父亲，所以我没有行动。过了一会儿，日本士兵吃完饭，一部分向更高的山上走去，有三四个日本士兵便要我给他们挑一挑子搜抢来的粮食往山下走。这几个日本士兵扛着看起来很破旧的步枪，一个日本士兵手里还牵了一头小黄牛。下山后到了我们村前，在一座房屋前停下休息。此时，我又想逃走，但见左右两边都是房屋墙壁，不便逃跑，就又没有行动。休息后继续往东北方向走，到了我们村北面的小河旁边，他们要过河去。过河，要先趟过一条小水渠，然后再走河上的石头坝。我先踏入水渠，渠水深及大腿，日本士兵们后下渠。我一趟过水渠，撂下挑子，拔腿就狂跑：飞快跑过石头坝，到了河对岸，就沿着被砍掉了柳树的河岸一直往上（往西）飞跑；跑了一程，才从上面的另一个石头坝跑回南岸，然后往山上跑！这一阵狂跑，开始我一次也没有回头看，直到上了山，我才回头观看，看有日本士兵追上来没有。虽然没见日本士兵追上来，但我想赶快见到父亲，所以仍然继续使劲往山上跑。

上了山路，没走多远，抬头一看，却见我父亲颤颤抖抖地走下山来了！原来是父亲见我被抓走了，好久没回来，心里悲伤、惶恐，不知所措，便想下山回到家里去！我见了父亲，两人真是悲喜交加！然后我和父亲一起又往山上窝棚走去。

我这次如果没有逃脱，被日本士兵带入他们的部队，那是很危险的。我家对门一家有个和我同岁的男孩名叫庚发，就是被日本士兵抓走了，以后一直没回来！

过了大约一个月，情况逐步稳定下来我们才下了山，母亲、妹妹、弟弟也回来了。

关于日寇，还有两件事，我得记下来：

1945年春，我在我叔公家的堂屋里听人讲：在我乡东南面的大山里，有抗日的游击队。一天夜里，日本士兵来偷袭，游击队员们缺少防备，有几名游击队员被他们俘虏了。日本士兵们竟然用铁丝贯穿了他们的手掌，把他们掳了回来！这一让人听了都毛骨悚然的暴行，让在座的人们都极其愤恨！我的双目失明的叔奶，就十分心疼地感叹说：哎呀！怎么那么不小心呢！就被日本人抓住啦！

夏天（就是日本即将投降之前不久），不知是一种什么军事态势，日本士兵又来了一次。这一次，我们全家都躲避到离我们村很远的一个村子里。但即使这样，有一天还是传来了日本士兵要来的消息。老百姓们于是就赶快往大山上跑。我也挑了一担行李往山上跑。突然，下起暴雨来，狂风、暴雨打得人们头都抬不起来！我看见一个妇女，怀里抱着一个大约不到一岁的孩子，在山路旁哀号："快帮帮我吧！快帮帮我吧！我的孩子都要被灌死啦！"

日寇的暴行、兽行，以及给中国老百姓所带来的苦难，人所共知的真是罄竹难书！上述两件事是我亲闻、亲见、亲历的，也是永久难忘的！

1945年一整年，除上述的有一个月时间再次逃难以外，其余的时间主要是为生活奔忙：我曾挑过自种的白菜、萝卜到集上去卖；也曾帮人家零售花生油；我和母亲还曾拿了我们小时候的衣物到集上去卖。

当然也有余暇：每次到集上去，我都可能站在人群中看一会儿唱戏（桂剧）。在家里，我断断续续地阅读了《水浒传》《彭公案》，似乎还读过《八月的乡村》（萧军著）。

还记得，一天，母亲要我上山砍柴，我去了一会儿，不愿干，回来了，母亲就用棍子打了我。

到了冬天，曾见有人徒步经过我村旁，从西往东走（也许是回湖南等地），有的可能是途中被人抢劫，只剩下一件薄薄的衣衫穿在身上，哆哆嗦嗦地从我村旁跑过，那情景，看来是很可怜的！

当时国家贫弱落后，政府腐败无能所带给老百姓的苦难，我是亲历过的啊！

祝健康！愉快！

裕权

2003年2月21日

四

刘兄：

3月3日信收到。说到我被日本士兵抓住又逃脱的事，那时我14岁，还是个半大孩子，由于考虑我父亲的安全，我没有试图当场逃脱，因此日本士兵没有打骂我。整个过程中，那三个日本士兵都没有跟我说话，要我挑东西也只是发出“哎！嘿！”之类的呼喊声或以手示意，因此，至今我也不能确定那三个是日本士兵还是“伪军”，给我的印象是日本士兵。他们扛的是破旧的步枪，其中一位还牵着一头抢来的小黄牛，我估计他们是三个伙头兵。我在我熟悉地形的情况下突然撒腿狂跑，他们想抓住我是不可能的。至于他们是否放枪了，我没有听见，也不能肯定了。这也算是一个侥幸吧，生活中常有这样的事，如果缺少了某一个侥幸，那生活就可能完全不一样了。同时也说明，紧要的时候，抓住机会冒险，也是有必要的！如果当时我根本不敢跑，那就完了！

下面，我继续我的叙述：

1946年春，我进入德智中学，读初中第三学期，在德智中学学习了一年，两个学期。

德智中学每周一有周会，会前要背《总理遗嘱》，会后要背《青年守则12条》：“忠勇为爱国之本，孝顺为齐家之本，仁爱为接物之本，信义为立业之本……助人为快乐之本……”（记不清了，你能背出来吗？）

在此，我开始读当时风行于我班的剑侠小说《江南大侠》（或《荒江女侠》），还读了徐讦的《荒谬的英法海峡》，也听说过他的《鬼恋》。还知道有无名氏的《野兽野兽》。

有两件险事，提一提：

一是春夏之交，班上外出野餐。游玩时，我骑了同班同学李志强的自行车，在桃花江西岸的堤上飞奔。突然，前方出现了一个口子（因春夏雨水多，人们挖开口子是为了把堤内的水排入河里。这是个上口宽约1米的Y字形口子，其下口宽约20厘米，上面只架了一块普通的红砖），待我发现口子时，已来不及刹车了，只好往前冲了过去！哇，真幸运，自行车居然从红砖上通过了！如果不然，那后果就很难说啦！

二是夏天，记不准我是得了什么病，可能是感冒发烧。我又是骑了李志强的自行车到城里看病。医生可能是给我打了青霉素，然后我就骑车返回。过了丽泽门外老人山东南侧的铁道，坡下路边有一个小铺，小铺前有桌子、凳子，我当时觉得有点无力，便坐到凳子上休息……待我再睁开眼睛，我已是躺在学校宿舍里自己的床上了！李志强坐在旁边拍着我说："我的车呢！我的车呢！"显然，我是在那小铺前晕倒了！至今我也不知道是过了多久，是谁，如何把我送回学校的！在此，只能再次以诚心谢谢那位好心人啦！

惠群也曾在德智中学，似比我低一班，记不得她是何时入校的了。

1947年春我经考试转学进入汉民中学，入初28班，上初中第五学期。年底初中毕业。1948年春升入高中。夏，高一学期结束时，被学校处分：勒令退学！在汉民中学，共一年半。

当时，你、作民、曼莲、健雄、健威均在汉民中学，健威和我同班，健雄比我低班。

这时记得的事情就多一些了：

首先要说的是，有一次，不知是你写了几句什么诗，还是我写了几句什么诗，我们俩曾讨论那几句诗。你还记得吗？

有一次演讲会，是声援台湾二二八起义的。我曾有演讲，那是我第一次上台演讲，但那肯定是很一般的，因为我当时不可能对那件事有什么深刻认识。

脑海中记忆碎片较多的是汉民中学的歌咏、戏剧演出活动：记得同学们曾合唱过《民主胜利》："打倒了民主的强敌，民主胜利，民主胜利！"唱过《插秧谣》："布谷声声，遍地水飘飘。"歌咏比赛中，曼莲唱过《红豆词》，你，是唱过《追寻》吗？演戏《雷雨》，侯启中演四凤，赵灼华还是张国雄演鲁贵。《父归》中有你吗？还是作民？《天字第一号》里是否有郑韵萍？是否还有个全州籍的女同学叫什么娴的？还有个外国戏，不断地争吵："阿乐维草地是我的！"那戏叫什么名字？那两个女演员是谁？

我们班导师、语文课老师，姓张。我曾在他的房间里不知天高地厚地显示自己的毛笔字，给他写了一帧条幅：李后主词《浪淘沙》："帘外雨潺潺……"

我开始比较多地阅读文学和戏剧作品：读过巴金的《家》《春》《秋》，读过郭沫若的《孔雀胆》《虎符》《棠棣之花》，还有曹禺的《原野》，陈白尘的《升官图》，夏衍的《上海屋檐下》，吴祖光的《风雪夜归人》，等等。虽然这些作品的具体情节我现在已经淡忘了，但它们所蕴含的传统美德和现代进步思想的精神力量，则一定曾对我的思想和基本品格的形成起到过潜移默化的影响！

喜欢的歌曲：几乎《中国名歌集》中的每一首都喜欢。外国歌曲则喜欢《菩提树》《夏天最后的玫瑰》《梦幻曲》《圣母颂》。

喜欢的电影是《八千里路云和月》和《一江春水向东流》。

体育方面喜欢游泳，多次与健雄、健威或别的同学在小东江“长征”；运动会上好像曾获标枪第二名。我还曾是学生自治会的康乐部副部长，曾模仿报刊体育记者的口气写过篮球比赛的报道。

但我课堂学习不努力，数学很差；不守校规，早上升旗常常迟到，有时甚至不上课，和几个同学到小树林里打扑克！

1948年夏，学校里发生了这么件事：某生，因英语考试写错一个字母，被老师扣了分。某生不服，去找老师争辩。争辩中，某生手写一“全”字，问老师：你说，这个字错了吗？老师说：没错呀！某生说：那你这就该打零分，“全”字是“入”字头，而不是“人”字头！老师感到受辱，就给了某生一巴掌！

此事演变成几天的罢课行动！

学期结束时，结业大会刚开完，礼堂（食堂）外的布告栏上就贴出了布告，宣布给14名同学处分：有开除学籍的，有勒令退学的，有留校察看的。我被勒令退学。

布告贴出以后，暑假已经开始，同学们再也不可能聚集起来对抗这一宣布了。校方这一招，也可说真是很厉害的！

当时一些同学认为，此事与罢课行动有关。可能吧，其中可能有罢课行动的策划者或骨干！但我心里明白，我与罢课事件并无内在联系。学校之所以要处分我，如果不是冤枉，恐怕主要还是因为我常常不遵守校规的缘故。

祝健康！愉快！

裕权

2003年3月7日

五

刘兄：

1948年秋，我考入桂林中学，重读高一学期，至1949年11月22日桂林解放，共约一年三个月。

在桂林中学的一年多，不像在汉民中学时那么平稳，而是动荡得多。这一时期，我的课内学习不专心，课外阅读也较少，其原因，一是整个社会政治、经济动荡不安，尤其是货币不断贬值，老百姓生活很不安稳，在这样的大环境下，我当然不可能安心读书。二是生活条件有了变化。在汉民中学，有食堂，三顿饭很容易解决。到了城里，同学们多回家吃饭或到小饭铺包饭。我则食无定处，或在学校，或到我姐姐家，或到小饭铺，或到同学家自己做饭。此外，上电影院、逛街之类的活动也多一些了，还有多少时间读书？三是交了女朋友，占了不少时间。

这一时期，记得起来、值得一提的事是：

入桂林中学一两月以后，我知道我同班的一个同学编了一个壁报叫《拓荒》，这报名儿，当时给我的感觉就是比较新鲜的了。不久，我就给他写了稿子：是通过写一个教师的孩子来反映教职员的清苦生活状况，是带点小说味道的。这是我第一次学写文学性作品，写得肯定是很稚拙的，但这也表明，我已开始知道关心社会生活状况了。

我读了一本用纸包了封面的书（当时不宜公开阅读），那就是邹韬奋的《经历》，其中可能包括他的《萍踪寄语》《萍踪忆语》，内容是他在西欧和苏联的见闻。我现在虽然记不清他说了些什么了，但在当时，它肯定打开了我的眼界，并对我的思想有所启迪！

音乐方面，喜欢的歌曲除当时风行的一组新疆民歌以外，常哼唱的还有《落叶之歌》："草木无情，为什么落了丹枫……相思河畔，为什么又有漓江，挟着两行清泪，脉脉地流向湘东……趁着眉青，趁着唇红，辞了丹枫，冒着秋风，别了漓水，走向湘东。落叶归根，野水朝东（宗），从大众中生长的，应回到大众之中。他们在等待着我，这没有妈妈的儿童！"此外，因我姐夫会拉小提琴，这一时期，我也开始学着拉拉小提琴。

1949年春，桂林中学一位老师因贫病去世，据说，临死前家里连粥都喝不上！为此，学生们要为老师送葬并抬棺游行（当然，其中定有进步人士策划）。上午，细雨霏霏，有的班的同学还在上课，我们班同学们正在准备游行用的小旗子，忽听有呼声：学校叫人把老师的棺材抬走了！各班同学纷纷涌出校门，并很快追回了老师的灵柩，随即抬了灵柩形成游行队伍。游行队伍向省府所在皇城走去，途中，其他学校和广西大学的学生也赶来加入队伍。警察局的三轮摩托和一些警察，也出现在我们的队伍两侧。

到了皇城省府门前，好像是教育厅的一个什么官员出来说了一番话，游行队伍才转回学校。

第二天，《中央日报》上发表消息：桂中一老师病逝，学生抬棺游行……云云。(《中央日报》难道有桂林版？记不清楚了！）同学们见此报道，愤然指出：老师不是病死的，而是饿死的！并要求《中央日报》予以更正！

《中央日报》没有答应。

此事我只是个参与者，内情和下文都不大清楚，只知有些熟悉的同学没有再来上学。后来知道，一些同学转移到桂北游击队去了。

11月22日上午十点左右，学生们上街了。我校和其他学校都有学生手拉手地排成一列列横队在十字路南北大街上来回行走！这既有点维持秩序的意思，又似乎是欢迎解放军进城的前奏！

下午两点左右，突然有飞机在我们上空扫射。此时，我第一次见到了一个解放军战士。他手握冲锋枪，警惕地注视着街道上空。这可能是最早进城的、尖刀连或尖刀排的一名战士。

四点左右，十字路广场聚集了人群，有人带领人们唱歌。唱《团结就是力量》《金凤子，开红花》："金凤子那么开红花，一开开到了穷人家，穷人家要翻身，世道才像话！今天望那么明天望，望到了解放军到桂林，解放军到了桂林，老百姓喜洋洋！"群众集会气氛热烈，秩序也好！

晚饭后七点左右，解放军第154师宣传队出现在我们学校，和同学们联欢后，一些同学就当场报名参军，我是其中之一。

23日一早，我动身赶回家告别父母，步行山路90里左右，傍晚到家。

24日清早，父亲送我到村外路口，我又步行90里赶回桂林。

25日，到154师宣传队报到。

27日早晨，部队出发，离开桂林。

我当时之所以参军，思想是十分单纯的。只是凭着一股正义、正直劲儿，一股青春热情，想到解放军到我们广西来了，我也应该为广西做一些事情，就参军了。并没有认识到这就是参加了革命，也没有预想到此后发生的任何一件事情！

祝健康，愉快！

裕权

2003年3月8日

六

刘兄：

你6日从桂林打来电话时说，你从小在桂林生活。那，我在一封信中提到的健威说他曾和我一起去过你家，你当时可能不在兴安，而是在桂林！但我怎么也想不起来，你家是在桂林的哪条街上了！

好，下面，我继续我的叙述：

1949年11月27日上午，我们的队伍从南侧驻地出发。我第一次背了小背包踏上征程，豪迈和惜别之情都化作了笑容。

队伍经阳朔、荔浦、蒙山、蒙江然后乘船到梧州，一共走了20天左右。

这一路上阴雨的天气居多，道路泥泞不堪，衣服、鞋子多半是湿的，但大家情绪都很活跃，各分队互相拉歌，老同志教新同志唱歌，歌声不断。女孩子走不动了，就把队里仅有的一两匹马拉来给她们骑。

晚上多在路旁农村宿营，堂屋里稻草一铺就行。没有灯，就用一小碟猪油加捻子做灯。

吃的，有时有肉、菜，有时就什么也没有。有一天晚上，只有红薯汤，不知是谁把点灯的猪油放了一点进去，于是就流传开了“灯油咸盐地瓜汤”的笑谈。

到梧州后没几天，12月下旬，我和宣传队的部分同志便被分配到了玉林，成立了玉林军分区文工队。

1950年年初，文工队开始进行“革命人生观”学习，同时开始排练小秧歌剧《两种作风》和《兄妹开荒》。前者使我开始知道革命是怎么回事，后者则使我成了乐队指挥。所谓指挥，就是靠敲打一个木梆子来发出指令以掌握音乐的节拍和速度。徒手指挥是不行的，那时的演奏水平参差不齐的乐手们，不听梆子声就演奏不整齐。

《两种作风》的主题歌是：“我们是解放军，我们是一家人，战斗在一起，生活永不分，同生死，共患难，大家是一条心！”

那时，几乎天天都唱的歌是《宣传队之歌》：“我们是为兵服务的文化战士，我们在战斗里成长，我们是部队的宣传队，活跃在人民解放的战场。把人民的力量、战士的荣光高声歌唱，把杀敌的勇气、战斗的烈火高度发扬。我们要面向连队和战士在一起，我们要深入实际改造自己，高举毛泽东的大旗，永远前进，永远胜利！”

早春，文工队投入开荒。早晨太阳刚刚升起，男女队员们便扛了锄头、铁锹，奔向离驻地十余里远的荒地劳动，一直到夕阳西下，才回来。

初夏，曾去农村帮助减租减息，约一个月。回来以后，就开始排练歌剧《刘胡兰》。

8月左右，文工队老队长和我被派往正在六万大山里执行剿匪任务的部队里去检查纪律，于是去了六万大山。（被击溃的国民党军残部潜入六万大山成为土匪，我军正进行围剿）

这一阶段，我剿匪部队的战术主要是长途奔袭，分路合围，拂晓打响。即在侦察到土匪的聚集地后（土匪常聚集在距离我部队百里之外的地方，夜宿村庄，白天上山），我部队便于傍晚分多路出发，经一夜的长途急行军，拂晓前包围土匪聚集地，待拂晓土匪出村活动时，即打响战斗。

一次，战斗打响之后，我和老队长就跟着战士们往前冲。对面山头上的土匪用机枪向我们射击，我们跑在田埂上，子弹打在田埂两边的水田里，溅起一溜水花！这是我第一次经历“弹雨”，那真是颇为刺激的！途经一水田，水田里躺着一个被击倒的土匪，我前面的一个战士把他扶起来，看了看，见他腹部被击穿，肚肠已流出，没有救了，遂又把他放下了。待我们冲上小山头时，枪声已经停止，战斗已经结束。

回来以后，我写了两篇战地特写式的短文，寄给了军区的《人民战士报》，不久，报社寄来了一个通知和一个笔记本，告诉我，我已是《人民战士报》的通讯员了。此前，我因写作、投稿，也已是文艺月刊《长江文艺》的通讯员。

秋后，文工队主要为部队和老百姓演出《刘胡兰》，很受欢迎。

我还在电影院看了新中国的第一部故事片《桥》，由于放映条件很差，没有给我留下深刻印象。

12月，文工队约二三十名同志下乡参加反霸斗争。与初夏参加减租减息一样，并没有什么具体任务，主要是帮助农民们干活，参加一些群众大会。让我们下去的目的，可能主要是让我们这些刚参军的小知识分子到实际斗争中去接受教育。

12月31日傍晚，我正在甘蔗地旁边的小河里游泳，队部的小通信员来叫我去队部。我去到队部，只见已摆好了一桌饭菜，带队的副队长对我说，这是请我吃饭，因为我要被调走啦！我有点吃惊，就问，是因为我工作干得不好，还是犯了什么错误？副队长说，都不是的，是真的要被调走啦。我问，调哪去呢？副队长说，他也不知道，到军分区问一问就知道了。

第二天，我回到分区，到政治部去转关系，问我被调到哪里去，他们也说不清楚，只说让我到军区去报到。

一两天后，我乘烧木炭的汽车到了军区（南宁），才知道我将被调到中南部队艺术学院去学习，并知道全军区被调去学习的只有13人。

我至今也不确切知道，怎么会单单把我从那么一个小文工队里“挑”出来，送去学习。

我在文工队的一年期间，表现平平。由于我平时很少主动地去干诸如打扫院子、帮助厨房之类的活儿，也很少主动和同志们“谈心”、交流思想，所以我当时常被提到的缺点就是“劳动观点不强，群众观点不强”。这样的人，文工队、军分区是不大可能推荐去学习的。而除此之外，又有谁知道有这么个人呢！我猜想，把我“挑”出来，很可能与我是军区报纸的通讯员有关。这也使我回想到，那时候是很少有什么“走后门”“任人唯亲”之说的！

一个参军刚一年多点的新兵，被调往艺术学院学习，这无论如何也是一种幸运！这件事，在很大程度上决定了我一生的业务走向！

祝健康！愉快！

裕权

2003年4月7日

七

刘兄：

下面我继续叙述：

在南宁停留了几天，我就乘军区的十轮大卡车（缴获的、美制的）赶赴柳州，准备从柳州乘火车去汉口（南宁当时还不通火车）。公路破烂不堪，处处泥潭，有时甚至能把十轮卡车的整个轮子淹没。

到了柳州，乘上火车，直达汉口，一路倒是很顺利。我已记不得这一路上的细节了，也记不得当时的心情是孤寂还是兴奋，这是我第一次独自经历这么长的旅程！

中南部队艺术学院是新建的，就在长江旁边，一出后门就是江堤。

学院（院长陈荒煤）设有戏剧系（系主任阮若珊）、音乐系、舞蹈训练班，为教学服务的有实验剧团、音工队、舞蹈队。

戏剧系分编剧班、导演班、表演班、舞台美术班，有四五十名学员。我进入的是编剧班，只有12名同学。来戏剧系学习的，多半是老资格的部队文艺工作者，他们中有的是文工团长，戏剧队长，不少是营级、连级干部，只有我还是一个穿苏式套头军服的战士。同时，我也是全系里军龄最短的，年龄最小的。

从1951年1月到校，到1952年3月结业，我在这里学习了一年零两个月。

这里学员们的伙食有特殊补贴，吃得很好。住的条件也不错，楼房，四人一间，旁边就是洗手间、淋浴室。

在这里，我第一次看到了大型的歌舞剧演出，演的是《幸福山》。这是一部在入朝参战形势下创作的有点童话味道的歌舞剧，最后的歌舞是："幸福山在万山中，山外有山岗外有岗，山上的豺狼全打尽，山外的豺狼还猖狂，钢枪紧紧地握手中，保卫幸福万年长！"

第一次见到大型的管弦乐队演奏，并听到了两个很有特色的说唱式的演唱。一个是歌唱女英雄郭俊卿的，另一个就是著名的《晋察冀小姑娘》："晋察冀，有一位天真的小姑娘，她生长在胭脂河旁的一个村庄，她麦苗般嫩小，她却钢铁般顽强……战斗完了，东方发亮，满天的彩霞，满天的红光，这位可敬可爱的小姑娘，她把她年轻的热血，洒在了养育了她的土地上……"

我还第一次进了舞场，跳交谊舞。周末，舞蹈班的练功房便成了交谊舞场，音乐系、音工队的乐手们伴奏，舞蹈班的小姑娘们就成了大哥哥们的天然舞伴。我当时还不大放得开，只愿意找戏剧系的熟人跳舞。

编剧班的学习，除了听一些讲座以外，主要是自学，自己看书，互相讨论，因为没有找到教编剧课的好老师。从上海请来了一位老师，讲了一些很一般的常识，考试的时候，居然给我打了100分。

夏天，中南军区举办文艺会演。各军、各省军区文工团都拿了自己认为最好的节目到汉口来会演。这些节目我得以全部观看，真是大开眼界。其中有好几个作品以后都改编成了电影，例如《董存瑞》和《塔山英雄团》。军区文化部的一个刊物要我们写评论性的观后感，于是我第一次写了一则小评论文章。

在此前后，在汉口市内的一家电影院，我看了影片《白毛女》。我听到坐在我身旁的一位战士（我不认识）在流泪、抽泣，我就轻轻地对他说："同志，别哭，回去好好工作吧！"

也是在此前后，我在戏院里看了梅兰芳演出的《宇宙锋》，他是给我们做慰问演出的，这也是我第一次看梅兰芳的演出。

编剧班里有我一个老大哥式的好朋友，我们常相约一起逛书店。这一时期，我买了几本重要的启蒙性质的书：一是《苏联文学与艺术的方向》。二是买到了周扬编的《马克思主义与文艺》。三是买了王朝闻的《新艺术创作论》。这是新中国成立后他的文艺短论集，这样的集子当时很少。此外，我还买了两本苏联的独幕剧选集，其中一本叫《亲人》。平常，我已经开始注意阅读《文艺报》和《人民文学》等刊物。

我还参加了《长江文艺》编辑部举办的纪念鲁迅先生逝世15周年的活动，这是我第一次参加这类社会活动。

编剧班的同学也要学表演，因此，我也只好耐着性子听一个老师讲他那一套非常难懂的表演体系理论课，也只好耐着性子“啃”那非常难“啃”的斯坦尼斯拉夫斯基的《演员自我修养》。还曾经有一次实习演出，我演《在战斗里成长》中的小通信员，我的老大哥式的好朋友演营长。排练中，他瞪大眼睛直视着我跟我对话，我一看他那双与平常不同的眼睛（平常是温和的，微笑的）就直想笑，结果就总是排不好，演不好！那时我就知道，我不是个演戏的材料！

啊，记起来了，为了学表演，我还买了、读了一本苏联人写的《心理学》。

1952年3月，我们结业了。我回到了广西南宁。

此时，师、军分区一级的文工队都已撤销，大部分人被调做其他工作，少数人被抽调到南宁，充实广西军区文工团。

我进入广西军区文工团，分在创作组。

我在文工团只待了三个月，6月底或7月初就被调走了。没有什么创作任务，也没有什么具体工作，可记的事情很少。只记得：文工团一进门的院子里有一棵很大的玉兰花树，一到春天就开很大很香的玉兰花。

周末，有时有菠萝舞会，即一早就到街上买一担新上市的菠萝回来，卖菠萝的人会花大半天的时间给我们把菠萝削好，切成一片片放在大脸盆里。舞会开始时，再端来一大盆盐水，这样，就可以一边吃菠萝一边跳舞啦。参加跳舞的多是团里的自己人，也有别的单位来的人。还有一两次周末，我曾和文工团一二十名男女团员，一起到军区的一个什么地方跳舞，那可能就算是我们去外单位了。可见，舞会、跳舞，当时已经相当风行了！

我还当过一次“伙食代表”。“伙食代表”是大家轮流当的，即在事务长或管理员出去买菜时，“伙食代表”也陪着去走一趟，起的是一种经济监督的作用。

6月，文工团大部分人都下了连队，主要任务是教战士们识字。会游泳的，还要教战士们游泳。我也去了，既教战士们识字，也教他们游泳。

6月底或7月初，我接到调令，要我到大军区（广州）报到。我立即启程，乘火车直奔广州！

祝健康！愉快！

裕权

2003年4月8日

八

刘兄：

你22日从桂林来的电话中说，你大姐意外摔伤，请代我问候她老人家，我祝愿她早日康复！

桂丹是记者，基本上是你我的同行，我很愿意听到她对我们这种以书信方式叙说人生历程的做法的意见。

下面我接着叙说：

到了广州，才知道要被调往北京。因为要等待同一调令调集的其他人员到齐后才能出发，所以要先住在招待所里。

广州天气极热，我人生地不熟，又缺少钱，招待所里闹哄哄的，我却无处可去，心中颇觉孤寂、烦闷。

过了几天，同一调令调往北京的一些人员陆续到达广州，有了伙伴，心情就好多了。在开往北京的火车上，又遇上了另一批同一调令调往北京的战友，其中还有我那老大哥式的好朋友，就更高兴了。

到了北京，到总参的一个什么部门报到，才知道需要脱掉军装，调到地方工作。（当时还没有“转业”这一说）

在经过与中央电影局的一个人事干部的简短谈话之后，我被分配到了中央新闻纪录电影制片厂科教片组。天已凉，给我们发了蓝色棉衣。

国庆节晚上，我们几个伙伴去了天安门。人很多，很挤。

10月，中央电影局科学教育电影制片厂总编辑室成立，我成为这个总编辑室最早的成员之一。总编辑室共有二三十人，大多是从电影局所属各单位抽调来的，新从部队调来的只有我和另外三位同志，一位来自中南部队艺术学院实验剧团，另两位来自西南文艺学院。我们四位年龄、经历差不多，颇有共同语言。他们是我这一时期接触、交流得最多的伙伴。

也是10月，我成为中国新民主主义青年团团员。我在“部艺”就开始申请入团，但来不及讨论我就结业了。在文工团我又申请，又是还没讨论我就调北京了。我走了以后，文工团团组织才讨论、吸收我入团，并把组织关系给我转来了北京。

我初到北京时很少看到三层以上的楼房，商店和老百姓居住的大多是平房。市内交通主要靠有轨电车，只有少数几条公共汽车路线。小汽车很少，自行车较多。

我当时的月薪是42元。晚上到街上吃夜宵，一碗馄饨是一毛钱。乘有轨电车横贯北京城（从西直门到天桥），车费大概也是一毛钱。买较好的苹果，每市斤则需要四五毛钱。

至1954年夏，这一期间我的职务是“见习编剧”，基本上没有什么工作任务，日常，我主要是自己学习：

一是看电影。我们总编室有放映室，总编室旁边的中央电影局电影剧本创作所，也有放映室。两处放的电影我都可以去看。看电影也是我们的业务。这一时期看的国产片主要是前两年生产的故事片、纪录片。还看了一些在外面电影院看不到的美国片（旧片子），如《居里夫人》《煤气灯下》《翠堤春晓》，等等。看得最多的是苏联片，苏联30年代后期以来拍摄的一系列重要影片，如有关列宁、斯大林的影片，有关卫国战争的影片，以及《夏伯阳》和《乡村女教师》，等等。在我们自己的放映室里，则更多是看苏联的科教片，如《宇宙》《声音》《保护儿童》，等等，我们当时都把它们视为典范。

二是读书。这一时期我读了《苔丝》《牛虻》、车尔尼雪夫斯基的小说《怎么办》。还看了苏联科普作家伊林的一些作品。《牛虻》体现的顽强意志和《怎么办》中有关友谊和爱情的情节，都曾震撼我的心弦。

经常阅读的刊物则有《电影艺术译丛》《文艺报》《人民文学》《新观察》和《科学大众》，并曾给后二者写文章。

三是学俄文。当时单位买了一台苏联生产的、带“猫眼”的、大块头的收音机，放在了我的房间里，除了每天打开给大家在院子里做广播体操伴奏之外，其他时间就成了我的“宠物”。当时，北京广播电台有俄语教学节目，于是我就主动跟着广播学起俄文来！

周末，有时就和那三位伙伴出去闲逛或参加舞会，舞会有在公园里露天的，也有在某单位的礼堂或食堂里的。傍晚，往往就在西单十字路口站一站，看一看过往的车辆和行人。有几个晚上，伙伴们竟骑了自行车逛北京的小胡同。

1952年冬、1953年春，文联曾特请历史学家给干部们作了十次左右的中国近代史讲座，讲述鸦片战争以来丧权辱国的历史。我听完了全部讲座，在悲愤之同时，深受教育、激励和启迪！

1953年春，为了参与科教片《婚姻法》的编写，曾随同司法部、全国妇联的调查组到河南鲁山县进行“婚姻法”执行情况的调查，参与了对不少当事人的调查访问，了解了一些当时农村老百姓的婚姻状况。当时农村还很穷，但县里对“中央来的人”招待得很不错！

这一期间，我在北京见到了健威、健雄、作民、曼莲。健威早在1952年就被调来北京，进入总政军乐团，但迟迟未见面，见面后曾彻夜笑谈学生时代趣事。健雄则是稍后来的北京，然后进入河北师范学院学习。我至今仍保存着和健雄、健威拍摄于1954年的几张照片。作民是大学毕业后分配到北京工作的。曼莲想从部队转业到文艺界工作，但未能如愿，就去作民他们单位工作了。

1954年夏，我结识了我夫人陶筠。陶筠1949年南京解放后参军进入二野军大，后随军入川，先后在成都军区文工团、空军政治部工作。1953年春被调来北京准备上大学。一天，她与同住招待所的两个同伴想到北海公园玩，没想到却走到了后海。见后海荒凉，正议论间，一位男士从她们身边走过，听到她们操四川口音，便朝她们看了一眼：“哎，这不是陶筠吗？”原来，这位男士姓黄名纪，曾跟陶筠一起在“军大”和文工团待过。而黄纪，此时正跟我同在“科影”总编室，即我们的四位伙伴之一。陶筠将遇到黄纪的情况告诉了还在成都的女友李丹，也曾把李丹的情况告诉黄纪。于是，李丹不久就来了北京，找黄纪谈婚论嫁。陶筠因此也就与我的伙伴们有了来往！

这一时期人们提到的我的缺点主要是“有点骄傲”“有点清高”。我什么工作都没做，哪来的“骄傲”呢？主要是认为我不大接近老同志，不能虚心地向老同志学习。还有就是“有点浮”“有点小资味儿”，为此，李丹曾力劝陶钙跟我们另一个伙伴好，因为他“老实得多”！

好，先说到这里。

祝健康！愉快！

裕权

2003年4月22日

九

刘兄：

你22日给我电话，电话里之所以杂音很大，是因为我的小孙子跟我闹着玩。我小孙子淘气得很，常常弄得我又好气、又好笑！

北京近日“非典”气氛比较紧张，我则尽量保持平常心态！

好，下面我继续叙说：

1954年秋，我被派到北京电影学院的一个特设的俄文专修班学习。这是为电影界一些单位亟须俄语人才而开设的一个班（戏剧界、音乐界亦各送来了两人）。来学习的都是曾经工作过几年的人，带薪留职，学完后还回原单位。我之所以被单位送来，是因为我有一点从收音机里学俄文的基础。学习时间是两年，1956年夏毕业。

我又过上了学生生活，现在想起来，那情景还是挺好玩的。

入学不久，女老师（一位白俄罗斯人，年龄不大）就给我们起俄文名字。她笑眯眯地看看一个同学，然后就似乎很随意地给他（她）起一个名字。但我们心里都有一种感觉，她起的名字，似乎与这个同学的外貌、气质多少有点关系。如把比较漂亮、招摇的叫丽达；把比较温柔、敦厚的叫伊琳娜；把傻得可爱的叫柳芭；把倔强、傲气的叫丹尼娅；把大块头的叫杜波夫；把调皮的叫沙夏；把精灵乖巧的叫瓦洛佳；把我叫维克多，一般的感觉，这是个聪明、文气的人的名字。日常，我们同学间不论校内校外，都以俄文名字称呼。

这一时期一般的生活情况是这样的：早上起来，就到操场上跑跑步，练练单、双杠。下午、傍晚就打打篮球。周末，间或有舞会。每周大约有两场电影。这时看的电影，已主要是苏联、意大利和东欧等国新拍摄的电影了，也有美国三四十年代的一些著名影片。此外，中午或晚上就寝前短短的一点时间就听唱片。当时我们房间有一台电唱机，我们特别喜欢听苏联歌曲唱片，因为，既听了歌，又学了俄文。有一个歌我们最喜欢听，好像叫《夏天的田野》，那张唱片被反复地放了又放，甚至到那位女“歌唱家”的“嗓子”都沙哑了，我们还觉得更有味道，更喜欢听！

课外书主要是读苏联小说，《收获》《远离莫斯科的地方》《海鸥》等是最流行的。而我，看小说的时间就不多了，因为星期天主要和陶筠在一起。

1955年，文艺界开始了批判“胡风集团”的运动，我们这些学生也不能例外。有一天，我们班主任把我叫到“办公室”，很严肃地问我：“你说，秦梦贤是谁？”我说：“是我父亲啊！我父亲名光灿，字梦贤啊！”他听了，愣了一下，什么也没有再说，就让我走了！至今，我也不知道是什么情况把他搞昏了头，问了我这么个可笑的问题！

我到北京后不久，母亲在信中就说到了她患病和病情。当时，一是客观情况不允许，二是我也没有能力把她接来北京治疗，所以就只好劝她在当地治疗。1955年夏，就接到母亲去世的噩耗。孤身在外，得知母亲去世，心里是很悲痛的。

1956年夏，俄文班结业。此时，我原在的“科影”总编室已全部调去了上海，成立了上海科学教育电影制片厂。我毕业后，并不怎么愿意回“科影”，而“科影”也并不执意要我回去，于是，我便被分配到了中国电影出版社。

我当时的俄文水平可以达到能翻译一般报刊文章的程度，如要翻译理论或文学作品，则还需要锻炼几年。有关领导知道我并不是一个有志于搞翻译的人之后，10月，便把我安排到了新创刊的电影理论、评论性刊物《中国电影》当编辑。这一安排，便成了我终身的主要职业！

1957年5月14日，在“反右”运动山雨欲来之前夕，我和陶筠结了婚。

这一时期，我被人们认为是（实际上也是）一个不关心政治、不懂得政治、政治上很不敏感的人。此时此刻忙结婚，就可见一斑。另有一件事，也是毋庸辩解的一例：编辑部有一位长得很“帅”也比较有自己见解的编辑，青年团员，不知他说了些什么出格的话，党支部要开会批判他。我也是青年团员，就被“扩大”参加了这个会。而开会的目的我却茫然不知。会上，我的发言竟像平常开生活会似的，对那位帅哥既肯定优点，也批评缺点，和风细雨，连“皮肤”也不能触动。于是，领导们发言时，不仅批判了那位编辑，也捎带着给了我一顿批评！

1957年年底，好像还没让我们过新年，文化部所属十余个单位的200名左右的干部就被下放到了江苏高邮。

在编辑部工作这一年多时间，除日常的编辑工作外，我开始写影评和童话。第一篇童话叫做《空想的猫》。

好，这封信就写到这里。

祝健康！愉快！

裕权

2003年4月23日

十

刘兄：

你5月7日从桂林来的电话中说到阳朔、兴安的可喜变化，令我神往。我想，过几年再去看看，也许还会有更多好景象。

桂丹对我们要求颇高。但我等之平常人生记述乃生平实事之简略记述，有可读之事则有之，无可读之事则无之，无须渲染，亦不可生造也。兄撰写时，定会亦不以此为虑。

好，下面我继续叙述：

下放到高邮的时间是1958年的整整一年，这一年是这样过的：

一是开会。一下去，就正好赶上县、乡、社的三级干部会。县里把各乡的乡长、党委书记，各农业社的社长、支部书记都召集到县城里开会，我们这些下放干部，谁预定要分到哪个农业社的，就分到那个社的干部所在的学习组学习。这次会的内容主要是订一年的生产指标、计划，要跃进！于是，学习、动员、表决心，一次又一次地鼓劲，目的就是要把这一年的生产指标往上提，亩产800斤、1000斤、1200斤地往上加码！有了指标，还要说措施，说保证，水呀，肥呀，管理呀，等等。会议开了半个多月，会议一完，我们就带上行李跟着各自的社长到社里去落户了。我落户的"光明社"的社长是位老资格，年龄比较大，人也比较沉稳。当我私下问他，订下的指标是否能完成时，他微微地笑了笑说：做做看吧！又说：嘴头上说说容易！

大概是夏收夏种以后，又有一次同样规模的三级干部会，除了汇报夏收夏种情况外，就是动员成立人民公社。此外，还有一些内容，如大炼钢铁、大修水利、深翻深耕等。

我们下放干部，每隔一两个月也要聚在县城开三五天的会，除了传达一些文件外，就是让这些干部们休息几天，吃几天好的和上医院看看病！

二是劳动。公社其实并不需要我们这些城里人干活，因此社里往往会找些写东西、算账之类的事情让我们干。即使下田、下地劳动，大多也是轻活，多半是跟妇女、小孩一起干活。只有少数情况下，需要赶任务、需要人力的时候，我们才干一些稍微重一点的活。但农民们，尤其是青壮年农民还是很劳累的。妇女的负担就更重，因为还要做饭、带孩子！曾有这么件事：初春，天还比较凉，妇女不能把孩子带到地头，只好放在家里。有一位母亲把不到一岁的孩子放到坐篓里，因为怕孩子冷，下面便放了一个盛了炉灰的陶盆。没想到，坐篓里的草屑掉进了炉灰盆里，竟燃烧起来！孩子的脚被烧伤得很厉害！幸好没起大火，不然，孩子就被烧死啦！

三是写东西。劳动很轻，晚上，就更没有什么事干。因此脑子里可构思的时间就有的是。于是，在下雨天或煤油灯下，就写起东西来。

我主要是为孩子们写作。第一批稿子是几篇童话，结集为《蟹大王》，由中国少年儿童出版社于当年（1958年）5月就出版了。（由此推算，稿子是4月前写成的。）

第二批稿子是几篇农村生活小故事，结集为《拾麦穗的小风波》，于1959年5月由中国少年儿童出版社出版。

还有一篇小故事《年糕的故事》，单独作为一本低幼读物由中国少年儿童出版社于1959年10月出版。

这三册小书都是这一年在农村里写成的。它们虽然都由国家级的出版社出版了，《年糕的故事》还得了奖，但却还是低水平的，是一个业余的初学者的作品。

此外，我还写过一篇以成年人生活为题材的小说《捉鱼》，发表在江苏省的文艺刊物《雨花》上。

四五月间，我被叫到县城，被派去帮助（辅导）县城中学一个学生们组成的演出队，并和他们一起于麦收期间到各乡、各农业社去巡回演出。

高邮是水网地区，乡镇村落之间，交通多靠木船。我和十几位12岁到16岁的孩子及一位年轻老师，乘了小船，顶烈日，披晚霞，戴星月，沐朝雾，往来于各乡镇村落之间，孩子们既认真地在麦场、地头为社员们演出，休息时、路途上又打打闹闹、哭哭笑笑，真是有趣极了！

巡回演出完了，我回到社里。有一天，我在一个积肥坑里用铁叉子搅拌有机肥，因为双脚是站在水里的，自己看不见自己的脚，脑子里就没有意识到自己的脚所在的位置，一不小心，我像平常休息似的把叉子往下一放，哇！铁叉子叉穿了我的脚背！当天夜里，伤口就钻心似的疼。第二天一早，就由人搀着走到县城，住进了县医院。这是我生平至今（2003年）唯一一次住进医院。住了大约半个月才出院。

大约是八九月后，农民们开始吃大食堂，我们也跟着吃大食堂，吃饭不要钱！一开始，每人每顿一大勺饭，还有菜；个把月后就不行了，改为每人一大勺稀饭，没有菜。这每顿一大勺稀饭，我们下放的人根本吃不下（同时也吃不饱）。每天要干活的农民，那情况就可想而知了！

年底，县委县政府大摆筵席，欢送我们下放干部回北京！

回北京后，新年或是春节，我利用晚上值班时间，又写了一篇小说《巧救王叔叔》，1959年7月由中国少年儿童出版社出版了。

好，这一段就写到这儿！

祝健康！愉快！

裕权

2003年5月8日

十一

刘兄：

1959年的情况是这样的：

工作方面，我回到了《中国电影》编辑部。这一时期的文艺、电影界，思想似乎活跃起来了，刊物对不少问题都展开了讨论。如政治与艺术的关系问题，提高艺术质量问题，纪录性艺术片问题，以及对影片《布谷鸟又叫了》、苏联影片《共产党员》的不同意见的争论，等等。此外，刊物还新辟了一个针砭时弊的短评栏，发表一些议论。我因为有一年不在，不了解情况，更因对那些问题不大感兴趣，因此一概不作发言。记得，我只在刊物第6期上写了一篇关于儿童片的文章《还未开发的宝藏》，这是我关注儿童片的第一篇文章。

刊物从7月号起，和《国际电影》合并，改名为《电影艺术》。

大概是年底，中国电影艺术研究所成立，下设当代电影研究室、电影史研究室、外国电影研究室，我被调到当代电影研究室。

学习方面，上半年，陶筠忙于科研设计，有时回来得较晚，因此，晚上我有比较充裕的时间。这段时间的晚上，我除了看电影以外，主要是阅读《鲁迅全集》《红楼梦》《水浒传》。

初夏的一天，父亲和弟弟突然出现在我们单位的大门口。原来，父亲是来北京看我和治病的，但却没有事先通知我。我赶紧给他们安排住处，按时给父亲送饭、喂饭，并着手看病。先是到一个中医所打“梅花针”（针灸之一种，即将六根针捆在一起，针尖呈梅花形，再将这捆针装在一个小把手上，形成一个小钉锤似的器具，用它来敲打需要打的部位），每次都得凌晨就去排队挂号，而治疗效果并不明显。后来就去协和医院，此时我才知道，父亲的病学名叫做帕金森综合征。医院给开了药，药是抑制性的，因此，吃了以后病情明显见好。父亲很高兴，对我说：“我们登报鸣谢吧！”但若不按时吃药，病情则控制不住！

8月底或9月初，姐姐来把父亲接了回去。父亲回去以后，我定期到医院取药寄回去给他。父亲于1962年去世。

年初，陶筠怀上了第一个孩子。到下半年，国民经济困难的状况已明显显示出来，鸡蛋等东西已定量供应，因此，陶筠孕期并没有得到应有的照顾。除客观条件外，还在于我不懂、不细心。

1959年9月30日晚，女儿降生。

从那时起，我生活中有了一种从未体验过的甘苦！我想，这种甘苦，你比我的体味会更多，因此，这儿暂时打住不说，待说完这几年的情况，说到第二个孩子出生后再一起概括地说一说。

1960年伊始，我就坐在了当代电影研究室，和几位同志一起写“电影十年总结”。这是我第一次接受安排写文章的“任务”。过去写东西，都是自己愿意写的，这一次则是人家作为任务要你写！这种写作任务是很无奈的，在此后几年，我还遭遇过几次。不过这一次也有好处，可以坐下来好好看看资料，熟悉一下这十年来的电影状况。我分工写的是1952年之前的故事片和整个这一时期的纪录片、科教片的情况，大概到4月就写完了。

接着，我又为蔡楚生起草了他要在第二次影代会上作的关于纪录性艺术片的报告。蔡楚生是影片《一江春水向东流》的导演，当时还是个党外人士，是历史把他放在了中国影联（后改称中国影协）主席的位子上。他是个艺术家，很和气地找到我，让我为他起草，我就比较乐意地答应了。

下半年，我在当代电影研究室的工作主要是研究当时的影评状况，即每天都关注报刊上的影评文章，并把它们剪存下来，到一定时候，对这些影评作一些分析、研究。此事烦琐无味，我不大喜欢干。

当代室共六人，我较年轻。有一次，因为工作分工问题，室主任发动大家批评我，我不听，就被斥为“刺儿头”。

1961年，我回到了《电影艺术》编辑部做编务，负责拟目、集稿、画版面、发稿等工作。此时《电影艺术》已改为双月刊，工作量不大，我得以在工作时间翻阅大量报刊和杂书。同时，也着手写一点短文。写短文的目的主要是为了我版面的需要。例如，我把某期的版面画下来，正好缺一页或大半页的稿子，手中有了短文，就可以随时补上啦！

1961年6月4日，我第二个孩子降生，是儿子！

儿子与女儿的年龄相差18个月，这一年的下半年，我肯定就是为他们而忙活啦！

1962年3月，中国影协为纪念毛主席《在延安文艺座谈会上的讲话》发表20周年，组织了一些理论家会集于北京翠明庄饭店，准备写文章。我作为《电影艺术》的一员，亦住进去服务并组织文章。一个多月下来，得文章两篇。一篇就是瞿白音的《关于电影创新问题的独白》（简称《独白》，此文随即发表于《电影艺术》第3期，5月出版）。

《独白》发表以后，很快引来了另一篇谈创新的文章《续貂篇》，再后，编辑部就听到了各种各样关于《独白》的意见。

秋天，我和影协的两位领导同志以及文联的若干人员一起赴大庆油田参观。此行没有什么任务，也没有赋予我什么职责，就是到实际生活中去走走看看。看了大庆之后到哈尔滨，参观了重型机械厂、汽轮机厂、量具刃具厂。然后我们影协的三人到长春，去了长春电影制片厂，参观了第一汽车制造厂。最后去鞍山看望了在那里扎根深入生活的电影剧作家，并游了千山。

1963年2月，上海方面开始公开批判《独白》。又过了个把月，编辑部就接到“上面”的指示，要求我们写文章批评《独白》。

写文章的“任务”落到了编辑部主任、副主任和我的头上。我写初稿，主任们修改定稿，即后来以黎青的化名发表于1963年《电影艺术》第4期（7月出版）上的《关于电影创新的几个问题》一文。

这篇文章的写作，对于三位执笔者来说都是一种折磨，因为要批评亲手发在自己刊物上的并无大错的文章，怎能不折磨呢！于是，执笔者们只好挖空心思，搞边缘战术，即既不违背“上面”的要求，又让批评不越过学术问题这一条界线！（越过了就成政治问题了！）过后不久，同是我们三位执笔者，又为此而写了另外一篇文章。“文革”中，这两篇文章都被称为“假批判，真包庇”，这也成为我们三人的罪名之一（当然，我挨的板子是最轻的）。其实，这罪名倒真是恰如其分的，一点也不冤枉。

九十月间，影协的一个领导带领我和编辑部的另一伙伴，住进了西山八大处二处的一个中国作协为作家创作而准备的招待所，准备写批判苏联“修正主义”电影理论的文章。我从一开始就自觉没有那个能力和水平一定写出文章来，只是抱着看看材料再说的态度上了山。一个多月后，我的那个伙伴写出了文章，我却没有写出来。而我那个伙伴的文章最后也没有被我刊或其他刊物采用。

但此行也有好处。一是这里空气好，伙食好；二是为此发给了我们每人一套由影协外研部翻译出版的有关当时苏联电影的内部资料，共24本，包括6本电影论文集，其余为电影剧本。我在那里仔细地看了三本电影论文集。这24本资料摞在一起足有一尺多厚，我一直保存至今。现在电影界完整地保有这套内部资料的人可能已经很少了。

还有这么一件事：我和那位伙伴觉得实在不应辜负了北京西山的大好秋光，于是，有一天便决心去爬山。我们从二处下到一处，然后从一处直接往高处（正西）爬，三处、四处……七处、八处，一直爬到了西山的顶尖！（我从来没爬上过这么高的山）饱赏了远眺北京城的乐趣之后，才转身沿着山脊往北，再寻找时有时无的山路回到二处。逛了四五个小时，才兴致勃勃地回到招待所吃晚饭！

好，现在该说说我那一对儿女了！

我第一个孩子出生于国庆十周年前夕，起名“赞”，有赞美祖国的意思；第二个孩子出生于建党四十周年前夕，起名“颂”，有歌颂党的意思！给孩子起名字，也反映出我们这一代人当时的思想、感情！

先说快乐的。就说赞赞吧，小时候特别可爱，特别好玩。例如，一岁左右时，傍晚，常由我在四合院的院子里给她喂饭。我端着小碗，拿着小勺，她在院子里跑来跑去，跑一会儿，上前来含上一口饭，转身就又跑走了，边跑，边吃，还边笑！院子里的人见她这样子，都觉得可乐！（现在想：喔，别呛着喽！）

但从赞赞出生，到颂颂出生，一直到1962年初夏赞赞上幼儿园，1963年初秋颂颂上幼儿园之前，国家正处于困难时期，我们这个小家遭遇的也更多是困苦、麻烦和艰辛！其艰辛的具体日程我都记不清楚了，只记得其基本状况。

一是生病上医院。赞赞出生没几天，身上长了个疙瘩，就又抱去了医院！此后一两年，赞赞上医院的次数真不少，有时是深夜，一发烧就得抱去医院。好在离人民医院还比较近！

二是孩子需要的食品供应困难。鸡蛋凭票，牛奶只有半磅，白糖、白面等都缺。孩子妈妈在单位食堂有时能买到糖包，也舍不得吃，带回来给赞赞和颂颂吃！

三是请保姆困难、麻烦。请到了保姆，有时她自己也可能生病、有事！赞赞不到两岁，妈妈就把她送进了她们单位的幼儿园！是全托，赞赞极不愿意去！每当星期一妈妈抱她去单位，她就趴在妈妈肩膀上，不哭也不闹，很无奈的一声不吭，一句话也不说，那样子，真是可怜极了！真叫人心疼！后来，把她托给这院子的原来的房东带，这才稍微好一些。

1962年初夏，赞赞两岁半，进了文化部幼儿园，一个很好的幼儿园，那情况就好多了！每周接回来，她又唱歌，又跳舞，又有说不完的幼儿园小朋友们的情况！

而此时，颂颂只有一岁，便仍托在房东那里。有一天，我提前下班回来，一进门，就听见房东小院子里颂颂在哭喊，我打开小院子的门，颂颂一见我，像吓了一跳似的打了一个激灵（颤抖了一下）！原来，房东有事出去了一会儿，把他一个人关在小院子里啦！

1963年秋，颂颂也上了文化部幼儿园。那一天，我们把他和姐姐一起带进了幼儿园，让他和姐姐玩，我们就偷偷地走了。待他发现没有了爸爸妈妈时，就哭了！可幼儿园老师有办法：每当颂颂要哭时，就把他带到姐姐跟前！有了姐姐，心里就踏实了，当然就不哭了！于是，很快就适应了幼儿园的环境。

祝健康！愉快！

裕权

2003年5月8日

十二

刘兄：

9日电话中得知你已回到福州，并将寄给我《老有所为》，很高兴。

下面，我继续叙述：

1964年、1965年，作为一个理论刊物的编辑人员，个人已经很难有什么作为、活动和想法了。因为文艺界的“文化大革命”从这时候起实际上已经开始了。

毛主席关于文艺问题的两个批示传达以后，文艺界开始了“文艺整风”。《电影艺术》刊物要做的，一是批判：批判影片《早春二月》《北国江南》；批判“毒草”《创新独白》《中国电影发展史》、夏衍的《电影论文集》，等等。二是采用工农兵座谈会之类的方式，来宣扬一些合乎当时需要的东西，如反帝、学雷锋、掀起生产高潮等的纪录片、科教片、故事片。三是发表来自读者、群众对刊物的批评，同时做出自我检讨。

“幸运”的是，这些事情大多并不需要我直接去做。因为，我的职务是编务，而不是一线的编辑人员。就是说，我主要负责把经主任、副主任同意发稿的稿子编发出去，而不需要我自己去组织稿子。因此，到工农兵中开座谈会我可以不去；组织写批判文章，我可以参加讨论，但不用管怎么拿出稿子来；写编辑部的检讨有主任、副主任。我处在中间层，上下够不着！

但仍有几件事得说一说：

一是大约从1963年起，我开始申请加入中国共产党。三十多了，早已超龄退团了。党组织对我的主要意见是：阶级觉悟不高，重业务轻政治。因此，对我的主要要求就是：努力改造世界观，提高阶级觉悟，加强阶级斗争观念，克服个人名利思想。

二是1964年年初，我给《光明日报》写了一篇称赞影片《北国江南》的文章。不久，这部影片被康生点名批判，定为宣扬阶级调和的影片！虽然我这个小人物的文章不会成为被批判的焦点，但在影协和编辑部内部，这仍然成为了我的一根小辫子；人家觉得需要的时候，往往也会揪一揪这根小辫子！

三是有这么件事：1963年，《北京晚报》有位姓丁的记者找到我和另外三位同事，要求我们给他们搞一个专栏，每周提供一篇文章。我们四人答应了，于是把专栏定名为《影坛语丝》，署名丁四喜。此事由我操持，四人轮流写稿（我写得多一些）。似乎一直延续到1964年，共写了30篇左右文章。“文革”开始后，这又成了一根不大不小的辫子！人家把那些文章都收集起来，打印成册，作为准备批判的材料，并给起了个吓人的名字，叫“四家店”！因为北京市委有个由邓拓、廖沫沙、吴晗形成的“三家村”，并有专栏“三家村札记”。我们的“四家店”竟被跟这些大人物“绑”在了一起，当然是相当吓人的了！但我们毕竟是小人物、小文章，即使被打印成册，从中也找不出什么“油水”

和“干货”，于是，人家就只是把它当作一张手中有用的牌，而一直并没有使劲打出来！

1966年开始的“文革”的情况，全国是大体相同的，但各地方、各单位也有小异。

好啦，再说说我那一双儿女。“文革”开始时，他们还在幼儿园。一个星期六，我去接他们出来，走到马路上，赞赞听到一座大楼上的大喇叭在连声呼喊：“打倒某某某！”赞赞就问：“他怎么老喊打倒啊？”她的这句天真的问话，让我感到十分切中要害而又十分可爱、十分好笑！

到了1968年，他们都上小学了，小学就在我们单位附近，他们就脖子上挂着家里房门的钥匙，姐弟俩自己坐电车上学，放学后到我们食堂吃饭。下午如果没有课，还可以在我们单位的院子里玩，有时，还可以参观我们斗“黑帮”呢！

夏天，我就骑一辆自行车带着他们两人到小河里游泳，因此，姐弟俩很早就基本上学会了游泳。

好，先说到这，祝健康！愉快！

裕权

2003年6月10日

十三

刘兄：

下面，我继续叙述。

1969年3月，陶筠下放五机部“五七干校”，去了湖北谷城。

八九月间，我托人把两个孩子带去南京外婆家。

9月，影协全部人员下放文化部“五七干校”。干校由军宣队领导，按班、排、连建制，共分五个连，影协为第一连。我和几位同事打前站，比其他人员早几天押运公用物品乘火车赴河北怀来，先落脚于一个叫土木堡的村庄（据说，即历史上“土木堡之变”战场），后迁驻于沙城南干庄。

全体人员到达南干庄后就投入劳动，准备盖住房。村庄旁有一条河，河水里不知什么缘故曾散落有不少很大块的花岗石，壮劳力们（我亦其一）就从河里捞石头，然后抬到沙滩上，准备盖房打地基用。

房子刚打了个地基，1970年1月，干校全部人员又受命迁往天津附近的宝坻县，我们第一连落脚于李焕庄。安排好住处以后，学员们就立即投入在冻土地上人力拉犁，抢播春小麦的劳动。开春以后，又播种高粱。

白天劳动，晚上睡在双层通铺的二十来人的大宿舍里。睡前无事，就跟邻床的伙伴学着下起围棋来。

初夏，陶筠从五机部干校转入我们干校，来了李焕庄。和原来就在这里的双职工一样，夫妻天天见面，却是各回各的集体宿舍！

夏末，有一个一周多点的假期，我和陶筠在泥泞的河堤上步行了三四十里，到达一个小车站，乘车到天津，然后去南京看孩子！此前，因知南京缺少白糖，我们也曾步行很远的路，买了白糖寄往南京。

到南京时，正逢我国第一颗人造卫星上天，晚上，在夜空里看到了卫星，并听到了《东方红》的乐曲。

休假后回到李焕庄时，积水已淹了我们的高粱地，我和陶筠趟着齐膝的深水，在高粱地里穿行了很长一段路程才回到了村里。

9月左右，学员们又迁移了一次驻地，我们把行李装上小木船，下水推着小木船转移到附近另一个小村庄牛蹄河。

没过几天，干校又奉命迁移，学员们乘大卡车连夜启程，到达静海县团泊洼一个劳改农场附近的一个废弃的厂房区，才“安居”了下来。

1970年年底、1971年年初，学员们一面耕田种地，一面就自建营房。我成了盖房的主力瓦工，和二三十名伙伴一起，在入夏前盖起了三排红砖红瓦营房。这样，一些夫妻同在干校的学员才有了自己的“家”！

我们也有了家，便把孩子从南京接来了干校，并让他们在附近的小学上学。

此后，干校的活动主要就是劳动、继续搞运动以及一般的时事、政治学习等。

至1973年秋，干校向我们一些人询问是否愿意回北京进教育界当老师。我表示愿意。于是，生活便有了一个大插曲：此后当了四五年中学语文教师！我当时表示愿意，主要有以下几个原因：一是陶筠的单位已恢复工作，但当时有一个规定，必须夫妻双方都回北京，才能回北京工作，夫妻有一方在外地的，则去外地。而我们文艺单位、影协何时能恢复工作却遥遥无期！陶筠希望尽早恢复自己的业务，因此，我必须下决心回北京。二是女儿赞赞已于1972年春天先行独自回北京上中学，虽有邻居照顾，但总不是那么放心。三是“文革”这么一搞，对于我在文艺界干下去的兴趣，多少是个打击，多少有点叫人灰心，觉得离开文艺界，似乎没什么可惋惜的。四是我颇热心于业余为孩子们写作，当老师正可为我这一业余爱好提供生活基础，也许，这还是一得呢！于是就这样决定了，回京了！

在干校这四年中，还有一件事可以一提：

闲暇时，耐不住，我还是写起东西来。除了一些没有写成功的短诗以外，我还写了一篇比较长的叙事诗《高山顶上一小鹰》。这一叙事诗直到1975年才由广西人民出版社出版（据1976年日记，此书似乎曾寄给过你）。此诗的写作，此书的出版，使我从1958年开始的为孩子们写作的热情得以继续，并一直延续至今。

这一期间，还有一件事情：

1972年初秋，当时在天津当中学老师的健雄患病，曼莲、我、健威都到天津看望他。当晚，我们四人竟打起桥牌来，因为久不相聚，心里高兴，便一直打到了凌晨三四点！（我后来很后悔这一次打牌，因为，这样熬夜肯定对健雄的健康有不好的影响。那时我们都是四十好几的人了，却不懂得好好保护健雄！）数月后，健雄病危住院，曼莲、我、健威又到天津护理他。十天左右，健雄去世。

健雄去世后，我和唐正本都想到应请亲友们写点东西来纪念健雄。不久，作民、周锡奎（他在天津）、唐正本、张国雄（他亦在天津）、健威都写了悼念诗词。我把诗词收集起来后，寄给正本，由他于1974年5月手写成纪念册《悼健雄》，并分寄给每人一册。现摘抄我、正本、健威的悼念诗词于下：

忆健雄

裕权

漓水情怀桂山姿，清昂声影犹在兹。
哂对阴霾挥金棒，喜迎春阳谱新诗。
文田耕凿沐风雨，学圃浇灌是良师。
为育桃李尽心血，九天应见万花枝。

乌夜啼（哭健雄）

正本

关山远阻千重，才喜偶得行踪，何意久别复永诀，耗传似雷隆。
促膝言欢长梦，觉来竟隔苍穹。天涯北望呼健雄，泪雨洒长空。

咏兄

健威

傲游人间四十年，少年尽尝苦酸辛；
徘徊孤岛闻喜讯，辞亲离港来参军。
半生心血化桃李，一副筋骨为人民；
身后唯憾无子嗣，含笑九泉看新英。

雄哥1932年3月1日出生于桂林，新中国成立前历经抗日烽火时代的兵荒马乱和反动统治时期的动荡艰辛。在白色恐怖的迫害下，1949年夏避居香港。正当苦无出路之际，欣闻新中国成立，毅然辞别父母弟妹，与曼莲姐回广州参加中国人民解放军。复员后上大学，以后即把半生精力献给人民教育事业。勤恳工作，实践了自己“鞠躬尽瘁，死而后已”的誓言。

悼兄

健威

浮游八载难为家，往返两地权度假。

倾心殷勤怜手足，月台每别涌泪花。
大庆之年添家庆，无限欢欣赏月华。
生死别离苍天恨，不堪回首怅无涯！

我于1961年自北京调山西工作，环境不定，业未立，家不成，每于假期赴津与兄聚会。雄哥殷切备至。别离时必亲送至车站，依依难舍。国庆20周年前夕，我与桂花赴津结婚，恰逢中秋佳节，兄弟妯娌欢聚一堂，极尽人伦之乐。孰料此竟为最后一次相聚。每念及此，肝肠痛裂，宁不悲乎！

这一纪念册，我一直好好地保存着，今日拿出来摘录，睹之仍不禁潸然！

祝健康！愉快！

裕权

2003年6月11日

十四

刘兄：

收到你的《老有所学 方有所为》，读后深受教益。十分钦佩你的勤奋和奉献精神，佩服你的才智和多方面的工作能力。离休十余年，就做了如此多的好事：动口又动手的组织工作；又写又编的科普创作；政治活动和科普活动的经验总结性论述；讲课、办班，培养新生力量和关心下一代！我要好好学习你的这种精神。

好，下面，我继续叙述：

1974年年初到石景山区西井中学报到。

西井中学离我的住处约10公里，往返学校，有时骑车，有时挤公共汽车。四年多时间，骑车，每天20公里，当是一种锻炼。

这段时间，一般的状况是这样的：

一是讲课。给高中学生讲语文课，教两个班。我上课时班上是最“乱”的，实际上应说是最活跃的。因为我对学生比较宽松，比较愿意和他们交流。学生们还是比较喜欢我这种老师的，故意跟我捣乱的很少。至于这种活跃的教学与那种我讲你听的教学哪种效果更好，短期内就不可能有定论了。

二是有时课外给学生们讲点文艺、写作知识；跟有写作兴趣的老师有所交流；跟区里的一个刊物的编辑人员有些来往；也曾给老师们讲过一些东西，例如，讲鲁迅。

此外，就是一般学校都有的活动了，如和学生们一起出去拉练，到农村劳动，政治学习，等等。

因此，如果要一般地、概括地叙述这几年的教师生活，是没有什么太多的东西可说的。

恰巧，从1976年7月12日（农历六月十六日，我满46岁）至1982年3月11日，我有极简略的日记（可惜此前没有，此后也没有很好地坚持），近日翻看这些日记，使我大吃一惊：这段日子里许许多多的事情，我几乎都完全不记得了！

那段时期，正是从粉碎“四人帮”到新时期，从我当老师又调回到影协，以及孩子们插队、上大学的时期，正是我们国家，也是我和我的家庭的一个转折期！因此，我想摘录一些日记来代替概括的叙述（必要时，稍作解释），因为，日记可比概括的叙述更能生动、具体地反映出我的生活状况。

在摘录日记前，还有件事得先说一下：1976年4月5日，群众集聚天安门，悼念周恩来总理。我带着赞赞去了天安门！在那里，恰巧还遇见了学校的另一位老师，我和他互相点了点头，心照不宣了。

下面，是日记摘录：

1976年7月12日，读《鲁迅艰苦奋斗生活片断》《词综》。（我购得一套书，计有《唐诗别裁集》《宋诗别裁集》《元诗别裁集》《明诗别裁集》《清诗别裁集》

《词综》)

7月20日，读《爱国诗人辛弃疾》。读清诗，大都毫无民族气节。

7月28日、29日，28日凌晨三时许地震。很快醒来，意识清楚，叫醒筠和孩子们，到他们走出门外时，约二十秒钟。打开门时，门外的煤堆刚倒塌。然后给他们拿出衣服，约一分钟，便到空地上去了。

这两天人们都在楼前小树林子里搭棚子居住。

8月1日，住在棚子里，和孩子们谈话的时间多了。孩子们也给我讲故事。这两天谈了鲁迅和写作等话题。颂颂说到他觉得盖达尔的《学校》有意思，而《牛虻》很吸引人，等等。

8月6日，给吴荫循（原影协同事）写信。他三月来信，至今未复，最近又讹传他因癌去世。因此，信中附两绝：(1) 春音三月到京华，欲报知君何处家（他正下生活，居无定处）；骇浪惊涛连四海，轻舟敢自觅桃花！(2) 凄惨讹传君去也，癌疾地震两惊心；风云变幻诚难测，生死予夺亦无凭！

下午和赞、颂到八一湖游泳。

8月27日，下午赞、颂到西井中学，然后同去八大处，游二、三、四处，返回二处时看了服务人员喂鲤鱼；然后经刘娘府到苹果园乘地铁回家。

9月3日，随便翻翻唐诗、宋诗。

9月5日，和赞、颂一起参观故宫。

9月6日，读普希金的诗，二十来年前，有几首曾是背得的。

9月8日，接刘劭信，他患冠心病住院。来信问我们地震情况。

9月9日，伟大领袖毛主席逝世。要继承毛主席遗志。

9月20日，读《宋诗别裁》，其中找不到“三吏”“三别”那样的关怀民众疾苦的诗，多是些脱离现实的东西。

10月12日，下班回家，赞、颂兴奋地跟我谈论国家大事。(告诉我粉碎“四人帮”的消息)

10月13日，晨，给正本短信，告知他此间盛传抓了王洪文、江青、张春桥、姚文元。

10月29日，谈到孩子们上山下乡问题。我希望他们做普通劳动者，要有学问。

11月13日，晚饭后同赞、颂以饭桌、缝纫机为台打乒乓球，很好玩，微汗方止。

11月28日，晚上同颂颂做微型电圈，费了大劲，但未成功。

11月29日，帮颂颂做电池盒、地震仪（报警器）。

12月25日，晚上看解放军军乐团音乐会，赞、颂同去。

1977年1月21日，颂要求我戒烟，今起实行。

1月22日，下午看《中国历史上的宇宙理论》。

1月27日，批评孩子们的缺点。孩子们对我的批评是：不调查研究就批评人，唯我独尊。

1月29日，赞赞已结束中学生活，这学期全优，已领了毕业证书；颂颂也是全优，是三好学生，拿回奖状。下班回家时，他们正在高兴地包饺子。

2月9日，看宋诗，总的说，宋诗比唐诗差远了！为什么？

2月11日，做木工，下午装配，加楔木裂。得打油诗一首：假日习木工，半晌已微汗。拉锯难为直，屡刨不成面。凿孔歪且斜，配榫形拧变。心乱急求成，力楔贻裂断。万事知匪易，只靠多实践。

2月23日，晚上和孩子们讨论，为什么有的同学不好好学习、不遵守纪律的问题。

3月3日，下午、晚上看《摘译——外国自然科学哲学（人类学专辑）》。

3月29日，上午9时，送赞儿去昌平县大东流公社插队。她们班十余名女同学同去，临行心情还是很愉快的。（赞去插队后，身体不大好，常生病。这是我这一时期最为挂心的一件事情！）

4月1日，晚上给颂儿准备行李。他明天出发学农、植树。

4月17日，和筠谈调动积极因素问题。晚上看《联共（布）党史简明教程》，想把它再看一遍。

4月19日，晚看《梦溪笔谈》。

4月24日，昨晚家仁（原影协同事）来后，想了想自己的工作问题。结论是：如果不想创作，住在皇宫或山沟都一样地吃饭睡觉。如想有所作为，就应在基层，而且脚踏实地、埋头苦干才行。

8月13日，同筠去看北京队对几内亚比绍国家队的足球赛。

9月6日，筠带回《革命诗抄》一册，乃群众编印的去年清明在天安门悼念周总理的诗词，三百余首。其中许多感情真挚深切、爱憎分明、文笔亦很好的诗，读了令人感动赞叹。

9月27日，晚上做平面几何题，和筠、颂一起，未果。

9月30日，赞儿满18岁，下班后，陪她去照相。照相回来做菜时，颂颂说已做出赵老师出的几何题；询问，的确是解决了。不错！

10月2日，晚饭后，全家去天安门。火树银花，散步、照相的人很多。

10月6日，晚上全家谈要为社会做出贡献的问题。

11月7日，和孩子们一起看高考招生简章，确定报考志愿。

11月19日，晚上以我区高二摸底数学题考赞、颂，成绩颇好。

1978年1月2日，下午和孩子们步行到西单。购《漳水河》《列宁是怎样写作学习的》。晚上读完《漳水河》，语言好。

2月27日，孟广钧（原影协同事）来找，然后去他家，说想“请”我回来，问是否愿意。我同意了。（此事后来经国务院政工组发函北京市、文化部，花了四个月时间，才办妥）

2月28日，因去年的工作受表扬，奖状一纸；全勤受奖，圆珠笔一支。

3月18日，教研组出壁报。信笔写两首：解词释句非雕虫，伏案躬耕志亦雄。粉笔染得鬓发白，自有新花更鲜红。又，不为成名不为家，桃李阵中度年华。浇灌殷勤西井畔，应结硕果遍天涯。

4月30日，购《古文观止》，晚与赞儿同读。

5月21日，上午同家仁及赞、颂到故宫看各省市征集的传世文物展览。

6月26日，正式回到编辑部上班，下午到文化部开会。

8月19日，颂儿高考388分。

9月28日，下午颂颂接到北京工业大学无线电技术专业入学通知；至晚11时，全家都围绕此问题讨论，去还是不去。（因颂当时高中还没毕业，想毕业后考入更理想的学校）

9月29日，为颂入学问题，我和筠都进行了调查研究，做出了决断，决心入学。（颂北京工业大学毕业后，即进入清华大学攻读硕士、博士，并获硕士、博士学位）

1979年8月8日，赞插队结束回城。

1980年9月3日，赞考入北京师范学院。

好，就此告一段落。

祝健康！愉快！

裕权

2003年6月28日

十五

刘兄：

1978年6月26日，我正式回到电影部门工作。先是到《人民电影》编辑部，1978年年底，《人民电影》停刊，1979年年初《电影艺术》复刊后，回《电影艺术》编辑部。我的人生旅程拐了一个弯，然后又回到了原来的轨道。

回电影界以后，我的社会性活动主要有四个方面。一、编《电影艺术》刊物；二、与电影有关的社会活动；三、写电影评论文章；四、儿童文学创作。

上述四项，第一项是我职务之内的工作，第二、三项，与职务有点关系，第四项，则属于业余爱好。叙述时，我将把它们分开。先把业余的事情说了，再说属于职务范围内的工作情况。

我的儿童文学创作情况，下放高邮时的和下放干校时的前面已说过了，现在继续说：

从当老师以后直到80年代初期，因为家里还没有电视机，晚上往往有比较多的空闲时间，于是，除了看看书外，就给孩子们写东西。诗、小说、童话，都尝试着写，但成活率比较高的是童话，最后变成铅字的大约有二十来篇吧。其中比较好的、得到人们肯定的有四篇，它们曾陆续被选编入多种选本。分别是《朋友》《小骆驼》《王晓功的故事》《画儿国里一星期》。我现在手头上有书可查的情况如下：

《朋友》首发于《童话》季刊第3辑，1981年10月。
被选编入：
《低幼童话选》（江西少年儿童出版社，1985年。）
《中国当代优秀童话选》（新蕾出版社，1991年。）
《中国幼儿文学集成》（重庆出版社，1991年。）
《中国幼儿文学精华》（海燕出版社，1992年。）
《中国当代儿童文学名篇》（海燕出版社，1994年。）

《小骆驼》首发于《桂林日报》，1981年5月27日。
1986年中国少年儿童出版社出版单行本。
被选编入：
《中国幼儿文学集成》（重庆出版社，1991年。）
《中国幼儿文学精华》（海燕出版社，1992年。）
《中国创作童话》（光复书局企业有限公司，1993年。）（台湾）
《谁丢了尾巴？》（爱智图书有限公司，1983年。）（台湾）

《王晓功的故事》首发于《东方少年》，1984年第7期。
被选编入：
《童话百篇》（安徽少年儿童出版社，1986年。）
《中国童话选》（中国少年儿童出版社，1988年。）
《童话佳作选》（湖北少年儿童出版社，1988年。）

《画儿国里一星期》首发于《童话》季刊第15辑，1987年5月。
被选编入：
《童话选刊》（安徽少年儿童出版社，1989年。）
《新童话100篇》（河北少年儿童出版社，1993年。）
《中国当代童话大观》（未来出版社，1997年。）

《七彩冰激淋丛书》(新蕾出版社，1999年。)

1979年以后，我开始写一些童年记事式的小散文，把我小时候在山区十分有趣、很有特色的生活，加工发展成为一篇篇力求写得优美抒情的小故事。至1982年，共写出了四十多篇，同年，就结集由中国少年儿童出版社出版了。书名《看不见的礼物》。这本小散文集曾受到好评，个别篇还被选入小学语文课本。

1985年,《朋友》《小骆驼》等几篇童话亦结集由中国少年儿童出版社出版。书名《朋友童话集》曾获奖。

此后，一直至今，我仍然陆陆续续地写童话，写儿童生活小故事，发表了的估计约有七十篇，但却没有再结集出版。因为，后来出书越来越困难了！

下面，接着谈谈我关注儿童片的情况。

儿童片（儿童电影），我给它下的定义是“为孩子们而拍摄的影片”，即专门拍给孩子们看的影片。它是电影的一个特殊领域。它的困难和问题与儿童文学、儿童戏剧的困难和问题相类似，但儿童电影的困难和问题更甚。以它与儿童文学相比：儿童文学创作是一种个体的、自由的创作劳动，它不需要什么经济上的投资，因此，凡是喜欢为孩子们写作的人，都可以进入这一领域。从喜欢进而努力探索，因而，凡是好的儿童文学作家无疑都是热爱并相对熟悉这一领域的。这是儿童文学这一领域得以不断发展的基础。电影却不一样，儿童电影是集体性的创作劳动，它需要大量投资，因此，人们参与这一领域的实践的机会就比较少。更重要的是，它的创作、摄制人员相当一部分人往往并不是从喜爱这一特殊领域而起步的，他们往往只是喜欢一般的故事片创作，而把拍摄儿童影片作为一种练习，作为一种步入电影殿堂的台阶。因此，不少从事儿童片摄制的人，往往对儿童本身、对儿童片这一特殊领域缺少足够的或起码的研究。因此，儿童片的创作，必然会存在许多具体的问题。

与此同时，儿童片这一特殊领域的诸多问题又很难进入一般的电影理论、评论家的视野。一是他们无暇顾及，或者没有兴趣顾及、不屑顾及，二是一般的电影理论、评论家也往往缺少对儿童、对儿童片这一特殊领域的了解。这样，儿童片创作中的问题就得不到及时的指出、探讨和研究。

于是，事情就命定地落到我头上了！我喜欢儿童和儿童文学创作，同时又脚踏着电影评论这条船。更无可逃避的是，我成了《电影艺术》这一学术性、理论性刊物的主编者。

在我主持刊物编辑工作之后，我就考虑到，刊物不能只关心一般故事片的问题，它每年至少应各有一期要专门对纪录片、科教片、美术片、儿童片这些片种发言。关于纪录片、科教片、美术片，要找人写文章并不难，关于儿童片的文章，就命定地要我自己动手了！

于是，从1983年起，我几乎每年都要在《电影艺术》上写一篇综评上一年度的儿童片的文章。此外，也在别的报刊上写有关儿童片的文章，电影局的刊物《电影通讯》还给我开辟了一个每期一篇文章的专栏。这样，就促使我把对儿童片的想法、见解都说了一遍。最后收集起来，成了一本儿童电影理论、评论专集，于1990年由中国电影出版社出版了，书名是《让孩子们更喜欢》，此为我国第一本儿童电影理论、评论专集。

1984年，中国儿童少年电影学会成立。这里，我顺便把参与学会活动的情况说一下。

“1984年11月2日，由北京儿童电影制片厂厂长于蓝，《电影艺术》副主编、儿童电影评论家秦裕权，著名儿童电影导演王君正，及儿影厂领导张青山、陈锦俶等同志发起倡议，为繁荣儿童电影事业，促进信息交流，开展有关的学术讨论，团结壮大儿童电影事业队伍，举行预备会，商讨儿童电影学会的性质、宗旨、章程和组成人员名单。决定报请中国电影家协会批准成立‘中国儿童少年电影学会’。”（摘自《中国儿童少年电影学会大事记》）

学会成立后，于蓝为会长，我和其他两位同志为常务副会长。

学会的工作主要有两项。一是每逢单年举办中国儿童少年电影“童牛奖”评奖（此奖由文化部、国家教委、共青团中央、全国妇联、广电部五部委委托中国儿童少年电影学会举办）；二是逢双年举办各种学术讨论会。为完成这两项工作，就有许多筹备和日常工作要做。这些筹备和日常工作，多由在儿童电影制片厂工作的会长、副会长、秘书长操劳，我很少尽力！历次的“童牛奖”评选会和学术讨论会，我则都参加了并且都参与主持。

我参与主持的事情是：

1985年4月10日至15日在北京举行的第一届“童牛奖”评选。

1986年7月15日至17日由中国儿童少年电影学会、电影局《电影通讯》编辑部、《电影艺术》编辑部联合召开的全国儿童故事片创作座谈会，并做了专题发言。

1987年4月7日至14日在北京举行的第二届“童牛奖”评选。

1989年3月26日至4月4日在扬州举行的第三届“童牛奖”评选。会后参观了一些地方。

1990年4月23日至30日在北京召开的儿童电影创作座谈会。

1991年3月6日至16日在四川自贡举行的第四届“童牛奖”评选。参观了自贡的花灯、井盐和恐龙博物馆。恐龙博物馆很壮观，展品很丰富。一具颀长挺立的恐龙化石，独踞一间庞大的展厅，就像一台大吊车！还有一处恐龙化石积层，在岩层中积存着一层层的恐龙化石！我第一次看到如此壮观的恐龙化石展览！

在这里，我们有一件有趣的事情，那就是做一种神秘的抬人游戏。

17日到成都，准备第二天去峨眉山，但当晚我却闹起肚子来！只好独自待在招待所里！此前，我还有一次准备去峨眉山却闹起肚子来的事（下面会说到），两次都这么巧，难道是与峨眉山无缘？

1992年8月6日至11日在北京怀柔举行的92’儿童电影创作（导演、摄影）研讨会，并作专题发言。

1993年4月3日至10日在山东德州举行的第五届“童牛奖”评选。然后去泰安，上泰山。（我这是第二次上泰山）

1994年4月12日至15日，在北京长陵乡（冶金部十三陵疗养院）召开的94’儿童电影创作研讨会并发言。

1995年春在杭州举行的第六届“童牛奖”评选。游览了杭州、绍兴。有一天，别人上商店，我则跟一个伙伴一起步行环绕了西湖一周。

在杭州购得龙泉剑两柄带回京。

1997年春在上海举行的第七届“童牛奖”评选。后去了周庄、张家港、武进。张家港环境搞得特别好，据说他们有一个绝招：例如，若有谁在街道上乱扔香烟头，抓住了，不仅要他捡起来，还要他守在那里，直到他抓住了另一个乱扔香烟头的人来代替他为止！

去武进，是应那里的发行公司之请去参加他们的一个电影周的开幕式。住在宾馆里，当天晚上，深夜，竟有警员来敲我们这些老头、老太太的门，敲开以后，也不说什么，也不问什么，只查看了一下身份证就走了。早起以后，我们问宾馆负责人，常有这种情况吗？答曰，不常有。老太太们很生气！

除上述活动外，儿童电影学会还要我去吉林市的一个石油化工大企业，给他们的业余影评爱好者讲了讲影评的写作知识。也曾去沈阳讲过。

1997年后，学会的活动参加得就少了。2000年，不再担任学会职务，成为顾问。

好，这封信就写到这儿。

祝健康！愉快！

裕权

2003年6月28日

十六

刘兄：

接到你10日从三明来的电话，没来得及给你说个可喜的消息：我的外孙（赞赞的儿子），1988年9月出生，还不满15岁，北京八中少年班应届毕业。高考成绩640分，因曾获全国高中数学联赛一等奖，加20分，为660分，在此次北京8万考生中位列第一集团，居于前26名。向往北大数学系，肯定能进入！

好，下面我接着叙述。

上一封信岔开去说了一通我在儿童文学、儿童电影方面活动的情况，现在再回过头来，讲我编刊物和其他社会活动的情况。

回编辑部后，由当编辑部主任、副主编到当主编，日常的工作程序和状况大体是这样的：

一是刊物的版面：每期的刊物都搞些什么内容？一般是由主编、副主编、主任根据电影的实际情况，形成一个想法，然后拿出来和编辑部全体同人讨论，从而形成一个时期的编辑重点和组稿计划，然后按分工由各编辑组去执行，最后由副主编、主编审稿后上版面。

我当主编时，审稿思想和作风是比较宽容的、民主的。我公开宣布并实际执行的审稿信条是：坚持四项基本原则（我们这样的电影学术性刊物，很少有必要动用这一条款，因为，写稿的人们一般也都会自觉地不去触犯这一条款）；言之成理，持之有故，文字通顺；不论年龄，不论名气，不管来自何地；不以是否与我的观点相一致而取舍！

二是编辑部的日常工作：关心或解决编辑部同事间工作上、生活上的各种矛盾；协调与上、下、左、右各单位的关系。

三是撰写以刊物名义发表的文章，如"新年寄语""本刊评论员"文章，等等。

四是版面杂事，如考虑、审定刊物封面、图片，等等。

五是操持各种学术问题讨论会、影片讨论会。

这几项事情，至1990年我退休，十余年如一日。因此，我将只选择稍有意义的说，一般的就不一一提及。

1979年：

在《电影艺术》上写了篇评影片《大河奔流》的文章。这是当时不少人称赞的一部影片，我的文章有艺术分析地、说理地指出了它的问题，以及它的问题在当时具有的普遍性。此文后经补充、修改，被收入中国电影出版社出版的包括《大河奔流》的作品和评论的一本书里。这是我回《电影艺术》以后第一次在本刊上写文章。此后，我以真名或化名丁言、丁文、逸思、伊思、肖逸思、肖岩、晓肖等在本刊或其他报刊上写影评、短文，又成为一项经常的事情。除有点意思的以外，下面将不一一提及。

12月13日至20日到长春电影制片厂访问、了解情况，除接触老人、新人外，还看了他们多部影片的样片。

1980年：

1月22日至2月14日，在由中国剧协、中国作协、中国影协联合召开的剧本创作座谈会上工作。这次会是主要讨论电影剧本《在社会的档案里》《女贼》和话剧剧本《假如我是真的》的一次大型会议，是新时期第一次涉及创作思想争论的讨论会。我主要参与了一些简报工作，因此，在会上只带耳朵听，没有作任何发言。

这期间，2月12日，《电影艺术》《大众电影》《电影技术》联合党支部讨论了我的入党问题。到会的党员同志一致同意吸收我入党。

3月27日，党委批准我入党，党龄从2月12日起，预备期一年。

7月12日至18日，到承德学习党章草案和准则。学习之余，游了避暑山庄，爬了其中的“四面云山”和“南北积雪”两座山。游了外八庙中的三个庙。其中，木雕观音很壮观，造型很美；仿布达拉宫的建筑也颇雄伟，有气魄。18日上午，有9人爬上了棒棰山，此行十分舒畅有趣，棒棰山奇特、惊险、壮观。

9月下旬至11月上旬，我单枪匹马地外出到各电影制片厂访问、了解情况。去了西安、成都、昆明、南宁、桂林、长沙，回来后，写了篇访问实录，刊登在内部刊物《电影艺术参考资料》上，把所见所闻综合叙述了一番。其中涉及一些说法、一些观点，我不加评论，不说是哪个厂、不说是哪个人，客观地、如实地作了报道，就这样，还是引起了个别人的意见！他只愿在底下说说，而不愿拿到桌面上来！其实，当时文艺界思想已经相当活跃了，有各种不同的看法是并不奇怪的！是不必讳言的！

1981年：

3月13日，党支部会，讨论我的转正问题。全体党员通过，按时转正。

为参加《电影文学》举办的年会，10月12日凌晨离京，13日到南昌，15日上庐山，22日下庐山，23、24日来往于彭泽、湖口、九江，25日到景德镇，28日到南昌，29日到上海，11月2日回北京。

在年会的一次讨论会中，有两位与会者发生争吵，本是同一单位的人，因为发言涉及“文革”留下的隔阂，就吵了起来！

在来回于彭泽、九江的小木船上，江西的一位陪同跟我说起了江西两位剧作家之间的矛盾。这样的事情，我只能静静地听着，不了解情况，一句话都不好说。此事可能也与“文革”有关！

1982年：

《电影艺术》上有你的两篇文章。

8月，我参与主持了《电影艺术》召开的当代题材影片学术讨论会。这次会议上，与会者很认真地思考了如何看待现实、反映现实的问题。

说起学术讨论会，我得说一下一般的情况：进入80年代以后，一直到80年代中后期，《电影艺术》几乎每年都要召开两三次各种专题的学术性、理论性的研讨会。此外，还有不少随机的影片座谈会（当时，人们拍了觉得还有点新意的影片，往往总要拿来给影协、《电影艺术》看，看片前，编辑部就通知评论家们参加，看完影片后，就立即组织座谈），还有每年年末的影片观摩座谈会（到了年末，影协、《电影艺术》就选取当年生产的若干部影片来一次观摩，并连续进行一两天座谈讨论）。并不是说开会开得多就好，《电影艺术》这一时期的这种会都是相当有质量的，不仅有电影界的创作者、理论家参加，文学界、戏剧界的理论、评论家们也愿意来参加这样的会。与会者往往都做了很充分的准备（有些会，我们往往提前一两个月就通知了与会者），他们在会上发言以后，很快就能形成文章，或者，编辑们根据发言录音整理出来，就可见诸版面！

这种情况，到80年代末就少了，进入90年代就更少了。

那时候，包括中青年创作者、理论评论工作者，都比较认真，比较勤于思考理论问题，这是那时的好风气。90年代后至当前，这种思考的风气，似乎少多了！创作者们（文学界的情况我不大了解，电影、电视的情况我则经常可以感受到）思考的兴趣少了，理论家们思考的兴趣似乎也少了。

当然，创作者没有必要一定是理论家，但是，有没有理论思考却是不一样的。有理论思考的创作者，做好了，知道好在哪里，做差了，知道差在哪里，他会得到较快的提高。没有理论思考的，是处于一种糊涂状态，好了，差了，都不知道是什么原因，于是就不断地在低水平状况下重复！当前，好的、有新意的电影、电视剧不如80年代中期那么多，这是不是一个原因呢！

1983年：

年初，参加文化部在上海召开的全国故事片创作会议。有些会不想去听时，就在宾馆房间里写文章。

4月，应河南电影制片厂之邀，到郑州参加他们的影片《小城细雨》首演式。后游览开封、洛阳、龙门石窟、少林寺。中州文化赫然，龙门巨幅石刻肃穆、温厚。

5月，参与主持《电影艺术》编辑部召开的电影改编学术讨论会。这是因为改编的作品多起来并产生了一些问题而引起的一次讨论会。

10月29日至11月12日，我们中国电影家协会代表团一行八人访问朝鲜。除有关电影方面的友好交流外，主要是参观、游览。至今仍留有印象的有：在平壤，他们的主体塔、千里马铜像很壮观；主要的街道楼房、人民文化宫、革命博物馆、万寿台艺术剧院、地铁（据说是我们帮助修的），都很有气魄、很漂亮。他们的演出水平也不低，尤其是合唱和舞蹈，并不比我们当时的总政歌舞团差。但商店里商品不如北京充足、丰富，行人也少。

金刚山很漂亮，我们到时正值深秋，那里红叶满山。演员姜黎黎看见一个小姑娘手里拿着的红叶很好看，赞叹了一声，那小姑娘就送给了她几枝红叶。

一天傍晚，在住地，我在洗温泉浴后正准备出浴室，忽听门外有一个小姑娘在唱《中国人民志愿军战歌》："雄赳赳，气昂昂……"字正腔圆的，唱得很好。我出门后，在服务员值班室找到了她，是一位六七岁的小姑娘。我通过翻译称赞了她，并知道了她为何能唱得这么好的故事。

回国后，我在《东方少年》1984年第3期上发表了一篇散文，叫《唱志愿军战歌的孩子》，其中的小标题是："手持枫叶的小姑娘""唱志愿军军歌的孩子""《沸流江的新传说》中的小演员"。（《沸流江的新传说》是一部以罗盛教的事迹为题材的影片）

朝鲜各地，在山岩上刻的汉字真不少！有的年代看来已很久远了。在开城附近的朴渊瀑布景点，涧水从很高的山岩上飞下，下面形成一浅水潭，潭中有一岩石，如一只大鳖伏在水中，其宽约一普通房间，上刻有草书"飞流直下三千尺 疑是银河落九天"14个大字，那书法还真棒！旁有评诗，其中有一句是"白诗黄笔两雄才"。可惜，至今我也没有去搞清楚，这"黄笔"是谁！

我们还到过板门店，到了当年的谈判桌旁边。还到过元山港，上过他们的游艇。还去过金日成故居和一个游乐园，在那里，我第一次也是至今唯一一次乘上了在高空飞旋的过山车！

游览途中，乡村公路上车辆极少，行人极少，偶见一两个学生模样的孩子，见我们的轿车驰过，就停下来，站在路边鞠躬。

我记得他们有一条标语，叫做："世上无所羡慕，我们最幸福！"

冬，参与《电影艺术词典》的编写工作，任总类主编。我对这种事缺少经验，加上总类的特殊性（涉及知识面广），便把条目分给好多人写，这样，我得向好多人交代任务，催好多人的稿，改好多人的稿，反而多花了不少时间、精力。

1984年：

1月，参与主持了《电影艺术》召开的为时两天的"《乡音》导演艺术座谈会"。《乡音》是一部比较好的有自己清新风格的影片，但人们对它的淡化了生活矛盾和表现上的意念浅露有一些意见，因此开这个会。会开得颇有艺术气氛。

7月中旬，参与主持了《电影艺术》召开的为时一周的"电影导演艺术学术讨论会"，此会有来自各地的约三十位电影艺术创作者和理论研究者参加。会议开得好，与会者反映很好。本刊记者记述的与会者的话说："这个会既不是美国式的只谈赚钱，不谈艺术，又不是法国式的专讲玄妙的理论，不考虑观众，也不像有些创作讨论会那样只讲政策。会议谈了一些有意义的艺术问题，又注意到把电影的商业性作为问题来研究。这样将深化我们对电影艺术特性的认识。""以前由于忙于拍片，很少参加这样的讨论会，若知能有这么多收获，早就来了。""今后若再开这样的艺术讨论会，即使自己出住宿费也要来参加。"

9月18日至25日，出席中国电影评论学会于旅顺召开的首届电影学年会。此会有来自各地的电影理论评论工作者一百七十余人参加。我自己准备的专题发言没有在大会上说，却讲评了别人的发言。

在评论学会的改选会上，评论家们又嚷嚷起来，主持会议的钟惦棐老先生只好连声地喊："注意风度！注意风度！"殊为有趣！会上，我被选为电影评论学会理事。

住在旅顺，几乎每天都爬附近的那座山（记不得它的名字了），以锻炼身体，调节情绪。但一见那山上的古炮台，想起国耻往事，却又叫人不胜感慨！

游大连，很美。乘船出海，海天、海风、海浪、海鸥，叫人心旷神怡！

年末，主持《电影艺术》召开的84’国产故事片回顾座谈会。

好，先写到这里。

祝健康！愉快！

裕权

2003年7月10日

十七

刘兄：

我接着上信叙述。

1985年：

年初，参与主持《电影艺术》与影协外国电影研究室联合在北京召开的为时一周的“惊险样式影片研讨会”。

2月，参与主持《电影艺术》与中国电影出版社本国电影编辑室联合召开的为时一周的“青年导演、摄影影片研讨会”。

4月18日，主持《电影艺术》召开的“军事题材影片座谈会”。

4月下旬，参加在北京举行的中国电影家协会第五次会员代表大会。此次影代会到后来选举理事会的时候，闹了个不大不小的笑话。大概是由于两个原因：一是一批年轻代表搞串联，二是曾事先将一些满了多少岁的上届理事选为荣誉理事；于是，在选新理事时，竟把夏衍给选掉啦！最后，只好来一次补选，把夏衍等几位补选出来！

我被选为影协第五届理事。

几年来，《电影艺术》和其他刊物上都发表了一些谈论“电影民族化”问题的文章，形成一种争论。我觉得，有些文章在论述的严谨性、逻辑性，概念的稳定性，语义的明确性等方面都存在一些问题，不利于问题的深入讨论。于是，便化名晓肖，在刊物的第5期上，以给编辑部写信的方式写了题为《把问题认真讨论下去》的文章（我觉得，用这种方式，比用硬邦邦的“编者按”要好），指出：“为了使电影民族化问题的讨论在一个更科学、更严谨的水平上进行，应该提出一些基本问题，并提醒参加讨论的同志注意这些基本问题，不要忘记在这些基本问题上表明自己的观点。因为，讨论任何问题都有自己的基本概念和范畴，如果没有了这些，讨论就南辕北辙，对不上茬了。”并希望进一步讨论时，论者们要注意：“一、‘电影民族化’的含义是什么？二、是否有必要提倡‘电影民族化’？三、‘电影民族化’到底是一个仅仅涉及电影的艺术形式，还是既涉及形式又涉及内容，关系到艺术作品的内容与形式的统一的问题？四、‘电影民族化’的途径和实践问题。形式怎么‘化’？内容怎么‘化’？五、希望‘电影民族化’的讨论还要注意适当联系电影创作和电影评论的实际。不要悬空议论。”此后，这一问题的讨论延续了好几年。

5月下旬，参加在成都举行的第五届“金鸡奖”、第八届“百花奖”颁奖活动。

到成都，刚住下，同房间的一位党外专家就考我。他要我坦诚地说，对国际共产主义运动的现状到底怎么看。

我当时毫无研究地说了一通，至今也没有去细想。你说说，该怎么回答那位党外专家呢？

在成都活动了几天，与会者们就准备分别到乐山和峨眉山去活动。我则准备去峨眉山，可当天晚上却突然闹起肚子来！只好独自在宾馆里休息。

一两天后去了重庆，参观了红岩等地。然后乘船顺长江而下，当晚船靠万县，伙伴们爬了很高的台阶，去逛了万县县城。

过葛洲坝，到武汉，回北京。

12月9日、24日、26日、27日，主持1985年故事片创作回顾座谈会。

1986年：

4月，在《电影艺术》第4期上化名晓肖发表《旁听席上的插言》一文，再次指出提倡“电影民族化”的论者们在论述上的若干问题，并建议他们放弃含义模糊、容易引起理解上混乱的“电影民族化”这一提法，而代之以“创造具有中国特色的电影”和“电影的民族特色”这样的提法。

7月，应江西的一个文艺理论刊物的邀请，上庐山，到会的有文学、戏剧、电影各方面的朋友。好像并没有开什么讨论会，只要交一篇文章。交谈、游玩之余，写了《摸一下大象的背脊》一文，把新时期以来电影理论研究方面的进展和问题做了一个简要的描述。下庐山后，沿江而下到镇江，转南京。南京极热。

10月27日至29日，《电影艺术》邀请全国十大主要电影期刊的主编们聚会，到会的有《当代电影》《大众电影》《电影创作》《八一电影》《电影文学》《西安电影》《电影新作》《电影作品》《电影评介》的主编们。这是一次新颖的举措，称“主编聚谈会”。大家谈论了刊物现状、发展构思，并讨论了中国影坛当前存在的问题。同行相聚，气氛友好，感情融洽。

12月6日至11日，参加中国电影评论学会与中国电影发行放映公司在柳州召开的“全国群众影评工作会议”。此会有各省市自治区影评组织负责人150余人出席。会后，我等六七人应邀去了广西电影制片厂，然后，去看了悬崖峭壁上留有许多古代象形符号的花山。

好，就说到这里。

祝健康！愉快！

裕权

2003年7月11日

十八

刘兄：

20日电话中所说的资料，我将在两周后寄给你。

下面，我继续叙述。

1987年：

初春，应影片《孙中山》的摄制者和南京电影发行方面之约，到南京参加影片《孙中山》的首映活动。然后去扬州参加一个美育方面的会议。美育会聚集了文学界、戏剧界、美学界数十位同行。

会议之余，到扬州师范学院去看望了任中敏，并不因为他当年曾给我处分，曾勒令我退学，我就不去看他。当年，我们不尊敬他，叫他任老头子；40年后，当我自己成了老头子，并知道他是一位勤奋的、有成就的学者的时候，我却很尊敬地去看望了他。

将散会的前一天，我又突然闹起肚子来，而且很厉害，浑身冒虚汗。深夜里，大家把我送到医院打点滴，大概在医院待了半天吧！第二天早上，带着怕在旅途上拉肚子的不安心理，上了回南京的公共汽车！幸好，一路平安，没事！

4月，第4期的《电影艺术》上，刊登了一篇题为《为小观众塑造时代的英雄——与秦裕权同志商讨》的文章。事情是这样的：编辑部收到一篇稿子，作者是四川的一位中学老师，内容是与我一年前商讨的一篇文章。但稿子写得比较简单，也许是他对稿子是否能被我这个主编采纳缺乏信心。于是，我给他写了封信，鼓励他把意见充分地表达出来。不久，他就寄来了这篇有六七千字的稿子。

这篇文章含有当时某些老师常有的一些不正确的观点。例如，我提出要描绘好聪明、健壮、活泼的儿童形象，他就强调要“塑造时代的英雄”形象。又如，我指出影片《少年彭德怀》的一些不足，他却说那恰是影片的闪光之处。再如，我提出要让孩子们喜欢，他就强调要“灌”！他说：“孩子易挑食，该吃的不吃；不该吃的，偏要吃。比如药，为了孩子的身体就要灌，采取强迫的行动。”他的这些观点，代表了我们某些老师、家长的陈旧观点，是在一定程度上妨碍儿童文学、儿童电影的创作的。我之所以要这样做，就是为了让各种意见都能发表出来，然后在讨论中进一步发展正确的意见。有了反方的意见，正方的意见才能更好地发挥出来！

10月6日至15日，中国电影评论学会我等一行六人赴日本出席“中日电影评论家研讨会”。

到了日本，突出的印象就是小。凡我到过的地方，见到的皇宫、古城墙、古城门、公园、街道、宾馆、房间、商店、饭馆、电影院、会议厅等，都比北京的小一号。

日本人朴素、务实，不肆铺张，不显奢华。我们开座谈会的场所像是一个学校的教室。若干两屉桌围成一方形，上铺白布，就是会场。坐的则是普通的椅子。在我的座位后侧，还架了块普通的木制黑板，就像我们一般的县文化馆常有的那样。

东京的地铁似是四通八达，十分繁忙。那里的高速列车很棒。我们从东京到京都，就是乘的它，迅疾、明亮、舒适！

东京的绿化和环境卫生搞得很好。

在和日本同行的交流中，我感觉到一种值得注意的状况，那就是：日本评论家对我们中国影片，往往有不理解或理解得不对的情况。例如，一位著名的影评家认为，《绝响》的主题之一是反映民族音乐与西洋音乐的矛盾。（他这个感受，离创作者的实际意图甚远）又如，一位中国话说得很流利的评论家认为，《黑炮事件》中踢足球的那场戏，队员们穿红白两种颜色的衣服，是隐喻共产党与国民党的斗争。（他的这一想象，可谓不着边际）又如，一位女权主义电影评论家认为，影片《人到中年》中的马列主义老太太和《黑炮事件》中的党委书记两个反面人物都是女的，似乎是中国人轻视妇女的一种反映。（她这种感觉，中国人是想象不到的）再如，有一位评论家在吃饭的时候告诉我，《孩子王》这部影片的含义他搞不明白，并问我，片中老师和学生们为什么要那样大喊大叫，叫喊的是什么意思！（他这种疑惑，可以理解）造成这种状况的原因，除《孩子王》的确有点不好理解以外，一是因为他们对影片所反映的中国的实际生活情况不大了解；二是他们受了某种批评“理论”的影响，使用这种“理论”来硬套这些中国影片，即有点“教条主义”的毛病。此外也表明，在不同的文化传统、不同的国家民族、不同的世界观、不同的文艺观的人们之间，要理解、评论对方的文艺作品，尤其是那些比较隐晦的作品是相当困难的。中国与一衣带水的日本之间如此，与西方欧美之间，当更是如此！

还有一件事要特别说一下：日本同行请我们看了他们的一些影片之后，举行了一次座谈会。看的影片中，有一部《熊的故事》，说的是一个猎人抓了一只小熊，便带回家养，最后受到那只熊的伤害。座谈会上，我发言时说道，这《熊的故事》是一部有隐喻的影片。座谈会的主持人佐藤忠男马上颇不高兴地问，有什么隐喻？我沉着地说："一部作品的隐喻，只有作者心里最清楚，读者、观众只能感觉到，是很难说出来的。即使说出来，说对了，作者也可以不承认。"这样，他就没有再说什么。

1988年：

1月，《电影艺术》第1期发表了署名鲁番的《八个为什么向主编请教》一文和我的《几句心里话敬复鲁番同志》。此事的背景情况是这样的：

1987年10月下旬，我到我的前任、影协前辈领导、理论家于敏同志那里，他对我说，他对刊物和电影现状有一些意见。我说：那就请说说吧！他说：一时说不清楚。我说：那就写文章吧！他说：好，写文章！果然，过了不久，我就收到了他的文章。但他写的并不是一般的文章，而是以一个"读者"的名义写给我这个主编的一封信。他署名鲁番，标题为《八个为什么向主编请教》，时间是11月4日。

"请教"，也就是质问；由于是"读者"来信，我就必须"敬复"！

我花了不多的时间，于11月11日就写出了《几句心里话敬复鲁番同志》的回信，对他提出的问题一一做了回答，并在一些问题上表明了我跟他的不同看法。这封信表明了我对当时的电影状况和办刊的基本观点和态度，表明了我自己的办刊信念和风格。

由于鲁番的这封信在观点上颇多偏颇之处，因此，信公开发表后，无论是在影协内部还是整个电影舆论界，都没有得到任何响应和支持。影协党政方面没有过问，也没有任何一个报刊就此发表任何批评《电影艺术》及其主编的文字。

相反，我们收到的一些读者来信，则多是持公正态度的。于是，过了几个月，在《电影艺术》第5期上，便发表了韦德锐的《观信插话》一文。此人是一位业余电影评论家，看得出来他是常看《电影艺术》的。他的意见是内行的，能说到点子上。他为《电影艺术》说了几句公道话。

9月22日至28日，主持了"中国新电影研讨会"。这是继1985年我们召开的"青年导演、摄影研讨会"后的又一次更大、更有准备的研讨会。到会的有五十多位理论、评论界人士。会上对“中国新电影”即所谓“第五代”的创作者和作品都作了比较广泛、深入的分析。探讨了他们的世界观、文艺观、电影观形成的历史、文化背景，分析了他们的作品的思想、艺术特色，他们所取得的成就以及他们可能的未来走向。

会议在京西卧佛寺举行，我21日上山，那天，正好我的小外孙邵远降生。

1989年：

5月中旬，参加第九届“金鸡奖”评奖。评委们住在华北大酒店。

1990年：

5月29日至6月1日，参加广电部电影局在无锡召开的全国电影报刊工作会议。这种以行政方式召开的会，相当乏味。有记载说我曾以《方向和队伍最重要》为题发言，这题目像是我的题目，但说了些什么，记不清楚了，只记得我大概只说了十来分钟。会后游了太湖，参观了附近新兴的乡镇企业，好像还去了华西村。这期间曾牙疼，没有上医院，只买了点消炎药吃。

9月至10月，有一次由上面部署的检查报刊的活动，主要检查各报刊是否有违反四项基本原则的情况。影协分党组组织了六七位已离休的原来当过领导的人专门来听《电影艺术》的检查。我在检查发言中概述了刊物几年来的状况，并说，经过我们自己检查，只有一篇文章中的一句话在措辞上有点问题。发言后，老领导们提了一些问题，我都一一做了回答。

10月31日，我的小孙子一骁降生。

这年7月，我年满60岁，到年底，我毫不犹豫，照章退休，回家抱孙子。但《电影艺术》首页上，我的主编头衔，却一直挂到1991年第3期，也就是6月（刊物1990年后已改为双月刊）。

退休以后，参与电影界的活动，除有关儿童电影的以外，主要的还有：

1993年，参与第十三届“金鸡奖”评选及在昆明举行的颁奖活动。

1993年夏，影片《重庆谈判》摄制组似乎是以开研讨会的名义邀请我去重庆。到重庆后，一天下午，说请我去看拍戏，我去了，到了后，那里已聚集了不少熟人。闲谈间，我和丁峤被拉去换服装。丁峤换了一身西服，我则换上了一件长衫，然后被请去参加拍戏。拍的是欢送毛泽东回延安的欢送会，我和丁峤被安排在毛泽东即席讲话时的侧后位置，于是就上了镜头！在完成后的影片字幕中，似以“特邀”的名义打上了肖秧、丁峤和我的名字！到电影界四五十年，就这样当了一次群众演员！

1996年、1997年，参与第一届、第二届夏衍电影文学奖评选。

1998年左右，为《百年中国儿童》(一部记述20世纪百年中有关中国儿童的各方面情况的大型辞书式图书，新世纪出版社出版）主编“儿童艺术”卷并撰写“儿童电影”部分。

我的人生历程的叙说，想就此告一段落。

为什么要就此告一段落呢？因为：

一、这一段落已经叙述到了我退休，即我的公务行为已经结束；我的主要的社会工作，如在中国儿童少年电影学会中担负的工作，也已交班、结束。

二、这一段落的叙述，已经勾画出了我的人生历程的主要脉络。

三、此后，我的人生历程，已进入另一时段，即老年生活时段。当然，老年时段也会有一些有意思的事情和思绪可以记述的，但那可能已不再适合用编年的方式来写了。今后，我如还有所记述，当仍然寄给你！

祝健康！愉快！

裕权

2003年7月22日

山乡见闻

几句说明

山乡见闻，主要说的是从1934年我能记事时起，至1946年年初我离开家乡之时，我在家乡的所见所闻。这些见闻，有的现在的孩子们已经见不着了；有的虽然还有，但样子、情况可能已经不一样了。我这里记录的，是那些往昔的事物在我这个儿童、少年心目中留下的基本印象，而不是经过仔细观察后的科学描绘。正因为此，它们对于今天的孩子们来说，也许就更特有其亲切感、趣味性和知识性。

穿衣 吃饭

布鞋

我小时候穿的鞋，主要是我母亲亲手做的布鞋。

我所见的做鞋过程是这样的：

一、做鞋底，首先得有麻线。要有麻线，得先种麻或买麻。我见过成品麻（买的或人家送的）也见过自家种的麻。

我家种麻种在后园里。麻长到食指般粗、5—6尺高的时候就可以收啦（从根部砍下）。砍下后扔到水塘里沤若干天，就可以剥下它的皮。皮有内外两层，用一个小工具一刮，就可分开，外层扔掉，里层就是可用的麻，在河水里洗一洗，晒干，就是成品麻了。

夜里，或其他有空闲的时候，母亲拿一把麻，坐下来，就可以搓准备纳鞋底用的麻线，那就叫搓鞋底线。

她先用指甲将麻劈细，然后就在自己的大腿上搓线；为了搓的时候有点摩擦力，使线容易成形，就还要在手上、大腿上扑一点草木灰。一根鞋底线大约要搓到4—5尺长，一个晚上母亲大概能搓上十来根鞋底线吧。每次搓下来，大腿都被搓得红红的。

搓好的鞋底线积攒到一定的数量之后，母亲就用稻草烧灰滤出碱水来煮它们，然后拿去河水里清洗，再晒干，鞋底线就被漂白了，好看了，可用了。

做鞋底的步骤是这样的：1.用挺小块的旧布在一块木板上一小片一小片地叠铺成一定长、宽、厚度的底坯子。2.做鞋底样子：用硬纸或竹壳剪成所需大小的鞋底样子（我常见母亲用竹壳剪样子。竹壳，就是竹子刚长成不久留在竹节上的笋壳，一种长约一尺、宽约3—4寸的梭状薄壳，可剪裁成形），用旧布包一两层，抿上边，加在底坯子上，就可以纳鞋底了。3.纳鞋底：用较粗的针和备好的鞋底线纳鞋底。一个十来岁的孩子的一只鞋底大约要纳500—700针左右。把针扎过厚厚的鞋坯和鞋样，然后使劲拔出针（有时，进针需要用顶针，拔针需要用针夹子），拉紧线。每纳一针，都要花很大的力气。一双鞋底起码得纳5—10个夜晚。

二、做鞋面：鞋面因人而有不同的样子，其平面图样颇像凯旋门！其做法倒是和现在能见到的做鞋面的情况差不多，此不多记。

三、上鞋面：将鞋面一针针地缝到鞋底上去。一般从鞋尖上起，这一道工序是相当困难、麻烦的。

6—10岁时的我，一双新鞋大概一个月左右就会穿破，这时，母亲就得给我补，补好再穿一两个月。

夏天、秋天，我出去玩或下河、下田，多半打赤脚。

上山或走远路，则常穿草鞋。

草鞋

我母亲不打（制作）草鞋。邻居有专门打草鞋卖的人。

打草鞋的步骤是这样的：得先有一个打草鞋的工具，叫做草鞋耙耙。那是一根长2尺左右的、弯成弓形的、有弹性的竹片，两端各横着安装一根木棍，前端的长约8寸，后端的长约4寸，用以绷紧打草鞋的四根经线（草绳）。打草鞋就是将稻草搓一下，然后织进这四根经线中。待织成鞋形以后，再做上“耳”（绊儿），加上系紧用的绳子，一双草鞋就打成了。

上面说的这种草鞋比较粗，既容易坏，又有点磨脚。有时候，母亲就给打草鞋的邻居提供一些麻、旧布条、旧纱线之类的东西，请她给我打草鞋。这类材料打成的草鞋，就好看、好穿、经穿多了。

我到桂林上中学以后，除仍穿母亲做的布鞋外也买皮鞋、胶鞋（力士鞋）穿。

衣服

我小时候主要穿布衣服，稍后，才有绒衣（卫生衣）穿，再后，才有母亲或姐姐给织的毛衣。

布衣服主要请裁缝到家里来做。堂屋里，两张八仙桌并在一起，上铺毯子，就是裁缝的工作台。

裁缝用的竹尺、剪子，跟如今能见到的差不多。熨斗，则是一个铜制的、有木把的、平底锅似的东西，内置烧红的木炭，就可以熨衣服了。

裁缝画线，除有小粉片外，还有个黄色的小粉包，包内有黄粉，并有一根较粗的线从中通过。裁缝需画长线时，就用那粘有黄粉的线比住所需的长度，轻轻一弹，一根清晰的长线就画好啦！

我们幼年时候穿的衣服还是比较讲究的，有绒布的、绸子的，有的还绣了花。1944—1945年，家乡沦陷，家里收入少，母亲曾把那些小衣服翻出来拿到集上去卖，还很受欢迎。

我还见过一件我小时候的“百家衣”，那是一件用许多各种不同质地、颜色、花样的小布块拼接成的、袈裟式的小衣服。小布块被剪成菱形或三角形，其每个边长约一寸半左右。据说，这些小布片是向许多人家乞讨来的，给孩子做百家衣是为了给孩子祈求平安。

大人们到了夏天，有时穿一种叫云纱的料子的衣服。云纱，有的地方叫香云纱，而按我们的土话，翻译过来应是响云纱。那是一种在纱布上涂有某种黑色涂料的料子，穿在身上会沙沙作响的！

我小时候主要穿唐装式衣服。10岁左右，不知是舅舅还是姨妈，曾送给我一套西式夏服。短袖衫、短裤（两根背带吊着），外加一顶孙中山先生曾戴过的那种白色的、有硬边的、盔式的礼帽。妈妈带着穿了这套服装的我去赶集，曾引来了不少惊异的目光。

帽子

说到帽子，我除了戴过普通的瓜皮帽、洋帽（有帽檐的帽子）以外，还见过我们小时候戴过的虎头帽和风帽。虎头帽就是普通的圆帽缀上老虎式的耳朵、眼睛、嘴和胡须。风帽，上部亦做成虎头形，而后面，则有一个很长的披风，一直能披到肩上、腰上。披风上也绣有花，并坠有丝线穗子，似乎还有银制的小铃铛。

到1943年左右，我母亲、慈姨、五舅娘她们，就开始戴一种自己用毛线织的、贝雷帽形状的帽子，她们叫做摩登帽。村里的妇女们见了，便纷纷效仿，一个个买了毛线，上门来要我母亲教她们织这种摩登帽。

大米

小时候，我们的主食主要是大米。

大米，是由水稻的果实——谷子去壳后而成的。这去壳的过程，叫舂米。

天气好的时候，主妇们就会拿一些谷子摊在竹席上晒，晒干了，才好舂米。

人们主要选择阴雨天、不能外出干活的时候来舂米。我们家有时请人舂米，有时自己舂，我小时候就常帮母亲踩碓、舂米。

舂米主要用碓。碓，分两大部分。一是碓身，二是石臼。石臼里一次可放入10斤（市斤）左右谷子。碓身运用了杠杆原理，踩碓尾，使碓头抬起，然后放开，让碓头舂臼里的谷子。舂10斤左右的谷子，可能要踩碓200次左右。谷子舂过以后，还要经过筛、簸（去糠）等工序，才能得到纯净的大米。因此，一个人紧忙活半天，大约只可以舂出30斤左右的大米。

有的人家用谷磨来去掉谷壳。（谷磨，一种直径2—3尺的巨型木磨，其磨齿用竹条和硬木条嵌成）谷磨去壳的米比较粗糙，称为糙米，多用来酿酒，亦可直接做饭吃。

米饭

小时候，每天基本上可以吃到三顿米饭。

做饭用的是铁铸的尖底的鼎锅。家里有四五种不同大小的鼎锅。

三顿饭大都由母亲来做。到了农闲日子，家里没有请人干活的时候，米饭里往往会加些红薯、芋头、饭豆之类的杂粮，为的是节省大米。

每顿饭基本上都有下饭的素菜或荤菜。

油茶

中午饭前，多半要先吃油茶（米花茶）。

做油茶，先要炒米花。（米花是事先准备好的，那做法是：将20—30斤糯米用水泡软，掺上一些干净的谷糠，用甑子蒸熟，晒得半干，用碓舂，使每粒糯米变扁，然后用簸箕簸，以去掉掺入的谷糠。掺谷糠的目的只是为了免得糯米互相黏在一起）炒米花时，锅里放点油，烧热，放入米花，米花就很快泡起来了！炒好米花，还要炒些花生或黄豆。

然后做茶水：锅里放一点水，加入一种很粗的茶叶，用木勺将茶叶磨碎，加上猪油、水、盐，煮沸，就是油茶了。

吃的时候，碗里盛入茶水，加入米花、花生就行了。

有嫩玉米、新豆角的季节，茶水里往往会放些嫩玉米粒或豆角，以变变花样。

吃油茶的时候，人们往往只使一根筷子，而不是一双。

甑子

上面说到甑子，得介绍一下：甑子，一种相当于蒸笼、蒸锅的器具。古时是陶制的，我们用的是木制的。圆桶形，高2尺左右，上口直径一尺许，下口略小。里面架一个木制的箅子。蒸东西时，把它放在烧水的铁锅上，锅里的水烧开了，蒸气就涌入甑子里，把要蒸的东西蒸熟。

下面将说到的蒸糕、蒸糯米做糍粑等，都会用到它。

金糕或甑糕

这种糕，我只记得我们土话怎么说，翻译过来，是叫金糕还是甑糕，我不敢肯定了，在这就叫它金糕吧。

有一天，妈妈说要蒸金糕，我见她往甑子里的箅子上扣一个小尖帽子似的小篓子，然后，在这个小篓子上垫两层纸，再后，就把筐箩里用水拌得半湿的米粉，一勺一勺地往甑子里面放，放完以后，甑子里的米粉堆成了一个高高的尖尖。我当时想，这糕蒸好了，怎么往甑子外面拿呀？问妈妈，妈妈说："等下子你就知道了！"

妈妈把甑子放大锅上蒸，过好久，冒气了，蒸熟了，妈妈就把甑子拿下来放在小桌子上。我正急着想知道怎么把糕拿出来的时候，妈妈则从后堂屋里拿出一段高约两尺的大木头放在了小桌子旁边。妈妈用手拍了拍甑子周围，就把甑子端了起来往大木头顶上放。啊，大木头从甑子底下的口子顶了进去，甑子则慢慢往下滑，一会儿，我就看见金糕的尖尖从甑子里冒出来了；又过了一会儿，甑子落到了地上，而一个大大的金糕则稳稳地坐在大木头的顶端了！噢，金糕原来是这样被顶出来的！后来，我还见妈妈拿了一碗很浓的红糖液，涂到了金糕顶上，把糕面涂成了金黄色。我现在揣摩，把这糕叫做金糕，这可能也是一个原因吧。

金糕主要用来送礼，人家结婚、过生日都可以送金糕。当你离开时，人家会把你送来的金糕切成两半，一半收下，一半（包括那个小尖帽子似的小篓子）仍请你带回去。

金糕的吃法跟现在吃生日蛋糕一样，切成一块一块吃。

年糕

我们那里蒸年糕，是先在蒸锅箅子上垫上芭蕉叶或荷叶，再把主要是糯米粉、红糖加水和好的粉团放到芭蕉叶或荷叶上，蒸熟，就成了。

年糕不一定过年的时候才做，平常也做年糕。

新做好的年糕，还软和的时候，切成片，就可以吃。过了两天，年糕变硬了，要切成片，再蒸一蒸，或者放锅里加点油煎一煎，才好吃。

粑粑

各种粑粑都叫粑粑，按材料、时令之不同可分为糍粑、清明粑粑、石榴粑粑、荞麦粑粑等。

糍粑：到了腊月里，一般人家都打粑粑。将糯米泡软，用甑子蒸熟，趁热放进石臼里用舂杠舂打（舂杠，一根长约5尺，直径2—3寸的大木杠，中段部分削细，以便手握，两端即成长槌状）。两个壮汉子你一舂我一舂地打5分钟左右，那糯米便成了黏泥状。用舂杠挑起来，置案板（或八仙桌）上，妇女们便赶紧把手抹上干粉（或抹上油、沾上凉水），把黏泥状的糯米团从舂杠上捋下来，把它做成一个个厚约半寸、直径3—4寸的圆粑粑。

糍粑凉后，就变硬了，叠起来，包起来，携带，赠送，都很方便，是走亲访友最常带的礼品。

糍粑可切成小块煮在糖水里吃，也可以整个烤来吃、煎来吃。烤好的糍粑会泡起来，趁它泡开时往它里面放些糖，一卷，很好吃。

糍粑放久了，会开裂，会碎，如果在它开裂之前把它放进水里泡着，就不会裂了，但要记得过几天就换换水。

清明粑粑：清明节前动手做这种粑粑。

把糯米泡软，蒸熟，放瓦盆里，拌上猪油、肉末、葱、姜，以备作馅。

用热水和糯米、大米混合的面粉做皮，包以上述备好的糯米馅，放印板（木刻的）里面一按，倒出来，就做成了一个月饼似的粑粑。

这种粑粑吃的时候最好在平锅里煎热、煎黄了吃。

清明之后，天气渐热，这种粑粑不能久存。

石榴粑粑：初夏，捋一些鲜绿的石榴树叶，和一份糯米、一份大米一起舂，过细筛，得淡绿色米粉。用热水和这米粉，揉好，做成粑粑（内包芝麻糖、花生糖馅），放蒸锅里蒸熟，倒在撒有豆粉的托盘里（豆粉，黄豆炒香后舂成粉，使粑粑不粘手，且香喷喷），就可随意地吃了。

荞麦粑粑：荞麦舂成粉，过筛，加少许糯米粉，和好，做粑粑。荞麦粑粑好消化，适合胃不大好的人吃。

甜酒

到了冬天，母亲常做甜酒。

将泡软的糯米用甑子蒸半熟，放瓦盆里，拌以一定数量的酒饼（碾成粉末），装入口径约8寸，高1尺许的缸里，盖严，置铺满稻草的筐里（为了保温）。数日后，即成甜酒（有些地方叫醪糟）。

早晨，母亲常舀一碗甜酒（带米粒）来煮糖水鸡蛋。晚饭时，母亲常取一小杯甜酒（不带米粒）喝。

做甜酒、用甜酒的过程中，都要注意，不能使它沾有油类的东西。

烧酒

我们家不烧酒，外婆家则有个酒坊。

用大铁锅煮糙米，煮好后放大箢篓里，拌以一定数量的酒饼（碾成末），然后放大缸里，压实，盖好，就是酿酒了。

酒料酿好后，就烧酒。其工具和程序是这样的：一个大灶，灶上一口大铁锅，锅里放酿好的酒料，似还需加些水。锅上置一只大木筒（这是一种专用的、上下开口的大木筒，其下口比铁锅略小，置铁锅上后，周围可塞上布条，使密封，不漏气。其上口比下口略小。关键的部件是，在其里面有一条木槽或竹槽直径般地从它中间穿过，稍倾斜，下端穿过桶壁露出来，形同一个水龙头），在木桶的上口之上，再置一口铁锅，里面放满冷水。

烧酒啦！灶里烧大火，大锅里的酒料和水被煮沸了，不断变成蒸汽，蒸汽往上涌，遇到盛有冷水的铁锅，即凝成液体，液体顺锅底尖往下滴，正好滴在斜跨在木桶里的那条木槽里，然后流出来，这就是酒！

当然，要想烧出不同质量、不同度数的酒，其中还有许多技巧，而我，只知道先流出来的酒比后流出来的酒好。

烧到一定时候，流出来的酒很淡了，就不再烧了。

剩在大锅里的残渣，就是酒糟。酒糟可以用来喂猪。

磨豆腐

我见过做豆腐的全过程，我们那儿叫磨豆腐。过程是这样的：

1.泡豆子：取一定数量的黄豆用清水浸泡。

2.磨豆腐：用石磨磨碎浸泡软了的黄豆。石磨一般有两种，一是直接用手转动磨盘的，二是利用一个长长的木把来推动磨盘的。将浸泡好的豆子连同清水一点点地放入石磨，磨成豆浆，豆浆流进石磨下面的一个木桶里。

3.摇豆腐：从房梁高处吊下一根粗绳子，绳子上吊一个由两片约2尺长的竹片做成的十字架，架子的四个顶端各有一个钩子。一块约3尺见方的、专用的麻布，四个角钩在上述的十字架上，成兜状。兜下置一只大木桶。

往这布兜里舀入磨好的豆浆，不断摇动十字架，使豆浆渗出，滴入大木桶，剩在兜里的，就是豆腐渣了。

4.煮豆浆：将豆浆放大锅里煮沸。

5.点豆腐：事先将石膏粉碎，加水调成液备用。将煮好的豆浆放进大木桶里，再调入一定数量的石膏液，静置若干时候，豆浆即成凝结状。这就是豆腐脑。

6.包豆腐：人们备有包豆腐用的格子，一种木制的、如一扇格子窗户似的大木框，其中分成许多约3寸见方、高2寸的小格子。还备有专用的包豆腐用的纱布，大小跟一块普通的餐巾差不多。

事先将一块块纱布铺好在上述的小格子里，然后将豆腐脑舀进小格子里，用纱布包住，上面再压以专用的方木块，以使豆腐脑中的水分渗出。

7.成品：过若干时候，豆腐便凝成了块。揭开一块块包布，里面就是一块块的豆腐了！

将豆腐置清水里“养”着，就可以出售或随时取出食用了。

麦芽糖

将浸泡过的麦粒置竹筐里，使其发芽（这一工序我未亲见，我见到的是已经发芽并互相缠绕成一团团的麦芽）。将这样的麦芽置榨篓里（榨篓，是用很细的竹篾编成的篓状物，因编得很稀松，所以能上下伸缩），放到一个架子上压榨（人们用粗麻绳、木杠，利用杠杆作用使劲地压榨它），就能压出汁液来。将汁液放铁锅里熬，渐渐的，它就变黏稠，变成橙黄色。此时就好了，可以停火了。

熬好的麦芽糖是软和的，如置低温处，则会变硬。

在家里的柱子上或室外的大树上绑一个大钩子，取一大块麦芽糖（1斤左右），往钩子上一挂，使劲拉，就可拉长，再挂上去，再拉，如此拉数十次，麦芽糖就会变软、变白，就成了“白糖”。将“白糖”放托盘里，扑以干粉，使它不粘手，然后剪成一小段一小段（在北京，似称关东糖），小孩子们就可以动手拿来吃了。

蔬菜

我们自家种、自家吃的蔬菜有白菜、青菜、扯根菜（菠菜）、菠菜（一种生菜）、苋菜、豇豆、四季豆、眉豆、茄子、萝卜、尖辣椒、灯笼椒、朝天椒、番茄、苦瓜、黄瓜、丝瓜、南瓜、冬瓜，等等。这些蔬菜有普通的吃法，也有比较特别的吃法。

苦瓜常和豇豆一起焖炒；牛肉炒苦瓜颇有点名气；酿苦瓜，我爸爸和我都很喜欢吃。

那种被称为菠菜的生菜，常出现在冬天的火锅旁。拿一匹这种生菜，包上一块热豆腐或大肥肉，往嘴里一填，就叫做吃包。

冬天，一家人围在火塘边吃饭，火塘上的铁撑子上，架着一锅炒萝卜丝，锅边上插一个铁制的小器具，小器具上搁一碗油盐煮过的辣椒面糊糊，大家一边用筷子炒动萝卜丝，一边按自己的需要往上面加辣椒面糊糊，往往能把人吃得满头大汗。

夏天，剥几瓣蒜，拿几个灯笼椒扔火里烧一下，然后一起放钵子里捣碎，加点盐，啊，别有风味。

泡菜

外婆、母亲都很会侍弄泡菜坛子。可惜，我不知道家里的泡菜坛子最初是如何“建立”的（坛子里用以泡菜的水，是如何配制的），也不知道如何维护、保持，只知道往里放菜、往外拿菜的时候，要小心，不要带进生水和油性的东西。

泡菜坛子里经常有的蔬菜是豇豆、黄瓜、萝卜、辣椒等。

腌辣椒、酸菜、松花蛋

母亲常腌豆豉辣椒。那做法是：将新摘的红、绿辣椒洗净，和剥好的蒜、豆豉一起剁碎，放瓦盆里，撒上粗盐，拌以三花酒（桂林产的上好白酒），然后装坛。过十天半月就可食用，味道很好。

冬天也腌酸菜：把洗净的青菜在开水里烫一下，夹以粗盐，码大缸里，压上大石头。半月左右，就成酸菜了。

母亲也会包松花蛋，但那包蛋用的泥料是怎么配制的，我不知道。据说，把柏树枝烧成灰拌泥料，就可在做好的松花蛋上见到柏树枝一样的花纹，如果烧一只小鸟进去，就会在松花蛋的花纹上看出一只小鸟！这，恐怕是由于有些松花蛋上天然地会出现一些柏枝似的花纹而生发出来的说法吧！

杀猪

我们平常吃猪肉，多到集上去买，用作炒肉片、做丸子、做红烧肉、做粉蒸肉、做咕噜肉，等等。

此外，每年也杀一两头猪。其过程是这样的：自己把猪养大催肥以后，准备杀时，就得先请杀猪的屠夫来估价、讲价，估计猪有多重，多少钱一斤，我们留下多少，他要走多少，等等。

一大清早，杀猪的就来了。我们帮助烧一锅水，准备烫猪刮毛；备一个木盆，里面放些水和少许盐，用来盛猪血；还准备一张条凳。两个屠夫把猪从栏里赶出来，揪住猪的耳朵，拉到条凳上，一个屠夫就使尖刀从猪脖颈处刺入，直奔心脏，放出血来，猪嚎叫几声，就完了。

天井里铺些稻草，把猪抬到稻草上，用开水浇烫，然后就赶快刮毛。刮好毛，在后腿关节处戳穿一下，用铁钩子勾住，然后把它吊到高处，开膛处理下水。

把该留给我们的猪肉、下水留下以后，屠夫们就挑了猪肉到集上卖去了。

我们则立即把新鲜的猪肉、下水清洗一下，烧一个大火锅，把邻居们请来，高高兴兴地吃一顿。

粉肠

将杀好的猪开膛拿出它的内脏时，有一段3—4尺长的小肠，屠夫会把它割成几小段交给主人。这是一段没有粪便的小肠，叫粉肠。人们将它的表面洗一洗，就切成小段在汤锅里涮来吃！我吃过，鲜嫩，好吃！

腊肉、金银肝

如果是冬天，杀了猪，就会留下较多的肉用来做腊肉。

做腊肉的程序是：把肉洗净，砍成大长条（每条1—2斤），放瓦盆里，撒上茴香、八角、肉桂等香料和粗盐，再拌以三花酒。拌好后腌两三天，就可用棕树叶子一块一块地穿起来，然后高高地挂在天井边屋檐下早就钉好了的一长排钉子上。天井边通风，而且还能晒着太阳，一两个月后，肉就腊好了。

这种办法在我们南方行，在北京恐怕就不行。因为，在北京，如把肉挂在室外，会冻上，成不了腊肉，而且还落满灰土；如挂在室内，不大通风，亦成不了腊肉。在我们那里，肉挂在天井边的屋檐下，不仅不会上冻，而且不会落上尘土，因为，在我们那里是很少有飞土扬尘的。

在做腊肉的同时，也做香肠和金银肝。

金银肝的做法是：拿一大块猪肝，用尖刀刺一条口子，塞进一条纯肥肉，也放进有香料的瓦盆里一起腌，腌好后，亦挂起来。

金银肝腊好后，要吃时，在蒸锅里蒸一蒸，切成片就行。切好的金银肝外圈是金黄色的，里面是银白色的（肥肉），又好看，又好吃。金银肝是因此而得名的吧！

走油

把猪肘子、五花肉、猪蹄等煮个半熟，晾干，在它们的表皮上涂一些红糖汁，然后放进烧热的油锅里炸，叫做走油。经走油的肘子、五花、猪蹄，表皮就成了金黄色，很好看，怎么用都好用。

“金镶玉”

把经过走油的肘子、五花肉切成2—3分厚的大块；把荔浦芋（槟榔芋，内有红绿花纹，美如玉）亦切成2—3分厚的大块；用豆腐乳汁等佐料浸拌，然后相间着镶入大碗，放蒸锅里蒸熟，就是名菜金镶玉。吃的时候，肉和芋一起夹、一起吃，味道很美。

毛鸡崽

我们也吃鸡，炖鸡汤、红焖鸡、粟子鸡、白斩鸡，全国都这么吃，没什么特别的。

我见母亲吃过毛鸡崽。那是一种还在蛋壳里，已经成形并长了细毛毛，但还未孵出的小鸡胎儿，是炒来吃还是煮来吃的，我记不清了。据说，妇女们吃了它有好处。

这种毛鸡崽，我在隔了60年之后的2003年，在北京的一个菜市场门口一个卖茶鸡蛋的小摊上还见到过，它是和茶鸡蛋放在一起卖的。

醋血鸭

我们常吃鸭子，到了八月十五，几乎家家都要杀鸭子。

醋血鸭的做法和风味都比较特别，其做法是：杀鸭子之前，准备一个碗，碗里放小半碗醋。杀鸭子时，让鸭血流到醋碗里（血就不会凝结了）。然后按一般的做法将鸭子红焖。待焖得很透以后，起锅前，把那碗醋血拌进锅里。这样，醋血和焖出的鸭汤汁便都一起粘到了鸭块上。吃的时候，鸭肉和醋血一起入嘴，味道特别鲜美。

“岩鹰翅膀”

所谓“岩鹰翅膀”，乃是一块牛排。卖牛肉的人将牛排骨的尖端部分（软骨部分）完整地砍下来，挂在肉摊上卖，那样子颇像一只鹰的翅膀，所以被叫做“岩鹰翅膀”。

我父亲比较喜欢吃这种“岩鹰翅膀”。

那做法是：把那块牛排用小斧头剁成小碎块（蚕豆大小），放锅里炒，随时添油和佐料，待炒香、炒脆，就可以吃了。但一般不起锅，而是放小火，在锅里边炒边吃，烤焦了、酥了，更好吃。人们多一边喝酒，一边谈笑着吃，把脆骨都嚼来吃了。

现在想来，吃这种岩鹰翅膀，对牙齿可真是一场考验！

种植　饲养

种水稻

水稻是我们那里种植的主要农作物。

水稻分早稻、晚稻，早稻播种早、收割早，晚稻播种较晚、收割较晚；早稻产量较低、质量较差，晚稻产量较高、质量较好。早稻收割后，田里适合接着种二季稻、黄豆、红薯、荞麦、小麦等；晚稻收割后，田里适合种豌豆、蚕豆、萝卜、肥田菜等。同属水稻范畴的还有二季稻、糯谷。

我当时见到的水稻的基本耕作过程是这样的：

1.浸种、犁秧田：开春以后，就开始浸种，将稻种置箩筐里，放在普通的水塘里浸泡。同时，就要把秧田放上水，犁了，加上肥料，耙平了。

2.播种（撒秧）：天稍暖，就可播种了。捧一簸箕稻种，沿田边或田的中线边走边撒种，其抛撒的动作很有讲究，有经验的人会撒得很均匀。

3.犁田：撒完秧，就开始犁准备种稻子的田。放上水、犁田、踩田（如果田里种有豌豆、蚕豆、肥田菜，犁翻过来后，还要仔细把它们踩到泥底下去）、耙平。

4.拔秧、插秧：该插秧了，就拔秧、插秧同时进行。从秧田拔了秧，就立即挑到要插秧的田里去插。拔秧、插秧都是重要的、技术性的活，也累人，所以，此时人们往往要吃得好一些。

5.撒石灰:（这是一道很奇特的工序，我在别处从未见过）秧苗长到1—2尺高时，秧苗往往会显得有点“萎靡不振”，有经验的人就知道该撒石灰了（也许因为我们那里是酸性土，需要用石灰来中和），于是，就一担一担的石灰往田里撒！撒完石灰，秧苗很快就会“喜笑颜开”地、旺盛地长起来！

6.薅田：撒了石灰，还要薅田。人们打赤脚下到田里去，用脚去拨弄泥土，把杂草拨弄出来或踩到泥里去。也许撒石灰与除草也有关系。

7.割禾：收割稻子，也叫割禾。稻子成熟前，田里的水要放掉，到割禾时田里已经是干的了。割禾用的是一种小镰刀，刀身长5—6寸，刃被凿成锯齿形。割禾时一手持刀，一手握住一蔸禾的根部，一刀就能割下来，一般人们都要接连割十几蔸禾，才把它们作为一把放下来，摊晒在刚割掉了禾的空地上。两个壮劳力半天就能割一亩田的禾。

8.打稻子：就是脱粒。我们打稻子的办法是这样的：有一种年年用的专门的打谷桶，是用很厚的木板制成的、方形的、盆状大桶。它的上口约3—4尺见方，下底约3尺见方，高约2尺。打稻子前，得首先把这个庞然大物背来或抬来稻田里。

打稻子一般都在下午，因为，这时割倒在田里的稻子已经晒了半天了，比较好打了。

开始打稻子了，人们双手合抱一大把稻子，悠起来，使劲朝打谷桶的内壁打去，“嘭”的一声，谷粒就纷纷落到了谷桶里。再打几下，谷子就都打下来了。打掉了谷子后的稻草，就放在一边。打了几把稻子以后，稻草也堆成一堆了，顺手拿几根稻草一捆，稍微使手劲一拧转，一扔，那捆稻草就像一座小宝塔似的，立在田里了。

9.扬谷子：打完稻子，谷桶里四个角上的谷子一般是干净的，没有草屑的，撮起来，挑回家就行了。谷桶里剩下的一些混有草屑的谷子，则需要扬一扬。扬谷子一般都当场在田里扬，等到有风吹来的时候，一个人就站立到谷桶上去，捧一箕子谷子，慢慢往下倒洒，这样，谷子落到了谷桶里，而草屑就随风扬到桶外面去了。

至此，这一割稻子的事儿就完成了。

种豆子

种豆子，也叫点豆子，就是种黄豆。我们那里种豆子的办法是比较特别、聪明而简便的。

那是在早稻田里割完了稻子以后，把稻草收走，就可以种豆子了。

一人拿一个小篓子，里面放豆种，蹲在两行稻根中间，用手掰一下左边一行的一个稻根，就在稻根和泥土之间扔进四五粒豆种，然后，再掰右边一行的一个稻根，撒进几粒豆种。如此一人两行两行地种，很快就会把一块田种完了。

种完以后，就牵来牛，拿来犁、耙，在两行稻根之间犁一趟，一趟一趟犁完后，整个地再耙一遍。这样，泥土便把豆种很好地掩盖起来了。

犁好了、耙平了之后，再给田里灌一遍水，这豆子就算种好了。

秋末冬初，豆子成熟了，就割下来，运到场上或家里的堂屋里，用一种叫摺棍的农具捶打，豆粒就很容易破壳而出，这就是黄豆。我们做豆腐、炒来吃，都是这种黄豆。

摺棍

摺，我们的土话，就是抡、甩的意思。摺棍，是一根长4—5尺的木柄，上端有一个轴，轴上挂一根长约2尺的大木棒。持柄悠甩，轴上的木棒就可以旋转。人们多用它来打收割下来的豆子、荞麦、小麦等。

种红薯

红薯，是我们那里种得很多的农作物之一。它产量高，人们喜欢吃，差一点的，可以喂猪。

把收割了稻子的田犁一遍，耙平了，拣掉稻根，把土培成畦，就可以种红薯了。

我们那里是用插苗、压苗的办法种红薯的。那么，苗是从哪儿来的呢？据说是用红薯切成块培育出来的。我没亲眼见过，如是，应是每个切块上都起码有一个芽眼，把红薯块种进土里，从芽眼那里就会长出苗来。

我们用来插苗的苗是剪成一段一段的，每段长约1尺，人们在畦上用小铲子铲一下，把一根苗插进去就行了。

压苗，用的则是一根很长很长的苗，人们沿着畦，把它一段一段地压进土里就行了。

红薯苗长得很快，如果长得太密了，就可以割一些下来喂猪。

到了秋末冬初，就可以挖红薯了。人们把红薯挖出来，将那些连着茎的捆成一把把，运回来晾在竹竿、木杆上，这样不容易坏，还容易变甜。没连着茎的，运回来，堆在某个墙角，吃的时候，就先吃它们。

荞麦

荞麦，也是我们那里常种的作物之一。它好种，磨成粉，做烙饼、粑粑都好吃。

割完稻子，把田犁一下，耙平，拣掉稻根，撒种就行了。

荞麦的茎、枝呈深红色，花白色，果实呈棕黑色、瓦棱状。

秋末或冬初，荞麦就可收割。收下来，晒在场上的时候，我们小伙伴就可以拿它的枝干做钩玩。把它的主杆开叉处的适当部位掐下一段来，可形成一个钩子。小伙伴们拿钩子互相钩住，使劲一拉，谁的钩子劈了，谁就输了！小伙伴们边晒太阳边玩钩，又喊又叫又笑，是很开心的！

蚕豆、豌豆

晚稻收割以后，田里还可以种蚕豆、豌豆。把田犁了，耙平，再用锄头开浅沟，往沟里撒上种子就行了。可以只种蚕豆，也可以只种豌豆，还可以蚕豆、豌豆一起种。

种蚕豆、豌豆的目的，一是想收获些豆子来做菜吃，或晒干了存起来，或拿到集上去卖。二是准备第二年开春以后，把它们犁在田里，沤了，做肥。

蚕豆、豌豆长得很快，三个月左右，就可以吃到嫩蚕豆、嫩豌豆了，它们有一股特别的清香，做菜很好吃。

每一朵蚕豆花，都像一只蓝白两色的小蝴蝶，蚕豆花盛开的时候，你会觉得田里满是小蝴蝶在飞舞，十分好看，令人心旷神怡！

开春了，人们要把蚕豆棵、豌豆棵犁了做肥之前，田里还没摘完的蚕豆、豌豆，是可以让你随便摘的。这时候，孩子们就可以拿着篮子，到处去摘蚕豆、豌豆，常常能满载而归！

肥田菜

肥田菜是一种主要用于肥田的绿肥作物。

为了提高田地下一年的肥力，有些田在收割了稻子以后，人们就不再在那里种豆子、红薯之类的作物，而种肥田菜。

肥田菜是撒种的，把田犁了，耙平，撒上种子就行了。

肥田菜长得很快，两个月后，田里就一片新绿了。到时候，每棵肥田菜都会抽出一根主茎来，准备开花。可孩子们、妇女们都喜欢这根花茎儿，他们常常掐了它们，剥了皮就吃。我也掐过，吃过，那味道，有点清甜，有点辣，就像萝卜皮那种辣。当场吃不了，就带回家去，用开水烫过后，切了做菜吃。

第二年开春以后，人们把肥田菜犁进田里，灌上水，很快，它就会被沤烂，成了天然的好肥料。

看牛

看牛，就是放牛。

我们家不养牛，一是因为我们家种的田少，二是因为我父亲不能下田干活儿。我们的田需要犁的时候就请别人来犁，别人会带着牛和犁、耙来。

但犁田的人回家（我们家）吃饭去了的时候，有时我就得给他看牛——牵着牛在田埂上或草坪上吃草，就是让牛也休息一下，吃顿饭，接着好干活儿。

一般的牛都很温顺，很听话，没什么好怕的，我牵它到有好草的地方吃草，还随时给它赶走牛虻。

有的小孩喜欢骑牛，但我好像只骑过一两次。因为不习惯，怕摔下来。

母猪生小猪

我们家一般都养肥猪，很少养母猪。我只见家里养过一次母猪，见过一次母猪生小猪。

猪是养在猪栏里的，猪栏里垫的是稻草，稻草长长的，乱乱的，蓬蓬的。

有一天，妈妈说母猪要生小猪了，就拿了个大木盆和一些干净的稻草，并把稻草砍短了，放进了木盆里。我问妈妈，这是干什么？妈妈告诉我：小猪生下来以后，它会到处钻，找它妈妈的奶吃，可这时候，它还没张开眼睛，还看不见它妈妈的奶头在哪里，于是，它就会乱钻，就可能被长长的、乱乱的稻草缠住，就可能被缠坏了。所以，当它生下来以后，得先把它拿出来，等它妈妈生完小猪，再把它放回它妈妈身边。

母猪生小猪了，一会儿一个，一会儿一个，我妈妈就一个个地把它们拿出来，放在大木盆里。

小猪到了木盆里，真的还一个劲儿地乱钻，一边钻，还一边叫，可是，已经不可能被稻草缠住了。我在旁边看着它们，觉得挺好玩。

母鸡抱小鸡

抱，我们的土话，就是孵的意思。抱小鸡，就是孵小鸡。

我们家常年养鸡，一般养十来只，多的时候三四十只。有公鸡，更多的是母鸡。

母鸡生了蛋以后，我妈妈就把准备用来孵小鸡的蛋留下来，其他的就吃掉了。

到了看见某只母鸡老往窝里跑，对窝老有点恋恋不舍的时候，就知道它是想孵小鸡了。这时候，我妈妈就把留下的鸡蛋拿出来，把它们放进一个絮了草的箩筐里，就可以让那只母鸡孵小鸡了。

母鸡一开始对孵小鸡还有点不耐烦，往往孵一会儿就往外跑，可是，你把它抓回去几次以后，它就知道了，就会安安静静地在那里孵小鸡了。

孵了几天以后，某个晚上，妈妈还会把那些鸡蛋拿出来，在煤油灯旁边一个个地照着亮观看，看小鸡是不是开始成形了。

突然一天听到有小鸡叫了，那就是小鸡已经孵出来了。我妈妈就把小鸡一个个地从箩筐里拿出来。这时候，母鸡往往显出要保护小鸡的样子，还不让人拿小鸡哩。

小鸡都到外面来了，我妈妈就会拿一些碎米，撒给它们吃。小鸡像一个个淡黄色的绒球球似的，很可爱。

这时候，母鸡有时会出来带小鸡，但也有些母鸡就是赖在窝里不出来，即使你把它抓出来，它也是羽毛蓬蓬松松的，神情迷迷糊糊的，像是没睡醒的样子。这就叫“赖抱鸡”，也就是说，它还想赖在窝里孵小鸡哩！

对这种赖抱鸡，我妈妈就会给它灌点酒，并拿一根小羽毛穿过它的鼻孔。这样，一半天，赖抱鸡就会清醒过来了。

乌云压雪猫

应该是1942年前后的事，我到1944年才听说、才见到的。1944年秋天，我辍学在家，一天，我家楼梯口突然来了一只大猫，带着三只小猫，“喵喵喵喵”地叫着。我对它们很感兴趣，很想把它们抱下来玩。妈妈告诉我：它们不会下来的，送点东西上去给它们吃就行了。接着，妈妈给我讲了这猫的故事。

那是一两年前，有人从我姑妈家给我们带来了一只猫。猫是被装在一个布口袋里带来的。按风俗，应该把猫从口袋里抱出来，先在祖宗牌位桌前拜祖宗，那样，它才可能安心留在家里。但是，当那人把猫抱出来时，那猫却胡乱地抓那人的手，那人只好把它放开，于是，它就一溜烟地逃走了！

那是一只黑背白肚皮的猫，被称为乌云压雪或雪中送炭。

那猫逃到了离我家约半里路远的我们村最西南角的一家人家住了下来。过了好些日子，我们才知道这个情况。这样，我们有时候也给它送去一些吃的东西。它有时候也主动地跑回我们家，在楼梯口瞧瞧，但从来也不会下楼来！直到它生了小猫，也一直这样：来家里看看，吃点东西，然后就走了！

打鱼　捉鳖

打鱼

我们那里很少有养鱼的鱼塘。吃鱼，多是从江河里打，集市上卖的鱼，也多是从江河里打来的。

打鱼的办法多着呢。

钓鱼：涨大水、浑水的时候，多到深水河边钓鱼，用大钩，以蚯蚓作饵，上钩的多是鲶鱼，有时能钓到1尺来长一条的。风和日丽、河水清清的时候，多到浅滩边钓鱼，用小钩，以小虾为饵，上钩的多为小白鱼、石斑鱼，4—6寸长的。有时也能钓上鳖（甲鱼）来。

钓鱼用的线，小孩子随便，什么线都行。讲究点的要用虫线。这虫线很特别，我在别处没见过。

虫线是从哪来的呢？我们那里的河滩边，多有柳树（这种柳树，北方也有；不是枝条长长的垂柳），柳树上，长一种蚕似的多足爬虫，能长到大拇指般粗，3—4寸长。待它长得由绿色变成淡黄色了，就是成熟了。人们把这种成虫捉来，先备半碗醋和一些专用的竹签子。然后，拿一条这种虫，扯断，就可见它的身体里有几条（3—4条）像豆芽、像灯草般的透明的东西。将这几条东西浸到醋里，过一会儿，拿出一条来，用竹签子夹住两头，一只竹签子插在墙上的砖缝里，手拿另一只竹签一拉，就可以拉出一根6—7尺长的透明的线，将手中的竹签也插入适当的砖缝里，腾出手来，再去拉另一根。如此处理许多条虫，就会拉出许多根线，待线晾干后，就成了一种透明的、像尼龙丝似的、非常结实的虫线。据说，用这种线钓鱼，鱼看不见这种线，更容易上钩。

当时，听说这种虫线还可出口，销往香港等地。

2003年，我弟弟来北京时，我问他：家乡还有没有这种虫，还有没有虫线？他回答说：见不着了。

撒网打鱼：全国都可能差不多。

我们有一种网，则比较特别（说不上它叫什么了）。那是一种圆柱形的、两端都有开口的网。其直径可扩至5—6尺，高约4—5尺。上口系有能漂浮在水面的木块或木球，下口则坠以能将网严密压在水底的、一小段一小段的铅管儿。

事先，人们在河里水深约2—4尺的地方垒上一堆堆的鹅卵石，每堆高2—3尺，直径约3—4尺。数天以后，石堆里就可能住上了客人——鱼儿们。

人们就用这种网套住一堆鹅卵石，并把网的下端压严实，然后就将鹅卵石一块一块地往外扔（注意，仍扔成一堆），扔完以后，网里有没有鱼，就可以看清楚了。如有鱼，就用小网子把它们捞出来。这样，每扔一堆鹅卵石，总可能捞到一些鱼。而且，一堆堆的鹅卵石是可以反复利用的，过若干天，又可照样再来一次。

鱼筛：一种用竹篾编成的、有筛眼的、像一个很扁很扁的灯笼似的器具。直径1尺许，上面有一个约3寸见方的口子。使用时，把它放到浅水滩里，用沙子掩埋住，只露出那个3寸见方的口子，然后，在它的肚子里放一些鱼饵。鱼儿们闻到了鱼饵的味道，就纷纷钻进了它的肚子里。这里面有吃的，又荫凉，于是鱼儿们就“乐不思蜀”，在那里悠哉游哉。过了一会儿，渔人们只要把鱼筛拿起来，里面的鱼儿就被捕了。

鱼葫芦：（它本有一个我们土话的名称，但我不知道用普通话该怎么说，就给它起了这个名字）这是一种如两个漏斗套在一起的、葫芦状的、竹篾编的器具。前一个“漏斗”口为进口，后一个“漏斗”尾为出口，这个出口是既可以系紧也可以打开的。这种鱼葫芦有大有小，用得很广泛。例如，在一条水渠里的某处安放两个系紧了尾部的鱼葫芦，一个对着水来的方向，一个对着水去的方向；这样，不论是顺水而下的鱼儿还是逆水而上的鱼儿，就都有可能进入鱼葫芦的肚子里而没有办法跑出来了。过了若干时候，渔人们只要拿起鱼葫芦，打开它的尾部，里面的鱼儿就可以倒出来了。

沉网捞鱼：一张像颠倒过来的帐篷一样的渔网，系在一个用竹竿搭成的十字架上，然后再系在一根像大吊车似的长竹竿上。长竹竿和系网的绳子都是可以升降的：降下去，网就沉入水底，过若干时候再把网提升起来，说不定，网里会有好多条鱼呢！

闹鱼：（闹，我们的土话，毒杀的意思）在河水水源较少、水流迟缓的季节，闹鱼的人暂时阻断某一河段的水源，然后就在这段已经变浅的河道里闹鱼。

闹鱼是非法的，多在夜间偷偷进行。

闹鱼用的毒料主要是茶饼（茶籽榨油后剩下的渣，又叫茶枯），闹鱼的人把茶枯捣碎，和点水，攥成大圆球。将几个茶枯球置箩筐里，在河水里来回摇晃、涮动，以涮洗出它的带泡沫的毒液。河里的鱼儿们喝了这种毒水，很快就会被毒翻了。一夜下来，整个这段河道里的鱼儿都难逃厄运。

天亮之前，闹鱼的人捞了大量的鱼离去。此后一整天，其他人（主要是孩子们）还可以在这段河水里捞到各种已死的或将死的鱼。闹死的鱼，去掉内脏，人们仍拿来吃，但味道是不大好的。

鱼鹰捉鱼：渔人们养3—5只鱼鹰，备一叶竹排，就可以下河捕鱼了。撑了竹排，带了鱼鹰，来到河上，将勒住了喉咙的鱼鹰赶下水，鱼鹰们就会潜入水里捉鱼。捉到鱼，就浮出水面，把鱼吞进嘴里（留在了脖子里）。渔人捞起鱼鹰，从它的嘴里倒出鱼来，再把它扔进水里。鱼鹰就再去捉鱼。

步枪打鱼：1945年抗战胜利以后，一些人手里有了各式各样的步枪（美制的七九步枪，日本的三八大盖，老掉牙的汉阳造等），于是就时兴了一阵用步枪打鱼。

打鱼人选一个河底为岩石的地方（我们那里，河水经常是清澈见底的），如见有鱼，就扔几粒沙子到水里。鱼儿们以为有什么好吃的东西来了，便都游聚拢来。打鱼的人就举枪朝鱼儿们射击。一声枪响，总有几条鱼儿被震晕，翻起了肚皮。打鱼的人就赶紧跳进水里，把“战利”品捞起来。

手榴弹炸鱼：抗战胜利了，一些人手里也有了手榴弹（中式的木柄手榴弹，日式的椭圆形手榴弹），于是就又多了一门打鱼武器。炸鱼的人选择水更深、鱼更多的地方，扔下一枚手榴弹，轰地闷响一声，随着水浪涌起，一大片被炸翻的鱼儿也纷纷漂起。

我还见过有人用自制的炸弹炸鱼。弹壳是一个直径约3寸，高约5寸的普通罐头盒（或竹筒）；里填黄色炸药（美国飞机扔下的没有爆炸的炸弹，是他们的黄色炸药的来源），插以雷管（来源不明，可能是从手榴弹里拆来的），导火索则是一根1尺许的高粱秆，把它的中间钻空，填以黑色火药，然后与雷管连接。炸鱼时，用香火点燃导火索，把炸弹扔进水里就行。我看到的那一次炸弹没有响，没有成功，人们便一个猛子扎下水去，把那炸弹捡了回来。

我听说，有人这样炸鱼，鱼没有炸着，反而把自己炸死了。

捉鳖

我们那里，当时没人养鳖，只有野生鳖。野生鳖有两种，一种生长在深水潭里，个儿较大，叫泥鳖。一种生活在河水里，浅滩上，个儿较小，叫沙鳖。

捉鳖的办法，除了有人徒手在河边树洞里、河沙里掏鳖、摸鳖以外，我还见过两种办法。一种叫甩鳖，一种叫戳鳖。

甩鳖：其工具比较特别，那是一根约3尺长的木杆，叫甩杆。甩杆顶端有一个滑轮，中部有一个供绕绳子用的绞轮。一根很长、很结实的绳子，一端顶尖坠有一个铅砣，接下来的2—3尺绳子上，挂有许多锋利的钩子；这段有钩子的绳子就架在甩杆顶端的滑轮上。绳子另一端，就绕在甩杆中部的绞轮上。

甩鳖的人的预备姿势是：手持甩杆，杆靠肩上，杆尖端挂有锋利钩子的那段绳子垂在身后。

甩鳖人静静地在深水潭边巡视，当发现有鳖浮出水面时，他就使劲把杆一甩，让挂有锋利钩子的绳子朝那鳖飞去。他甩打的最佳期望目标，是让钩子越过鳖的身子一点点，因为，当鳖感觉到了动静要潜入水底时，它是要头朝下竖起身子来的，这时候，它的四个爪子和它的壳的软边就很可能被钩子钩住。

甩鳖人不大喜欢别人在他身边看他甩鳖，一是因为人多了，有声响，鳖就不敢浮出水面了，二是他恐怕误伤了别人。因此，我没有看到过他甩上鳖来。不过，即使守在他身边，也不一定能看到。毕竟，发现鳖浮出水面，并准确地甩出钩子把鳖钩住，其概率是相当小的。

戳鳖：其工具主要是一支戳杆。戳杆，是一支有长柄（木柄或竹柄）的铁钎，铁钎长1尺许，尖部如筷子般粗细，上端接以3—4尺的木柄或竹柄，形似一只长矛。

戳鳖人在沙滩上慢慢行走，细细观察，看沙滩上是否有沙鳖爬过的痕迹。如有，则循迹追踪，至痕迹消失处也许就是沙鳖藏身之处。戳鳖人用戳杆戳探周围的细沙，里面如藏有沙鳖，握杆的手自然会感觉到。也有凭经验在浅水滩里戳鳖的，其方法和道理相同。

捞虾

我小时候没见过对虾、基围虾这类的大虾，只见过、吃过身长只有寸许的小虾。把小虾放清水里洗洗，再捞出来和葱、姜、辣椒一起放油锅里炒，炒香了，连皮带壳一起吃。

捞虾的工具是一种由竹竿和纱布做成的斗状的网子，网口宽2尺左右。用这种网子在河边浅水处的鱼草丛中轻轻推过，在鱼草丛中游玩的小虾们便被捞进网子里了。

抓螃蟹

我小时候，也没见过大螃蟹，只见过、吃过其大小不超过一个铜板的小螃蟹。螃蟹多半是我到山涧里玩的时候随意抓着的。

抓到了螃蟹，带回家，不管多少往锅里一烤，就成了橙红色，然后就当零食吃。很少把它放到吃饭的时候当菜吃。

有时候，在山涧里抓到了很小很小的螃蟹（也许是刚孵出来的，身体还有点透明咧），还会当即放进嘴里生嚼了吃。小螃蟹咸滋滋、甜滋滋的，当时觉得很好吃，很好玩。如果是现在，那就得好好考虑考虑了！

捡螺蛳

我们也吃螺蛳（那时候，根本不知道有血吸虫这类的事。不过，到了2003年，我在北京，仍见过有人卖螺蛳、有人吃螺蛳）。螺蛳有两种，长在水田里的叫田螺，个儿比较大，最大的能有两个大拇指大。长在河水里的叫什么，我记不得了，一般的比较小，最大的也超不过一个大拇指。

捡来螺蛳后，把它们放在水盆里养着，上面放一些荆叶（荆类植物的叶子），荆叶有一股香味，据说，螺蛳闻了就会把肚子里的泥沙吐出来。养了一些时候以后，就可把螺蛳放到锅里煮来吃，佐料是姜、葱、辣椒面和盐。

吃螺蛳，有的人用一个小竹签把它的肉挑出来吃。有的人则喜欢把它的壳的尾部咬掉或敲掉、剪掉，然后一吮，就把它的肉吮进了嘴里，这样吃，又有汤、又有肉，更有滋味。但有时会把残留在它壳里面的泥沙也吮进了嘴里。

挖泥鳅

种水稻的田峒里有纵横的沟渠，沟渠里，多有泥鳅。

暂时堵塞住某一段沟渠的两端，把这段沟渠里的水戽干。然后用手翻扒沟渠里的软泥，在里面就可能捉到泥鳅。

捉回家的泥鳅，放到清水盆里，撒进一些辣椒籽儿（据说，这样，泥鳅就会把肚子里的泥吐出来），养若干天后，就可以做汤、做菜吃了。

照蚂拐

蚂拐，就是田鸡、蛙。

夏、秋，稻田里，稻子割了，打了（脱粒了），而稻草却仍然一捆捆地竖在那里。

到了晚上，小伙子们就打了火笼（一种有长柄的、铁丝编的大眼儿小篓子，里面烧松明——饱含松油的松木块，用以照明），带了小网子，来到田里。他们提起一捆稻草，用火笼照一照，看底下有没有躲着蚂拐，如果有，当然就会把它给捉起来。这就叫照蚂拐。

蜂蛹

我多次吃过蜂蛹。从集市上买回如大葵花那么大的“蜂盘”，揭去它那许多小蜂房口上的薄膜，里面就是一个个的蜂蛹，把“蜂盘”翻过来一抖，蜂蛹就纷纷掉出来了。

“蜂盘”是哪来的呢？据说是从地里挖出来的。在我们那里的山林里，或田野的田埂下面，常有些地洞，野蜂（不是蜜蜂）就往往在那里做窝。人们注意到它们的行动，到了八月里（有“八月蜂、九月蛇”之说，意为到了八月，蜂蛹就肥了，九月，蛇就肥了），挖蜂的人们就在夜里（当那些已长大的、会蜇人的蜂都回到了蜂窝里以后），在蜂窝上面堆放许多柴草，点燃了，一直烧，把地都烧热了，把蜂都烧死在蜂窝里。然后，挖开土地，那里常会有很大很大的蜂窝，窝里有一层层的“蜂盘”，有的“蜂盘”比脸盆还要大。他们就拿到集上去卖。

把蜂蛹炒香，就是大人们极好的下酒菜，孩子们很喜欢的小食品。

火铳

火铳，即鸟铳、鸟枪。多用来打鸟，也打野兽。

火铳一般由本地技术较好的铁匠打造。其身长约八九十厘米，根部有一个点火口。引信改进后，点火口改为一个小蒂儿。铳托有一个弯曲的小把。

火铳使用黑色火药，子弹是铁沙和铁码子。打鸟时用细沙（大如小米），打野兽用粗沙（大如绿豆）或码子。码子为圆柱形，直径约0.6厘米，长2厘米。

将适量黑色火药从枪口倒入枪筒，然后装入沙子或码子，就可以射击了。如果枪口朝下射击，或者背着枪奔跑，火药、沙子岂不是会倒出来吗？有办法：上了火药、沙子以后，拿一块小纸片，包在一根比码子还长一点的铁棍的一端，送入枪筒，并上下抽动几下，纸片便被压实在火药、沙子之上了，持枪朝下射击，火药、沙子就不会倒出来了（那铁棍当然要先倒出来）。还有个简单的办法，就是拿一根长长的稻草或芦苇，直接插进枪筒里，也能把火药、沙子挡住。

火铳是怎么点火的呢？我所知的最早是用一种点火绳点火的。点火绳用棕、麻的绒绒捏搓成，它点着以后不容易熄灭。将点火绳夹在一个由扳机控制的“鹅弓”上，射击时一扣扳机，“鹅弓”往下一“啄”，就把火药点着了！

这办法太落后了。有了火柴以后，就改用一种自制的引信了，点火口的设计也改为一个小蒂儿。

自制的引信有一个名称，可我忘了土话是怎么说的了。它的制作工具是：一个6—7厘米见方、中间有一个直径约0.7厘米的圆孔的铁砧；一根与中间的圆孔相应的铁棍儿。制作程序是：1.剪一块约1.5厘米见方的小洋铁皮，四角均剪裂开少许；2.放铁砧圆孔上，用铁棍顶住，击打，做成一个小帽子似的玩意儿，大小与铳的点火小蒂儿相匹配；3.从火柴盒上撕下一小片划火柴用的药纸，垫进那小帽子里；4.往小帽子里放进一些火柴头上的发火药儿，再盖上一片药纸，用铁棍儿把它压实，一个引信便制成了。人们往往一次做许多颗引信备用。

射击前，将引信戴在供点火的那个小蒂上，一扣扳机，具有相当打击力的“鹅弓”击下，“啪”的一声，就能把引信打着，并立即把枪打响。

（抗战胜利后，有人弄到了某种手榴弹里的雷管，他们便取雷管里的火药做引信。据说，有人用铁丝挑雷管里的火药，结果，雷管爆炸了，把手和眼睛炸伤了！）

打鸟

一般是比较有钱的人或不大务正业的人才置火铳。他们用火铳打鸟，似乎主要并不是为了生计，而是为了气派和好玩。背一条火铳，在河边、山林的树荫下转悠，东张张，西望望，是显得很悠然的。

也有打了鸟到集上卖的。我曾见有人提了一串打来的野鸡、斑鸠之类的在集上卖，至于价钱如何，我当时却没有关心。

打野兽

如果听说山上来了野兽，人们往往就都拿了火铳往山上跑，没有火铳的，也去，手里拿根棍子就行。

如果打得了野兽，兽皮就归打中第一枪的人。兽肉则“见者有份”，凡去了的人都能分到一点。我自己没有经历过，但隐约记得有分野猪肉这么一回事。

鸟迷（媒）子

用木头砍或用草扎成鸟形，涂上白灰，用墨笔画出羽毛、眼睛，一个鸟迷子便做成了。打鸟的人把鸟迷子绑在河边或村旁树林里的树顶上。秋末或春初，有白鸟（鹭鸶）从这儿飞过时，见到鸟迷子，以为是同类，以为这儿是可栖身、觅食的地方，于是便纷纷落在鸟迷子周围。而这时，打鸟人的枪口便开始对准它们啦！

套画眉

画眉鸟不喜欢高飞，而喜欢在树丛的底部窜行，人们就想办法套它。

套子是这样做的：用竹子做一个约10厘米乘50厘米的框，在框中安上6—7个用马尾巴毛做的套儿。这种套儿十分灵活，只要鸟儿的爪子或什么地方挂上了它，就会被它套住。套鸟的人往往会事先准备一二十个这样的套子。

套鸟的人听到了画眉的叫声，确定了画眉所在的位置，便去附近的树丛中选择适当的地形，开辟一条小通道。再把那些套框像运动场上的跳栏似的，每隔一定距离放置一个，并把套框周围用树枝、茅草堵严实，即给画眉鸟儿准备好了一条安装有一连串套儿的“甬道”。然后，套鸟人拿一只关在笼子里的画眉放在这里。当笼子里的画眉鸣叫的时候，别的画眉听见了，就会窜过来，当它们经过那个安有一连串套框的“甬道”时，它们就很可能会成为俘虏啦！也有不用笼子里的画眉来引诱的，套鸟人用扔石头、吆喝驱赶的办法，也有可能把画眉赶到有套框的地方来，使它们在慌忙逃窜中成为俘虏！

照鸟

我没有亲历过，只见到过照鸟的收获和听人描述过。

我姑爹家在离我村12里的更高的大山里，表兄弟曾告诉我说：秋末冬初，天开始冷的时候，夜里，他们那里的人就在山上适合的地方，点起一堆篝火，于是，许多鸟儿或是因为趋光，或是为了取暖，就朝篝火飞来。这些鸟儿，往往飞得很低，或者直朝篝火扑来，被烟火一熏，就掉下地来，或者被手持树枝的人们扑打下来。一晚上，人们往往能捕到许多鸟儿。其中有野鸡、斑鸠、鹭鸶，而最多的则是鹌鹑。有一年，我的表哥曾带了一满笼的鹌鹑来送给我。

“山神”

小时候，在去一个小伙伴家里玩的时候，在他家的楼上的一个墙洞里，我看到了一个奇怪的小东西。那是一个木头雕的、头朝下脚朝上（拿大顶）的、光身子的小人儿。

小伙伴告诉我，那东西是山神。（名字叫“忌山”还是“禁山”，我搞不清楚了，因为当时我们讲的是土话，翻译过来，该怎么说，我不敢肯定了）

他还告诉我，他们家的大人，是喜欢打猎的，把这个山神供在家里，能够帮助他们打猎。每当有野兽来到我们附近的山林里的时候，这山神就会发出呜呜呜呜的声音。这时候，拿着猎枪上山去打猎，就保准能有收获！

炸野兽的小炸弹

我还见过一种人们自己制造的炸野兽的小炸弹。它大小像一个核桃，插在一根筷子似的竹签上。它里面是炸药和碎瓷片，外面包了些猪油和猪油上的薄膜。把它安放在山林里野兽常来的地方，如果野兽来了，闻到了那小东西的气味，它会以为那是什么好吃的东西，于是就一口咬下去！当然，炸弹一爆炸，野兽就被炸倒了。

大概是我七八岁的时候，我还没见过、不认识这种小炸弹。有一天，我在叔公家的堂屋里玩，忽然见到神龛上的香炉钵子（用来烧香的钵子）里，插着那么两个小东西。我好奇，觉得好玩，就拔了一个在手里。我拿在手上看了看，觉得没什么好玩的，闻了闻，觉得有点腥臭味，于是随手就把它扔到了天井里。只听“轰”的一声，那小东西就爆炸了。我被吓得魂飞魄散，哇哇地哭喊着跑回了家里！

果木 野菜

菌子（蘑菇）

我们那里，几乎一年四季都有菌子，尤其是春雨以后，山林里、田野里，到处都可能捡到菌子。上山捡菌子是孩子们最乐意、最开心的事。菌子有好多好多种，有一些我都不认识，叫不出名称来。常见的菌子有：

奶菌：孩子们最喜欢的一种菌子，它长得黄黄的、嫩嫩的、圆圆的，个子不高也不矮，样子一点也不怪，最招人喜欢。它好吃，做汤吃很鲜美，像鸡汤似的；炒来吃，脆脆的。

猪嘴唇菌：也是人们喜欢的一种菌子。它墨绿色，边卷起来，比较厚，有点像猪的嘴唇。它炒来吃，也是脆脆的，人们常用它炒新鲜青辣椒吃。有“猪嘴唇菌炒辣椒，把个鼎锅当锣敲”的说法。意思是，用猪嘴唇菌炒辣椒下饭，一鼎锅饭很快就吃光了，人们用饭勺刮鼎锅，把个鼎锅刮得铛铛响。

唢呐菌：它的样子像一个个小喇叭（唢呐），还有个特点是一长就是一大片，找到一片就能捡大半筐。人们也多用它炒辣椒吃。

鸟崽菌：它长得高高的，瘦瘦的，像只孤零零的、一只脚站立的小鸟。它也可以做汤吃、炒来吃。

油箩包：它米黄色，油亮亮的，呈圆包包状，所以叫油箩包。刚捡回来的，一般不吃，把它们晒干了，用清水泡洗过，才吃。

石灰菌：白色，很厚实，很大个。尝一尝，又苦又辣。谁都不要。

雷公屎：雨后，在岩石上，长得一片片的，像很小个很小个的木耳。它好像很容易腐烂。有的人捡来吃，有的人懒得捡它。

竹笋

据说，我们村后离我们很远的大山里有大片大片的竹子，不是那种长得很高大的竹子，而是一种瘦小的、不怎么高的竹子。这种竹子，在我们那里的人看来没什么用场，因此，没人愿意跑那么远去砍它们。但是，它长出的笋却是有人去拔的。

我曾看到，清明前后，村里的一些妇女一大早就背着篓子，结伴去大山里拔笋子；傍晚，她们又高兴又疲惫地回来，背篓里满是一根根很长的笋子。

这种笋子，刚拔回来的不好吃，是苦的。人们把它剥了皮，放开水锅里烫过，然后晒干，吃之前再用水泡过，才能吃。

当然，我们那里也有长在园子里和附近山里的高高大大的竹子，它的用处很多，它的笋也很好吃。

蕨菜

我们村后的山林里，除了树木，就是密密麻麻的蕨草、杂草、杂树丛，人们每年都砍它们来当柴烧，叫做茅柴，可它们依然年年非常茂盛。

蕨草长出的幼苗有麦秆般粗，淡黄淡黄，尖上还没展开的嫩叶像个小拳头似的握着。有的人把它掐下来，拿回家，在开水里煮一煮，就可以切成约一寸长的小段，和辣椒一起炒来吃，叫做蕨菜。

毛栗子

大山里还有野栗子，人们叫它毛栗子。这种野栗子，树比较矮小，一般高不超过六尺，果实也比较小，比北方产的栗子小多了。

秋天，有的人备几个用皮子缝制的手指套，带一把剪刀，就上山剪毛栗子了。他们见到已裂开口子的毛栗球，就当场把里面的栗子剥出来，见到还没开裂的，就把整个毛栗球剪下来，带回家再剥。

我小时上山玩的时候也能见到毛栗子，我也会把他们剥出来或摘回来。

捡白果

我们村，有很多白果（银杏）树，我们乡被誉为“银杏之乡”，远近闻名。白果的食用、医用价值都比较高，其价格往往是稻谷的十倍。

白果树是有主人的，但它不一定长在主人的园子里，而是长在村子附近的路边或空地上。这些白果树上的白果如果从树上掉了下来，是任何人都可以捡拾的。

秋天，白果成熟的季节，如果晚上刮风，第二天清早，地上往往会落许多白果。有的人便清早就起来捡白果，每天他们都会捡到不少白果。一两个月下来，他们把捡来的白果卖了，会得到一笔对他们来说不小的收入。

我们的土话，把白果叫做鸭脚仔，为什么呢？我想，大概是白果的叶子长得有点像鸭子的脚掌吧！

杨冬果

我们村子后面的山林里，处处都能见到杨冬果（按我们土话翻译过来的名字，它的学名叫什么，我至今不清楚）。杨冬果长在杂树丛里，高2—3尺，枝条比较细，张得比较开，叶子比较小。它长一种比豌豆还小的小果，成熟的果实呈红色，味道清甜，很好吃，而且还不用吐核。孩子们找到一棵杨冬果，就围着它，你一颗、我一颗地摘果实来吃；如果碰上十来棵，也许能把人吃饱。多吃了杨冬果也没事，我从未听说吃杨冬果把肚子吃坏了的事。

我现在想，这是一种基本品质很好的果子，如能用现代技术将它改良、培育，让它的果子长得大个些，也许会比樱桃更受人欢迎。

桃金娘

这是个响亮的名字，辞典里有，课本上、儿童文学作品里也有。

距我们村稍远的一个山包上、山窝里，长有特别多的桃金娘（别处也有，可没这里多）。桃金娘，枝叶比杨冬果稍壮实些，它长得一大片一大片的，想摘桃金娘的人，都背着筐子到这里来。

桃金娘的果实像一个个小坛子，拇指般大小，熟透的呈紫黑色，刚熟的呈深红色，味道都很甜。人们往往一边吃一边摘，熟透的、太软的送进嘴里，能保存的放筐里。因此，集上也有桃金娘卖。

据说，桃金娘这名字是从“逃军粮”转化而来的。“逃军粮”说的是：古时候，人们为逃兵灾，躲进山里，就靠这种小果子为粮，果腹生存。

桃金娘吃多了会便秘。大人们总要告诫孩子们，别吃得太多了。

杨梅

田野边，山林旁，有几棵杨梅树。杨梅树是有主人的，但主人不大看重它们，因为它们的果实太酸了，而且它们长得离村子比较远，主人也没那么多工夫去看管它。

这样，孩子们走过它们身边，就可以随意爬上去摘杨梅。我吃过小伙伴从那里摘来的杨梅，很酸。

酸枣

我们村后大山里有酸枣，不是那种枝条上有刺、果实小小的酸枣，而是一种长在很高大的树上的酸枣。它的样子、大小跟普通的大枣差不多，成熟后，皮呈黄色。皮里是黏糊糊的一层浓液状的“肉”，很酸，再里面，是一个很大的核。

没人愿意爬那么高的树上去摘它们，只有当它们熟透了，掉地上来了，人们才会捡几个回来给孩子们吃。我吃过，那薄薄的一层“肉”，滑滑的。

凉粉果

我们村周围的山涧旁、水井边，有一种高大的、枝叶茂密的、显得老态龙钟的、上面爬满了树藤、长满了苔藓的大树。是榕树还是菩提树？我不敢肯定。

在这种树上，长有一种比乒乓球大而比网球小的果子，叫凉粉果。但它并不是那种树的果实，而是爬在它身上的某种藤的果实。

这种果子为我们村所公有，每年只有出钱承包了这种果子的人才能采摘它们。

承包人把这种果子摘下来，切开，里面满是芝麻般的细小颗粒，极像无花果里面的颗粒，也许它跟无花果是同一科、种的植物。把那些颗粒晒干，就是凉粉籽——做凉粉的原料。取若干凉粉籽，包在纱布里，放在一盆清水里泡并用手不断捏揉它们，捏揉出它的汁液来，然后静置若干时候，盆里便凝结出一种透明的、水晶般的、极软嫩的、类似当今果冻般的东西，这就是凉粉。

做凉粉的人把这种凉粉浸在很凉的水里（盛产桃金娘的那个山窝里，有一处从地底冒出来的泉水，它很凉，尤其是夏天，傍晚，人们多去汲了来饮用解热、解渴，也用来保存食物），把它浸凉，就可以挑着担子，拿出去卖了。

将若干凉粉捞进小碗里，用竹片刀切几刀，然后加白糖、醋、薄荷精，就是一款很美味的清凉小吃了。

从初夏到中秋，很多人都喜欢买这种凉粉吃。

水果

我们那里，常见的水果有桃、李、柚、橘、柑、金橘、葡萄、石榴、枣、枇杷、梨（灌阳雪梨，远近驰名），等等。西瓜、香蕉、菠萝、苹果少见（外婆家种有苹果）。此等水果跟别处的差不多，不赘述。

无花果

我们家种有无花果，它树高3—4尺，叶特别大，比梧桐叶还大。果实略大于乒乓球，成熟后呈紫红色，剥皮就可以吃，内有芝麻似的小颗粒，软软的，甜滋滋的。

我离开家乡后，竟没有再见过、再吃过无花果！

高大的松树

松树，全国各地都有。

我小时候见过的一片松树，是我至今见过的最高大的一种树。

在离我们村1—2里地的鲁家村，村前有一大片松树，大约有一百来棵吧，它们长得又大、又高、又直。它们的树干，要两个十一二岁的小孩手拉手才能合抱得住。其高和直，真可谓直冲云天！我每次路过那里，想看它们的树顶时，都得使劲仰起头才能看得见。

高大的白果树

我见过的可以和上述松树比高的，是我们家后园外面的两棵白果树（银杏）。两棵树，一公一母。公树不长白果，树身较小，叶子也较小，但更高。母树每年都结大量的白果，树干比上述松树可能还要大一倍，要四个十一二岁的孩子手拉手才能把它抱住。秋后，这两棵树落叶了，它们落下的树叶在地上铺了很厚很厚的一层，我们小伙伴可以放心地在上面打滚！

村旁的皂荚树

我见过的树冠最大的两棵树，一是我们村口的一棵皂荚树，二是河边樟树潭上的那棵樟树。

村口（也是我们小学校门口）的那棵皂荚树，它的树荫能把我们学校门前的空地遮住一半，还能把村外的那块田遮住一半。它的荫蔽范围可能要超过100平方米。

皂荚树每一片叶子虽然是小小的，可它长得非常茂密，真可以说郁郁葱葱。人们一到夏天，都喜欢到它下面乘凉，一到它下面就觉得空气清凉得多（因为它下面的地方长年晒不着太阳，土地的温度比较低）。因此，这里也成了人们谈天说地、谈笑风生的好地方。

皂荚树上长有皂荚，秋天成熟后，人们可以用它洗衣服。

皂荚树上还有皂荚虫，一种身长足有三寸的、有翅膀的、棕色或黑色的甲壳虫。它们有的在脑袋上还长有一个像大象鼻子那样的“角”，样子很好玩。小孩子们常把它们用线捆住，像牵牛那么牵着玩。

深潭边的大樟树

我们村东北面的河边有一个深水潭，叫做樟树潭。樟树潭边有一棵大樟树，它向着深潭的方向生长，几乎要匍匐在潭面上。它几乎能荫蔽整个深潭，深潭里的水，到了夏天，要比河里的水凉得多。这是我见过的树冠最大的树木之一。樟树潭这名字，我想，也是因它而起的吧。

杉树

杉树是我见过的一种长得最直的树，我还从没见过弯曲的杉树。

杉树又高又直，木质细软，节结少，锯、刨、砍都容易，因此人们都喜欢用它做柱子、锯板子。

杉树皮也有用，仔细地把它剥下来，按一定尺寸（长2—3尺）割成片，放在平地上用重物压平，就可以当瓦盖在屋顶上。穷人家或不用来住人的房屋，常用杉树皮当瓦盖。

杉树的枝叶像刺一样，扎人，牛、羊、猪、狗也怕它扎，所以人们常用它当篱笆。

茶子树

我们那里的山坡上，常有人们种植的大片的茶子树。

茶子树高4—8尺，开很美、很香、大朵的白色的花。结的果子有一般的核桃那么大。果子里面的籽儿可以榨油，叫茶油。可食用，可点灯。我们家除了吃猪油、花生油外，也吃这种茶油。

茶子树的表皮光滑，木质又细又硬，因此人们喜欢用它的树枝做某些小工具的把儿。小孩子们则喜欢用它的树干削陀螺。

它的籽儿榨油后的渣滓就叫茶枯，可用来洗衣服。人们用来“闹鱼”的，也是这种茶枯。

拣松果、扒松毛、挖树蔸

秋冬时节，上山拣松果，扒松毛（松针），挖树蔸（树根），也许是孩子们最喜欢干的活儿了。

拣松果，扒松毛，挖树蔸，都是为了用来做燃料。松果、松毛里面都含有松油，因此很好燃烧，尤其适合放灶膛里烧。树蔸，则很经烧，冬天夜里，一家人围着火塘烤火，烧一棵树蔸能烧很久很久。

拣松果、扒松毛与挖树蔸因为使用的工具不同，去的地方往往也不一样，因此，往往是分开进行的。

孩子们上山拣松果、扒松毛，主要带箩筐、畚箕和竹耙子，去的地方是松树林。到了松树林，小一点的孩子就捡松果，一个一个地捡起来放箩筐里，大一点的孩子就用竹耙子把落在地上的松毛扒到一起，然后一抱一抱地装进畚箕里。一般的，孩子们只要干半天，就能满载而归！

挖树蔸，主要带斧头、锄头、畚箕，主要去那些长茅柴的山坡上。山坡上的杂树丛被砍茅柴的人砍掉以后，它们的根往往就不能活了，就枯了。孩子们就选这样的树蔸，或者用斧头砍，或者用锄头挖，很快也就会有可观的收获！这个活儿比较花力气，也要有点技巧，因此，干这个活儿的往往是大一点的孩子。

烧砖　做瓦

房屋

我们那里的房屋，基本形式是这样的：

好一些的是：大门，前堂屋（左右是厢房），天井（左右是过道），正堂屋（左右是厢房），后堂屋。占地面积约150平方米，高约5—7米。墙是火砖砌的，柱、梁、壁、楼板均为木制的。楼没有固定楼梯，上楼时，用能搬动的楼梯。楼上多用作存放粮食等物。

差一点的房屋则矮小一些，结构简单一些，墙多用泥砖砌成。

水砖（泥砖）

我们土话把泥砖叫做水砖。

水砖是这样制作的：选一块水田，经犁、耙，把泥弄得很细软。待水干后，就可用作踩砖了。踩砖的工具是：一把锹，一个水砖模子（内宽约5寸，长约1尺，高约5寸），一把专用的细长的刀子，一个水壶。

开始踩砖了：先在此田里铲出一行空地，撒上稻糠或草屑，以备操作。放好砖模子，用锹把泥铲进模子里，用脚踩实，用水壶洒点水，把泥抹平，用刀子顺模子内壁一划，再把模子提起来，一块水砖就制成了。依此一块块做下去，一行行水砖便摆在了田里，就等着被晒干、晾干啦。

晒干、晾干了的水砖，垒放好，盖好（不让雨淋），就可以用来砌墙了。

火砖、瓦

我们把烧制过的砖叫火砖。制作火砖的工序是：

一、做砖坯：1.在未耕种过的荒地上挖一个坑，翻土，放水，然后用牛来回地踩，把泥踩细软。2.准备好木制的砖模子。3.取一块半干的泥土往砖模子上使劲一摔（此动作叫“摔砖”），用一把弓（其弦是铁丝）一刮，多余的泥土就被刮了下来，一块砖坯就做成了。

二、烧砖：1.砖窑，一般为依山坡挖掘而成，直径约六尺，深一丈许，窑膛中下部稍往里缩，形成一圈棱，便于在其上把砖坯垒成穹隆形。下为烧火口。2.砖坯垒入窑膛后，就从烧火口往里烧茅柴，两三日后停火，砖就烧成了。

烧瓦，亦先做瓦坯。做瓦坯用的是一种倒盆形的、可撑起收拢的、放在可旋转的工作台上的木制模具。其样子，相当于四片瓦合抱在一起。做瓦坯的土，事先堆成所需的尺寸，用一个刮子一刮，就可以刮下一片相当于四片瓦的土来，把这土往模子上一放，稍作旋转，抹平，然后把模子拿下来，放在地上，将模子收拢，四片瓦坯就“站”在地上了，就做成了。

烧瓦跟烧砖的办法一样，往往砖和瓦是一起烧的。

烧石灰

烧石灰的工序是这样的：

一、开采石灰石：在某一山坡上挖去一层土，就可能找到石灰矿石。用凿子一凿一凿地打出炮眼，填以火药，炸开，就能得到石灰石。然后运到石灰窑边。

二、准备燃料：主要是茅柴。要割许多茅柴，一捆一捆地运到石灰窑边。

三、装窑：石灰窑与砖窑相似，只稍大一些。将石灰石装入窑里，最下面亦装成穹隆形，然后把窑填满，甚至还要露出窑面2—3尺（用砖、泥把它圈住）。

四、烧窑：用茅柴从烧火口往里烧，两三天后，石灰石被烧红，能从窑顶上冒出火苗来了，就算烧得差不多了。再小火烧一天就行了。

五、出窑：待窑凉却后，就可以出窑了。烧石灰往往是好几家人合伙干的，就几家人把石灰分了，各自挑回家。

石灰的用处很多，建筑、种田、消毒，都用得着。

上梁

我们那里，一般人家盖新房多半要花一两年时间，准备砖瓦、木料的时间还不算在内。

盖房最重要的阶段性成果的标志就是上梁：当两排木柱竖立起来以后，就要在它们的顶部之间加一道横梁。

这根房梁，人们多喜欢用香椿木来做。我家的一棵香椿树，虽然长得并不很直，但还是被人家要去做了房梁。

上梁的时候要放鞭炮，会有很多人在底下看热闹。主人就会让在房梁上的木匠师傅往下扔礼品，多半是粑粑，一把一把的粑粑往看热闹的人们中间扔，人们就高高兴兴地捡，气氛十分喜庆、热闹。

熏蚊子

我们这样的有天井的、门窗也不密闭的房屋，到了夏天、秋天蚊虫是很多的，不论堂屋里、房间里，到处都有蚊子叮人。

人们劳累了一天，想坐下来歇歇，或者给孩子们讲讲古崽（故事），可蚊子嗡嗡嗡嗡的，还咬人，最讨厌啦。对付蚊子的办法，就是熏蚊子。

人们割下荆叶，晒半干，再拿些稻糠、锯末，一起点燃、沤烟，蚊子就被熏跑了。有时，全村许多人家都熏蚊子，远远看去，村子就被笼罩在烟雾中。

稻草垫床

我们那里，一般人们的床上都没有褥子。冬天，又硬又冷，怎么办？只好用草来垫。拿一捆稻草，晒干了，让一人踩着末端，另一人拿一把铁耙，像用梳子梳头发似的去耙那捆草，把那草叶子都耙掉，剩下的便是比较光洁的草茎了。用刀把草茎的根部砍齐，就可以比较整齐地垫到床上了。多垫一些，就可以更软和、更暖和些。

到了深秋，老奶奶们多要喊她们的儿孙，给她们晒床草、换床草！

松香蜡烛

我们村，当时只有少数几户人家有煤油灯，其他人家只点灯盏和松香蜡烛。

灯盏，是一个小铁盘子，里面盛茶油，放几根灯草或一条纱捻子，点燃了照明。

松香蜡烛，则是一种由竹签和松香制成的蜡烛形状的东西。

松香蜡烛的制作办法是这样的：

1. 用竹子劈成比普通筷子稍长、稍粗的竹签。

2. 在竹签上裹一层纸条（留出两寸左右的地方不裹）。

3. 将松香在铁锅里加热熔化。

4. 手持4—5支竹签，将裹有纸的部分浸入熔化了的松香液里。

5. 取出后置案板上，操作者手上沾上凉水后去搓那些粘有松香的竹签。稍搓几下，松香即冷却并紧粘在竹签上了。这样，松香蜡烛就做成了。

松香蜡烛点燃后会冒一缕黑烟，会熏黑房间。如果手持松香蜡烛去照明，要小心，不要被它滴下的“烛泪”烫了手。

松香

松香，是松树体内溢出的一种液体。

人们在松树身上离地2—3尺处剥去一块树皮，松树体内就会慢慢溢出一种橙黄色的、透明的胶状液体，那就是松香。松树、松香均有香味。

用专门的工具修割树皮，松香就会源源溢出，逐步积累、凝结成一块块的松香。

松香用途很广，价值较高。割松香也是我们山村一些人的重要收入。

自制玩具

陀螺

陀螺，是孩子们冬、春季常玩的玩具。

我们的陀螺，多是自己削或大人们帮助削成的。它的制作过程和玩法是这样的：

1. 削陀螺：取一段直径两寸左右的木头（多选硬木），将一端砍、削成尖坡状，这尖坡的坡度在40度至60度左右，另一端锯平，就是一个陀螺了。整个陀螺高约2—3寸。

2. 做抽陀螺的鞭子：取一根适合自己手握的、长一尺左右的木棍，在一端稍微砍一个缺口，以便上面捆鞭绳。鞭绳，我们最喜欢用棕树叶子做（棕树叶子很结实、耐用，每片叶子宽约一寸，长约一尺五寸）。取两片棕树叶子，用指甲把它劈成马尾巴状，捆在木棍上，就成了一根拂尘似的鞭子了。

3.撞陀螺玩：两三个小伙伴在空地上把陀螺抽得转起来，然后使劲让陀螺互相撞击。陀螺好的，抽的技术高的，就能把对方的陀螺撞倒，那就算胜利了。

小伙伴们有的往往屡败屡战，永不服输，玩得满头大汗！

自己动手做的玩具

小时候，我们的玩具多半自己做。我们那里竹子多，做玩具多半用竹子。

自己用竹子做的玩具有：

弓箭：做法是：1.削一块2—3尺长硬度合适的竹片，用绳子捆两头，一绷，就是一把弓了（绷的松紧程度要合适，如能用牛筋做弦，当然更好）。2.用竹签或高粱秆做箭杆，如用高粱秆，则要在它的尖端加一个小竹管削成的箭头。

我和小伙伴们玩箭的时候，大人们常提醒我们：可以拿一捆稻草来做靶子，比赛谁射得更准，千万不要对着人射，以免射伤了别人。

弩：弩的做法稍微复杂点：1.做一把枪托似的“弩托”。2.选一个口径比铅笔稍大点的、长八寸左右的竹管，竹管两侧各刻一条缝（弩的弓弦要从这两条缝里穿过），然后安在“弩托”上。3.在“弩托”上安一个扳机，将来发射时用它钩住弩的弓弦，瞄准以后，一扣扳机，弩箭就射出去了。4.弩，可以发射箭，也可发射子弹（一小段一小段的木棍儿或竹棍儿）。

唧水筒：选一个口径1寸左右、长1尺左右的一端有竹节的竹筒，在它的竹节中间钻一个小孔。削一根比它长一些的竹签或木棍，在竹签或木棍的顶端裹上布条，捆紧，大小要和竹筒的口径相当。将裹有布条的一端塞进竹筒，来回抽动，就可以吸进水来；使劲一推，就可以把水唧出去，唧得老远老远。

夏天，我们小伙伴光着膀子，只穿裤衩，用唧水筒打仗，互相唧水，又凉快，又热闹！

迷迷转：这是一种要求做得比较精细、要很细心才能做好的玩具。做法是：

1.做转轮：找一支废旧毛笔（毛笔笔杆的质地、大小正适合于做这种迷迷转），切下一段长1寸左右的笔杆，然后套上两三枚铜钱。迷迷转的转轮就做好了。

2.做转轴：用竹青（竹片外层绿色的、最坚硬的部分）细心地削一根轴，样子像一根火柴，但有一个陀螺似的小尖，这就是迷迷转的转轴。

3.将转轮套在转轴上（套上以后，转轮要转动得很自如才行）。

玩的时候，用一根线绕住转轮，一只手用手指捏住转轴，一只手使劲拉线，转轮就会转起来。把它放到平稳的桌子上，它就会转很久很久。

有一次，我一边吃油茶一边玩迷迷转，我把迷迷转放转了，然后吃油茶，我把一碗油茶吃完了，那迷迷转还在转呢！

湿纸炮：1.取一段口径跟一支普通铅笔差不多大的、两端都有口的小竹筒，长6—7寸。

2.削一根竹签，大小与竹筒的口径相当，可以插进竹筒，长度比竹筒长两寸左右。给这根竹签做一个长两寸左右的把儿，把儿以下的部分长度要正好比竹筒短一点点。

3.找一些废纸，用水浸湿，然后攥半干。

玩的时候，先捏一小团湿纸，用竹签塞进竹筒，使它正好能停留在竹筒一端的口子上。然后再捏一小团湿纸塞进竹筒，用竹签使劲一推，由于压缩了里面的空气，就会“啪”的一声，把前面的那一小团湿纸打出去。有时能打得很远，如果打在墙壁上，那湿纸还会粘到墙壁上。

这湿纸炮也可用来“打仗”，但千万不能朝人脸上打。

红果果机关炮：我们附近的山林里，有时候能见到一种圆圆的红果果。红果果的大小往往跟我们的湿纸炮的口径差不多。我们就用这种红果果代替湿纸来打，哎，打的效果还很好！

受到真正的机关枪的启发，我就创造性地做出了一支红果果机关炮。

做法是：找一段和湿纸炮的口径一样的小竹筒，经过仔细地切割、制作，使它能垂直地和湿纸炮相连接，并有一个接口互相连通。往垂直的竹筒里放入红果果，红果果就能自动地进入湿纸炮的炮筒里，就像机关枪的弹匣似的。

玩的时候，往垂直的竹筒里事先装入十来个红果果，就可以连续不断地发炮了。这就是红果果机关炮。

蟋蟀笼：我们小时候也玩蟋蟀，玩的是尖头蟋蟀。这种蟋蟀斗起来的时候主要是用头互相推顶，推顶一阵，有时也会张开大嘴用牙咬，咬几嘴以后又用头顶。

养这种蟋蟀，斗这种蟋蟀，不像北方玩蛐蛐那样是在一个罐子里。我们养蟋蟀、斗蟋蟀是在一种用竹子做的笼子里。

那笼子的做法是：选一根口径一寸左右、长6—7寸的竹筒，在竹筒上竖着雕刻5—7条宽约一厘米、长4—5寸的细缝，并在一端做一个能开关的门，把蟋蟀放在里面。刻这些缝，一是为了可以看到里面的蟋蟀，二是为了可以伸小草棍儿进去，逗蟋蟀，赶蟋蟀。

平常，一个笼子里只关一只蟋蟀，要斗蟋蟀的时候才放进另外一只蟋蟀。两只蟋蟀在一个笼子里，很容易碰上面，一碰上，它们很快就会斗起来。推呀，咬呀，你进我退，我进你退，若干回合以后，斗输了的就会到处“流窜”，斗赢了的就会高奏“凯歌”。斗完了，就把另一只蟋蟀赶出笼子去。

后来，我可以从一个工匠那里弄到玻璃片，蟋蟀笼的制作便有了改进。可以不再在竹筒上刻缝了，而只要切割掉半边竹筒的一部分，在切割掉的部位安上一块玻璃片就行了（就如同我们的玻璃窗似的）。不过，仍须在玻璃片下方刻两条细缝，为的是便于用小草棍儿去逗蟋蟀、赶蟋蟀。

竹蜻蜓：这是一种比较简单的竹制玩具。

取一块宽5—7厘米，长5—6寸的竹片，确定它的中心点以后，将它的两侧削成看起来像拧麻花似的斜面，就成了一个螺旋桨。在其中心点装一个垂直的轴，与螺旋桨成T字形，竹蜻蜓就做成了。

玩的时候，两手夹住它的轴，适当地用力一搓，竹蜻蜓就能飞起来。

风筝：我见过有人用竹篾扎风筝，也见过邻村有人放风筝，但我自己没有制作过、没有放过风筝，也没见过我们村有人放风筝。因为，我们村附近到处都是树木，同时也缺少能让人奔跑放风筝的空地。

文化娱乐

耍猴子

我们小时候，也能看到一些演出。耍猴子，就是其中之一。

每到秋后，耍猴子的人都可能来我们村。他们有的只带一只猴子，有的会多带一只山羊。

耍猴子的人到了我们村以后，就在村口使劲地敲锣，以便把老人、孩子们引出来。人们出来以后，村口空地上就会自然地围绕小猴子形成一个圈。

表演开始了，小猴子穿上了红红绿绿的衣服，表演翻跟头、挑担子，有羊的就表演骑羊奔跑。表演了一会儿，耍猴子的人就让小猴子捧着那面小锣，转着圈向观众们讨钱。如果有人扔给了铜钱，小猴子就会把铜钱含进嘴里。它的嘴里，可以含好多铜钱。据说，小猴子嘴里有一个小口袋，它会把铜钱收在口袋里。小猴子回到主人跟前时，主人就会把它嘴里的铜钱掏出来。然后再表演，再要钱！

独脚戏

独脚（角）戏，就是一个人唱的戏。也常在我们村口演出。

唱独脚戏的人的装备，是一个简易的、可以把他的一切秘密围在里面的、占地约一平方米的小布棚子，下半截隐藏着他，上半截就是小舞台。他在里面设计了一些机关，可以用脚敲锣、打鼓、打镲，嘴还可以吹口哨，口哨还可以模仿人说话的声音。

他有若干小布偶，例如，孙悟空、猪八戒、牛魔王、铁扇公主、蟒蛇精，等等。

表演开始了，他就用脚打家伙，用口哨说话，手指戴上小布偶，演出各种各样有趣的故事。

表演当然是极简单的，但却能使孩子们觉得很好玩。孩子们常常会乐不思蜀，对它恋恋不舍。

谁给钱呢？我没见过。我想，也许是哪位大人早就跟他说好，或者早就给了钱的吧。

鬼崽戏

这里说的鬼崽戏，是一种大型的木偶戏。这种木偶戏来我们村，不在露天演出，而是在我们村的祠堂里演出，也不是演一会儿就走，而是一演就好几天。演戏的不是一个人，而是一个班子，五六个、七八个人。

村里演这种木偶戏的费用，可能是从公共财产中支出，也可能是各家各户集资的。

这种木偶戏的木偶比较大，其头、脸、手可能相当于一个一岁的孩子的头、脸、手的大小。一个班子里大约有二三十个木偶，各种脸谱都有。同一个木偶穿上不同的衣服或拿上不同的武器、道具，可以装扮成不同的角色。例如，一个大红脸木偶，可以扮演关云长，也可以扮演赵匡胤。

其舞台是一个用布幔围成的约九平方米的“小房间”，里面有负责玩木偶的，有负责吹、打、演奏音乐的。支布幔的框架上挂满了当场需要出场的木偶。

演出的往往是比较完整的、类似戏曲舞台上真人演出的故事。演出时，一般是一个艺人举一个木偶，唱、念、做、打都是这个艺人。

其演出是相当逼真的，记得看过一出戏（是否为《目连救母》故事，不敢确定了），演的是一个妇女被一个恶鬼追杀，恶鬼要用铁叉叉她；她左右躲闪，恶鬼一次次地把铁叉叉到了舞台上的一块事先准备好的木板上，竟然把木板都叉裂了！其他如刀枪互相对打的戏，往往也演得相当逼真。

因为是室内演出，所以，即使是冬天，是晚上，观看演出的人都很多。邻村的人也有来我们村观看的。

霸王鞭

这是一种既有表演性质也有乞讨性质的“歌舞”。

霸王鞭，是一根比普通的萧、笛稍粗、稍长的竹棍，在两端刻有缝，在中间装入若干铜钱，因而在舞动、击打它时，会发出铜钱互相撞击和撞击竹棍的声音。

我曾见两个外地来的、大约十三四岁的女孩子，拿着霸王鞭在我家门前演唱。她们形容憔悴，衣衫褴褛，一边唱小调，一边用霸王鞭击肩、击背、击胸、击手、击脚地“舞蹈”，为的是向人们乞讨。

桂戏

有一年，我们附近的集上来了个桂戏班子，在那里唱了半年、一年的戏。有戏台，但观众是露天的。似乎有围墙，也有收票的入口处。我不止一次地去看过，和许多观众一起站在戏台下。但票价、买票的具体情况却忘了。

我一个叔公曾在那戏班子里操琴。他是个没有什么劳动能力的人，生活很清苦，有了那份操琴的收入以后生活好了一些。

马戏班

一年秋后，也是集上，来了个马戏班。马戏班在集市外面已收割了稻子的稻田里，用竹篱笆和布幔圈了一个很大的场地，就开始卖票演出了。

我还记得入场的情况，是要通过一个用布幔围出来的小通道。

他们表演马术、魔术、杂技、空中飞人等，现在想来，那水平是不高的，可在当时却的确有点惊心动魄的感觉。

电影

在家乡，我只看过一次电影，而且大约是在1940年。

在我们村口的空地上，放映机从南向北放映。可能是一部以抗日为题材的故事片，但到底是个什么故事，已经记不得了（可能当时就没有看清）。唯独其中的一句“台词”，至今还记得。那是一个小男孩对一个日本士兵喊：“我不怕你！我不怕你！”

现在想来，为什么能记得这句话？一是它的内容及其的简短；二是它曾引起了我们的兴趣，看过电影以后，妈妈和我都曾模仿着说这句话。

社会百态

地主

我只能以我们村的、我能知道的情况来说。

我们村，有50亩左右田地的人家大概有四家，我们家是其中之一。我们家因父亲患有帕金森综合征，不能劳动，田地多租给人家种，自己只种少部分，因此土改划阶级被划为地主。其他三家有劳动力，田地多自己种，只很少部分出租，是否也被划为地主我就不知道了。

把田租给人家，每年收一次租子。每亩田因其情况不同，收租谷80—140

斤（老秤）不等。当时一亩田一季稻子收成约200—400斤。1940年左右，实行“二五减租”，其实际情况跟原来也差不多。收成很不好的年份，佃户可提出再减少租子。此外，“完粮”（田赋）由地主负责。

我们家每年自种、收租加起来，收入稻谷8000斤左右。

搭帮、长工、短工

我们家每年自种田5—13亩左右。除我母亲自己劳动外，多用搭帮和请长工、短工的办法解决。

搭帮，就是互助的意思。具体的做法是：我们家买牛、置犁耙等大型农具，另一户没有牛的人家出劳动力，共同耕种两家的田地。

长工，就是长年给人家做工。一个长工按其体力、经验每年可得工资600—1200斤稻谷左右。吃饭吃东家的。我家很少请长工。

短工，就是几天、半月的给人家做工，报酬稍好一些。我们家常请短工。

丫头

就是使女。穷苦人家，或子女多，或遇到荒年、不幸，养不起孩子了，往往就把女孩卖给人家当丫头。卖给人家的孩子，很少有再回到自己父母身边的。

丫头的命运总的来说是很可怜的。我记得一首山歌，是这么唱的：“桐子开花球算球，可怜小妹当丫头，当了丫头又做小，小妹前世不得修！”这山歌是同情丫头的，但它所持的是宿命观！

征兵

当时实行征兵制。每到征兵时，村头墙上都写上白粉标语：“好铁要打钉，好男要当兵！”

我印象里，我们村只有一个人去当兵了的。1942—1943年左右，我曾帮他的母亲给他写过信，知道他所在的部队在安徽，是个伙头兵。

剃头匠

我们那里男人都剃光头。村里没有理发店，剃头多互相帮助解决。但并非家家都有人会剃头、家家都有剃头刀；有刀的，刀也不一定很快，剃起来常会很疼；会剃的，技术也不一定很好，常会把人家的头皮割破了。总之，剃头是个问题。后来，有个剃头匠到村里来搞承包：每人每年出一定费用，就包给他剃头（费用比较便宜）。他每半月、二十天来一次，轮流给人们剃头，剃得又快又好。很受人们欢迎。

米粉摊

离我们村三里地的集上有个大棚，是卖米粉、馄饨等吃食的地方。其中有个米粉摊，摊子是最大的，顾客是最多的。他的摊子有三张八仙桌拼起来那么大。干活的手脚很麻利，态度也很好，米粉的味道也很好。我每次赶集，都可能要去吃一碗米粉。我离开家乡后，似乎就再也没有吃过那么好吃的米粉。

讨米的

讨米的，就是讨饭的、乞丐。一年四季，村里都可能来乞丐。他们衣服褴褛，形容憔悴，怀里抱着、背上背着或手上牵着孩子，挨门挨户地乞讨。村里生活还过得去的人家，一般都备有一个不大的容器，里面备有米和一把小调羹。讨米的来了，就用调羹给他米，一个人，就给一调羹，两个人，就给两调羹。

我们村里有一个人，患有和父亲一样的帕金森综合征，没有父亲的病严重，年纪也小一些。有时，在我们吃饭的时候，他会静静地坐在我们的天井旁边。他在腋窝下夹着一只碗，我们吃饭时或吃饭后，妈妈会送给他一碗饭菜。

我在家乡时他还没有老婆。过了许多年，我听说村里的一个干部是他的儿子。

缺医少药

当时农村缺医少药，人们又缺少科学知识，儿童死亡率很高，对青少年危害也大。有这样一件事：我们村有个比我大一两岁的少年，一天上山，不小心摔了一跤，膝头跪到了一个砍掉了竹子的竹根上。竹根是腐朽了的，有一部分便断留在了他的膝盖肌肉里。他家并不穷，如果把他送到县里或省里的医院是容易治好的。但他没被送医院只是敷草药，结果臃肿、化脓，痛苦折腾了一年多。好了以后，人却瘸了！

挑牙虫

也因缺医少药，人们有了龋齿，简直疼得没办法！我母亲牙疼，就只好买点石膏泡水含嘴里，因为石膏是凉的，似乎能去火、止疼。

有一种声称能挑牙虫的人（我见过的那个是女的），到我们村来喊挑牙虫，有个牙疼的老奶奶就请她挑。她一手拿根筷子，一手拿根铁钎子，伸进老奶奶嘴里左挑右挑，一会儿拿出来。筷子头上竟有许多小虫子！显然，这是骗人的伎俩！但因缺医少药，又缺乏知识，老奶奶就难免受骗啦！（我当时也不知道这是骗术）

鸟抽牌

一个人，手提一鸟笼，笼里一只鹩哥；另一手拿一布包，来村里叫“鸟抽牌”。有人光顾他，他就把布包置桌上或石板台阶上，打开布包，里面是数十张对折成5 乘15厘米大小的纸“牌”。他把鹩哥放出来，鹩哥就会去叼起一张牌来。那人打开牌，里面就有这样那样的词句。那人就给讲解、算命！被鹩哥吸引来而让它抽牌的人还不少！

卖锅

村里偶有来卖铁锅的，就是普通的铁锅。可卖锅的人可起劲啦！他一面叫卖，一面表演：他两手握住一只大锅的边缘，举过头，然后使劲砸在跟前的青石板上。当！声音响亮，但铁锅完好无损！这一招的确很吸引人。据说，他手上是有技巧的，你要是也那么砸，就可能真的把锅砸啦！

“一劁、二补、三打铁”

这是我们那里的一种说法。劁，就是阉割牲畜，例如，劁猪，劁羊。补，就是补锅，把破损了的铁锅补起来。打铁，就是制造镰刀、锄头等铁器。所谓一劁、二补、三打铁，就是说干这三样活儿最赚钱，或说最容易赚钱。

这说法是否准确，这里不去说它，我只说说我看到过的劁猪和补锅的情况。

养猪，一般的人们多养肥猪，养母猪的少，养公猪的就更少。

公猪、母猪、肥猪，又是怎么回事呢？

刚生下来的小猪，有雄性的，也有雌性的。如果不对它们进行手术，雄性的小猪就会长成公猪，也就是种猪，雌性的小猪就会长成母猪。这两种猪可以繁殖后代，但是，却是不能吃的。我们平常用以吃肉的猪，是经过劁（阉割）的，只有经过阉割的猪，才能长成肥猪。

我见过的劁猪的人，他身上只带一把特制的小刀，其他什么工具、药品都不带。他走村串巷，有谁家要劁猪的，就请他去。

雄性的小猪，生下来后一个月左右，就可以劁了。

雌性的小猪，则要长得大一点才能劁。

补锅匠的工具则要多得多。一个补锅匠，或再加上他的一个徒弟，到各乡村去干活时一般都要挑一个担子。其中包括：一个风箱，一个炉子，几把铁捶，几把铁箝，几个用陶土做的小坩埚和小勺子，煤炭，废铁，以及一些模子，等等。

补锅匠一般的工作情况是这样的：到达一个村子后，就在村头某个地方支起他的炉子、风箱，这时，人们有什么东西要补，也就纷纷送来了。主要的是补锅和接犁头。

补锅：穷人家的锅裂了、破了，一下子买不起新的就得补了旧的用。补锅匠把锅的裂缝用小尖捶清理一下以后，就准备补啦。他拉起风箱，把炉火烧旺，把小坩埚里的废铁片熔化成了铁水，再把要补的锅架在一个铁架子上。

开始啦！他左手托一块小垫子，小垫子是旧布做的，用泥浆浸过，再扑上灰土，因此它是软和的，能盛得住铁水的；右手边，则准备一个用旧布卷成的、有一个胡萝卜那么大的布卷儿。他用铁箝箝住一把小勺子，到小坩埚里舀一小勺铁水，倒在左手托着的小垫子上，然后往锅的裂缝处的外面一捂，当铁水被挤入锅的里面时，就赶快拿那个布卷儿一抹，这样，那一小勺铁水就平平整整地补到裂缝上了。如此一小点、一小点地补下去，一条裂缝就被补起来了！如果锅破的不是一条缝，而是一个洞，补起来会麻烦些，但也是能补起来的。

接犁头：犁田的犁头是铁铸的，用久了，磨损了，秃了，不快了，人们又舍不得扔掉它，那就得接一个刃，这就叫接犁头。

补锅匠备有给犁头接刃的模子，模子是可以打开、合上的。要接犁头了，先把旧犁头放炉子边烤着（加热），同时在坩埚里熔一锅铁水。准备好了，就把铁水倒进模子里，然后拿起犁头，把它的前端插进模子里。过一会儿，打开模子，犁头上就接上了新的刃了。

那时候，村里如果来了补锅匠，孩子们往往就要跑去看热闹，看如何补锅、接犁头，也是一种乐趣！

讨老婆

讨老婆，我们的土话。就是娶媳妇、结婚。

我所知道的讨老婆的情况是这样的（实际情况，比我所知道的要复杂得多）：

一般的男孩子，两三岁的时候，还抱在怀里，有时大人们就会用手指点着他的手心，给他唱这样一首关于讨老婆的儿歌："点点窝窝，牛屎大哥，猫崽吃饭老鼠唱歌，唱的什么歌，唱个东门李大哥，你到东门干什么，我到东门讨老婆，有钱讨个黄花女，无钱讨个赖头婆，赖头婆，生个崽，篾子穿，棍子拐，原来是个赖蚂拐！"当然，这只是逗孩子玩玩而已，两三岁的孩子肯定是不知所云的。

男孩女孩到了十岁，十二三岁，一般就有人来说媒了，来说媒的人就叫做媒人（说媒，就是介绍对象；媒人，就算是介绍人了）。媒人，一般是受人之托而来的，也有主动给两家拉关系的。

如果两家都有同意的意向，媒人就会分别给两家送来"八字"。

两方的家长收到"八字"以后，就会请算命先生看看两个孩子命里是否合得来。

算命先生按照他们的理论，就玄虚地说一通，说好说坏，对两边的家长做出决定会有很大的影响。

两边家长经过考虑，如果觉得事情可以同意，就会通过媒人把意见告诉对方。

如果两家都同意了，男家就会给女家送聘礼，就算是订婚了。

订婚了以后，女方家就要给女儿准备嫁妆；男方家就会给儿子准备新房。

结婚的日子到了，两家都会请来许多客人，还要请来乐队吹吹打打。新娘子要穿上新嫁衣上轿，新郎官要骑马或步行到女家来迎新娘。

做新娘子也是件苦事。头天晚上，就要陪着妈妈和姐姐妹妹们“哭嫁”，第二天上轿时还要哭。上轿以后，一路颠簸，到了男家，又要前呼后拥地拜堂：拜天地，拜祖宗，拜父母，夫妻对拜。然后进入洞房（新房）。进了新房，仍然要盖着盖头老老实实坐着，不许活动。这样，这一天上厕所都成了问题。所以，新娘子往往提前一两天就不吃不喝，或者只吃些白果（银杏），因为白果是收涩性的，可以使人少尿。

闹洞房

闹洞房是这样的：晚饭前后，当新郎还在陪伴、应酬客人的时候，一些青年人、小伙子赶紧吃了晚饭，就抢先进入了新房，在里面把门栓一插，别的人就进不去了。

过了一会儿，另一批青年人、小伙子拥着新郎来了，进不去新房，于是，对歌就开始了。在门外的就这样唱：“送郎来嘛送郎来嘛，里连乐连，送起郎来门要开啊，乐哩乐哩，今晚洞房花烛夜嘛，里连乐连，明年娃娃抱起来哦！乐哩乐哩！”在门里的也就随口编词回答。

唱到不想唱了的时候，里面的就把门打开了，于是大家就一起来捉弄新郎和新娘子！直到乐够了才罢！

新娘新郎炒米花

结婚后的第二天早上，按规矩，新娘子应该给客人们做一顿油茶吃。而做油茶的第一道工序炒米花，则要新娘和新郎一起炒。

炒米花，如果手脚慢了，很容易炒煳，而米花又是一粒一粒的，用锅铲很不容易铲起来。为了为难新娘和新郎，人们事先又给锅铲换了个把儿，换成一个用树杈做的把儿，意思就是要新娘、新郎一人握一个叉，两人一起炒。

两人一起使一把锅铲炒米花，如果事先没有思想准备，没有人指点，是很难炒好的，因此，新娘、新郎往往会把米花炒焦了，会闹出很多笑话。但是，如果有思想准备，有人指点，事情也不是很难。这里的秘诀是：不能两个人都使劲，而是由一个人使劲，另一个人顺着、跟着就行了。

我现在想来，给新娘、新郎出这个难题还真有点含意呢！什么含义？我想，这可能会让新娘、新郎体会到：两个人一起生活，遇到矛盾，不能两人都要强，另一个人应该顺着些、随和些，不然的话，就很可能要“吵”煳啦！

新娘子挑水

结婚后的第二天下午，新娘子就得出来到井边挑一担水回家。这件事，原来很可能只是为了考察新娘子，看看她有没有力气把一担水挑回家。可后来，竟又演变成了一件可乐的事儿。

下午，新娘子就由一个嫂嫂或婶婶陪着出来挑水啦。

当新娘子挑了水往回走的时候，就会有人故意挡在路中间，不让新娘子走过。

挡路人一般有两个目的：一是要仔细看看新娘子是什么模样；二是想要新娘子叫自己一声。

这时候，陪同新娘子的嫂嫂或婶婶就会告诉新娘子，该怎么称呼这个挡路人，并请人家让开一下。

在我们那里，同宗族的人是要按辈分称呼的。一个看起来很年轻的人，他却可能是个长辈，你可能该称呼他“爹爹”（爷爷），一个看起来年纪很大的人，却可能是个小辈，你可以叫他的小名。如果没有嫂嫂或婶婶的指点，新娘子就有可能闹笑话。

这个挡路人让了路，还可能有别的挡路人出来。所以，新娘子往往就会率性站住，放下水桶，让人们仔细看个够。

人们看够了，新娘子挑了水要走了，有的人就会往她的水桶里扔石头，并说：“挑块银子回去吧！”另一个人也会扔一块石头，说：“挑一块金子回去吧！”有的爱恶作剧的人，就会搬一块大石头扔进水桶里，说：“挑一块大金子回去吧！”有时，甚至会把水桶都砸坏了。

如此这般地闹了一阵以后，陪同来的嫂嫂或婶婶就会喊：“好啦！好啦！发了财了，发了财了，让我们走吧！”这时候，人们才可能让开，让新娘子把水挑回家。

送亲

结婚的那天，男方有人陪新郎到女方去迎亲，女方也有人陪新娘到男方去，那就叫送亲。

父母是不会去送亲的，哥哥和弟弟可以去送。而舅舅则是送亲的主要人物。

我就充当过一次这个主要人物。我的一个表姐出嫁，按理应该由我父亲即她的舅舅去送她，但因我父亲身体不好，不能去送亲，于是就只好让当时只有八九岁的我代他去送亲。

我上了轿子，被抬到了一个陌生的村子，进入了陌生的新郎家，受到了热情的照料，吃饭的时候让我坐在了尊贵的上座。

离开新郎家的时候，许多人给了我红包，我也搞不清谁是谁，就把所有的红包都塞进了口袋里。

回到家里的时候，发现一般的红包里都是一枚银毫子，只有一个红包里是一块光洋（银圆，相当于五六个银毫子）。可是，我已经不知道那是谁给的了。

闹丧

我们那里，办喜事唱歌，办丧事也唱歌。

闹丧，是某家有人去世之后，便将死者封闭在棺材里放在堂屋中。晚饭后，就有人来闹丧，来的多为青壮年人。开头，由一人打鼓，打一阵后，就有人开口唱。唱的多为一种字谜似的词儿，唱一句，打一阵鼓；唱完一个以后，鼓儿打得长一些，然后再唱另一个。午夜以后，就要唱长歌，可惜我从未坚持过到午夜，因此从未听到过长歌，也许它会是某种史诗或故事吧！我不知道是从谁那里听到过一个也许是长歌也许是山歌的开头，那词儿是这样的：“竹叶青，竹叶落在海当心，谁人拾得竹叶起，我拿竹叶起个音……”这词儿，不是很有点儿味道吗！

称呼

我们那里对人的称呼，有好多跟北方不一样，也在这里说说。

我们把祖父叫爹爹，而不是叫爷爷。但在北方，则是把父亲叫爹爹，把祖父叫爷爷。

那我们怎么叫自己的父亲呢？如果你的父亲有弟弟，有堂弟弟，就是说，你父亲在他的同辈中年龄最大，那么，你就得叫你父亲伯伯；你的堂兄弟，也都叫你父亲伯伯。你的堂兄弟们怎么叫他们自己的父亲呢？一般的都叫叔叔。其他的堂兄弟怎么叫那些父辈们呢？如果那位父辈在同辈中排行第二，那么，你和你其他的堂兄弟都得叫他二叔，如果他排行第三，那么，你和你其他的堂兄弟都叫他三叔。

我们那里，仆人叫主人老爷，主人的孩子叫少爷。

我们那里，把自己的夫人叫帮家，把自己儿子的夫人称媳妇。北方一般把自己的夫人称媳妇，把自己儿子的夫人称儿媳妇。

我们那里，祖母叫奶奶，跟北方一样。叫自己的母亲时，如果叫父亲伯伯的，就得叫姆姆；如果叫父亲叔叔的，就得叫婶婶。不过，孩子们一般叫母亲都叫“娅”或“娅娅”，也就是妈妈的意思。我没有听过叫“娘”的。

会众

我们村，除了两户外姓人以外，都是同姓的，同一个祖宗的，是一个宗族。

这宗族有老祖宗留下来的一些山林、田地，便是宗族的公有财产，这些财产由族长们管理。

每年秋后，或有什么重要事情的时候，族长们就会召集一个每家来一人的会议，商量一些事情，这就叫会众。

我父亲身体不好，在我年纪稍大一点以后，就多半由我去参加会众。

会众一般在村口的祠堂里举行，时间一般在傍晚，先是到会的人们一起吃一顿饭，然后再商量事情。

我那时年纪小，根本不懂得也不关心那些要商量的事情，于是，吃了饭以后就和同样是代表家里来的小伙伴们玩去了，大人们在祠堂里到底商量了些什么，我们往往一点也不知道。回到家里，我父亲一般也不问我，他知道，无论什么事情，总是族长们怎么想就怎么去做的，小辈们提意见也没用。

祭祖

每年清明节，我们全宗族的人都要到村后老祖宗的坟墓前扫墓，还要在老祖宗墓前的宽广草地上来一次全族人的集体野餐，这就叫祭祖。

祭祖的野餐是当场在那草地上架锅、点火做的，多半是米饭、猪肉、酸菜和豆腐。野餐的时候，人们往往很高兴，往往又喝酒又猜拳，一醉方休。

全族人可以一起祭祖，全家人也可以一起去祭自己的祖辈。我曾听说过我小时候的一段故事（谁给我讲的，忘了），说的是，有一次我去外婆家，和外婆家的人们一起去祭祖。野餐的时候，我的三舅、四舅逗我玩，拿我开心，要我和他们一起喝酒（我们那里喝的是水酒，不辣，但有后劲），几杯下肚，我就醉倒了。于是，人们便把我放到畚箕里，抬了回来。这件事，我自己倒一点也记不得了！（畚箕，是扫墓时培土用的，我似乎还听说，用畚箕抬一个人回来是一种习俗，还是一种彩头，一种吉利事儿呢！）

中元节

阴历七月十五是中元节，是敬祖宗的节日。我们那里家家从十三开始就会在神龛前摆上供品，主要是酒、菜和石榴、枣等果品。早、晚烧香，同时要准备烧给祖宗的“包”。什么叫包呢？就是一包纸钱礼物。人们用金色、银色的纸片折成一个个“小元宝”，在普通的草纸上凿出一串串铜钱的图案，礼物就准备好了。然后就要写包，就是在一个个大纸口袋上，写上收受这些礼物的祖宗的名字。有多少去世了的祖宗，就要写多少包。

我家里的包，由我写，一些不会写字的邻居，也请我去帮他们写包。那几天，我可忙啦！

写包有一定的格式，我大体上还记得，但记得不准确了，这里就不说了。

包写好了，纸钱、“元宝”装进去了，到了十五晚上，就要烧包了。有的在自己家里烧，有的拿到村口烧。烧的时候要放很多的炮仗，有时各家、各村似乎还暗自在做放炮仗比赛，十分热闹！

做道场

做道场，这种事情我小时候常见，但对它的内容却不怎么了解。

大体是，请一个或几个道士（我们称他们“鬼师公”）来做法事，就叫做道场。似乎过生日、还什么愿、什么人去世等，都可能做道场。

道场上，布满了香火、符录，一班人敲锣、打鼓、打镲、吹唢呐，鬼师公则摇动其铜铃，舞动其短剑，口中念念有词。

道场有的做一天，有的做三天、七天，孩子们就趁此大看热闹。

天花板的横梁上，或拉起的绳子上，挂了一排排的书画条幅。书的多为有关祈祷的词儿，画的则多为鬼神、古装人物。在法事进行到一定的关节时，在场的大人们就会一哄而跃起，去抢那些字画，并以抢得多为荣。孩子们也会因得到一张画儿而高兴。

有的道场到了最后阶段，还要到室外空地上去做法，鬼师公要吹牛角，还要光脚板上刀梯，颇有点神秘而壮观。

黄纸帖儿

那时候，人们在僻静处的墙壁上，在凉亭边，在桥墩上，偶尔会看到用黄纸写的这样的字条："天黄黄，地黄黄，我家有个夜哭郎；过路君子念一念，一觉睡到大天光。"

这是什么意思呢？原来，当时的农村缺医少药，又缺少科学知识，有的人家的孩子晚上老是啼哭，他们不知道是什么原因，不知道怎么治疗，就用这种不知流传了多少年的办法，来祈求自己的孩子晚上不再啼哭。一般识字的或初识几个字的人，见了这种条子，都会习惯性地念一念，怀着一种同情或好奇的心情，共同祈愿那家的孩子早日康复，晚上不再啼哭。

"问惊"

问惊，是一种类似上述黄纸帖儿的事情。它和上面说的做道场、黄纸帖儿都是迷信，是没有科学道理的。

也是因为缺医少药，缺少科学知识，有的人家的孩子病了，发烧了，人们就认为他是受惊了，于是，就要请人（懂巫术或并不懂巫术的人）来问惊。意思是，问清楚在什么地方受惊了，怎样才能解除，等等。

问惊的做法是：问惊的人让主人拿一杯米来，再拿一件生病的孩子的衣服蒙上，攥在手里，然后就在生病的孩子的头上、背上来回转悠，同时口中念念有词。如此动作一番以后，就打开蒙着的衣服，看杯子里的米。杯子里的米，原来是满满一杯的，现在某一个部位却陷下去了一个小坑！于是，那问惊的人就会惊讶地说："啊！惊吓得不轻呀！"然后就说，这是在什么地方受的惊，应该怎么才能解除，等等。

我妈妈虽然有一点文化，但有时在我发烧生病了的时候，家里没有药，也搞不清是什么原因，出于一种急切心情，也曾请人给我问过惊。那情景我现在还记得呢！

“花会”

花会这词儿是否准确，我已记不准、不能肯定了。

其状况是这样的：庄家手中有36面小旗，每面小旗上都有一个由两个汉字组成的词儿。每逢赌彩日，庄家就在集市中心区的一个旗杆上的竹筒里藏一面小旗，并在上一次赌彩日事先给出一个谜语似的提示，彩民们便根据这个提示，来猜这小旗上的词儿。随自己的意思来买彩、下注。到下午集市将散的时候，庄家开彩：亮出旗杆上藏着的那面小旗。买对了的，就能获得30倍于赌注的彩金。

人们根据什么来猜呢？原来，一般的参与者都知道，那36个词儿都各有其相关联的事物。例如，某个词儿与公鸡有关联，另一个词儿与老虎有关联，等等。

有一次，庄家给出的提示是：“关云长，擂鼓三通斩蔡阳。”一些人们就这么考虑：关云长的红脸与公鸡有点儿关联；擂鼓三通斩蔡阳，与鸡叫三通出太阳有点儿关联，于是就纷纷猜（赌）与公鸡有关的那个词儿。结果，就猜对了。

传说　故事

传说

小时候，外出走亲戚或有什么事，行走到某处山、水时，同行的长者偶尔会给我讲一些有关那处山、水的传说。记得的有：

一、一次，走在一条河边的小道上，小道紧挨着石山、石壁，在一面石壁上有一个小喇叭口似的小洞。这小洞的位置离地约有一人高。同行的长者说，原来这洞有一个秘密：有个人拿了瓶罐到它跟前，请它施予，它就会慢慢地流出酒来。那人常到它跟前接酒。可是有一天，那人觉得它出酒出得太慢了，于是便拿了凿子把那个洞凿大了一些！这样一来，那洞就一点酒都不出了，还在旁边显出几行字：“天高不为高，人心最为高；冷水当酒卖，还嫌猪无糟！”

二、还是在那条河边，有一处深潭。长者说：潭底下有一个大岩洞，洞里有很多很多鱼。人们拿了兜网，潜水进洞，就能很快捞到一兜鱼。但是，洞里面有一条大鱼守护着，你捞鱼不能捞得太多。有一天，一个人带了个大兜网进去，捞了一大兜网鱼。在他正想出洞的时候，那条大鱼来了，它往洞口一靠，就像一块大门板似的，把洞口给堵住了。那个人就没有再上来。

三、一次，走在山路上，见远处有一座山，形状很像一个螺蛳，同行的就对我说，那叫螺蛳山。并说：很久以前，一户有钱人家要葬老人，请风水先生踩地，风水先生就给他们选了葬在这个螺蛳山上。葬之前，对这家人说，葬了以后，家要慢慢地破败，要很苦；你们要咬牙耐住苦，到一定时候，苦到头了，家就会再发起来……果然，葬下以后，这家人家就渐渐苦起来，苦得很！这家人吃不住这苦了，想起老人的棺材里还有些陪葬的金银元宝，便去把老人的棺材挖了出来！一挖出来才看见，棺材上已经长满了小螺蛳，只有棺材盖的一个尖上还没长满。如果这家人再咬咬牙，吃吃苦，很快螺蛳把那个尖尖也长满了，他们就会发起来了。可惜，他们把这个风水给破坏了！

四、一次，走在田野里的小路上，见路旁孤零零地有个大水塘。同行的告诉我：好久以前，这里有一座房屋，是一户人家。有一天，来了个叫花子讨饭，这家的主人就把一碗不干净的饭菜给了他。这家的丫头知道了，就偷偷地把情况告诉了叫花子，并另给了他一杯米。叫花子就对那个丫头说：如果哪天你看见堂屋里长出两根笋子来，你要赶紧跑出来啊！丫头把话记在心里。有一天，丫头扫地的时候，突然看见堂屋里长出两根笋子来，她就很快地跑了出来！丫头刚跑出来，哗啦一下，那座房屋就沉到地底下去了！原来，那两根笋子是一条龙的两只角，龙一翻身，就把那家人沉到地底下去了！坑旁边只剩一个门槛。他家已出嫁的女儿知道了，跑回来，趴在门槛上哭，一下子，连门槛都沉下去了！

据说，这里曾沉下去一户人家，乃是真事。偶尔，人们还可能看见从塘底下漂浮起一些箱子、衣物来呢！

（上述几个传说，有一定的警世意义，但它们的思想内涵是有局限性的，是一定历史时代观念的产物。）

故事

邻居、长辈还曾给我讲过一些故事。这些故事，我觉得，其发源地并不在我们那个小山村，它们可能是长辈们从哪儿听来的，或是从什么书上看来的。这些故事有：

一、石门开：有一个看牛的孩子，一天，他在山边看牛时看见一个风水先生走到山的一块石壁跟前，对着石壁说："石门开，先生要进来！"果然，石壁就打开了一扇门，风水先生就从那门走了进去！过了一会儿，那孩子又看见风水先生从石门走了出来，对着石门说："石门闭，先生要回去！"果然，石门就自动关闭了。

等风水先生走了以后，那孩子就也走到石壁跟前，对着石壁说："石门开，先生要进来！"啊，石门果然也开了。那孩子从石门走了进去，只见里面是一个很宽敞的地方，有石桌、石凳、石床，什么都有。那孩子就想，如果我妈妈能住到这里来，那多好啊！

那孩子走出石门，说："石门闭，先生要回去！"石门就关上了。

那孩子回到家里，对他妈妈说，要带她去一个好地方，他妈妈跟他去了。他们进了那个石门。他妈妈看到那里是这么一个好地方，也很高兴，在那里东摸摸，西看看。

那孩子趁妈妈不注意，走出了石门，说："石门闭，先生要回去！"石门就关上了，把他妈妈关在了里面。

第二天，风水先生又来到这里，想进石门，他说："石门开，先生要进来！"但是，石门已经不开了！

二、朱洪武二事：朱洪武年轻时候很穷，给人家打长工。一天，朱洪武吃了午饭，假装出去干活，却到村外树荫底下的草地上睡懒觉。他头枕一根扁担，两臂伸开，两腿叉开，活像一个"天"字。他东家走来，见他这么睡着了，就踢了他一脚。朱洪武一侧身，一弓腰，仍旧睡觉，那样子，却活像个"子"字！他东家一看："天子"！心里很是惊奇！

又一天，朱洪武放羊的时候，和几个伙伴把东家的一只羊宰来吃了。他知道东家一会儿要来数羊，就把剩下的羊头、羊尾巴安在一个石头夹缝的两边。东家来数羊的时候，他就说有一只羊钻到石头夹缝里出不来了。东家走到石头夹缝跟前，伸手去拉羊尾巴，羊头就咩咩地叫；伸手去拉羊头，羊头也咩咩叫！东家看不出什么破绽，也就没什么话好说啦！

三、能干老婆：有个砍柴卖的人，讨的个老婆倒挺好：人生得好看，又在行（聪明），又能干。

村里的一个赖皮见了，就起了坏心。

有一天，这个赖皮特意买了这砍柴的一担柴，喊他挑到家里去。等砍柴的把柴挑到他家往下放担子的时候，赖皮就赶紧把一个死猫扔到那担柴底下。然后就大喊："哎呀！你把我的猫给压死喽！"

砍柴的还没说话，他就又喊："我这个猫啊，是金丝猫，银丝牯，西洋人给了我五万五，还加五斤犀牛肚！你赔！你赔！"

砍柴的说："我怎么赔得起嘛！"

赖皮说："拿你老婆来赔！"

砍柴的回到家里，掉着眼泪，把事情告诉了他老婆。

他老婆说："好嘛，让他明天来说说嘛！"

第二天，赖皮摇头晃脑地走进砍柴人的家。"啪啦！"他一脚踩在门槛下面的一个砂锅上，砂锅烂成了八瓣！

"哎哟！你踩烂我家的锅喽！"能干老婆喊起来，"我这个锅呀，无米煮成饭，无水能煮粥（zu），西洋人给了我六万六（lu），还加六斤犀牛肉（ru）！你赔！你赔！"

（这故事，下面还有情节，可惜我忘记了！）

四、两兄弟：两兄弟，父母去世了，要分家。

哥哥嫂嫂要了正屋，没成家的弟弟只好要侧屋。哥哥嫂嫂要了肥田，弟弟就只好要瘦田。哥哥嫂嫂要了牛，剩下给弟弟的只有一条大黄狗。

春天来了，要耕田了，弟弟没有牛，愁得直叹气。

大黄狗见了，就问他："主人啊，你叹什么气啊？"

弟弟说："大黄狗啊，春天来了，要耕田了，我没有牛，怎么耕田啊！叫我怎么不叹气呀！”

大黄狗说：“主人你别着急，我可以帮你耕田！”

第二天，弟弟就带着大黄狗和犁耙下田了。

弟弟刚给大黄狗套上犁，就有个卖布的人挑了一担布从田边走过。

卖布人就说：“嗨，你傻吧，狗怎么能犁田！”

弟弟说：“我的大黄狗说了，它能！”

卖布人说：“我和你打赌，你的狗要能犁田，我就输给你一匹布；如果不会犁，你就得赔我一匹布！”

弟弟答应了，就赶起狗犁起田来。大黄狗力气真大，一下子就犁好了一块田。这样，卖布人就给了弟弟一匹布！

弟弟抱着布回家，哥哥见了，就问弟弟哪来的布，弟弟就把事情一五一十地说了。

哥哥就说：“那你把大黄狗借给我用用吧！”

第二天，哥哥就带着大黄狗下田了。

来了个卖肉的，见了，就说：“哈，你傻吧，狗怎么会犁田！”

哥哥说：“能，要不，我们两人打赌！”

卖肉的说：“好，如果狗会犁田，我就输给你十斤肉；如果不会，你就赔我十斤肉钱！”

哥哥答应了。就赶大黄狗，要它犁田。可大黄狗怎么也不肯走。

哥哥输给了卖肉的十斤肉钱，心里很生气，扔起锄头，一下子就把大黄狗打死啦！

大黄狗被打死了，弟弟很伤心，流着眼泪把它埋在后园里。

没多久，大黄狗的坟上就长出一棵小树来。

弟弟生活困难的时候，觉得寂寞的时候，就常常来到大黄狗坟前，低声地哭。

有一天，弟弟哭的时候，摇动了一下小树。哗啦啦！树上就掉下许多金子、银子、铜钱来！

弟弟有了钱，哥哥就问他是从哪来的，弟弟就一五一十地给哥哥讲了。

第二天，哥哥嫂嫂来到后园大黄狗坟前，假模假样地哭。一摇小树，噼里啪啦！从树上掉下许多蚂蚁、马蜂来，把他们咬得、叮得浑身是包！

哥哥拿来斧子，几下子就把树砍倒啦！

弟弟没说什么，默默地，用被砍倒的树雕了一个给猪喂食的木槽。弟弟用这个木槽喂猪，猪很快就长得又肥又大了！

哥哥见弟弟的猪长得很快，就问弟弟原因，弟弟又一五一十地给他讲了。

哥哥说："把你那个猪槽借给我用用嘛！"

弟弟把猪槽借给了哥哥，哥哥嫂嫂就用它喂猪。可是，猪越喂越小，没几天，猪就变得像小老鼠那么小了！

哥哥拿起砍刀，就把木槽劈成了几块！

弟弟没说什么，默默地捡了块被劈下来的木片，把它刻成了一把梳子。

弟弟用这把梳子梳头，头发长得很黑、很光亮。

哥哥问弟弟，弟弟又一五一十地给他讲了。

哥哥又问弟弟借梳子用。

哥哥嫂嫂用那把梳子梳头，没几天，头发就变得又白、又枯、又乱掉了。

哥哥一生气，就把那梳子扔到炉膛里，烧了！

梳子被烧了，弟弟没奈何，蹲在炉膛面前，默默地用小棍儿拨弄炉灰。突然，他发现了一粒被烧熟了的黄豆，他捡起来，把它吃了。

过了一会儿，弟弟放了一个屁，啊！弟弟的屁是香的，好香啊！整个屋子里都香啦！

第二天，弟弟就到集上去卖香香屁。"卖香香屁喽！卖香香屁喽！"集上的人听了，都很奇怪，就请他去放香香屁。一放屁，整个屋子都香了，人家给了弟弟好多钱。

哥哥知道了，就问弟弟，弟弟就一五一十地说了。

哥哥回到家里，就喊："老婆！快给我炒黄豆！"

哥哥吃了炒黄豆，第二天，就到集上卖香香屁去了。人家把他请去，一放屁。哎呀！好臭啊！满条街都臭了！哥哥就被人家打了一顿！

有一天，弟弟从集上卖完香香屁回来，遇到下大雨，就到一个庙里躲雨，天黑了，雨还不停。庙里的菩萨对他说："你快走吧，一会儿老虎精、熊罴精、豺狼精就要来了！"正说着，就听到外面精怪已经来了。

弟弟对菩萨说："哎呀，怎么办呢！菩萨，请你救救我吧！"

菩萨说:“那好吧，你赶快躲到我身背后来！”

弟弟到菩萨身背后躲了起来。

老虎精、熊罴精、豺狼精进到庙里，还没坐下，就闻到了一股生人味儿，便问菩萨说:“这里有生人吧，怎么有股生人味儿？”

菩萨说:“没有生人！是刚才有几个人来烧过香，所以留下了生人味儿！”

老虎精他们放心了，就坐在那里谈天说地。

老虎精说:“东边桥头埋着的一坛银子，到现在也没人挖走。”

熊罴精说:“西边老松树下埋着的一坛金子，也是到现在也没人挖走。”

豺狼精说:“李家庄李员外的女儿头上长了癞子，总也治不好。李员外出了告示：谁能治好他女儿头上的癞子，就把女儿嫁给谁。其实，他们家大门墙头上有棵草，用那棵草煮水洗头，就能把癞子治好！”

弟弟听了，记在了心里。第二天，他去挖出了金子、银子，又去李家庄揭了告示。

李员外问他:“你能把我女儿的癞子治好？”

弟弟说:“能！”便从他家墙头拔了草，煮水一洗，很快就把李员外女儿的癞子治好了，李员外就答应把女儿嫁给他。

哥哥知道了，又问弟弟，弟弟又一五一十告诉了他。

第二天，哥哥假装赶路晚了，走不动了，去到庙里，要在庙里住一夜。

菩萨告诉他，晚上要有精怪来，不能在这住。

哥哥说，不怕的，让我躲在你身子后面吧。说着，就躲到了菩萨身后。

天黑了，老虎精他们又来了。一进庙门，老虎精就说:“唔，有生人味儿！”

菩萨说，白天有人来烧过香，现在已经走了。

熊罴精说:“我不信，上次你说没有人，可我们的话被人听走了！金子、银子被挖走了，李员外女儿的癞子也被人治好啦！”

豺狼精说:“我们搜！”

结果，哥哥被精怪们搜了出来，吃掉了。

后来，弟弟就把李员外的女儿娶了回来做老婆，快快乐乐地过日子。

第二部分

散文

冰　珠

在我们桂北，冬天很少下雪。我小时候，从来没有见过后来到北方才见得到的像棉花、鹅毛般的飞雪。但有时候，偶尔也会下一阵雪粒——像高粱米那么大小的雪粒，像下小雨似的，稀稀落落地撒在屋瓦上，然后就乒乒乓乓地蹦跳着掉到天井里。

我们那里也结冰。天气很冷的时候，水田里平静的水面上，会结出一层薄冰来。这时，孩子们可高兴啦！我们常常轻轻地敲下一块薄冰来，用一根稻草穿过它的某一个小洞，提在手里，当作一面小锣来敲打！

小溪流的旁边也会结冰，在那些裸露在溪水里的小树根上，常常会结出一排排的小冰棍儿。透过那晶莹透明的小冰棍儿，还可以清楚地看出，那些包在里面的小树根是什么颜色的。赭红色、淡黄色或是褐色的……

如果晚上下了一场细雨，那么，第二天早晨就更热闹了！当你一觉醒来，躺在床上，睁开惺忪的眼睛朝外望，就会发现，天井的每一行屋瓦上，都会吊下一根长长的冰锥子来，就像一行行排列得整整齐齐、银光闪闪的长矛枪……

正是这样一个早晨，我刚刚起床，妈妈就吩咐我：拿把镰刀，到后园去，砍一匹棕树叶子来。我知道，妈妈前几天已经腌了一瓦盆猪肉，今天，要把它们一块块地用棕树叶子包起来，挂到房檐下，好晾晒成腊肉。

我拿了镰刀，打开屋后门，来到后园里。啊！一幅非常美丽的天然图画，简直把我惊呆了：这时候，太阳已经升起；昨晚下过一场细雨，碧蓝的天空，像被洗过了一遍，一丝云彩都没有；这冬天的金黄色的太阳，也就显得格外明亮！后园的那两棵棕树，那浓密的碧绿的叶子，也被昨夜的细雨洗过一遍，这时正在早晨的微风里，轻轻摇荡；它们被太阳一照，不仅显得更加碧绿，而且在碧绿中又闪闪地放射出金黄色的光芒！

最美的，最叫我惊讶的，还是那棕树叶子尖上挂着的一粒粒冰珠！棕树叶子是放射状的，每片叶子都有二三十个叶尖，它们排列得整整齐齐，就像是一只巨大的孔雀在开屏。由于昨晚下了细雨，雨水缓缓地聚集在叶尖上，深夜里气温一下降，就使得每一个小小的叶尖上，都结出了一粒小小的冰珠！

这些小冰珠啊，的确很小很小；可是，小有什么要紧！它们都很晶莹，很洁净！现在，太阳照在了它们身上，它们便反射出一种美妙的光芒。这光芒，像七色的彩虹，像缤纷的焰火，像绚丽的梦幻一样！

我走上前去。啊！我看见：在每一颗小小的冰珠里，都有一个小小蓝天，都有一个小小的太阳！

学游泳

我会游泳，是爸爸教的。

那大概是在我六岁的时候。

在我们村旁，有一个又大又深的水潭。从村后水源山上流下来的涧水，就先聚集在这个深潭里，然后再向需要水的田峒里流去。水潭旁边，有一棵很大很大的樟树，这棵大樟树，向潭里斜长着，就像要趴在水面上似的；它的影子，差不多能遮住大半个水潭，所以，人们就把这个水潭，叫做樟树潭。

樟树潭里的水，看起来是蓝茵茵的，清澈得就像一块透明的蓝玻璃；它一年四季都很凉，就是大热天，也不能在里面游得太久。

村里的人，都喜欢在这个潭里游泳。

我爸爸是个游泳能手，听说，我两三岁的时候，他就带我下水了。

我六岁那年，爸爸正式教我游泳了。开始，他让我在潭边水浅的地方扑腾；后来，就用一只手托住我的肚子，让我像青蛙那样，两手划水，两脚蹬水……

没过多久，我就可以在水面上游一小段距离了。

会游一点儿了，我心里很高兴。

但是，又过了些日子，我虽然游得更轻松一些了，可总是不敢游远。我心里总是很害怕，害怕如果游累了，两脚往下一站的时候，站不到底，那可怎么办呀！所以，我总是游几下子，就赶快站下来，即使我根本还没有游累，也总是早早就胆小地停了下来。

有一天，爸爸看到我这样子，就对我说："游到潭中心去，敢吗？"

我有点羞怯地看着爸爸，轻轻地摇摇头说："唔，不行！"

"爸爸托着你去呢？"说着，爸爸就把手伸了过来。

"那，行！"我微微地笑了笑说。我心里想，有爸爸在，去哪儿都行。

爸爸轻轻地一只手托住我的肚子，我们就向潭中心游去了。

我有爸爸托着，游得很轻快。游呀，游呀，只觉得潭水越来越凉，我知道，这是渐渐地到了潭中心了。我心里有点害怕，心想，不知道这凉飕飕的水面底下，到底有多深哪！但是，因为有爸爸在，我也就放心了。

到了潭中心，爸爸就踩起水来。爸爸踩水的本领很高，听说，他十几岁的时候，就能够一面踩水，一面伸出双手，端了碗，拿了筷子，在水里吃完一顿午饭。

爸爸一面踩水，一面让我伏在他的肩膀上，在潭中心的水面上好好休息一会儿。

休息了一会儿，爸爸把我从肩膀上挪下来，托在手上，平静地对我说："好，现在，我不托你了，你自己游回去吧！"

我一听，心里马上紧张起来，觉得好像自己就要沉到潭底下去了似的；于是，便赶紧抱住了爸爸的手，惊慌地叫道："不！不！爸爸！不行！"

爸爸认真地说："别怕！你能游回去！"说着，就掰开了我的手。

"爸爸！不行！爸爸……"我急得差点哭了起来。

"游吧！"爸爸说着，身子一晃，便摆脱了我。

一开始，我一慌，差点儿沉了下去，但我使劲一划水，一蹬脚，却又很快地浮了起来。我继续使劲地划了两下，好像觉得自己在水面上，前进得更快了，好像从来也没有游得这么快过。

我用眼睛寻找爸爸，只见爸爸在离我不远的地方，踩着水，微笑地看着我。

我更使劲地向潭边游去……

在我快要到达潭边水浅的地方的时候，爸爸却早已站在那里等我了。

爸爸双手把我从水面上抱起来，高兴地说："哈哈！自己游回来了吧！"

而我，却一下子搂住了爸爸的脖子，哇哇地大声哭了！

我现在回忆起爸爸来，还常常会想到这件事情，耳朵里好像还能听到爸爸的声音："别怕！游吧！"

种　豆

我们家乡种黄豆，那办法是很特别的。

那是在农历七八月间，早稻收割以后，稻田里只留下矮矮的稻根，田里的泥土还稍微有些湿润，这时候，就可以种豆子了。

豆子就种在每一个稻根旁，人们轻轻地用手指推一推稻根，稻根和泥土之间就裂开了一个小口子；然后，就趁势把四五粒豆种放进这个裂口子里。这样，豆子就算种上了。等到整块田里，一行一行的稻根旁边，都种上了豆子以后，再用犁把稻根行距之间的泥土犁开，用铁耙把泥土耙碎。这样，松软的泥土就平平整整地覆盖在了豆种之上，好像给它们盖上了一床松软的、湿润的被褥。这以后，就是豆子发芽、长大、开花、结果啦。

我们那里，几乎所有的孩子都喜欢参加种豆。你看，那多有意思：每人拿一个小篓子，篓子里装一些豆种，每人分占一两行稻根，蹲下来，用手指一推稻根，就往裂口子里扔进四五粒豆种，然后便往前挪一步，再推开一个稻根，扔下几粒豆种……一直到头，然后再转回身来……

我自己，如果说播种过什么东西的话，那么，最早的一次播种也就是种豆。

大概是我四岁的那一年，妈妈去种豆，我也就跟着去种豆了。我戴了一顶小草帽，穿一件小背心和一条小裤衩，打着一双赤脚，跟妈妈去到田头。妈妈给了我一个挺小的小篓子，里面装着像金珠儿似的黄澄澄的豆种。妈妈叫我蹲下来，把着我的手，教我推开第一个稻根，我就第一次用自己肉墩墩的小手，把几粒亮闪闪的豆种，播进了黑油油的泥土里。

小豆豆能发芽吗？小豆豆能长大吗？它能开花吗？它能结果吗……这些问题，我当时是不是曾经想过呢，我已经记不清楚了。我只记得，妈妈教我这么种，我就种下了。我现在觉得，我当时一定是没有想这些问题的。我一定十分相信：小豆豆一定会发芽，一定会长大，一定会开花，一定会结果的。不过，小豆豆以后到底怎么样发芽了，怎么样长大了，怎么样开花了，怎么样结果了，怎么样收割了……我都同样再也没有去想它，再也没有去管它。我好像也是十分相信：我第一次亲手种下的小豆豆，是一定发了芽，一定长大了，一定开了花，一定结了果，并且一定是收割了的！

后来，我一年年长大，而且年年都参加种豆子，这样，我才知道豆子是怎样发芽的，怎样长大的，怎样开花的，怎样结果和怎样收割的。

再后来，我到了革命队伍里，成了一个文艺工作者。慢慢地，我才知道有这样一些含着深刻意思的话：

“没有播种，就没有收获！”

“播种吧！不要问收获！”

“种瓜得瓜，种豆得豆！”

小小的“百家衣”

我敢打赌：今天的小朋友，恐怕谁也没有穿过我小时候曾穿过的那种百家衣。

我还敢打赌：今天的小朋友，恐怕谁也没见过百家衣那样奇特的衣服。

百家衣是怎么回事儿呢？我得从头说起。

我是爸爸妈妈的第一个男孩子。据说，还在我一两岁的时候，有一天，村里来了个看相、算命的人，他看见还在妈妈怀抱里的我，就对我妈妈说：“哎，大嫂子，给孩子算个命吧，这孩子有灾啊！”

我妈妈一听，心里又生气，又害怕，便狠狠地瞪了那人一眼，一转身，就抱着我跑开了。

可是，从那以后，我妈妈心里就总是不踏实，总怕有什么灾祸会突然降临在我身上。于是，妈妈就要爸爸去请教我们村里的一位老人——增寿公公。听妈妈后来告诉我说，是增寿公公说的：“给狗仔讨件百家衣吧！消消灾！”（“狗仔”，是我们那里通常对孩子的爱称）

这样，妈妈就决心给我讨一件百家衣。

怎么讨法呢？

听妈妈说，是在那年的秋后，一天清早，妈妈用背带背了我，走了好几十里路，去到一些妈妈从来没有去过的、一个熟人也没有的村子里，然后就挨门挨户地去央求人家，请人家给我们一块小布头，好让我们做一件百家衣。

那些从来也不认识我们的老婆婆、大婶婶、年轻的姑姑，听了我妈妈的央求，看了看趴在妈妈背上甜甜地睡着了的我，就都很乐意地随手从破布篓子里挑出一小块布头来，送给我妈妈。

这些布头儿，总是很小很小的：有的有四个手指头那么大，有的像一把梳子那样，弯弯的一长条，有的像一片树叶，要圆不圆的，有的则说不出是什么形状。小布头的颜色和花样也是各式各样的：红的，白的，绿的，黄的，黑的，花的，粉的，蓝的；格子的，条条的，什么花色的都有。小布头的质地当然也不一样：土布的，洋布的，绸子的，缎子的，香云纱的，人家找到什么就给你什么！

妈妈背着我，跑了整整一天，脚上打了泡，肩上磨破了皮，一直到天黑，才带着从各村各家讨来的小布头儿，回到了家里。

这以后，好多天，妈妈虽然白天干活很劳累，但一吃过晚饭，洗罢碗，就还是立刻坐下来，在小小的豆油灯下为我缝百家衣。妈妈把讨来的布头儿按做衣服的需要，剪成大小不同的块块，有三角形的，有四方形的，有菱形的……然后再像拼七巧板那样，仔细地把小布块一块一块地拼缀起来。

过了不久，一件小小的百家衣便缝缀成了——啊，一件色彩斑斓的、奇特的、庙里的和尚们穿的袈裟似的小衣服！

这件小小的百家衣，我年年都要穿几回，一直穿到满七岁。

我长大以后，离家参加革命队伍之前，还看见过这件小衣服。

现在想来，做百家衣的那个迷信的想法是不可取的，但是，在这件小衣服上面，却凝聚着母亲对我深切的爱，凝聚着十家、百家素不相识的老婆婆、大婶婶、年轻姑姑给我的温暖，凝聚着他们希望消灾禳祸、争取幸福生活的美好向往！这么说，这件小小的百家衣就还是很值得我回忆，值得我怀念的！

哭得最伤心的一次

我们村里，许多人家都有竹子，有的在大门前，有的在屋背后。

我家的一丛竹子是在屋背后的菜园里，在一棵枇杷树旁边。

一竿竿竹子，长得很高很高。我每次仰头看它们，都好似看见它们像挺起了胸膛，要伸手去抓天上的白云。竹叶子长得又多又密，微微的风儿吹来，它们就摇晃得哗哗地响。太阳照在它们身上，反射出来的光，是碧绿碧绿的，叫你觉得非常清凉。

这年春天，下了一场小雨以后，我看见竹根旁边的泥土裂开了一条一条小缝。第二天早晨，就从这些小缝里冒出一些尖尖的竹笋来。

小竹笋长得毛茸茸的，一片片带黄毛毛的笋壳，像打绑腿似的，一片压着一片，把自己包得严严实实的，好像用小被子裹着的小娃娃。

小竹笋长得可真快：头一两天，它们还像是一只只尖尖的小羊角；过了两天，就长得像一只只小牛角；又过了几天，它们就长得像一只只大牛角啦！

我常常蹲在小竹笋旁边，手撑着下巴，呆呆地看着它们，好像能看见它们在长高、长大。我在心里对它们说："快快长吧，快快长吧，长成高高的大竹子！"

可是，有一天下午，我来到后园里，却把我惊呆了！我看见一个黑乎乎的东西钻在竹丛里。我很快就认出来：那是邻居家的一头老母猪，不知怎么跑出了猪栏，钻到我家菜园里来了。这头老母猪，瘦得像一只饿狗，拱着蚌壳一样瘦削的背脊，鬃毛稀稀拉拉的，露出一身的泥巴。两只眼睛，很深地凹进去，就像两个老鼠洞。它的嘴巴又长又脏，牙齿像一把破钉耙。该死！它正龇着尖利的牙齿，在啃我心爱的小竹笋哩！

我气极了，捡起半块砖头就朝老母猪扔了过去。

老母猪"嗷"的一声，撒开腿逃出园子，跑了。

我扑到竹丛跟前，看见好些毛茸茸的小竹笋都被老母猪连根拱了起来，咬断了，啃碎了，笋壳和碎屑被甩得到处都是……

"该死的老母猪！"

我狠狠地跺脚，咒骂老母猪；同时，忍不住伤心地哭了。

我记得的小时候哭得最伤心的一次，就是这一次。

吃 药

我总不能忘记，有一次妈妈怎么让我吃药。

大概是我八岁或九岁那年的春天，我不知道是得了什么病，躺在床上，一连半个月，浑身软绵绵的，一点力气也没有，但是，头不疼，肚子也不疼。

起先是请一个邻居给我开的药方，吃了好几帖药，都不见好。

后来，妈妈从墟（集）上请了一位白胡子老爷爷来给我看病，开了一个方子。妈妈当天就请人去给我买了药来，煎好以后就端了药来到床边，让我趁热喝下去。

妈妈说："喝吧，趁热喝下去，病就好啦！"

我欠起身，妈妈就把药碗慢慢地朝我嘴边送过来。

"唔嗯——"药碗刚到我嘴边，我就闻到一股很难闻的气味，使我忍不住要恶心，便赶快把脸转了回来。

妈妈疼爱地哄我说："乖！别害怕，这药，不怎么苦！"

我平时就很听妈妈的话，听妈妈一说，便又转过头来，屏住了呼吸，勇敢地喝了一小口汤药。

"哇——"我一下子把半口药吐了出来！这次的药，真是太苦了，一沾喉咙，就使我想吐！

妈妈忙给我一杯白开水，让我漱了漱口，又把我吐在床边的药擦了干净。她一句话也没有说，但我从她的眼神里看得出来，她心里很忧伤，很难受。

妈妈站起来，转身从旁边的柜子里捧出一个小小的红陶罐子来，说："来，乖！把药一口气吃掉！吃了药，吃冰糖！"

说着，妈妈打开红陶小罐子的盖子，从里面拿出一小块冰糖来，放在床头边的小柜上。那块冰糖像一座小小的假山似的，奇形怪状，玲珑，透明，闪闪发亮。

我真想把那块冰糖拿起来舔它一舔。但我回头看了看那碗药，它还在冒热气；一闻到那股热气，我就想吐，就一点想吃糖的意思都没有了。

我喃喃地对妈妈说："妈妈！我不吃糖，也不吃药！"

妈妈眼睛里含着泪水，双手抱住自己的胳膊，默默地望着我。过了一会儿，妈妈说：“乖，看，别怕苦！妈妈也不怕苦！”说着，便端起药碗缓缓地喝了一口药，平平静静地、连眉头也没皱一皱地喝了下去！

我看了看妈妈，就使劲地咬了咬牙，抿了抿嘴唇，伸手从妈妈手里接过药碗，稳稳地捧在手里，望着妈妈慈祥的面孔，一口接一口地把那碗汤药全都喝了下去！

妈妈看看我，轻轻地吐了一口气，抹掉了眼角的泪水……

看独脚戏

小时候，妈妈常常说我懒：懒做功课，懒帮妈妈做事，还有一个睡懒觉。

寒假里，有一天早晨，我还在暖烘烘的被窝里睡懒觉，忽然听到外面有人喊：“唱独脚戏的来喽！唱独脚戏的了喽！”

等我一骨碌爬起来，洗了一把脸，跑到村前祠堂门口的时候，唱独脚戏的人已经把他的小舞台支起来了。

这个小舞台是用小竹竿做架子，用青布围起来的，大小大约只占一平方米的地面，就像是一乘常见的轿子。小舞台前面已经站满了孩子们。

一会儿，小舞台上铜锣敲起来了，小鼓也敲响了，小钹打起来了，口哨也吹起来了。那口哨，一会儿像唢呐，一会儿像芦笙，还会学人说话，真是热闹极了。

小舞台上演出的是孙悟空和猪八戒的故事，有唐僧、沙和尚，还有妖怪和蟒蛇精……

笨头笨脑的猪八戒，因为又懒又贪睡，一下子被一条蟒蛇精缠住了。他吓得浑身发抖，手脚乱舞，大声喊道：“哎唷！哎唷！不好啦！不得了啦！猴哥呀！猴哥，快救命呀！”这时候，我们孩子们就被猪八戒逗得哈哈大笑起来！

孙悟空一个跟斗赶来，用金箍棒敲了敲猪八戒的脑袋，问道：“呆子！你还偷懒不偷懒啦？”

猪八戒忙说：“不偷懒啦！猴哥，不偷懒啦，猴哥！快救命吧！”这时候，我们孩子们便又一次爆发出一阵哈哈的大笑声。

孙悟空和蟒蛇精展开了激烈的战斗，在舞台上来回翻滚、追逐、打斗……最后，孙悟空终于打败了蟒蛇精，救出了猪八戒。这时候，我们孩子们就一起使劲鼓掌，大声叫好起来。

看了一会儿独脚戏，我们又去偷看唱独脚戏的人。我觉得很奇怪：这舞台上的四五个小布偶，这咚咚的小鼓，这当当的小锣，这哧哧的小钹，还有这像唢呐又像芦笙又像会说话的口哨，难道都是一个人表演和演奏的？

我们从青布围子的缝隙偷偷地往里看。的确，里面只有一个人，一切的表演和演奏都是他一个人担当的：小布偶的活动靠他的双手，敲锣、打鼓、打钹是他的两只脚，而口哨，自然是含在嘴里的。

我心里想：这个人，真了不起，他一个人，能同时做那么多的事情！

晚上，睡在床上，躺在妈妈身边，我给妈妈讲了孙悟空和猪八戒的故事，同时也想起了那个唱独脚戏的人，便对妈妈说：“妈妈，那个唱独脚戏的人，真是有本领！”

妈妈用手指点了点我的鼻尖，微笑着说：“啊，那是人家下功夫练出来的！你要肯下功夫，你要不像猪八戒那么懒，比他还大的本领也能练得出来呀！”

我傻乎乎地笑了。

自那以后，我就决心努力改掉懒的毛病；妈妈也就不再说我懒啦。

一颗小石子

那是农历三月里，有一天，姑妈带着小表哥做客来了。

第二天早晨，姑妈对妈妈说：“阿嫂，今天天好，洗东西吧！”

妈妈答应了，就和姑妈有说有笑地拆起被褥来；拆完了被褥，妈妈又抱出一大捆麻线来，这是妈妈一冬天搓成，是准备纳鞋底用的。

我和小表哥正在天井里，用棕毛做成活套子捉小蜜蜂玩。妈妈就叫我说：“去！拿一捆稻草来！烧草灰，滤碱水！”

我和小表哥去拿来了稻草。妈妈打扫了一块地方，把稻草烧成了灰；然后把灰撮到一个竹簸箕里，再把簸箕架在一个大木盆上；转身再去厨房里，端出一锅开水，把开水浇在草灰上……这样，就滤出了黄澄澄的碱水。随后，妈妈就把拆下来的被里子和那捆麻线都泡进了碱水里。

等我和小表哥到后园里玩了一趟回来，妈妈和姑妈已经洗好了东西，拧起来放到了竹篮子里，准备到小河边去清洗了。

到了小河边，啊！多美啊！春天的太阳照到小河里，哗哗流水的小河，就像穿上了一条浅蓝色带金丝的裙子；太阳照在沙滩上，闪闪发亮的沙滩就像穿上了色彩鲜艳的衣裳！

妈妈和姑妈下到河水里去洗东西，沙滩，就成了我和小表哥的大乐园！我们在沙滩上捡起小石子来。

沙滩上，什么样的小石子都有。有扁圆的，像一颗小扣子；有滚圆的，像一个小弹球；有椭圆形的，像一只脑袋缩进去了的小乌龟；有尖尖的，像一座小宝塔；有扁扁棱棱的，像一条小木船……我们捡呀，捡呀，捡到了好的就高兴地叫一声，然后就收进口袋里。一会儿，我们的口袋就鼓鼓的了。

“哎，我捡了个最好的！”小表哥叫了起来。

我跑了过去，只见小表哥手心里，捧着一颗殷红殷红的小石子，那样子活像一颗小樱桃。

“啊！真好！一颗小红心！”我也高兴地叫了起来。

我从来没捡到过这么好看的小石子，便伸出手去，对小表哥说：“给我吧！”

“不给！”小表哥收拢手掌，把小红心紧紧攥在手心里，手往身后一背，舍不得给我。

“给我！给我！”

“不给！”

我冲到小表哥背后，去抢那颗小红心。小表哥躲了两下，但我还是抓住了他的手腕，然后便使出全身的力气去掰他那攥得紧紧的手指头。

小表哥力气比我大，我怎么也掰不开他的手指头。

“姑妈！哥哥不给！”我装出哭腔，向姑妈那边喊。

姑妈回过头来，对小表哥说："什么东西？给弟弟！"

"不给！我捡到的！"小表哥不服气地说。

姑妈走了过来，严厉地对小表哥说："快给弟弟！"

"我不嘛！"小表哥更委屈了，眼里噙着泪水。

姑妈举起了巴掌，大声喝道："你——！"

小表哥低下了头，流着眼泪，伸开了手掌。那颗殷红殷红的小石子，像个小宝贝似的，在他红润的手心里闪着亮光。

我一把从小表哥手心里抓过了那颗小石子，装进了口袋里，咧开嘴笑了……

小表哥擦着眼泪，默默地走开了，坐到一块大石头上，呆呆地看着河水……直到妈妈和姑妈洗完了被子和麻线要往家走的时候，小表哥才走过来，搀住我的小手，和我说说笑笑地往小路上走去……

可惜那颗小石子现在我已经找不到了。什么时候丢失的，我也记不清楚了。如果，它现在还在我的手里，如果，我现在还能找到它，那我就宁愿走一千里路，走一万里路，也要拿去还给我的小表哥！

坐竹排

有一年暑假，我到姑妈家里去了一趟。那一次，是姑妈来我们村附近的集上赶集，回我们家住了两夜，她往回走的时候，我就和她一起去了。

姑妈他们家，在离我们家有四十多里的山区里。我和姑妈是步行去的，走的都是弯弯曲曲的小路和山路。天气又热，从清早动身一直走到下午才到，真把我累坏了！脚也磨破了，洗脚的时候，水一浸，疼得我差点哭出来！

姑妈赶紧安慰我说："好啦，好啦，在这儿多住几天，跟小表哥好好玩一玩，回去的时候，让你坐竹排回去！"

我一听让我坐竹排回去，心里就高兴了，立刻咧嘴笑了起来。

坐竹排是怎么回事儿呢？这我得说明一下：

原来，姑妈他们村旁边，有一条湍急的小河，这河就是我们村旁那条河的上游。到了夏天，河水充足的时候，这条河是能走小船、竹排和木排的。谁要是想把竹子、木材运到我们附近的集上去卖，就可以把竹子、木材编成竹排、木排，放进河里，让它们顺流而下，一直到达集市旁。这样的竹排、木排，都要从我们村边的那条河上经过，我如果能坐上这样的竹排，当然就可以回到家里了。

我在姑妈家住了下来，和小表哥一起由着性子地玩了好几天，到了又一个赶集的日子到来的时候，姑妈就准备送我回家了。姑妈打听到一位叫志刚的叔叔正要打竹排到集上去卖，便说好让我坐他的竹排回去。

第二天，我提着姑妈送给我的一篮子苦瓜、豆角和小表哥送给我的一笼子鹌鹑，跟姑父姑妈和小表哥告了别，就上了志刚叔叔的竹排。

志刚叔叔叫我坐在竹排中间，一转身就砍断了栓竹排的青藤，把竹排往河中心一撑，顿时，竹排就随着湍急的河水，箭一般地向前“飞”走了！

我坐在竹排当中，抬头观看两岸的景色，只觉得自己好像一点也没有动，而两岸一座座青翠的山峰，却像跑龙灯一样，转个不停。转呀，转呀，一座山峰转了过去，另一座山峰却转了出来，真好像一群调皮的孩子，在东跑西跑地捉迷藏！但是，过了一会儿，山峰却排成了一行：一座山峰后面，跟着一串大大小小的山峰。它们前高后矮，左扭右摆，就好像刚才捉迷藏的那群孩子，现在又改成玩老鹰捉小鸡的游戏了！啊，真是有趣极了！

又过了一会儿，在那些“调皮的孩子”跑走了以后，我的眼前却突然出现了几座陡直的岩壁。这些岩壁可真高啊，好像要把天都遮住了似的。岩壁上的树木不多，但都是斜长着的，就像岩壁伸出了自己的手臂，在向我们的竹排打招呼哩！在这些斜长着的树木上，我看见有几只小动物在窜跑，在跳跃。是什么小动物呢？是小松鼠？是大飞鼠？是野猫？是果子狸？还是小猴子？我看不清楚。我心里想：如果是一只小猴子，如果它正好一失手从那斜长着的树上掉了下来，正好掉到我们的竹排旁边，那么，我就可以把它捞起来，带回家里去养。啊，如果真是这样，那该多有意思呀！

“坐稳了哦！抓好了哦！前头就要下堰喽！”在我正出神地望着那些斜长着的树木，幻想着从它上面掉下一只小猴子来的时候，站在竹排前头，拿着撑篙的志刚叔叔却回过头来，大声地把我叫醒了。

我听说要“下堰”，知道是竹排要越过水坝了，于是便立刻抱好了菜篮子和鹌鹑笼子，紧紧地抓住了竹排上的绳索……

“哗啦啦啦啦……”一声巨响，竹排下堰啦！竹排从一道水坝上面，直往水坝下面飞冲了下去。我坐在竹排上，就好像坐在一架很高很高的滑梯上往下滑一样，一下子就腾云驾雾似的滑出去了老远……啊，这竹排下堰，真是又吓人又好玩啊！

竹排下堰以后，就到了河面比较宽阔、河水流得比较缓慢的地方。这时候，我们的竹排也走得比较缓慢，走得更加平稳了。两岸碧绿的山岭、树木、竹林，也看得更清楚了。就像一幅幅美丽的图画，更加迷人地展开在我的面前。

不到大半天，竹排就在我们村旁的沙滩边靠岸了。我提了菜篮子和鹌鹑笼子，谢了志刚叔叔，就高高兴兴地跳下竹排上了岸。

上岸以后，我心里马上起了一个新的念头：等到明年暑假，我一定要再去姑妈家一次，并且一定要再坐竹排回来！

扮“娘娘”

新中国成立前，我七岁那年，农历正月里村里要耍龙灯。不仅在自己村里耍，而且还接受邀请，到外村去耍。

要到外村去耍，就得有一个“娘娘”——一个由小孩子装扮的“娘娘”。虽说叫“娘娘”，却不要女孩子装扮，而要选一个长得好看的男孩子装扮。

大概我小时候长得还不算难看吧，人家把我给选上了。

扮的是什么“娘娘”呢？当时，我一点也不知道；就是到了现在，我也搞不清楚，大概是一个什么神仙吧！

记得那天下午，三叔把我拉到祠堂里，让我坐在一张桌子上，就给我装扮起来。他在我脸上抹上黄腊，涂上油彩，扑上白粉，画上眉毛，然后给我穿上事先准备好的衣服，戴上一顶奇怪的帽子……一直折腾到太阳落山，一个“娘娘”就装扮出来了。

吃过晚饭，耍龙灯的队伍就出发了。好不热闹啊！咚咚咚咚，大鼓擂起来了，哐哐哐哐，大锣敲起来了；呜里哇啦，唢呐吹起来了；仓乞仓乞，铙钹打起来了；噼噼啪啪，花炮放起来了……真是要把人的耳朵都震聋了！真像天上的雷公公、电婆婆一下子都来到了人间！

灯笼也都点亮了。狮子灯、鲤鱼灯、红虾灯、金鸡灯、凤凰灯、荷花灯、仙桃灯……真是争奇斗艳，五彩缤纷，就像是满天的星星，都降落到了我们这个小山村！

而我这个“娘娘”，就被人们用一乘轿子抬着，走在这闹闹嚷嚷的、五光十色的队伍之中。

到了邻村，我这个“娘娘”就被停放在村前场院的墙根旁边。

龙灯、狮子在场子当中表演，看热闹的人们围了一层层。只有我这个“娘娘”跟前显得比较冷清。

可也不是无人光顾，不时地，也有几位老奶奶或大婶婶到我面前来烧香、磕头，嘴里还念叨着，求我这个“娘娘”保佑着什么。可是，我实在一句也没有听清，一句也没有听懂。

我端端正正地坐在轿子里，不能去看热闹，心里很着急。一听到场子中间发出欢笑声，我就微微地转过脸去，想瞧瞧那里发生了什么好玩的事情。可是，在轿子旁边看管我的三叔却悄悄地对我说：“坐好呀，不能动！”

我孤孤单单地坐在轿子里，一动不动，冬天晚上的寒风一吹，浑身都觉得冷。我想跺跺脚，搓搓手，使身子暖和些。可三叔总是说：“别动！别动！”

心里着急，身上又冷，我就想撒尿。我对三叔说：“三叔，我想撒尿！”

这回三叔没说不许动，他轻轻地把轿子前面的帘子放下来，让我从轿子后面跑了出去。

我绕过墙角，就在幽暗的墙根撒起尿来。

“嗨！那是谁家的小孩，别把尿撒在我的蓑衣上！”突然，墙头上站着的一个看灯的人叫了起来。

我仔细一看，可不是嘛！墙根正放着一件蓑衣；尿，正撒在人家的蓑衣上！

我吓了一大跳，尿还没撒完，就逃了回来……

嗨！我扮了个什么神仙，但却把尿撒在了人家的蓑衣上！

小鱼灯

为了准备正月十五闹花灯，三叔在春节之前好久就开始扎灯笼了。我常到三叔那里去，帮三叔扎灯笼：刮篾子、裁棉纸、抹糨糊、磨墨、调颜色……同时，在三叔帮助下，我自己也扎了一个小灯笼。

那是一个小鱼灯：一条胖乎乎的小鲤鱼，脑袋和尾巴都微微地翘起，那样子，好像正在向上跳跃，又好像正在欢乐地游动。“小鲤鱼”被我涂成了橙红色，并画上了大片大片的鱼鳞和又大又圆的眼睛。

我很喜欢我的小鱼灯，它是我亲手做成的。它有点傻乎乎的，但很神气；它朴朴素素的，但很美，很生动。

只要点上一支普通的蜡烛，“小鲤鱼”就全身透明，就会射出橙红色的、柔和的亮光。

晚上，小伙伴们到我家里来温习功课，或者下棋，我就把“小鲤鱼”挂在头顶的天花板上，让它那橙红色的、柔和的亮光陪伴着我们的真挚友情。而“小鲤鱼”自己呢，则好像很自在地、乐悠悠地游逛在我们的友情海洋之中。

有时，我和妹妹要到增寿公公家里去，听他给我们讲那些总也讲不完的故事，我就一手搀着妹妹，一手提着小鱼灯。小鱼灯的橙红色的、柔和的亮光总是照亮着我们前面的路，就像是“小鲤鱼”在带领着我们到知识的海洋里去，寻求非常有趣的、宝贵的启示。

冷天，没儿没女、孤苦伶仃的八婆婆，常到我家来烤火、谈天、做针线活。天晚了，妈妈总是留下她老人家吃晚饭。晚饭后，八婆婆要回家去了，我就总要送一送八婆婆。我提着小鱼灯，八婆婆扶着我的肩膀，那橙红色的、柔和的亮光，照着我们慢慢地走着，好像这神气的“小鲤鱼”要把我们带进一个恬美的、安然的梦乡。

临入睡前，我常常把小鱼灯挂在床头，仰面痴痴地看着它旋转、晃动。有时候，“小鲤鱼”好像真的活了起来，并且带领着我穿过一层层幽暗的海水，去游历那千奇百怪的、海龙王居住的水晶宫。

就这样，小鱼灯成了我童年时候的一个心爱的伙伴，伴随我走过了一段十分美好的生活历程。

长大以后，走南闯北，我见到过许许多多各式各样的灯。它们有的虽然比我那小鱼灯更明亮、更华丽，但是，我却往往很容易把它们忘记；而我心爱的小鱼灯和它那橙红色的、柔和的亮光，却总是清清楚楚、明明亮亮地留在我的心中。

“送老鼠”

“哥！哥！起来！起来！选芋头，做老鼠！”一大早，妹妹就跑到床边来推我。

虽然是大冷天，我还是一骨碌就爬了起来。

原来，在我们家乡有一种风俗：每年农历正月十六，就要“送老鼠”。这是我们孩子们觉得最好玩的一件事情。

“送老鼠”，就是想把自己家里的老鼠送出去，以免它们偷吃家里的粮食，咬坏家里的东西。

我穿好衣服，跳下床来，脸都没洗，就和妹妹到侧屋里去了。

年前从田里收回来的芋头堆在侧屋里，堆成了一个小山头。

“哥！哥！要这个！这个像！这个真像！”妹妹一眼就看中了一个长得像大老鼠的芋头，跑过去拿了起来。

“还得找几个小老鼠呀！”我说。

“这个，这个，这个，还有这个……”妹妹机灵的小手，在芋头堆上一拨弄，就选出了几只像小老鼠的小芋头。

我们把选好的芋头捧到灶塘前，就坐在那里，做起“老鼠”来。我们拿两粒黑豆，嵌在芋头尖尖上，这“老鼠”便有了一双黑溜溜的眼睛；我们用四段小竹棍，插在芋头的肚子上，这“老鼠”便有了四条细细的腿；加上这芋头的颜色是灰褐色的，表皮上又长有许多小须须和绒毛毛，那样子，就真像是一只贼头贼脑的老鼠了！

“老鼠”做好以后，就摆在一只木盘里：一只大“老鼠”后面跟着一群小

“老鼠”。在木盘上，撒上一些高粱和玉米，表示对就要被送走的老鼠们，给予一次最后的款待。

吃过晚饭，“送老鼠”的活动就开始了。

“我敲铜盆！”妹妹把铜盆拿在手里。

“我敲锅盖！”小弟弟也凑热闹，抓起了一面铁锅盖。

“叮叮当！叮叮当……”接着，他们就没拍没点儿地敲打了起来。

我捧着木盘，唱着：“老鼠公，老鼠婆，送你到别人家咬米箩！老鼠公，老鼠婆，送你到田野里吃老禾……”在铜盆和锅盖的欢闹声中，我们乐呵呵地走出了家门，直向村外走去。

刚到村口，妹妹就耐不住了，喊道：“行啦！行啦！”说着，就抓起木盘里的“老鼠”，朝村口的田野扔去！这就表示，老鼠已经被送到远远的、远远的地方去了！

“快跑！”我一手拎着木盘，一手拉着弟弟，撒腿就往回飞跑。

妹妹也呼喊着：“快跑呀！快跑呀！别让它们跟着回来啊……”一面喊，一面还咯咯咯咯地不停地笑！

晚上睡觉的时候，我放心地把脱下来的衣服放在床边的长条凳上，相信一定不会有老鼠来咬了；可是第二天起床一看，你说怎么样？哈哈！真见鬼！衣服口袋上还是被老鼠咬了一个小洞洞！

抽陀螺

一到冬天，我和小伙伴们就玩抽陀螺。

我们的陀螺是地陀螺，是用结实的硬木头削成的。形状是下头尖，上头平，高矮在十至十五厘米左右，直径在八厘米左右。

抽陀螺用一根鞭子，这鞭子是用三四小片棕树叶子做成的：取三四小片棕树叶子，用指甲把它们劈成细条条，然后在叶根一端打上一个结，再把它绑在一根早就准备好的木棍上，这就成了一根像小小的马尾巴一样的鞭子了。有时候，为了使鞭子经久耐用，我们还把它编成辫子，那样子，就几乎完全像一根女孩子的小辫子了。

用鞭子绕住陀螺，使劲一拉，陀螺就旋转起来，然后用鞭子不断抽它。你抽得越使劲，它就转得越快，并且总是微微地斜着身子，在平地上不断地兜圈子，就像一个技术非常高超的溜冰运动员在冰场上转圈儿一样。

最好玩的还不是独自抽陀螺，而是让陀螺“打仗”。就是小伙伴们分成对儿，把陀螺抽起来，互相对准了，使劲一抽，让两只陀螺互相撞击。这样，谁的陀螺好，谁抽陀螺的技术高，谁就能把对方的陀螺撞个底朝天。这时候，陀螺场上就会立刻爆发出一阵欢叫声，嬉笑声，或者是咒骂陀螺的声音。

我的陀螺常常吃败仗。有一次，我就在自己的陀螺顶上吐了点儿吐沫，粘上一小片从旁边的对联上撕下来的红纸儿。这样，陀螺转起来，头顶上就显得红彤彤的了。我就宣布：“我是关公！关云长来了！”以此来壮自己的胆子，吓唬别的小伙伴。

可是，我一上场，不到三个回合，就又被我的小伙伴龙狗仔击败了，小伙伴们发出一阵哄笑声。

我不服气，又从旁边的对联上撕下一小块黑纸片来，吐点儿吐沫，粘在了陀螺顶上。然后重新宣布：“我是张飞！张翼德来也！”

嗨，那结果，我就不用再说了！

我气得把陀螺一摔，坐在一旁，生闷气，不抽啦！

长大以后，我才知道：不论什么事情，好或坏，胜利或者失败，都不在于你给它戴上一个什么帽子，不在于你给它一个什么好听的名字！

大山蛙

小时候，我有点傻愣愣的。

一个秋天的早晨，三叔从外面回来，身上背着个带盖的竹篓子。他刚把竹篓子放下地，就向我招手：“来！来！快来！看！”

我跑过去，蹲在竹篓子旁边，通过竹篓子的小孔往里看，呵，竹篓子里是满满的一篓大山蛙！大山蛙的个儿真不小，它们的背是褐色的，肚皮是白色的，简直像一个个大甲鱼。

趁三叔洗脸去了，我就悄悄地打开竹篓子的盖子，伸手进去摸大山蛙。

突然，一只大山蛙一翻身，猛地抱住了我的手腕子。大山蛙浑身湿漉漉的，凉飕飕的，软囊囊的。它紧紧地抱在我的手腕子上，可怕极了，吓得我“哇”的一声哭喊了起来！

三叔跑过来，把大山蛙从我手腕子上掰下来，并给我讲了抓大山蛙的事儿。

三叔告诉我说：这大山蛙长在大山里。它们白天躲在山涧旁边的洞穴里，晚上才出来活动。夜里，它们叫起来声音可大啦，嗷嗡！嗷嗡！三里五里以外都能听见。

这种大山蛙最恨山里的大花蛇，因为大花蛇有时会吃掉它们的同伴。大山蛙见了大花蛇，会勇敢地跳向前去，把大花蛇死死地抱住，大声地叫唤，把自己的同伴们都叫出来，一起死死地抱住那条大花蛇。大山蛙抱住了大花蛇以后，是怎么也不肯放的，即使那条大花蛇已经被抱死了，它们也还是抱住不放！

三叔他们知道大山蛙的这个脾气，就弄了一些大木棍，在大木棍上涂上一节一节的颜色，把木棍装扮成一条大花蛇的样子。然后，便把这种像大花蛇一样的木棍，扔在山涧里，每隔几丈远扔一根。

大山蛙一看见这种大木棍，以为是大花蛇来了，便“勇敢”地跳上去，抱住大木棍，并且大声叫，把自己的同伴都叫出来，一起抱在这个“敌人”身上……

“只要把它们从大木棍上掰下来，扔进带盖的篓子里就行了！”三叔说。

听了三叔的话，我顿时乐得咯咯地笑了起来，并且撒气地踢了一脚竹篓子说：“傻瓜大山蛙！我又不是大花蛇！”

鸟迷子

有一天，我看见三叔在砍木头。

我问三叔：“做什么呀？”

三叔回答说：“做鸟迷子！”

“什么是鸟迷子啊？”

“等一会儿你就能看到啦！”三叔一边砍木头，一边回答说。

一会儿，三叔就把木头砍成了一只大鸟的形状，然后，用竹子做出了鸟的头、脖子、翅膀，再安上一根长长的木棍，这就是大鸟的长长的腿脚。他一连做了好几只这样的“大鸟”。

第二天，三叔用石灰把这些“大鸟”涂成白色，再用墨笔画出它们的眼睛、羽毛……于是，一只只“白鸟”便诞生了！这就是三叔说的鸟迷子。

三叔把这些“白鸟”有的绑在树顶上，有的插在芦苇丛里，然后，便在大树和芦苇丛附近搭了个小小的草棚子。

春天，我们那里常常下毛毛雨，这时，真正的白鸟便飞来了。三叔呢，便带了一杆火枪，躲进了草棚子里。

从远方飞来的大白鸟，尤其是那些失群的、孤独的白鸟，它们已经飞累了，便想找一个地方来好好休息休息。可是，哪儿是安全的地方呢？

这时候，我便常常看见，那些白鸟在有鸟迷子的树顶和芦苇丛的上空徘徊飞翔。大概是它们看见了那些鸟迷子，心里在想：“啊！那儿不是吗？我们的同伴们、朋友们正在那儿休息哩！”

白鸟们徘徊飞翔了一会儿以后，便朝着有鸟迷子的地方降落了！它们毫不犹豫地朝那些假朋友、假同伴的身边落了下去……

从小小的草棚子里，悄悄地露出枪口来了。轰！一股硝烟过后，三叔总要提着一两只白鸟回来！

这些白鸟啊，真可怜！它们把不是朋友的东西也当成了朋友，哎！

鱼　筛

有一天，我正和小伙伴们在小河里游泳，玩耍，邻村的祥仔伯伯背着几个鱼筛，到小河里下鱼筛打鱼来了。我跟在他背后，帮助他下鱼筛。

鱼筛是竹篾编成的，就像一个很扁很扁的大灯笼，不过，它只是在上方有一个两寸见方的入口。因为它像筛子一样，留有许多极小的筛孔，所以叫做鱼筛。

我和祥仔伯伯来到水深只没膝盖的河滩上。我学着他用脚在河水里拨动沙子，拨成一个浅坑，便把鱼筛放进坑里，然后再用沙子、小石头把鱼筛压住，盖住，只露出那个两寸见方的小口子。

祥仔伯伯身上，还带有鱼饵。这种鱼饵是用饭粒、韭菜和青蛙一起剁成的，又香、又腥、又黏。我们放置好鱼筛以后，就捏一小点鱼饵粘在鱼筛里面，然后就走开了。

游游逛逛的鱼儿们从这里游过，闻到了鱼饵的味道，便聚集到鱼筛旁边，围着鱼筛窜来窜去，摇头摆尾，欢快地游动着，寻找着，好像在说："哎！哎！好香啊！好香啊！在哪儿啦？在哪儿啦……"

它们急急忙忙地找到了鱼筛的入口处，就不客气地进到了鱼筛里。它们觉得：鱼筛里既荫凉，又平平静静，宽宽敞敞，又有美味的东西吃，多好呀！多自在呀！当然就不想出来啦！

过了一会儿，我和祥仔伯伯就走过去，伸手把鱼筛拿了起来。这时候，只见馋嘴的小鱼儿们在鱼筛里蹦跳着，张着小嘴，翻着白白的肚皮。

逮住了很多小鱼儿，我心里很高兴。但对于那些小馋鬼来说，鱼筛里就再也不是什么快乐、自在的地方啦！

粘 鹰

山里有一种岩鹰，常常飞到村子里叼鸡。老大的一只母鸡，常常一转眼就被它叼走了！

我们这些孩子看到岩鹰在头顶上盘旋，总要大声喊叫起来，并且使劲摇晃带有叶子的树枝，想把讨厌的岩鹰赶走。

可岩鹰不怕我们，照样在头顶上盘旋。常常害得我们不能安心玩耍。

后来，我家对门的桂生爹做了一套粘鹰的家什，来治那些讨厌的岩鹰。

粘鹰的家什是十几根两尺多长的竹签子，这些竹签子平时插在一个大竹筒里，大竹筒里灌满了用桐油熬成的黏胶。这些黏胶很黏很黏，谁一碰上它，就会把谁牢牢地粘住。

有一天，我和龙狗仔在外面玩，看到岩鹰飞来了，就赶忙去叫桂生爹。龙狗仔帮桂生爹抱着装竹签子的大竹筒，我帮桂生爹提了一只小鸡笼。

到了岩鹰盘旋的地方，桂生爹就把笼子里的那只小母鸡抱了出来，用绳子捆住它的一只脚，把它栓在野地里的一个小树根上，然后，在小母鸡的周围，插上了满是黏胶的竹签子。这些竹签子，远远地看，好像是一些枯黄的野草。

下好签子以后，我们就躲进了小树丛里。

岩鹰飞过来了。它斜着翅膀，在小母鸡头顶上盘旋着，盘旋着……

啊！它看见“野草”里的小母鸡了！又盘旋了一圈以后，它便像一支箭那样，向小母鸡俯冲了下来！

岩鹰落地的时候，它那又长又宽的翅膀扑在了满是黏胶的竹签子上，黏胶便粘住了它的羽毛。那只岩鹰好像有点生气了，它使劲地扑动翅膀！可是，它越是使劲地扑打翅膀，碰到的竹签子就越多，黏胶就越是粘得它满身都是。渐渐地，我们只看见它在地上挣扎了。

我们和桂生爹一起从小树丛里跑出来，就活捉了那只大岩鹰！

闷头花

有一次，我和小伙伴龙狗仔一起上山捡蘑菇，摘野果子。

在走过一片茂密的小树丛的时候，龙狗仔指着一棵淡黄色的花，教训我似的说：“嗨！告诉你，这是闷头花，不能闻，闻了就要头昏！”

我一看，觉得那花儿还挺好看：花朵有点像南瓜花，但比南瓜花小一点，颜色却比它鲜嫩得多。

我不满意小伙伴那种教训我的口气，就回答说：“是吗？我不信！它能闷头？”

龙狗仔说：“不信，你试试！”

“试试就试试！”说着，我就一把摘下一朵来，放在鼻子上闻了一闻。开始，我没有闻出什么气味，于是，又再闻了几闻……

结果呢，过了不一会儿，我真的头晕了。只觉得胸口闷得慌，想吐，两腿没劲。龙狗仔见了，赶快扶我坐在了山坡上。

“看，我说了不能闻，不能闻，你还不信！”龙狗仔埋怨似的说。

我心里知道自己错了，但一句话也说不出来。休息了足足有一顿饭工夫，头晕才慢慢地好了。

这以后，我才知道：一些有毒的东西，往往也会有一个好看的外表！

甜藤儿

六月里，挺热的天，我和小伙伴龙狗仔上山采桃金娘。太阳火辣辣的，我们很快就觉得口渴了。我们吃了些桃金娘，但是桃金娘根本不解渴。龙狗仔便提议去喝水。

我们向一处从地底下冒出来的泉水走去。

正走着，龙狗仔一弯腰，随手从草丛中揪下一段小藤儿来，对我说：“喏，甜藤儿，嚼一点！”

我有点怀疑地说：“是吗？能吃吗？”

“我还能害你！”龙狗仔提高了嗓门说，接着就从藤儿上摘下几片叶子，放进了嘴里。

我只好也学着他的样子，摘了几片叶子放进嘴里，嚼了起来。嚼了几下以后，我觉得那些叶子是苦的，不是甜的。

“呸！呸！真苦！”我赶快把叶子吐了出来。

龙狗仔见了我的样子，只是抿嘴笑，不说话。

吐掉了叶子以后，我往里吸了一口气，奇怪，这时候我却觉得嘴里是甜丝丝的了。

到喝泉水的时候，嘴里的甜味就更明显了，每一口水都觉得是清甜清甜的。

“真甜！”我抹抹嘴，高兴地说。

龙狗仔看了我一眼，眉毛笑得弯弯的。

自那以后，我就知道，常有这种情况：一开始觉得苦的东西，苦的事情，到后来，它却是甜的！

井

在我老家屋后的菜园里，有一口古老的小小的水井。井台是青石板铺成的，有一个微微的坡度。井圈是一整块石头凿成的，里口圆，外面则是八角形的。

这口井是什么时候修成的，已经没有人能说清楚了。只有井口那些被井绳磨出的一道道深深的印痕，记载着它的年龄。

井水很清很清。小时候，夏天和秋天的傍晚，我和妹妹常到井台上乘凉。我们趴在井圈上，痴痴地往井里看，一颗一颗地数映在井水里的闪亮的星星。一面数，我一面心里想：啊，这些星星，离得多远！多远！这井水，它有多深？多深？

井水很甜很甜（我们那里，把含盐量很少的淡水，就叫做甜水）。我们平常吃的都是这井里的水。用它来浇菜，就更是极好的水了。妈妈浇菜的时候，常常带着我们。“快，拎水去！”妈妈一吩咐，你就能立刻听到我和妹妹在井台上打水的嬉笑声。

收大萝卜啦！妈妈从畦里把大萝卜拔出来，我和妹妹就把大萝卜抱到井台边，拎上水来，把大萝卜一个个冲洗得干干净净。白白胖胖的大萝卜，顶着碧绿碧绿的大缨子，真是可爱极了！

夏天井水很凉很凉。有一年，六月里，山里的表叔给我们带来了一小筐新摘下来的红李子。妈妈接过手，马上把那一小筐李子交给我说：“快去，把它吊在井水里！”我找了一根长绳子，一头系住了小筐，把它吊进了井水里；另一头，便捆在了井旁的大树上。

吃过晚饭，妈妈让我把李子从井水里提上来，拿到院子里，大家一起吃。新鲜的红李子又脆又甜，有一股清香，又被井水浸得冰凉，那可口的味道呀，我真是一辈子也忘不了！

那时候我常常想，现在我也常常想：那口井，是谁开掘的呢？他们给后代带来了这么多的甜美和欢乐！

外　婆

外婆非常疼爱我，她疼爱我的事情，真是说都说不完。

就说一两件吧：

在外婆的房间里有一个放衣服、杂物的木柜子，在柜子上面，放着一个白底蓝花的大瓷罐子。这罐子是外婆用来存放糖果、点心的。有时候，外婆家来了一个什么客人，客人带来了一包糖果或者点心；客人走了以后，舅妈就把客人送的糖果或者点心交给外婆，外婆就把它们放在这个大瓷罐子里，好久好久都舍不得吃（瓷罐子的底层垫有生石灰，能使罐子里保持干燥，糖果、点心不会坏）。

可是，只要我一到外婆家，外婆又看到我的表姐弟妹们不在跟前的时候，就总是赶快把我拉进她的房间里，从大瓷罐子里拿出糖果或点心来，塞在我手里，并且压低了声音说："快吃，快吃，吃完了再出去！"

外婆的心意我很明白：那是因为她难得有一点好吃的东西，她舍不得给她的孙女、孙子吃，而要留给我吃。如果我拿到外面去吃，表姐弟妹们看见了，也闹着要吃，外婆就难办了！所以，我也就只好按照外婆的吩咐，常常悄悄地在外婆房间里把糖果或者点心吃完，用手抹抹嘴，然后再出去找表姐弟妹们玩。

外婆很勤劳，特别会种菜。外婆家的菜园子面积虽然不大，但一年四季，里面总是什么菜都有。外婆常常把菜园子分成许多小畦，一畦种一样菜，每一畦都弄得像个小花圃似的，里面一棵草也没有。

菜园里的菜，总是长得十分茂盛，非常好看：青的，青得发乌；绿的，绿得像要滴出水来；开花的，开得像一匹匹锦缎；牵藤的、搭架的，就好像那起伏荡漾的碧波和那连绵的、苍翠的山峦。你一进到外婆家的菜园，心里就会觉得很畅快、很高兴。

我每次从外婆家回家的时候，外婆总要让我带一篮子鲜菜回去。我现在还记得的，就有青菜、白菜、菠菜、芥蓝菜、生菜、小葱、蒜苗、青辣椒、茄子、毛秀才（就是现在的西红柿，但比现在的个儿小，不知道为什么起了这么个怪名字)、豌豆、豆角、苦瓜、黄瓜、冬瓜、白萝卜、大头菜……还有好些，我记不得了，说不出名字来了。

我往家走的时候，外婆总要把我送出村口。早早地，她就准备好一个小红包（用两层红纸，包上一张小票子或者一个银毫子），往外走的时候，她又随手摘一小枝冬青树叶子（冬青，我们又叫它四季青），摘一小枝柏树叶子，揣在怀里。

临分别的时候，外婆就把小红包塞在我手里，然后，又把那枝冬青叶子和那枝柏树叶子插在我胸前的小口袋里，一边插，还一边说："啊，四季青青！啊，柏穗柏穗（百岁百岁）！"

当然，外婆自己好像也并不完全相信：光是说两声"四季青青，百岁百岁"，一切就会好起来吗？所以，外婆在说完了"四季青青，百岁百岁"以后，还总要叮嘱我说："回去好好念书！好好帮你妈妈做事！要给你爸爸妈妈争气……"

每一次外婆把我送出村口，每一次外婆跟我说这些话的时候，我总是忍不住要流出眼泪来，总是要上前紧紧地搂住外婆，舍不得离开外婆！

映山红的故事

在我们小山村，有好多好多的野花儿。

你看吧，春天一到，百种千种的野花儿就都呼啦啦地一下子全开放啦！红的、白的、黄的、紫的，小溪边，小路旁，田野里，山坡上，到处都是野花儿。就像是花的彩霞，就像是花的海洋。

小时候，我和小伙伴们，就喜欢到这花的海洋里游玩，就喜欢到那花的彩霞里飞翔。

在有好多好多野花儿的同时，我们那里，还有好多关于野花儿的故事。

我的一个嫂嫂，就曾经给我讲过好多关于野花儿的故事。嫂嫂的这种故事可多啦：金盏花的故事，凤尾花的故事，灯笼花的故事，还有桃金娘花的故事……

我最不能忘记的，是嫂嫂给我讲的映山红的故事——那是一次我们上山捡菌子，休息的时候，我们正好坐在一棵映山红旁边，她便给我讲了这个故事。

嫂嫂说："好久好久以前呀，山村里住着一个又和气又好看的姐姐，名字叫做山红姐；还住着一个又标致又能干的哥哥，名字叫做清明哥。后来，山红姐和清明哥住到一起了，日子过得挺快活。

"可是，有一年，皇帝要修大宫殿啦，他要抓好多好多的人去给他做苦工。有一天，皇帝派来的人把正在犁田的清明哥，用绳子一捆，家也不许回一下就抓走了。

"正在家里做饭的山红姐听说了，就哭着喊着跑出来追赶。她跑到了一个山坡上，向山路上远远地眺望。可是，哪里还有清明哥呀，清明哥早已经被他们拉走了！

"山红姐一个人在山坡上，哭呀，喊呀！喊天天不应，哭地地不灵！她伤心呀，她痛哭呀！她的心受伤了，她的心疼碎了，她的心血洒了满山坡！

"洒满了山红姐心血的山坡上，第二年春天到来的时候，在一阵蒙蒙细雨之后，就长出了这种鲜艳火红的花儿。这花儿上，常常挂着一粒粒的露珠和雨滴，就好像山红姐含着眼泪，在等待和盼望着清明哥。后来，人们就给这种花起了一个名字，叫做映山红。"

我静静地听着嫂嫂讲故事，愣愣地望着嫂嫂红润的面孔，看见嫂嫂的眼眶里含着同情的、悲伤的泪水。

嫂嫂讲完故事，转过身来，指着身旁的映山红对我说："你看，这花朵儿，不是鲜红鲜红的吗？你看，这花瓣儿，不是心形的吗？你看，这还未开放的花苞儿，不是像一颗小红心吗？你看，这花瓣儿一片片往下落，不是很像一颗心儿碎了吗？"

我轻轻地点点头，表示听懂了嫂嫂给我讲的故事。

一次乘凉的小风波

我家的大门口，上面是一个宽宽的凉棚。这凉棚，雨天能挡雨，晴天能遮阳。凉棚下，靠墙的地方，有一块长条形的大石头，一块天然的（没有用人工凿过的）、光光滑滑的大石头。听爸爸说，那是爷爷他们在起这座房子的时候，兄弟四人从远远的山谷里抬回来的。

夏天，门口凉棚下，常常有从村后松林里吹来的阵阵凉风。凉风清清爽爽，并带有一股松树的芳香。

中午，我和妹妹、弟弟三人，常常端了饭碗坐在这大石头上吃饭，吃罢饭，就坐在大石头上乘凉。这大石头足够我们兄妹姐弟三人并排而坐，并且还宽宽敞敞的。我们常常坐在大石头上，一面乘凉，一面说说笑笑。

大石头边，墙脚底下，常常有小蚂蚁走来走去。要是谁吃饭掉了饭粒，小蚂蚁们就会成群结队地跑来，同心合力，抬起一颗颗饭粒，向它们的洞穴拥去。我和妹妹弟弟见了，就总是要蹲下身来，细细地观看这精彩、有趣的情景。

有一天中午，乘凉的时候，弟弟不知道为什么发了牛劲，硬要自己一个人躺在大石头上。“你们走开！你们走开！”他一边喊，一边一手推开了我，一脚蹬开了小姐姐，独个儿霸占在冰凉的大石头上。

妹妹挨了蹬，噘着小嘴，眼泪差点儿掉了出来。

我拉着妹妹的手，安慰她说：“不要紧，不要紧，我们拿小板凳去！”

我们拿来了小板凳，离开大石头远远地坐下了。妹妹轻轻地倚着我，滴溜溜转的大眼睛，一会儿瞧瞧我，一会儿瞟瞟躺在大石头上的小弟弟；小嘴儿一会儿撇两撇，一会儿微微地笑笑，就是一句话也不说，一声也不响。

我知道妹妹心里不高兴，正想找一个办法把她逗乐，一回头突然看见墙脚下面，有两群小蚂蚁正在打仗哩。

“哎呀，蚂蚁打仗了！”我叫了起来。

妹妹转回头看了看，也叫起来：“哎呀，真的，快看看它们吧！”说着就挪开了小板凳，蹲了下来。

弟弟一听，也一骨碌从大石头上爬了起来，凑到墙脚旁，一起看蚂蚁打仗。

这是两群不同的小蚂蚁在打仗。一群是褐黄色的，个子小一些；一群是黑色的，个子稍大一些。两群小蚂蚁，正乱纷纷地打成一团，还分不出谁胜谁败，只看得出有些小蚂蚁已经被咬死，有的小蚂蚁受了伤。

“快把它们分开！快把它们分开！”妹妹着急地喊道。并从地上捡起一根小棍，要去拨弄它们。

“你怎么分得开呀！都搅在一起了！”我推开妹妹的小棍，不让她去碰那些小蚂蚁。

“我去拿几粒米饭来！”小弟弟说着，跑回家里，就拿来了几颗饭粒，扔到了正在打仗的小蚂蚁身上，叫道：“别打啦！别打啦！你们快来搬饭粒吧！”

小蚂蚁不理会弟弟扔给它们的饭粒，还是打成一团，互相咬着，拖着，翻滚着……一些受了伤的小蚂蚁躺倒在地上，颤抖着，挣扎着……

小弟弟急了，跺着脚，大声喊道：“别打啦！傻瓜！你们干吗要打呀？”

“哼！准有一边蛮不讲理，欺负别人！”妹妹嘟嘟哝哝地、话里有话地说。

“你们是谁欺负别人？谁欺负别人！”弟弟挥动小拳头，咬牙切齿地使劲向打仗的小蚂蚁喊叫。

“欺负别人的，就是坏蚂蚁！”妹妹还是嘟嘟哝哝地说。

小蚂蚁们还在撕打着……

小弟弟发火了，叫道：“你们还打！你们还打呀！你们这些坏蚂蚁！我……”叫着，就要用脚去踏那些小蚂蚁。

我赶紧把弟弟拉住了，说：“别，别踩它们！它们不懂道理，我们不理它们啦！我们乘凉吧！”

“呸！”小弟弟向打仗的小蚂蚁吐了口唾沫，扭转身就坐回到凉爽的大石头上去了。

我和妹妹转过身来，仍旧坐在小板凳上。

“沙沙沙……”一阵凉风从松林里吹来，使我们都感到非常清爽。

过了一会儿，小弟弟伸出一只手，轻轻地拉了拉我，亲热地说：“哥哥！你坐这儿！”同时，另一只手则轻轻地拍了拍自己身旁，小嘴甜甜地叫道：“姐姐，坐这儿来！这儿！”

妹妹笑了，我也笑了，高高兴兴地坐回了大石头上。

紫苏汤

天气突然冷了起来，北风呼呼地吹，树叶沙沙地落。

我们孩子们还是穿得单单薄薄的，村里，村外，田野里，山坡上，到处跑，到处闹。出了汗，也不知道擦一擦，冷风一吹，怎么不感冒呢！

我和弟弟妹妹，还有二叔家的小椿、小枫，三叔家的小桂、小梅，好像都感冒了：有的流清鼻涕，有的咳嗽，有的不断地打喷嚏。

傍晚，爸爸对妈妈说：“娃仔们受了寒气了，晚上给他们烤烤背，喝碗紫苏汤吧！”（紫苏，是一种草药，我家后园里自己种得有。夏天，把它收割了，扎成一小把一小把挂在墙上，晾干，就可以当药用了。用紫苏煮水喝了，可以预防和治疗感冒）

妈妈答应了。爸爸又说：“别忘了拔点葱回来！”

晚上睡觉前，二婶带着小椿、小枫，三婶带着小桂、小梅，差不多是同一个时候，来到了我家侧屋里。

侧屋里，妈妈早就准备好了几大捆稻草，屋中间，早就摆好了一圈小板凳。

妈妈在厨房里忙着煮紫苏汤，就隔着窗户，高声地对二婶、三婶说：“他二婶、三婶，你们烤起来吧！把门关上！”

三婶把侧屋的前后门都关上了，二婶就让我们孩子们坐在小板凳上。

兄弟姐妹们难得聚在一起，这下子，一个个都得意地疯了起来。笑呀，喊呀，打呀，你推我，我搡你呀，闹成一团……小桂使劲拧了小枫一把，小枫“哇”地一声哭了起来。三婶打了小桂一巴掌，小桂一噘嘴，就往地上躺，在地上打起滚来，并且大喊大叫……

二婶装作生气的样子，严厉地喊道：“谁还闹！谁闹就别喝紫苏汤！”

这一来，小枫闭上了嘴，忍住了眼泪，不哭了；小桂也乖乖地爬了起来，坐回了小凳子上。

三婶点着了火，一把一把地把稻草烧起来。屋里很快就暖和了。

二婶叫我们把衣服脱下来，从前面往后面反穿着，露出光脊背，让明晃晃的火来烤。没多久，我们的背就烤暖了，烤红了。然后，二婶又叫我们把衣服穿回来，敞开怀，烤肚子……

就在我们烤得浑身热乎乎的时候，我妈妈端着一锅紫苏汤来了。爸爸也跟在后面，提了个篮子，篮子里装着小碗。

“伯伯！伯伯！”“姆姆！姆姆！”弟弟妹妹们高兴地叫了起来。

“嗬嗬，嗬嗬！都在这！好呀！好！都喝葱白紫苏汤！”我爸爸和蔼地笑着说。

妈妈就给大家盛紫苏汤。褐色的紫苏汤里，撒满了葱花。葱花漂在汤面上，绿的绿，白的白，又好看，又散发出阵阵的清香。

小桂第一个把一小碗紫苏汤喝完了，他把手向我妈面前一伸，嚷道：“姆姆！我还要！”

妈妈接过他的小碗，夸奖地说：“好！好！小桂喝得第一快！给，姆姆再给你盛一碗！”

“姆姆！我也要！”小椿也把碗递了过来。

“妈！我也要！”

“我也要，姆姆！”

……

妈妈高兴极了，她给这个盛一碗，又给那个盛一碗……一会儿，满满的一大锅紫苏汤，就被我们喝光了！

一直到现在，我也不明白：妈妈是用什么方法煮的紫苏汤！好像她有什么秘诀，好像她使了什么魔法，明明是防病治病的药，吃起来，却那么可口，那么有味儿！

石榴粑粑

到五月石榴花开的时节，我们已经吃了好几个月的杂粮瓜菜粥了。先是掺红薯的粥，后来是掺干芋头丝，再往后便是掺青菜和野菜了。掺红薯的粥吃起来还有点甜味；掺干芋头丝的粥吃了就觉得嘈心（胃不好受）；掺青菜和野菜的粥吃的时候胀肚子，但是，过了一下子就觉得肚子里又是空空的了。

石榴花儿开得一片火红，石榴叶子也就显得格外茂密、碧绿，甚至使你觉得它们也是肥嫩可口的了。

有一天，爸爸对妈妈说："给娃仔们做顿石榴粑粑吃吧！"

妈妈说："就三升糯米了，过年时藏下来的，没舍得吃。"

爸爸说："三升就三升吧。"

妈妈说："做两升吧，留一升；要是有个急用，到哪儿去找？"

爸爸说："两升就两升也好，多掺点荞麦粉。"

……

妈妈端起瓦盆，就忙着去量糯米，洗糯米，泡糯米。我和妹妹，就拿了簸箕，跑到后园里，去捋石榴叶子。我们捋了满满一簸箕的石榴叶子，用井水冲洗了一下，就连簸箕一起晾晒在天井里。然后，我们又去砍了两匹大大的芭蕉叶子，也用井水冲洗干净了。芭蕉叶是准备用来放蒸好了的粑粑的。

糯米泡了一会儿以后，妈妈便把它捞在小簸箕里。滤掉了水，就可以放到碓里舂了。

开始舂糯米了，我和妹妹踩碓，妈妈用竹铲子拨碓臼。很快，糯米便舂成了糯米粉，再用小筛子一筛，雪白雪白的糯米粉就准备好了。

舂完糯米，就舂石榴叶。也是舂了以后就用小筛子筛。一会儿，碧绿碧绿的石榴叶子粉也准备好了。

妈妈把糯米粉和石榴叶子粉放在瓦盆里，还掺了一些荞麦粉，用温水和在一起，使劲地揉呀，揉呀，很快便揉成了一团浅绿色的大面团。

妈妈转身到屋里，又拿出半碗芝麻和半碗红糖，把它们和剩下的一点点糯米粉和在一起，这样，芝麻红糖馅儿也准备好了。

妈妈开始做粑粑了：捏皮，放馅，搓圆，一会儿一个，一会儿又一个……弟弟蹲在妈妈跟前，歪着头，睁大了两只眼睛，一上一下地看着妈妈两手灵巧的动作，就好像一只饥饿的小狗，在看着别人捧着碗吃饭一样。

“妈妈，什么时候蒸粑粑呀？”弟弟望着妈妈，心急地问。

妈妈慈爱地回答说：“乖，别着急，妈妈做好就蒸。”

石榴粑粑上了蒸笼以后，弟弟便一直守在炉灶旁边，给妈妈递柴草，帮助妈妈烧火。

一团白色的水雾升起，妈妈把蒸笼拿了下来，打开了笼盖。一股糯米和石榴叶子的清香立刻扑进了我们的鼻孔里。我和妹妹、弟弟都一起向妈妈围了过去。

妈妈顺手撕下一小片芭蕉叶子，把拿起的第一个石榴粑粑放在叶子上，给了小弟弟。弟弟捧着，高兴地给我和妹妹看了一眼，就跑出了厨房。

妈妈怜爱地看了看妹妹和我，但没有说话，只管把蒸好的石榴粑粑，一个个、一行行地摆在了芭蕉叶子上。

妹妹向妈妈靠过去，昂着头对妈妈说：“妈妈，给小椿留两个，给小枫也留两个。”她想到了二叔家的两个弟弟妹妹。

妈妈微笑着，点点头。

弟弟站在厨房门口，一边吃着粑粑，一边也嚷道：“给小桂和小梅，也都留两个！”他想起了三叔家的两个小弟妹。

“给瞎子奶奶，也留两个！”爸爸在堂屋里正修锄头把儿，听了，也大声嘱咐道。瞎子奶奶，是我们邻居的一位双目失明的老奶奶。

妈妈在厨房里，张开五个手指头，数了数粑粑，大声地回答爸爸说：“共总做了27个，小娃先吃了一个，现在还剩26个粑粑。留给小椿、小枫、小桂、小梅和瞎子奶奶一共10个。剩下来的，我们做两天吃的吧！”说完，妈妈才一手拿了一个粑粑给妹妹，一手拿了一个给我。

我咬了一口石榴粑粑，这种掺了石榴叶子的粑粑，既不粘牙，又有一股特别芬芳的清香……

一直到今天，我还能回想得起那一股特别清香的味道。

姐　姐

姐姐比我大六岁。我九岁、姐姐十五岁的时候，她就已经从半工半读的职业学校毕业了。

那一年的暑假，姐姐毕业后，从省城回到村里，我和妈妈到村口去接她时，简直把我吓了一跳：啊！姐姐怎么一下子长得这么高啦！

那天，姐姐穿一条黑绸子的百褶裙，穿一件白细布的长袖衫，短短的头发剪得整整齐齐的，脸上带着和往日一样的微笑，突然地走出了村旁的小树林，来到了村口，向我们走了过来。

我叫着向姐姐跑了过去，一把拉住了姐姐的手，依在姐姐身边，一边走，一边昂着头对姐姐直笑。可是，我却再也不敢像过去那样，跳起来，搂住她的脖子，吊在她的身上，跟她赖皮、打闹了。

第二天下午，姐姐领着我向村外走去，她想和我一起绕我们的村子走一圈，看看我们的小山村半年来有什么变化没有。

“野绿豆！野绿豆！”走着，走着，在村子北面的小树林边，我看见了一株野绿豆。我叫起来，奔了过去，要摘它那像一对小羊角似的豆荚儿。

“别摘它！别摘它！”姐姐阻止我说。

“为什么？”我俏皮地昂着头，望着姐姐说。

“它还没有成熟呢！”姐姐解释说。

我说：“那不管它，摘来玩嘛！”

“不！”姐姐轻轻地挥了挥手，然后想了想说：“你知道，这野绿豆，还叫什么名字吗？”

“什么名字……”对于姐姐突然提出的这个问题，我不知道怎么回答，只好摇摇头，傻傻地笑了笑。

“对！野绿豆还有一个名字！”说着，姐姐一条腿跪在草地上，蹲了下来，用手托起那株野绿豆的枝叶：“它真正的名字，叫做草决明。”

接着，姐姐一只手把我拉在身边，一只手托着野绿豆的叶子，对我说：“你看，这草决明的叶子，它的形状好像一只鸡蛋，尖不尖，圆不圆的，尖的一头在里，圆的一头朝外，这种形状，就叫做倒卵形。”

“倒卵形？”我被姐姐的新鲜话儿吸引住了，睁大了双眼，望着姐姐。

“对，叫倒卵形！”姐姐接着说，“你再看，它的叶子，长在小枝上，两边是成双成对儿地长的，就好像一根羽毛，这种长法的叶子，就叫做双数羽状复叶。”姐姐一边讲，一边用手指轻轻地指点着。

“双数羽状复叶！”我更加惊奇了：这野绿豆的叶子，还有这么多名堂呀！同时我心里想：姐姐，姐姐呀，你从哪里知道这么多新鲜事情的呢！

“草决明是一种很有用的植物”，姐姐继续说着，并用手托起两个野绿豆荚：“它的种子可以做药。秋天，它的种子成熟了，收下来，炒香了，磨成粉，就是很好的药。”

“很好的药！”我简直听得出神了。这些事，我怎么从来也不知道呢！所以，我接着就问：“治什么呢？”

“治什么？”姐姐想了想说：“治头疼呀，治眼病呀，比如说吧，你要是头晕头疼呀，吃了用它配的药，头就不疼了；你要是眼睛发炎呀，吃了用它配的药，病也就好了，眼睛就又明明亮亮了！”姐姐说罢，微微地笑了笑。

我依在姐姐身边，点点头说：“这么说，这野绿豆还真的有用哩！”

姐姐的手一使劲，搂紧了我，眼睛里闪着亮光，像念一首诗似的说：“对，就因为这样，我很喜欢草决明。它贡献出了自己的种子，却使得人们的眼睛更明亮，使人们的脑子更清醒！”

我看着姐姐的脸，看着她一字一字说话的神情，我好像觉得，她说的话已经不光是说的野绿豆了，里面好像还有别的什么意思。可是，当时，我却还听不大懂，还搞不大清楚。

这天以后，姐姐在我的眼里和心里，样子就显得更高更大了。

过了好几年，我慢慢长大了，个子长得比姐姐还要高，还要大。可是，在我心里，一直到现在，还仍然总觉得姐姐比我长得更高更大，比我更聪明。

玩　钩

我们家乡收荞麦是在秋末。那季节，天气已经有些凉了。荞麦收下来，晒在场上，会发出阵阵的清香。

我和我的小伙伴们，常常喜欢来到荞麦堆上，翻跟头，晒太阳，玩钩。

什么叫玩钩呢？那就是大家找一些粗壮的荞麦秆，选择壮实的枝杈，掐成一个个小钩子，然后，就互相拿它来钩住，使劲一拉，谁的钩子劈了，就算谁输了。

我们玩起来，可疯啦！常常一边玩，一边大叫，大笑！

玩下来谁的钩子最后胜利了，那个钩子便成了“钩大王”，它的主人就最高兴，总是小心翼翼地把它收起来，等明天再玩。

有一次，我的小伙伴龙狗仔找到了一个好钩子。那钩子又粗又壮，我跟他玩，一次又一次地败给了他。不管我急急忙忙地找来多少钩子，都不是他的对手。

在我输完了最后一把钩子之后，龙狗仔说：“好啦，好啦！不玩啦，不玩啦！天快黑了！”说着，他站起来，把钩子收进口袋里，拍拍屁股，头也不回地走了。

我很不服气，趁天还没黑，便跑到荞麦地里，从一棵荞麦根上掐来了一个又老又壮的钩子。

吃过晚饭，我找到龙狗仔，对他说：“嗨，我又找到了一个大钩，敢不敢来？”

龙狗仔说：“是荞麦钩吗？”

我说：“是呀，一点也没错！”说着，便拿出钩子来给他看。

那时候，我们家乡还没有电灯，也很少有油灯，家家都点一种用松香制成的蜡烛。龙狗仔在松香蜡烛的微弱光亮下，看不出我的钩是从荞麦根上掐来的。如果他看出来了，他是可以不和我玩的。

龙狗仔拿出了他的“钩大王”，双方钩上了。两人一齐使劲，只听“啪”的一声，他的宝贝劈成了两半！

“哎哟！”龙狗仔惊叫了一声。这时候，我见他拿着劈了的“钩大王”，呆呆地望了好久，脸色发白，小手发抖，眼里满是泪水……

我至今也忘不了这件事！一想起它心里就有点不自在。因为，这次玩钩，我多少有点不老实！对不住自己的小伙伴！

故乡的水源山

我们小村子的后面，是一座很高很大的山。巍巍的山峰直顶蓝天，好像要捉住每一片飘过的白云；连绵的山峦起伏重叠，好像一群骆驼紧跟着一群骆驼，看不尽，也望不断。

整座大山上都是苍翠茂密的树木和竹林，远远望去，只见黝黑黝黑的一重重，一片片。

春天，在它的腰间，常常缭绕着一层层飘浮不定的薄雾，就好像在它的身上裹上了整匹整匹的轻纱。到了最冷的冬天，在它的顶上就结满了洁白的冰雪，好像是戴上了一顶水晶的帽子。

更好看的是从它的腰间，奔腾出一道山涧。这山涧，从半空里蜿蜒而下，形成一段又一段的瀑布。这些瀑布，又不时地被葱茏的树木和竹林遮掩，就好像一条银色的飞龙，穿行在碧绿的山林之间，看不见它的全貌，只能看见它闪着粼光的、来回摆动的身段。

这“飞龙”，就是我们全村的水源。我们村里所有的田地都靠它来浇灌。

这一道姿态神奇的涧水，还曾经浸透过我的整个童年……

山涧的每一段瀑布下面，都自然地形成一个清澈的水潭。这自上而下的一个个水潭，人们曾给它取过一些很好听的名字：半月潭、花石潭、白鹅潭、青狮潭……

我已经记不全了，曾经有多少次，多少回，我和小伙伴们沉浸在这些水潭里游泳，捉小鱼，捉小螃蟹……忘了回家，忘了吃饭！

那水潭的水，多么清亮啊！在那里游泳，就像在镜子里游泳一样，一切都是透明的！我们每次游泳都要玩“抢白石头”的游戏：一块雪白的小石头，扔到水潭深处，我和小伙伴们就像一群小鱼鹰那样，屁股一翘，就一起扎下猛子去抢那块雪白的小石头，谁抢到了，谁抢到的次数最多，谁就会得到小伙伴们的称赞和“奖赏”——大家叫喊着把他抬起来，高高地抛向空中，然后扑通一声，让他四脚朝天地掉进水里！

游累了，抢累了，我们就到水浅的地方去捉小鱼。

这里有一种挺特别的小石斑鱼。它们长得扁扁的，小小的，窜得飞快，它们身上，有鲜艳的花纹和五颜六色的斑点：红色的，绿色的，蓝色的，紫色的，黑色的。由于它们窜得飞快，所以，我们要捉到它们，就得想办法。我们的办法呢，就是把小裤衩脱下来，绑住裤腿，做成一只只小网，然后大家排成一排，一起向小石斑鱼围过去……谁要是运气好，捉到了一条小石斑鱼，谁就像得到了宝贝似的，赶紧用小裤衩兜了水，把鱼捧回家去，放在水缸里养起来！

啊，真是说不完故乡的水源山！说不完它给我童年的欢乐，也说不完它对我们的田地、庄稼所尽的心力。

后来，我告别了童年，告别了故乡，投身到革命队伍里。每年，每月，晚上做梦，我都常常梦见：碧绿的树，飘浮的云，飞泻的山涧，清澈的水潭，还有那灵巧的、五彩斑斓的小石斑鱼……

不管我离开故乡多久多久，不管我离开故乡多远多远，我永远忘记不了故乡的水源山！

鞋

接到庆古佬的来信，说难得我在北京工作，问我能不能想办法给买一辆摩托车。

啊，庆古佬要买摩托车啦……

……瘦小的庆古佬又站在了我的眼前。那是我怎么也忘不了的小伙伴啊！他的名字是村里一个老先生取的，叫天庆；可我们小伙伴，都叫他庆古佬。

庆古佬的妈妈在他三四岁的时候就去世了。他爸爸给人家打短工，因为背谷桶把腰压伤了。伤，没有钱医治，便拖成了残疾；一年里总有半年痛得他起不来床！

这样，庆古佬小时候的生活就真是苦得没法说了。

一年四季，我从来没有看见庆古佬穿过鞋子。夏天还好，我们南方的穷孩子多半都不穿鞋，光着脚板在田野里、山坡上到处乱跑，什么也不怕。可是到了冬天，不穿鞋子就不行了。西北风一吹，庆古佬黑黝黝的脚板上，就裂开了许许多多的小口子：像树皮上被刀子砍出了许许多多的裂痕。裂口常常被冻得惨白惨白的，有时候，它还会渗出一粒粒黑红黑红的小血珠来！这当儿，庆古佬就直打哆嗦，觉得裂口钻心似的疼痛。他痛得实在没办法的时候，就只好到祠堂里的供桌上，把人家点蜡烛滴下来的蜡块，拿回家烤软了以后，涂在裂口上……

庆古佬多想有一双鞋啊！

有年秋天，庆古佬在心里打算好，要多捡些白果，换点钱来买一尺鞋面布，再求人帮忙做一双鞋子。

白果，就是银杏，是我们家乡的特产。每到秋后，白果就开始成熟了。如果刮风，果实就会自己从树上掉下来。

银杏树是有主人的，但被风吹落下来的果子，则是允许别人捡的。正因为这样，那时候想捡些白果换点钱用的贫苦老人或孩子总是不少的。所以，谁想要多捡白果，谁就要起得特别早。

庆古佬为了多捡点白果，总是天刚蒙蒙亮就起身，挎个小篮子，顶着深秋早晨的寒风，迈开冻得疼痛难忍的双脚，向村旁有白果树的地方走去。如果运气好，能捡上半篮子白果，他心里就高兴极了。

“嘿嘿，我捡了半箩筐了！”有一天，庆古佬笑眯眯地对我说。他把捡来的白果都放在一只破箩筐里。这半箩筐白果是他几十次起大早的收获啊！

“啊，能买一尺鞋面布了吧！”我听了他的话，也为他捡到了这么多白果而高兴。

“谁知道呢！”庆古佬说，“过几天，我就把它舂了，拿到墟上去！”

庆古佬说的“舂”了，就是用一根大木棍，把白果的外皮捣烂，然后洗干净，得到里面的果实；果实晾干了，就可以拿到墟上去卖了。

可是，到快过新年的时候，我还没有看见庆古佬穿上鞋子！他仍旧迈着一双满是血口子的赤脚在村里石头铺的小路上行走！

“怎么，鞋子还没有做好？”有一天我遇到他时，问道。

“没买！”庆古佬蜡黄的小脸上没有一点笑容，嘴唇微微颤抖了一下，低声地回答说，“天一冷，我爸爸的腰又疼得厉害起来了。卖了白果，我给爸爸买了两块狗皮膏药，就没钱买鞋面布了！”

……

这情景，在我的心里好像扎下了根似的，不管时光过去了多久，我都没有忘记！

啊，今天，庆古佬来信要买摩托车了！给他18岁的大儿子买的！

和　好

小时候，我有两个最要好的小伙伴。一个是龙狗仔，一个是庆古佬。龙狗仔比我大两岁，我比庆古佬大一岁。

我们很要好，可也闹翻过。闹翻了以后又和好了，和好了以后就更加要好啦！

就从闹翻的那一次说起吧。有一天，我们三个到小河里去游泳。游了一阵以后，我们便到小河旁边的汊沟里摸起鱼来。

汊沟的岸边有很多大柳树，大柳树的根须伸到了汊沟里，树根和沟岸之间便形成了好多空隙和洞洞。这些空隙和洞洞里，常常藏着鲶鱼、斑鱼和鳜鱼，这就是我们摸鱼的好地方。

我们专心地摸起鱼来，三个人都半趴在水里，一个空隙、一个洞洞地摸着。

突然，龙狗仔高兴地叫了一声：“鳖！”然后就慢慢地抬起身来，从一个洞洞里捉出一只大鳖来！

“好呀！哈哈！好呀！哈哈哈哈！”庆古佬一见龙狗仔捉了一只碗口大的大鳖，就高兴地叫了起来。

龙狗仔一转身，手里高举着大鳖，就飞快地往河滩上跑。我和庆古佬也跑到了河滩上。

大鳖伸出长长的闹袋，样子很可怕，可我们都不怕它。龙狗仔用手一拍大鳖的脑袋，大鳖便把脑袋缩进了壳里。

“我看看！我看看！”庆古佬伸过手来，想仔细看看大鳖。

“好！你给我好好拿着，我再去摸一摸，那个洞洞里，恐怕还有呢！”龙狗仔说着，就把大鳖塞到了庆古佬手里。

庆古佬接过了大鳖，我和龙狗仔便又跳进了汊沟里。

当我和龙狗仔正起劲地往那个洞里继续摸的时候，龙狗仔一回头，却看见庆古佬也在自己身边。

“你……那个大鳖呢？”龙狗仔吃惊地问。

“我把它压在石头底下了！”庆古佬没事地笑了笑，然后又凑热闹似的往洞里摸起来。

“哎！”龙狗仔一甩手，跳起身来，便朝河滩上跑去。

“在哪儿？在哪儿？”龙狗仔着急地大声问道。

“我……我把它压在这儿的……”庆古佬怯生生地说。原来，庆古佬拿了大鳖以后，玩了一会儿，觉得没有多大意思，又看到我们还在那里继续摸，心里就耐不住了。他把那只大鳖放在沙滩上，搬了一块大石头压在它身上，以为这样大鳖就跑不了了！可是，大鳖哪能压得住呢！

我们在沙滩上急急忙忙地找了一圈，可哪里还有什么大鳖呢！想来它早已爬到小河边，爬到水里逃走了。

龙狗仔气鼓鼓地走到庆古佬面前，“你！”伸手一拳，就把庆古佬打倒在沙滩上。

庆古佬“哇”的一声，委屈地哭了起来，嘴里还不断地骂着。

就这样，他们俩闹翻了。他们俩，你赌我的气，我赌你的气，好几个月没讲话。

到了秋后，庆古佬得了夜盲症。一到傍晚，他就什么也看不见了。为什么会得夜盲症呢？苦呀！庆古佬的家里很穷，他从小妈妈就去世了，爸爸给别人家打短工，因为背谷桶扭伤了腰，当时又没有钱治，就留了个老病根，一到天凉的时候，就腰疼得躺在床上起不来。这样庆古佬家的生活就更是苦极了！他吃得很不好，缺少营养，就得了夜盲症。

庆古佬得了夜盲症，晚上就再也不能像平常那样出来和我们玩耍了。每天夜里，他只好一个人坐在家里的火塘边，缩成一团，什么也不能做，什么也不能玩。

龙狗仔听说庆古佬得了夜盲症，心里很难受。有一天，他见到我，就对我说："听说，庆古佬得了摸黑眼？"

我说："是呀！"

他说："听我爸爸说，得了这个病，吃麻雀肝吃得好。"

我说："是吗？"

他说："我们试试吧！给庆古佬抓几只麻雀吃！"

于是，到了晚上，我就和龙狗仔一起去掏麻雀。第一个晚上，我们就捉到了三只大麻雀。

龙狗仔很高兴，把麻雀交给我，说："你去给他烧来吃吧！别说是我掏的！"说完就走了。

我回家把麻雀扒了毛，破了肚，就到庆古佬家里去了。

我去到庆古佬家里，庆古佬正一个人一声不响地半躺在火塘旁边。火塘里烧着一个树蔸子，冒着轻轻的白烟，发出微微的亮光。

庆古佬听见是我来了，就高兴地伸出两只手，把我拉到他身边，紧紧地挨着他坐下了。

我把火塘里的树蔸子翻了个身，添进几个松鸡仔（松果），把火烧得旺了些，便用火钳夹着麻雀，在火上慢慢地烧烤起来。

我和庆古佬紧紧挨在一起，一边烤麻雀，一边说说笑笑，说我们平常总也说不完的话。

树蔸子和松鸡仔的旺火把我们身上烤得暖暖和和的，麻雀也慢慢被烤得香喷喷的，我们说说笑笑的兴致也就越来越高了。这时候，我心里就想：如果龙狗仔这时也在我们身边，也和我们一起说说笑笑，说我们平常那些总也说不完的事情，那一定就更好玩了！

就在这时候，庆古佬忽然收住了笑容，停了一会儿，转过头来轻轻地问我："龙狗仔呢？"

我不知怎么回答他好，便扯了一个谎说：“挺好的，可我有好几天没见到他啦！”

庆古佬紧紧地攀住我的肩膀，说：“你叫他到我家里来玩嘛！”

“好呀！我明天就叫他来！”我说着，紧紧地用一只手搂住他的腰，高兴得差点流出眼泪来。

第二天晚上，我和龙狗仔又抓了几只大麻雀，一起到庆古佬家里去了……

就这样，过了几天，庆古佬的夜盲症便好了。当他睁着那双明亮的眼睛，痴痴地望着我们笑的时候，我和龙狗仔的心里，真是有说不出的高兴！

两只小白船

有一年暑假，一位姓苏的伯伯到我们小山村做客来了。苏伯伯是一位小学教师，是爸爸年轻时候的同学。苏伯伯还带来了他的一个女儿，名字叫小兰，小兰比我大两岁，所以我叫她小兰姐姐。

小兰姐姐虽然只比我大两岁，可她知道的事儿比我多得多。

她来到的第一天下午，当我们到村前的小溪边去玩耍的时候，就不停地教我唱歌，唱了一首又一首。唱“门前一道清流，夹岸两行垂柳……”；唱“二月里来好春光，家家户户种田忙……”；唱“布谷声声，田里水漂漂……”

她还告诉我，我们村前的这条小溪会流向什么地方。她说，小溪先是流进下面平原上的大河，然后再汇集到县城旁边的分水塘，在那里，水被分成两边，一边是湘江，一边是漓江，湘江流进洞庭湖，漓江就流向我国南边的海洋……

就这样，小兰姐姐很快便成了我的小老师和好朋友。

日子过得真快，住了几天，小兰姐姐他们就要回去了。在他们要动身的那天早晨，小兰姐姐拉住我的手，又来到小溪旁。我们坐在了石拱桥下面的台阶上，看小溪水慢慢地流，看小鱼儿快乐地游戏。

就要同小兰姐姐分别了，我心里有点难过，低着头，不说话。

过了一会儿，小兰姐姐好像知道我不高兴，就推了推我说：“哎，我们放小船吧！我们折两只小纸船，从这里放下水，让它们飘到大海里去！”

我抬起头来，望了望小兰姐姐，傻乎乎地说：“可我不会折呀！”

“那容易，我教你！”小兰姐姐微微地笑着说。

“好！我们就折？”我高兴了，露出了笑容。

“行，就折！”说着，她就从小书包里拿出两张白纸，放到青石板上，教我折起小船来。

我照着她的样子折小船：把方纸折一个对折，再反过来折两个边边，然后窝四个小角，翻一个个儿……

我一边学着折小船，一边却担心地对小兰姐姐说：“这小船，它不怕被岸边的树根绊住了吗？”

小兰姐姐头也不抬地说：“不怕！吹来一阵风，小船就逃脱了！”

“不怕波浪把它推到沙滩上？”我又问。

“不怕！再一个波浪打过来，小船就会又起航！”

“它不会沉？”

“不会！”小兰姐姐抬起头来，责备似的看了我一眼，“你说到哪儿去啦！我们的小船，怎么会沉呢！”

“为什么？”

“不为什么！”她微笑着回答。然后又喃喃地说：“总有办法的……我们的小船，它怎么会沉呢！”

正说着，我们的小船儿，就都折好啦——两只洁白的、带篷儿的小船。

我们捧着两只小白船，弯下腰去，把它们轻轻地放下了水。

小船儿在水面上摇晃着打了两个回旋，好像和我们挥手告别，然后就平平稳稳地飘走了……

我紧紧地攥住小兰姐姐的手，默默地看着小白船离去，远了，远了……

“它们，能到海上？”我轻轻地、自言自语地说。

“能到！”小兰姐姐点点头。

看不见的礼物

暑假里，苏伯伯带小兰姐姐到我们小山村来做客的时候，小兰姐姐的书包里曾带了一个小小的玻璃瓶。那是一个亮晶晶的、透明的小玻璃瓶，样子很好看。后来，小兰姐姐知道我很喜欢那个小玻璃瓶，临走之前，便悄悄地把它送给了我。

我高兴极了，把那个小玻璃瓶当成了一个小宝贝，好好地收藏在抽屉里。那时候，我们小山村的孩子，要想得到一个好看的玻璃瓶，也是很不容易的啊!

有一天，我妈妈无意中看见了那个小玻璃瓶，便问我是从哪里得来的。我告诉了妈妈。妈妈便说:“嗨，那是人家女孩子喜欢的东西，你要它来干什么呢！”接着，妈妈又轻轻地说:“以后去苏伯伯家，把它送回给小兰子吧！”

我点了点头，答应了；把这件事记在了心里。

中秋节的前两天，傍晚，爸爸从后园里摘回来一篮子大石榴和一篮子红枣儿。我见了，就问爸爸:“摘这么多果子，干什么呀？”

爸爸告诉我：明天，趁赶集方便，准备给苏伯伯送去。并且说，这样的新鲜果子，他们住在小镇上的人家是难得有的。

爸爸这么一说，使我想起了那个小玻璃瓶。我对爸爸说:“明天我也去，去看看小兰姐姐。”爸爸答应了。

“我送点什么东西给小兰姐姐呢——他们小镇上难得有的东西。不能只是把那个小玻璃瓶送回给她呀！”我转过身来，心里想。

“啊，萤火虫！”我突然想到，捉一些萤火虫装在小玻璃瓶里，送给小兰姐姐，当作一个绿莹莹的小灯笼，她一定会很高兴。

这样，我在心里便急急地盼望太阳快快落下山，盼望田野里轻轻的薄雾快点升起来，盼望美丽的星星快点出来向我们眨眼睛，那时候，像星星一样的萤火虫也就会一闪一亮地在田野里、在草地上、在池塘旁边到处飞舞了……

这天晚上，我为了追萤火虫，捉萤火虫，脚踩到了池塘里，弄湿了鞋子；手抓在茅草上，划破了手指；往回走的时候，还摔了一个跟头，磕伤了膝盖……

我捉了满满一玻璃瓶的萤火虫。萤火虫们都争着发出绿莹莹的亮光，使得那个亮晶晶的、透明的小玻璃瓶，变成了一颗像童话里所说的碧绿的“夜明珠”。

我把“夜明珠”轻轻地放在枕头旁边，看着它不断地闪射出清幽、美丽的光芒，便高高兴兴、心满意足地睡着了。

我因为心里惦记着“夜明珠”，所以，天刚蒙蒙亮，就从梦里醒来了。但是，我一睁开眼睛，就吃惊地一骨碌爬了起来：“夜明珠”已经变得暗淡了！小萤火虫一个个呆呆地挤在小玻璃瓶里，都显出很不高兴的样子。

我心里一阵懊恼，又后悔，又伤心，哎……我急忙下了床，走到后园里，把那些小萤火虫都倒在了一片草地上。

早饭后，爸爸要动身的时候，我只好揣了那个空玻璃瓶，和爸爸一起出发了。

到了苏伯伯家，见到了小兰姐姐。当她拉着我的手跑上他们临街的小阁楼上的时候，我掏出了小玻璃瓶；塞在了她手里。并且把捉萤火虫的事情，都原原本本地告诉了她。

小兰姐姐一听，禁不住咯咯咯咯地开心地笑了。待她忍住了笑，便像要生我的气似的对我说：“看你！怎么能把自由自在的萤火虫，装在玻璃瓶子里呢！”

我很难为情地说：“我……我没有什么好东西送给你呀！”

小兰姐姐用水灵灵的眼睛看了看我，故意认真地把小玻璃瓶举在眼前，抿了抿嘴唇，微微地笑了笑说：“唔噢——我可看见这里面，满满地装的都是好东西！”

我更加难为情地、傻乎乎地说：“哪里啊，这里面什么也没有！”

“有！”小兰姐姐又抿了抿嘴唇，抬了抬下巴，倔强地说：“这里面的好东西，别人看不见，可我能看见！”

“哪里啊，有什么呀！”我还是傻乎乎地说。

“怎么没有？”小兰姐姐认真地说：“你的傻劲儿呀，你的好心儿呀，不都在这里面了吗！不论什么样的萤火虫儿，也比不上这好呀！”说完，便又咯咯咯咯地笑了。

看到小兰姐姐这么高兴，这么开心，我也跟着小兰姐姐呵呵地笑了起来！

茶子花

我这里说的茶子花，不是人们常见的山茶花。我说的，是一种茶子树开的花。

在我的家乡——桂北，有一种茶子树，许多山坡上，这种茶子树成片成林。在湖南、江西、福建等地，也有很多这种茶子树。

这种茶子树秋冬开花——就是我现在说的茶子花；春夏结果——就是远近闻名的茶子。茶子可以榨油，就是茶油。茶油除了食用以外，还有很多别的用途。

小时候，秋冬季节，每天清早上学之前，我都常常牵着牛来到村后的山坡下。我把牛绳盘在牛的犄角上，把它放开，让它自由自在地吃点新鲜的青草；而我自己，就跑上山坡，钻进茶子树丛。

啊，茶子花开得真茂盛！在早晨的金黄色的温暖阳光下，雪白的、满树满坡的茶子花，就好像是满天闪烁的星斗，也像是满天被风吹碎了的白云。

茶子树长得比我高。我穿行在它的碧绿的枝叶下和洁白的花丛中，又好像是在碧绿的大海里，在飞雪似的浪花中潜行。

在茶子花雪白的花瓣中心，是一小丛淡黄色的花蕊。花蕊中饱含着透明的、同样也是淡黄色的花蜜。由于有了早晨的露水，花蜜就慢慢地渗了出来，在花朵的深处，形成一小粒一小粒的蜜滴儿。千千万万朵花儿中的千千万万粒蜜滴儿，就使得整个山坡上都溢满了甜美的清香。

花儿的清香把我迷住了，甜美的蜜滴儿把我迷住了。我就停下脚步，随手从旁边松树上的草垛里抽下几根稻草来，掐成几根草管儿（请不要奇怪，我们那里的稻草是垛在树上的，这样，稻草就有了天然的仓库，并且不会潮湿霉坏）。

我含着草管儿，轻轻地去吮吸花朵里的蜜滴儿，那样子，就好像是去亲吻那洁白的花瓣。

那蜜滴的香甜，我敢说，就好像妈妈的乳汁，吮一滴在嘴里，顿时就觉得从舌尖一直甜到心底。

每个早晨，牛儿吃饱了青草，我也吮饱了花蜜。

啊，忘不了生我养我的妈妈，也忘不了家乡的茶子花。

就因为这样，从儿时到现在我都深情地喜爱茶子花：爱它的洁白，爱它的朴实，爱它的甜蜜，爱它的芳香；爱它在秋冬开放，到春夏就给人们献出丰硕的果实；爱它漫山遍野地生长，不需要人们特别的侍候；爱它是多年生的，一年一年，不断地开花结果，结果开花……

袅袅的清香

“快点哦！快点哦！”

冬天的一个早晨，我正在吃早饭，小伙伴龙狗仔就来催我。我们早就约好，今天上山去扒松毛，捡松鸡仔。我们那里，把松针叫做松毛，把松果叫做松鸡仔。

龙狗仔倚着我家的门框站着，手里拿着一把七个齿的竹耙子，旁边放着一个畚箕，一个箩筐。竹耙子是扒松毛的工具，同时又可当作扁担，畚箕是准备装松毛的，箩筐是装松鸡仔的。

我急急忙忙地扒了几口饭，放下饭碗，就到侧屋里去拿了把竹耙子，挑上一个畚箕，一个箩筐，和龙狗仔一起出发了。

松毛和松鸡仔，是我们冬天做饭和烤火的好燃料。一到冬天，松树落毛了，松鸡仔也掉下来了，我们孩子们就常常上山扒松毛，捡松鸡仔。

冬天的暖和的太阳晒在我们身上，等我们爬上半山腰，来到松林里的时候，身上便已经热乎乎的，脸上也已经出汗了。我们便都解开腰带子，停下来休息一会儿。

龙狗仔手里拄着竹耙子，用腰带擦了一把汗，昂起头，就学大人们编起山歌来：

清早哎来到半山腰，
见一个小妹扒松毛；
有心哎帮妹扒一把，
又怕哟小妹脸发烧！
喔——喂！
我听了，也编了一首回答：
要吃那甜水井里挑，
要吃那青菜河水浇；
小哥哥上山多辛苦，
留得那松毛自己烧！
喔——喂！

唱完了，我们就都得意地哈哈哈哈地笑了起来。

金黄色的松毛，林子里落得一层一层，到处都有。我们便扒起松毛来。沉睡在树根旁和草丛里的松毛，被我们扒成一小堆一小堆，发出一阵阵扑鼻的清香；被松毛覆盖过的地方，露出了潮湿的泥土，也发出一股清新的泥土味儿。

到太阳升到半空中，透过稀疏的松枝，把林子里晒出了飘浮的水气的时候，我们就已经扒好了一大堆松毛，也捡好了一大堆松鸡仔了。

我们并没有立刻把松毛和松鸡仔装进畚箕和箩筐，而是在一大堆松毛上躺下来，一只脚搭在另一只脚的膝盖上，舒舒服服地，微微地眯着眼睛，说起我们那些总也说不完的话儿来。

这时候，我们便一面呼吸着那浓郁的松毛的清香，一面就随手从旁边拿过一个个松鸡仔来，在手掌上拍几拍，便得到了许多胀鼓鼓的松子儿。

我们一面说说笑笑，一面嗑着香喷喷的松子儿，那味道，真是没法形容了。

到我们把松毛装进畚箕，把松鸡仔抱进箩筐，用竹耙子挑了回到村里来的时候，妈妈和妹妹就已经站在门口迎接我了。

晚上，我们一家人坐在火塘旁边，把松鸡仔一个个地扔进火塘里，把松毛一小把一小把地扔进火塘里。松鸡仔发出噼噼啪啪的响声，松毛上升起一缕缕淡淡的青烟。火光照红了我和弟弟妹妹的小脸，爸爸用火钳夹了烧得通红的松鸡仔，一下一下地点他的旱烟袋，妈妈则迎着火光，细细地纳鞋底……那松鸡仔和松毛散发出的清香，就和我们轻轻的笑声一起，溢满了整个伙房！

四公的柚子

“啊哈哈哈哈……”小伙伴们捧着肚子笑起来。

“啊哈哈哈哈……”小伙伴们拍着屁股笑起来。

我们正在草地上踢“球”玩。被当作小足球的是一个还没长熟的小柚子。我们那时候，哪买得起真正的小足球呀！

正踢得热闹，不知谁踢起一脚，“球”直朝我们这边的大门飞了过来。我看准了，勇猛上前，一脚把“球”定住。啊，只听“噗”的一声，“球”被我这一脚踩得稀烂！引起了一场大笑。

“不行！赔一个！”几个小伙伴故意起哄叫起来。

大家的确还没踢够。小伙伴金生仔就向我挤了挤眼睛，歪了歪脑袋，我们俩就跑走了。

我们跑到村子后面，爬过一道围墙，就进到了一个有一棵柚子树的园子里。

来到柚子树下，金生仔让我蹲下来，踩上我的肩膀，一下子就上了柚子树。

当金生仔捧着一个圆圆的小柚子从树上跳下来，做了个鬼脸，向我微笑的时候，突然，我们听到了一声喊叫：“哪个呀！摘柚子！”

哎呀，不好！柚子树的主人四公进到园子里来了。

我和金生仔像听见了猫叫的耗子，拔脚就跑。

到了围墙跟前，金生仔两手一攀，用力一撑，右脚一跨，就上了围墙，一翻身就跳了出去，逃走了。

我心里一着急，慌了手脚，跳了好几次，爬了好几次，都没有爬上围墙，反而弄得满脸满嘴都是泥。

“别着急！别摔坏了！”四公在后面和气地叫道。

我知道四公没有追上来，就定了定神，一咬牙，爬过了围墙，也跑走了。

从那天以后，我就觉得再也不好意思见到四公了。有时候，远远地看见他走来了，我就悄悄地躲开。

可是，中秋节以后不久，有一天我刚拐进一个巷子，哎呀，四公正好迎面走来了。我急忙转身，想逃走。

可四公却把我叫住了。他和和气气地对我说：“去，把金生仔也叫来，到我家里去！”

我没敢说话，只是点了点头，一拐弯，就去找金生仔去了。

我和金生仔一起，扭扭捏捏地来到四公家，四公已经在等我们了。屋里小方桌上，很显眼地放着两个黄澄澄的大柚子。

四公把我们拉到小方桌旁边，让我们坐在了小凳子上。

他一转身，从案桌上拿过一把竹片刀，捧住一个柚子，沙，沙，沙，几下子，就把柚子皮划开了。接着，就用铁钩子一样的手指，剥起柚子皮来。

新鲜的柚子皮被剥开了，喷出一缕缕白色的水雾。这水雾，带着新鲜柚子特有的香味，弥漫在整个堂屋里。这香味，是那么甜，那么清爽，一闻到它，就觉得整个胸膛都香甜了，就觉得整个心里都凉爽了！

柚子剥好了，四公随手把它掰成两半，一半给了金生仔，一半塞在了我手里。

“吃吧，吃吧，挺甜的，挺甜的！”四公眯细了眼睛，微笑着，像招待客人那样和蔼地望着我们。

我撕开一片柚子，咬了一口。啊，这柚子的确好吃极了！

“吃吧，吃吧！”四公不断地催我们吃。

我和金生仔，再也不像刚进门的时候那样扭扭捏捏了。我们高高兴兴地吃起柚子来，吃了一片又一片。

我一面吃，一面心里想：这么好吃的柚子，把它当皮球踢了，多可惜呀！

八婆婆的草鞋棒棒

八婆婆，是我家隔邻住的一个孤苦的老婆婆。

八婆婆没有儿女，独自一人生活。八婆婆没有田地，只靠打草鞋卖了过日子。

我要说的草鞋棒棒是个什么东西呢？那是一件打草鞋用的小工具。今天的小朋友，恐怕很少有人看见过了。那是一个用一段硬质木头削成的带把儿的小棒棒：上头是一段圆柱形，直径约有六厘米大小，长约十二厘米；下头则是一个圆锥形的把儿。它的整个形状有点像一个木柄手榴弹，不过，那把儿没有手榴弹的木柄那么粗，而且尾端是尖尖的。

草鞋棒棒是用来干什么的呢？用处很简单：那圆锥形的把儿是用来帮助把草鞋编织得更紧更密的；那一段圆柱形棒棒则是用来摩擦草鞋的边沿的——刚打好的草鞋，边沿有粗糙的地方，经过这个棒棒来回摩擦，就会变得更柔软、更光滑、更好看。

八婆婆打草鞋，打得又快又好。晚上，我常到八婆婆那里玩。八婆婆总是抱一捆稻草放在脚边，就一边给我讲故事，一边打起草鞋来。常常一个故事刚讲完，一双草鞋也就已经打成了。

每打好一只草鞋，八婆婆就用草鞋棒棒使劲地摩擦它。日子长了，草鞋棒棒身上，就会留下一道道深深的磨痕。

八婆婆有一个用了好多年的草鞋棒棒，不知道它已经渗透了八婆婆的多少汗水，全身已经变成紫红色的了。在这个棒棒身上，横七竖八地留下了好多道深深的磨痕。那样子，真像是一个造型十分奇特的木雕工艺品。

我很喜欢八婆婆的这个草鞋棒棒，每次到八婆婆家里，我都很自然地拿起这个草鞋棒棒，在手里翻过来覆过去地玩个不停。我常常把手指卧进那些磨痕里，去比比那些磨痕已经有多深，去试试它们被磨得有多么光滑。

有一天，八婆婆病了，我和妈妈过去看望她。八婆婆躺在床上，紧紧地拉着我的手，用微弱的、颤抖的声音对我说：“……八婆婆不行了……八婆婆要离开你们了……八婆婆苦了一辈子……也没有什么好东西留给你……八婆婆这里的东西，你喜欢什么，你说吧……”

我也紧紧地拉住八婆婆的手，含着眼泪说：“八婆婆，好婆婆，我不让你走，不让你走……你若一定要走，就把草鞋棒棒留给我……”

八婆婆高兴地微笑了，轻轻地拿过了草鞋棒棒，放到了我手上。我把草鞋棒棒抱在怀里，眼泪不断地流了下来。

八婆婆去世了。我每当看到草鞋棒棒，就想到八婆婆。

后来，我离开家乡，外出参加革命工作的时候，作为八婆婆的一件遗物，我把草鞋棒棒留在了村里。但是，那草鞋棒棒的形象，作为中国人民的勤劳品质的一个小小的象征，却永远珍藏在我心里。

春雨沙沙

早晨，春雨沙沙地下。沙，沙，沙，沙……下得人们的心里都是滋滋润润、温温和和的。

我背上书包，什么雨具也没拿，就上学去了。

为什么不拿雨具？是我家离学校很近吗？不是。我家离学校是全村最远的。我家住在村子的最西头，我们的小学校，则是在村子的最东头。

那又为什么呢？没什么奥妙。只因为我们村的许多农户人家，他们的心是紧紧连在一起的，他们的房屋，也是紧紧地相连在一起的：隔壁邻居的两家，往往有一个共同的旁门，可以很方便地从这一家进到另一家。隔着巷子，对门相望的两家，在他们的大门上面，则都有一个凉棚相通，使得两家的大门口，既晒不着太阳，也不会被雨淋湿。如果是上下相连的两家，那就更方便啦，下一家的后堂屋，必定有一个过道，可以通向上一家的天井。就由于有这个原因，我就可以从自己家里出发，穿家过户，直到学校，不拿雨具也不淋雨。

我绕过天井，打开过道门，进到了我二叔家的堂屋里。我叫了一声二婶，把我妈妈的一个意思告诉了她：“二婶，我妈叫你等会儿上去一下！”

“哎，知道啦！”二婶在房间里回答。

二婶刚答话，我就又穿过二叔家的天井旁的过道，到了光华叔家的堂屋里了。

光华叔叔正在修理木犁，见我走过，就问我说："你家的小锯子，在家吗？"我回答说："在呀，挂在侧屋里，你自己去拿吧！"说着，我就穿过光华叔家的堂屋，走进他家的侧屋，打开了他家的旁门，便走进了隔壁八婆婆家里。

八婆婆是个孤苦的老婆婆，她没有儿女，靠卖打草鞋生活。这时候，她正一个人在吃早饭。八婆婆见我走进来，就抿了抿嘴，很喜欢我地说："过来！吃块红薯！"我说："谢谢八婆婆，我不吃！"八婆婆立刻做出生气的样子，伸手把我拦住，把一块红薯塞在我手里，说："吃吧，我这是过冬的红薯，可甜啦！"我笑嘻嘻地望着八婆婆，吃起红薯来。

春雨仍在沙沙地下……

出了八婆婆家的大门，就是一个凉棚。走过凉棚，推开一个大门，就是贵山伯伯家。贵山伯伯出去了，只有贵山大婶在做早饭。她一边哄着怀里哭闹着的孩子，一边往灶膛里添柴草。这时候，天井旁边鸡笼里的母鸡，咕哒咕哒地叫了起来。贵山大婶抬头瞧见了我，就喊道："给我顺手把鸡放出来！老母鸡生蛋啦！"

"哎！"我答应了一声，就跑到天井旁，打开了鸡笼，把鸡放了出来。并且把母鸡刚刚生下来的一个还热乎乎的大鸡蛋捡在手里，转身跑到贵山大婶跟前，把鸡蛋放在了灶台上的小竹筐里。

春雨还在沙沙地下……

我穿过贵山伯伯家天井边的过道，进到了增寿公公家的堂屋里。

增寿公公五十多岁了，头发已经花白了。他是我们村里很有学问的一个人，懂得很多天文知识和农业知识。这时候，他正在看一本黄历。可他的眼睛已经花了，虽然戴上了眼镜，把拿黄历的手伸得远远的，还是看不清楚里面的那些挺小的字儿。他见我进来，就把我叫住了："来，帮我看看！"

我看了看他指的那几个笔画挺多的小字儿，傻乎乎地摇了摇头说："我不认得！"

增寿公公两眼从眼镜上头看了我一看，不大高兴似的"噢"了一声，然后摇了摇手里的黄历说："给我照样子写出来！"

我从书包里拿出纸和笔，仔细地瞧了瞧那些小字儿，照样子一笔一笔地用大字写在了纸上。

增寿公公看了，轻松地、愉快地笑了，不断地点头说：“好！好！好！”

春雨继续沙沙地下着……

从增寿公公家的前门出来，就是我们的小学校了。

我干干爽爽、安安稳稳地坐在教室里，等着老师来上课。这时候，从教室的窗户往外看，可以看到，村里的伯伯叔叔婶婶们，都披着蓑衣，到水田里插秧去了……

鲁家伯伯

好多年来，每当我生病了要去医院看病的时候，我总要想起小时候我们邻村的一位伯伯。我不知道这位伯伯的姓名，就称呼他鲁家伯伯吧，因为我说的这个邻村，叫做鲁家村。

我们村和鲁家村之间隔着田峒和一道小山涧。小山涧就像一条天然的分界线，把我们和鲁家村分开。

小山涧常常是很清澈的，因为它的水源是从大山上流下来的缕缕山泉，里面没有泥沙。小山涧里的水，总是凉凉的，因为在小山涧的两旁，都有茂密的树木，它们把小山涧严严实实地遮住，小山涧里晒不到多少太阳。小山涧的两岸，长满了碧绿的青草，是我们孩子们放牛的好地方。

我常常到小山涧旁边放牛，有时和小伙伴们一起去，有时就一个人去。每次去放牛的时候，我都带着小鱼篓，因为，在小山涧里的石头底下和岸边的树根丛里，能够捉到小螃蟹。我常常让牛在岸边吃草，自己就跑到小山涧里捉小螃蟹。捉到了小螃蟹，就装在小鱼篓里。

有一天，我到小山涧旁边放牛。我把牛放在岸边草地上，就下小山涧捉小螃蟹去了。这里小螃蟹很多，你搬开任何一块石头，都可能捉到小螃蟹。在我正捉得起劲的时候，一个不小心，脚底下踩偏了，一个鹅卵石被我踩翻，正巧砸在了我右脚的大拇指上。

我使劲搬开那个鹅卵石，把右脚伸出水面来，哎呀，不好啦！只见我的脚拇指的指甲盖被砸得翻翘了起来！殷红的鲜血和脚上的凉水混在一起，刷刷地直往下流！

虽然，由于一下子被砸麻木了，我并没有立刻感到很疼，但是，我一看脚指甲被压坏了和不断流血的可怕样子，就吓得大声地哭了起来。

一会儿，就从鲁家村那边的田埂上跑过来一位伯伯——这就是我要说的鲁家伯伯。

鲁家伯伯跑过来，一把就把我抱了起来，他一看我的脚指甲，就知道我是被砸伤了。他立刻把我抱上岸，让我坐在一块大岩石上，并且立即一转身就在身旁的小树丛里捋了几把小树叶子（他当然是有选择的），放进嘴里嚼了起来。嚼了以后，就把它敷在我的伤口上，然后又从自己的衣襟上撕下一块布条儿，把我的脚拇指给裹了起来……

过了一会儿，血止住了，我也不大声喊了，鲁家伯伯才帮我擦了一把眼泪，温和地问我："你是哪家的孩子呀？"

我告诉了鲁家伯伯，我是谁家的孩子。

鲁家伯伯又问："你家的牛，让骑吗？"

我说："让骑！"

"你会骑牛吗？"鲁家伯伯望着我，很关心地问。

我说："会！"

"我抱你上牛，你自己骑牛回家去，行吗？"鲁家伯伯微微地笑了笑，拍了拍我的脑袋，问道。

我说："行！"

就这样，鲁家伯伯便把我抱上了我家的水牯牛。我趴在水牯牛背上，摇了摇牛鼻绳，水牯牛便驮着我往村里走去了。

当牛在田埂上拐弯的时候，我侧过脸朝鲁家伯伯望去，只见远远的，鲁家伯伯还站在那里，还在朝我这边看呢！

我回到家里，把事情告诉了爸爸，爸爸并没有骂我。我跟爸爸讲了那位鲁家伯伯的样子，爸爸听了，问了几句话，点了点头，好像他已经猜出了那是谁，感到放心了似的。

按照现在的常识看来，我的脚拇指当时是非发炎、化脓不可的了。可是，鲁家伯伯的草药真灵！我的脚拇指当时并没有发炎，更没有化脓。过了几天，爸爸给我解开包脚拇指的布条，看看伤口的情况的时候，看到脚指甲已经恢复到了原来的位置，伤口也开始长好，轻轻地按了按，也不怎么疼了。

半个月后，我就又可以牵着牛到小山涧旁边去放，又可以下到小山涧里去捉小螃蟹了。

过了好久，大概有两三个月吧，有一天，我又见到了鲁家伯伯。也是在小山涧旁边，鲁家伯伯从对岸走来，走过了小山涧上的小木桥，来到我跟前。他扳起我的脚看了看，笑了笑对我说："好了吧！"

我傻乎乎地说："唔，早好了，早不疼了！"

鲁家伯伯听了，高兴地点了点头，拍了拍我的肩膀说："哦，以后可要小心啊！"

说完，鲁家伯伯便转身走啦。走过了小山涧上的小木桥，他的身影，就消失在对岸的绿树丛里了。

高大的皂荚树

在我们村前，有一所祠堂，这祠堂后来改成了我们的小学校。在祠堂门口，是一块大约三十步见方的空地，这空地后来就成了我们的小操场。在这个操场的东边，有一个长方形的高台，那时候，我们把它叫做"戏台"，如果是现在，就该叫它"主席台"或者"检阅台"了。在这个"戏台"中间有一棵很高很大的皂荚树。

好大的皂荚树啊，我们六个小同学手拉着手，才能把它抱住。

好茂盛的皂荚树啊，它向四面伸展的枝叶，差不多可以遮盖住我们整个小操场。

皂荚树的每一片叶子是小小的，有点像槐树的叶子；可小小的叶子们却一串串，一层层，长得密密麻麻，结成了一顶巨大的绿色的篷帐。

春天，下小雨啦。皂荚树为我们遮挡了小雨，我们操场上面就不会很快掉下雨点来。我们就能够像平常一样，在操场上做体操，做游戏。

夏天，暴烈的太阳当头照。有了皂荚树的遮拦，烈日就只能在我们的操场上投下星星点点的光斑。我们活动在操场上，就觉得格外的荫凉、爽快。

秋天，皂荚树长出的许许多多的皂荚儿成熟了，那样子，很像我们现在常见的大扁豆。高年级的同学们就爬上树去，用带钩子的小竹竿，把皂荚儿钩下来。小同学们呢，便把它们捡进筐子里，交给老师。

每天，老师用皂荚熬了水，盛在一个脸盆里。上罢课，我们的小手上沾满了墨汁，老师让我们用皂荚水一洗，就又白白净净了。一场劳动过后，我们的小手上，胳膊上，满是土，满是泥，老师叫我们用皂荚水一洗，就又清清爽爽了。

冬天，皂荚树落叶了。枯黄的小叶子们，打着旋儿，不断地飘落到地上，在地上铺了一层又一层……

这时候，我们就珍惜地把树叶扫集起来，堆放在墙脚下。

最冷的天，我们的小手、小脸被冻得红通通的时候，老师就允许我们在下课以后，点燃一些树叶，烤烤小手，烤烤小脸，好让我们在上下一节课的时候身上暖暖和和的。

记得有一天，同学们欢叫着点燃了一堆树叶，立刻，乳白色的轻烟飘了起来，褐红色的火苗也升了起来。飘舞的轻烟和跳动的火苗映在了我们的笑眼里，曾引起我一阵深深的沉思：皂荚树啊皂荚树，你曾经自己淋着，给我们挡雨；你曾经自己晒着，给我们遮阴；现在你又燃烧着自己，给我们温暖……皂荚树啊，你给了我们多少快乐；皂荚树啊，你使得我们更加洁净……想着想着，我的心里，好像有一颗种子在发芽，好像有一只小鸟儿在展开翅膀，慢慢地，在我的心田里，便好像默默地种下了一份崇敬的感情！

“狼生仔”

这个“狼生仔”！我真恨他！

“狼生仔”，本来名字叫做良生仔，是我们村的村长，也是一个土财主。

那是1939年，我们村子里已经办起了小学校。学校里原来有一位刚刚从师范学校毕业的姓刘的老师，就是常常用皂荚烧水给我们洗手的那位刘老师。

我们都喜欢刘老师，村里的大人们也喜欢刘老师。

可是（后来我才知道），良生仔却暗地里告了刘老师的状，后来，刘老师就突然间不见了……

学校里没有了老师，良生仔便自己来“管”学校了。这个良生仔，根本不懂得算术，连阿拉伯数字都不会写；国文也不行，常常念错别字，闹出许多笑话。这种人，怎么能管学校呢！

可是，当时我恨他的，主要还不是这些；我最恨的，是他常常狠心地毒打我们的小伙伴。也就因为这样，我们便把他叫做“狼生仔”了。

那时候，教室里有一种叫做“星期牌”的东西，那是一些两寸多宽、七八寸长的木牌子。木牌子上写着“星期一”“星期二”等，一共七块。当天是星期几，就把写有星期几的牌子挂在黑板旁边，以便告诉同学们这一天是什么日子。可是，这种木牌子却成了良生仔打人的顺手棍棒！

良生仔不懂教书，只知道每天都叫同学们背书。背书的时候，叫到谁，谁就得走到讲台跟前，背向着他，脸朝着同学。他叫你背哪一课，你就得背哪一课，背得稍微有点不顺畅，就有挨打的危险。

我有个小伙伴，小名叫做山桃仔，是个穷人家的孩子。他本来说话就不大流利，背起书来，一着急，就更有些结结巴巴了。所以，良生仔一叫他背书，他就非常害怕，总是缩着脖子，慢慢吞吞地走上台去，好像一只见了恶狼的小羊羔！

有一天，良生仔又叫山桃仔上台背书。山桃仔又像一只见了恶狼的小羊羔似的走到了讲台跟前：

“各位……同学……”山桃仔开始背得还可以。

“今天……下午……两点钟，在……在……”山桃仔结巴了一下。

“啪！”良生仔操起星期牌，突然一板子打在山桃仔的头顶上，并且大声问道：“在什么？”

山桃仔惊慌地眨了眨眼睛，小嘴微微张开了一下，赶紧接着背了下去：“在秀兰……在秀兰……”

“笨牛！”良生仔骂了一声，“啪！”又一板子更重地打在了山桃仔头上。

山桃仔颤抖了一下，耸了一下肩膀，但还是继续背了下去：“在秀兰纪念厅，开……开……”

“啪！啪！”又是重重的两大板子。“蠢猪！往下背呀！”良生仔吼道。

山桃仔颤抖得更厉害了，他紧紧地咬住嘴唇，眼泪像两条小河似的流了下来。

“开……开……”山桃仔挨了这么狠毒的打，当然再也背不下去了！

“开什么呀！”良生仔唾沫飞溅，大声吼骂，并且使劲地把星期牌朝山桃仔的头顶打去！

“噼！”板子发出一声刺耳的响声，好好的一块星期牌被打得破裂了；一块木头碎片飞腾了起来，在空中翻了几个跟头，直飞到挂在一丈多高的墙上的一块大匾的背后去了。

挨了打的山桃仔，呆呆地站在那里，眼泪流了满脸，但他仍然紧紧咬住嘴唇，没有哭出声来。

坐在教室里的同学们，看到自己的小伙伴挨打，就好像板子是打在自己的身上一样，一个个都忍不住流出了眼泪，发出了呜咽的声音……

这个狠毒的“狼生仔”，到现在，我还恨他！

新娘子挑水

“哦——哦——新娘子出来挑水喽！”

“哦——哦——看新娘子挑水喽！”

巷子里，一大群孩子奔跑着，喊叫着，欢笑着。

身上穿着粉红衣服，头上戴着两朵小红花儿的新娘子，挑着一担红漆水桶，由文大嫂陪伴着，出来挑水来了。

孩子们前呼后拥，把新娘子围在中间，形成一列长长的队伍，闹闹嚷嚷地朝村外的泉水井边走去。

这是我们家乡的风俗：新娘子过门的第二天，一定要出来挑水。

这个风俗还是挺有意思的：新娘子要以自己的劳动来第一次和乡亲们公开见面。对于乡亲们呢，这是仔细看一看新娘子的一个好机会，同时，也是考一考新娘子的劳动本领的好机会。

到了井边，新娘子在文大嫂的帮助下，打上了满满两桶水，用有长长的铁链钩子的扁担挑着，悠了悠，就迈开碎步，埋着头朝村里回来了。

这时候，孩子们都站到了路旁，手里都拿着小石子。

新娘子挑着水，轻轻快快地、像一阵风似的过来了……

"咚！"一颗小石子扔进了新娘子的水桶里，溅起了水花。

"咚！咚！咚！"孩子们手里的小石子，不断地扔进了新娘子的水桶里。水花溅到了新娘子的衣服上，溅到了新娘子的脸上……

"咚！咚！咚！"掀起了一阵阵的欢笑声。

新娘子挑着水，埋着头，忍着笑，仍旧轻轻快快地走着。文大嫂跟在她后面，不断地提醒说："慢着！慢着！"

突然，我的小伙伴龙狗仔站到了路中间，抱了一块大石头，挡住了新娘子的去路。新娘子想绕过他，可是，就在新娘子放慢了脚步与他擦身而过的时候，他便把那块大石头"扑通"地一下，放进了新娘子的水桶里，并且说："恭喜新娘子，挑块大银子回去吧！"

水从水桶里溢了出来，担子也不平衡了，新娘子不得不停了下来。

趁这个机会，孩子们便都围了上去，嘻嘻哈哈地、仔仔细细地看新娘子！

文大嫂赶紧走上前，伸手把那块大石头从水桶里捞了出来，扔在路旁边，同时说："银子，我们家里有，这一块，就扔在路旁边，让别人家捡去吧！"文大嫂的动作和话语逗得大家都哈哈大笑了。

笑声里，新娘子又挑起水桶，轻快地朝村里走去。

巷子口，贵山伯伯捧了个大石头，笑嘻嘻地等在那里。

走到贵山伯伯跟前，文大嫂叫新娘子站住了，说："快！叫贵山大伯！"

"贵山大伯！"新娘子腼腆地、小声地叫道。

贵山大伯端详了一下新娘子，高兴地说："好嘛！挺能干的嘛！喏，这块大金子，挑回家去吧！"说着，就把捧着的大石头，放进了新娘子的水桶里。

文大嫂又伸手把石头捞了出来，两眼瞅着贵山伯伯，流利地说："嗨，这么好的金子，哪能一下子都挑回去呀！我们以后天天挑吧！一副肩膀两只手，勤勤快快样样有！别说一块金子啦，就是一座金山，我们也挑得来呀！”说着，就把大石头放在了路旁边。

贵山伯伯哈哈笑了，路两旁的孩子们和大人们也高高兴兴地笑了。

新娘子又挑起水桶，低着头，微笑着，轻轻快快地朝家里走去了。

我看见了“龙”

我属马，龙狗仔属龙；龙狗仔比我大两岁。

有好几次，我对龙狗仔说：“我属马，我骑过马；你属龙，你看见过龙吗？”

龙狗仔听了，总是抓抓脑袋，张大了小嘴，回答不上来。

有一年的阴历三月里，接连下了好几天春雨，我们小山村的前前后后、上上下下、左左右右，都好像被水洗过一遍似的，全成了碧绿碧绿、闪亮闪亮的了，就好像好多好多的绿宝石嵌进了一块大大的水晶里。

一天早晨，龙狗仔来约我：“去吧！上山拔竹笋子去！”

我们背起竹篓子，就奔村后的大山上去了，一直爬到了山顶上。在那里，生长着一种细细的竹子，就像平常用来做钓竿用的那种细细的竹子，它们长得很多很多，很密很密。到了春天，这种细竹子长出的笋子是允许我们孩子们去拔回来，做菜吃的。

没费多大工夫，我们便都拔了满满一篓子小竹笋。在准备下山回家之前，我们便并排坐在了山顶上，歇一会儿，并远远地向我们的小山村眺望。

“龙！”突然，龙狗仔大声地叫了起来。把我吓了一跳。

“在哪儿？”我惊恐地左右望了望，问道。

龙狗仔一抬手，指着左边从我们水源山里窜出来的一道山涧，高兴地说：“看！那不是吗？”

我放眼看去，只见一道雪亮的涧水，从半山里弯弯曲曲地往下奔流着：它扭动着身子，在山涧的岩石间，一会儿向左，一会儿向右；一会儿奔腾，一会儿跳跃；一会儿，它撞在一块巨大的岩石上，便卷成一个浪头，猛然地向空中飞去，然后又从空中猛扑下来，扑得远远的，成为一条雪白雪白的瀑布，发出一阵阵轰隆隆的响声，掀起一团团飞溅的浪花和水雾；接着，它又赶紧从水潭里爬了起来，继续向下奔腾而去……再往下，有一段，我们却看不见它的踪迹。原来，在那里，横架在山涧上的是一些更加巨大的岩石。勇敢而又聪明的涧水，并不想硬是要在巨大的岩石上把自己撞个粉碎。它想的是另外一个办法：钻进了大岩石底下的空隙里，从那里隐蔽地穿行而过，然后在更远的前方，露出了自己的身体……

"啊！真的！真的是龙！一条银龙！"我一看，也高兴了，不禁一下子跳了起来，拍着大腿喊道："真的！真的！正月十五耍的龙灯，不就是学的这个样子吗？"

"你看，它的身边，还有几条小龙呢！"龙狗仔见我那么高兴，就指着山涧的几条小分岔，更加得意地对我说。

我一把搂住龙狗仔的肩膀，嘻嘻地笑着说："对！对！是小龙！那条最小最小的小龙仔，就是你喽！"

龙狗仔点点头，满意地和我面对面地笑了。

我们继续嬉笑着，指点着，议论着……

"龙！"突然间，龙狗仔又叫了起来，并抬手朝我们的右边指去。

我转过脸，向右看，只见右边是一群连绵起伏的山峰。这时候，从这群山峰脚下，正升起一团团迷迷蒙蒙的白雾。白雾冉冉地沿着山峰浮起，它的最顶层，已经形成了一条飘忽飞动的白云。这白云正缭绕在群峰的腰背之间，悠悠然然地翻动着，不断地滚动着、变化着，就好像是一条巨龙，正乘着山风，向我们跟前飞了过来！太阳光直射在它的身上，把它的通身都照得透明了，而它便反射出一道道耀眼的金光，并显出哪里是它的金铸的鳞甲，哪里是它的强劲龙爪。它连玩带耍地向我们飞过来了，时而昂起它那巨大的龙头，向我们张望，时而举起它的巨大的龙爪，向我们招手，时而又摆动着它那长长的尾巴，转动着它那巨大的身躯……

"啊！真的！真的！一条金龙！一条金龙！我们祠堂里，画在墙上的那条，不就是它吗？"我看了，又不禁大声地惊奇地叫了起来！

……

从那天以后，我就再也不对龙狗仔说“你属龙，你见过龙吗”这样的傻话了。

踩田

吃罢早饭，龙狗仔光着脚，裤腿卷得高高的，手里提了个竹篮子，来叫我：“走，踩田去！”

我答应了一声，也光了脚，卷了裤腿，提了篮子，同他一起跑走了。

什么是踩田呢？我得仔细说说。

在我们家乡，秋收以后，有些田里要种上一些冬季作物，例如，豌豆呀，蚕豆呀……还有紫云英。

这些豌豆或蚕豆，在寒冷的冬天里使劲地长呀，长呀，把枝叶长得肥肥的，壮壮的。到了第二年开春的时候，它们就开花结果了。

可是，到了这个时候春耕也就要开始了。

一场春雨过后，田里积满了水，人们便要把豌豆田或蚕豆田犁翻过来，把碧绿的、枝叶肥嫩的豆棵翻到泥土底下去，让它们成为天然的好肥料。

——豌豆或蚕豆还没摘完，怎么办呢？

——赶快摘呀！

——一大片一大片的豌豆、蚕豆，一下子哪能摘得完呀……

就因为这样，到了这个时候，我们孩子们便可以到任何正在犁的田里去摘豆子了。犁田的叔叔伯伯也欢迎我们去摘。这里只有一个规矩，就是我们要顺便帮助他们把犁倒了的、但还没有被泥土完全盖住的豌豆棵或蚕豆棵踩到泥土里面去。这，就叫做踩田。

一到这个季节，我们小伙伴们便总是挽一个竹篮子，在田野里高高兴兴地奔跑，哪里有犁豌豆田或蚕豆田的，哪里就有我们的笑声和欢闹声。

和龙狗仔一起出去的这一天，我们跑到了贵山伯伯的田里。贵山伯伯田里种的是蚕豆。他正吆喝着他的水牯牛，在犁那块蚕豆田哩。

我们先是在贵山伯伯还没有犁到的地方摘蚕豆。我们赶紧地摘呀，摘呀，摘了一把又一把，不一会儿，我们的竹篮子便都装得满满的了。

我们把篮子放到了田埂上，然后便高高兴兴地跑回来，帮助贵山伯伯踩田了。

使劲踩呀，使劲踩呀，蚕豆棵被我们踩得吱吱地响，陷进油黑油黑的泥土里，被泥土深深地盖住了。

使劲踩呀，使劲踩呀，泥水从我们的脚趾缝里飞射出来，射得高高的，溅到了我们身上，飞到了我们脸上，弄得我们满身满脸都是泥，可我们心里也很高兴，一点也都不在乎。

使劲踩呀，使劲踩呀，突然间，我愣住了：在我的面前，有一棵还直直地立在那里的蚕豆。虽然它的根须已经被犁断了，但它并没有被翻倒，没有被压在泥土里。春天的太阳光，照在它身上，微微的春风，吹在它身上，它的碧绿的、肥嫩的枝叶仍旧在轻轻地摆动着，反射出耀眼的光芒。我仔细地看了看它，看见它的枝叶下面，还开着一些浅蓝色的、像蝴蝶儿一般的小花儿——一些还没有来得及结成果实的小花儿……

我傻傻地站住了，好像有一个什么东西碰了一下我的心，使我不愿意把这一棵还站得直直的、活生生的蚕豆踩到泥土底下去。

“刚才，我还从它身上摘到过豆子，怎么能一回过头来，就把它踩到地底下去呢……”我模模糊糊地、隐隐约约地这么想。

我真的傻了，站在那里，一动也不动，好像在做梦。

“踩呀！你怎么变傻啦！”龙狗仔叫了我一声，说道。

我被龙狗仔叫醒了，不由得回头看了他一眼，傻傻地对他笑了笑，然后便轻轻地抬起脚来，把那棵蚕豆踩倒了。

我一面踩，一面在心里想：“它一定会知道的吧，它一定会高兴的吧，在我把它踩下去的地方，过一些日子，就会生长起好多好多嫩嫩的、碧绿的秧苗……”

捡菌子的秘密

春天里，一场场蒙蒙细雨过后，我们孩子们最喜欢干的事情恐怕就是上山捡菌子了。

我们南方的山林里，菌子是很多很多的。我从小认识到今天还记得名字的，就有十几二十种。

最讨人喜欢的是奶菌。这种菌子是淡黄色的，长得细嫩可爱。捡它的时候，如果不小心碰伤了它，它就会流出一种白色的奶汁，所以把它叫做奶菌。用奶菌做汤，味道就像鸡汤一样甜美。但是，最好吃的，还要数猪嘴唇菌。这种菌子是墨绿色的，边缘微微往里卷曲，就好像是猪的嘴唇。把猪嘴唇菌炒来吃，加上青辣椒，那味道，又鲜又脆，真是可口极了！所以我们那里的人常说："猪嘴唇菌炒辣椒，把个鼎锅当锣敲！"（意思是说把一锅饭吃得光光的，把锅底刮得哐哐地响！）最叫人高兴的，则是找到一窝唢呐菌。这种菌子，一个个像一支支小喇叭，样子很好玩。它们往往一长就是一大片，谁要是找到了一窝唢呐菌，他的小篮子就可能一下子便装得满满的了。最没人要的是石灰菌。这种菌子是灰白色的，有时候我们故意尝它一口，味道又苦又涩！此外，还有圆鼓鼓的"油箩包"，红艳艳的"红头菌"，细高个儿的"鸟仔菌"，等等，这些菌子，多半都是晒干了以后才能吃。

男孩子们、女孩子们都喜欢捡菌子。但是，有一个很奇怪的情况——常常都是女孩子比男孩子捡得多。这个情况，叫我们男孩子很不服气。

有一次，上山捡菌子，我就故意地总是抢在三妹仔前面走，她往东，我就往东边的前面赶；她往西，我就往西边的前面赶。想这样来和这个女孩子中的捡菌子能手比一比高低。

可三妹仔呢，她却一点儿也不理会我这一手，一点儿也不怕我走在她的前面。她总是那样不慌不忙，在我匆匆地抢先走过的地方，仔细地找，耐心地寻……

"哎！你怎么啦，这么好的奶菌，都不想要啦！"三妹仔弯下腰，捡起了几个水灵灵的大奶菌，然后，抬起头来，把菌子举在手上，伶牙俐齿地对我喊道。

我回头看了一看，原来，那些奶菌是长在一些枯树叶子底下的，我刚才走过那里的时候，并没有发现它们就躲在那些枯树叶子里。

我没好意思和三妹仔搭话，装作不在意的样子，继续抢在她的前面，转过来，转过去。

“嘿嘿！猪嘴唇！”三妹仔高兴地笑了起来，笑声中一伸手，便捡起了一个猪嘴唇菌，“哎，又一个！”三妹仔自言自语地叫了一声，又弯下腰去……

我听到了三妹仔的笑声，又回头瞟了一眼。奇怪，三妹仔找到菌子的地方，也是我刚才找过了的，但我什么也没有捡到。我心里纳闷：那些“猪嘴唇”，是从哪里冒出来的呢！

这时候，我看了看自己的篮子里，除了几个红头菌和鸟仔菌以外，一个好菌子也没捡着。

我开始有点生闷气了：怎么啦？自己的运气真的不如一个妹仔家！

正在这时候，我却突然听见三妹仔高声地叫起她的妹妹来：“四妹仔哎！快过来噢！这里有一大堆唢呐菌！”

“哎，来啦！”四妹仔一面回答，一面高兴地朝她姐姐那边跑了过去。

她们姐妹俩咯咯地笑着，忙手忙脚地捡了一阵子，站起身来，挎着篮子，转回身就下山去了——她们俩的小篮子，都已经装得满满的了。

我看着她们走去的背影，心里更加纳闷：这个三妹仔，她为什么有这么好的运气？

——那时候，这个问题，在我的心里一直是一个猜不透的秘密！

三妹仔

没云的天空又蓝又高，钻天王（云雀）在半空里叽叽喳喳地叫；远望去，大山上变得一片绿，一片黄，一片橙，一片红；这时候，山上的野柿子和毛栗便都成熟了。

我们那里的大山上，野果子一年四季都有：甜的，酸的，涩的；红的，黄的，青的，紫的；山桃，杨梅，鸟梨，酸枣，杨冬果，桃金娘，紫葡萄……十样，百样，名字你都数不过来。

但是，最讨人喜欢的还是秋后才成熟的野柿子和毛栗。为什么呢？第一是野柿子和毛栗长得多，上几次山，摘几筐回来，晒干了，可以吃好几个月。第二呢，是野柿子和毛栗，又好吃，又能填饱肚子，不光是吃吃玩儿，还可以当作粮食。

有一天，我和龙狗仔约好了第二天上大山上去摘野柿子。这件事，不晓得怎么被三妹仔知道了。傍晚，她碰上我的时候，就对我说："明天上大山，我也去！"

我说："上大山，要一整天，妹仔家，不能去！"

她噘着嘴，倔强地说："妹仔家，妹仔家，哪点不如你们啦！你们能去，我也能去！"

第二天一早，我和龙狗仔都背了大筐，提了个小篮子，带了干粮，在村后面碰头，准备上山的时候，三妹仔果然来了。她也背了一个大筐，提了一个小篮子。

没办法，不让她去是不行了。我们什么话也没说，迈开腿就出发了。

一上山，龙狗仔的嘴闲不住，就故意和三妹仔斗起嘴来。可龙狗仔哪里斗得过三妹仔呀，三妹仔心灵，嘴巧，说话利利索索，句句在理，总是顶得龙狗仔没话说。

……

龙狗仔说："男娃仔好！"

三妹仔就说："妹娃仔好！"

龙狗仔说："妹仔家，像个赖鸡婆！"

三妹仔就说："男娃仔，像只公鸡仔！"

龙狗仔说："公鸡仔，红冠子，绿尾巴，会啼早，能打架，多神气，多好看呀！"

三妹仔就说："母鸡仔，会生蛋，会抱窝，会带小鸡仔，一年带两窝，没有母鸡仔，哪来小公鸡仔呀！"

……

龙狗仔说:“别看你，在屋背后的林子里，捡菌子，捡得比我们多；上大山，摘野柿子，你就不如我！”

三妹仔说:“如不如，我不说，等到日头西边落，看谁筐里满，看谁筐里多，不必空口把牙磨！”

……

就这样，你一言，我一语，我们嘻嘻哈哈、轻轻松松、快快活活地，小半天工夫，就爬到了大山上。

到了有野柿子的地方，我们就分开了，各人自己去找野柿子，摘野柿子。中午饭也是各人吃各人的。只是隔一会儿，叫几声:“呜——喂！”这样彼此招呼着，免得有谁走远了，迷了路。

大家忙忙碌碌地摘野柿子，时间过得好快呀，一抬头，太阳就往西偏了。

该往回走了。我们互相叫喊了几声，就都回到山路旁的一块小平地上了。准备在这里休息一会儿，就下山去。

三妹仔最后一个来到这块小平地上。嗨，真奇怪！也像平常捡菌子那样，这个妹仔家，还是比我们两个男娃仔摘得多。我和龙狗仔，大筐都没有摘满；三妹仔呢，大筐装得满登登的，还加上满满一篮子。

我和龙狗仔心里都很不服气。

坐了一会儿，要动身往回走了。龙狗仔歪过脑袋来，在我耳朵边讲了一句悄悄话，我们俩嘻嘻地笑了。

我们站起身来，背上沉甸甸的大筐，开始下山了；三妹仔手里还提了一个沉甸甸的小篮子。

俗话说，“上山容易下山难”哪，三妹仔背了一大筐野柿子，手里还提了一篮子，哪里能走得快呀。所以，不一会儿，她就落在了我们后面。

这时候，走在最前面的龙狗仔回头讲话了:“嗨，快点走哎！日头就要落山了，日头一落山，熊姆婆就要出来背人啦！”(熊姆婆，就是大狗熊)

这话，是故意讲给三妹仔听的，其实离太阳落山还早哩。

三妹仔换了换提篮子的手，瞥了一眼龙狗仔，抿着嘴，没有说话。

龙狗仔接着又说:“听说哪，熊姆婆专门爱背妹仔家。”

我知道龙狗仔的意思，便故意轻轻地答话说:“为什么呀？专门爱背妹仔家！”

“妹仔家，长得嫩呀，好吃呀！”龙狗仔说着，回头瞟了一眼三妹仔，得意地笑了。

三妹仔呢，她在后面头也不抬，只是平平静静地说：“哼！我要是熊姆婆呀，我就专门背男娃仔！”

我嬉笑着回头问道：“那为什么呀？”

“男娃仔脸皮厚呀，有嚼头呀！”三妹仔说完，咧开嘴，咯咯地笑了。

龙狗仔见三妹仔不怕吓唬，就捅了捅我的腰，给了我一个眼色，真的快快地走了起来。

我们连蹦带跳地往山下奔，把三妹仔落了一大段路。但我们也偷偷地注意，不能把她落得太远了，要让我们能看得见她，她也能看见我们。

突然，三妹仔在山路旁边站了下来，不慌不忙地放下了大筐和小篮子，然后向我们喊道：“哎！你们先走吧！回去告诉我伯伯，让他来接我！”（她这里说的“伯伯”，就是爸爸）

这一下，倒是三妹仔把我们治住了——哪能呀，我们哪能把一个妹仔家扔在山上呢！我们只是想吓唬吓唬她，可她呢，一点也不怕！

龙狗仔望着我，我们俩都傻乎乎地笑了。接着，我们便放下了背筐，回头向三妹仔走去。

到了三妹仔跟前，三妹仔把头一偏，认认真真地说：“你们两个，欺负一个妹仔家，算什么本事！”

我和龙狗仔都不说话，只是笑嘻嘻地抢着把她的大筐背在肩上，把她的小篮子提在手里。

一路上，龙狗仔背了三妹仔的筐，我背了龙狗仔的筐，三妹仔背了我的筐（我筐里野柿子最少啊），大家一起说说笑笑，高高兴兴地，在太阳落山的时候回到了村子里。

“冒失鬼”

我的小伙伴金生仔的舅舅，有一匹马，一匹乌黑油亮的黑炭马。他常常骑着那匹黑炭马到金生仔家里来，在我们村口的大皂荚树下翻身下马。

夏天的一个中午，我和金生仔都在皂荚树下歇凉。两人都光着脊背。金生仔手里还攥着一个长长的嫩玉米，一边和我说笑，一边啃着吃。

“得勒勒，得勒勒……”我们听到了马蹄声。当我们向村外的大路望去的时候，金生仔他舅舅骑着黑炭马，已经飞快地来到大皂荚树的树荫下了。

“舅舅！”金生仔迎上去，亲热地叫道。

“在树底下遛遛吧！”他舅舅把马缰绳交到金生仔手里，就朝他家里走去了。

金生仔右手攥着嫩玉米，左手拿缰绳，总觉得有点不方便，便向我努了努嘴说：“来，你牵着，遛遛！”

我会骑牛，也骑过几次马，所以一点也不怕马。我接过缰绳，摸了摸黑炭马的长脸和下巴，嘴里“得、得、得”地跟它招呼着，拉着它在皂荚树下慢慢地走着。

黑炭马瞧瞧我，样子挺和气。它背上的鞍子并没有卸下来。当然，这就像其他一切马鞍，对我有很大的吸引力。

我回头看看金生仔，他正在一心地啃着嫩玉米。

我心里一发痒，头脑来不及细想，便脚踏马镫，手攀马鞍，一使劲就骑到了马背上。

还没有等我完全骑好，黑炭马一昂头，打了个响鼻，就突然飞快地奔跑起来！

黑炭马直向村外的大路上跑去，我吓了一大跳，两手死死抓住了马鞍。

“勒住！勒住！”金生仔甩掉了手里的嫩玉米，一边叫着，一边跑着追了上来。

黑炭马跑着跑着，突然向右边路旁的柳树靠了过去，低矮的柳树枝从我头上掠过，柳丝拂到了我的脸上。（后来我才知道，这是黑炭马“欺生”，想让柳树枝把我刮下马背去）

“快低头！快低头！”金生仔大声喊叫。

我赶快低下了头，伏在了马鞍上。

“哎唷！”我叫了一声。感觉到有一个尖利的东西从我光着的背脊上划过。

一阵辣疼，使我不由自主地使劲抽动了一下左手。

由于我抽动了手臂，带动了缰绳，黑炭马只好跑上了大路中央。

这时候，我才想起了手里缰绳的用处。我继续拉紧左边的缰绳；黑炭马斜着脑袋碎跑了几步，接着便转回身来，向村里跑去。

半路，金生仔拉住了马笼头，让我下马，并且瞪着眼睛说：“不要命啦！冒失鬼！你知道这匹马的脾气吗？”

下马以后，我松了一口气，才清楚地感觉到：背脊上被柳树枝划破了！这时候，伤口被汗水一浸，简直钻心一样地疼！

金生仔瞥了一眼我背脊上的伤，仍旧瞪着眼睛严厉地说：“算你造化（幸运的意思）！没刮瞎你的眼睛！”

对呀！如果把眼睛刮瞎了，我今天怎么能给小朋友写这篇东西呢！

柳林“大战”

不知为了什么，我们村的几个小家伙和刘家村的几个小家伙闹翻了。

我们村和刘家村是邻村，两个村之间，除了隔着各自的田地以外，在“分界线”的地方还有一大片柳林。

柳林里，一年四季都是阴凉的，到处长满了小树和青草。这样，它便成了两村的孩子们放牛、捉柳树虫、捉知了、捉蟋蟀和玩耍的好地方。

也许，就因为这是孩子们喜欢的好地方吧，所以两村的孩子们常在这里碰面。次数多了，当然就免不了要抢个什么，夺个什么的；闹急了，就免不了要打架、摔跤了。

暑假里，我刚从县城里回来——那一年，我已经进了县里的中学读初中一年级了——正在家里准备做暑假作业。突然，小弟弟和小锁子闯了进来。这两个小家伙都光着背脊，浑身被太阳晒得黝黑黝黑的，满脸都是汗和泥。

“哥！快去！他们欺负我们！”小弟弟一进门，就大声嚷道。

我看了他俩一眼，觉得又好玩又好笑，便问：“怎么啦，谁欺负你们啦？”

“刘家村的呗！”小锁子挥了一下拳头，歪了歪脑袋说。

“他们打人啦？”我问。

“还没有。他们要摔跤，在叫阵哩！”小弟弟擦了把汗，急急地说。

“还说他们有大将，回去搬大将去了！”小锁子接着说。

“哥！你也去，你做我们的大将！”小弟弟说着，就上前来拉我。

我很快就弄明白了：是他们和刘家村的孩子们斗嘴了，马上要摔跤了。

“走！”我把书包一推，就跟着他们出去了。我心里真想看看，到底发生了什么事。

一出村口，七八个小家伙便呼喊着把我围在中间，簇拥着我，气呼呼地朝柳林走去。

快到柳林边上的时候，我已经能看见柳林里有另外一群孩子，也簇拥着自己的“大将”，在那里等候了。

我加快了步子，向柳林里走去。当绕过了几堆小树丛，来到柳林中的一小块空地上的时候，对面的“阵势”就能看得清清楚楚了。

“嗖——”我听见一声熟悉的口哨。一抬头，只见对面队伍里的那员“大将”向我举了举右手，伸出食指和中指，做了一个“V”字。

我心里觉得很好笑：那不是刘启明吗！我现在中学里最要好的朋友，昨天我们俩才一起从县城里回来的。那口哨，那“V”字，正是我们俩最常用的招呼。但是，两边的孩子们却做梦也想不到这一点。

我和我的队伍来到了空地上，和他们的队伍面对面地站住了。

“过来呀！”“过来呀！”

“你过来！”“你过来！”

两边的孩子们互相叫阵，喧闹起来。

我给启明递了个眼色，向前跨了两步，大声问道：“说吧，怎么来呀？”

“兵对兵，将对将！”不知哪个小家伙喊道。

“好！兵对兵，将对将；一个一个来！”启明也向前跨了两步，对两边的孩子们大声说。

“大个对大个，小个对小个！”小弟弟在我背后喊道。

“只给摔跤，不给打人！”启明指着我们的队伍，说道。

“对，只给摔跤，不给打人！”我们村的孩子们回答。

“不给踢人，也不给咬人！”我指着刘家村的队伍，大声地说。

“对，不给踢人，也不给咬人！”刘家村的孩子们也一起回答。

“三跤两胜！”启明伸出三个手指头。

“输了的服输，赢了的不给压人！”我也伸出三个手指头。

“行！”“行！”“来吧！”“来吧！”……两边的队伍里都呼喊起来。

启明走回队伍里，推出一个孩子来，说：“谁对他？”

“我！”我们队伍里，跳出一个小锁子来。我看对面的孩子和小锁子的个头差不多，就点点头，同意了。就这样，一场真正的摔跤“大战”开始了。我和启明，忍住了笑，装作一点也不认识的样子，暗暗地既成了教练，也成了裁判和保护员。

小锁子和那孩子一交手，就略略地占了上风。几个动作以后，小锁子猛地一下，搂住了对方的腰，把对方一抱，一提，脚下一使绊，便把那孩子摔倒在草地上。

“好！好！”我们村的孩子们叫了起来。

第二跤，那孩子提防了。小锁子一抱腰，他也趁势死死地把小锁子抱住，毫不松手。小锁子腾不出手来抱腿，便用脚去绊那孩子的脚。可那孩子也很机灵，他趁小锁子使绊子的时候，顺势一拧腰，就把小锁子扭倒在地上。

“好呀！好呀！”对方的队伍里，也爆发出一阵欢叫声。

第三跤，小锁子放低了架势，拱起腰，像一只小老虎那样和对方周旋。突然，他看准了一个机会，便向对方猛扑了过去，搂住对方的脖子，一使劲，就把对方摔了个四脚朝天。

“好呀！好呀！”孩子们又呼喊起来。这一对，我们以二比一赢了。

下一对，我让我小弟弟出了场；启明也派出了一员小将。经过三局苦战，小弟弟也终于以二比一战胜了对手。

但是，接着的三次交手，我们都输了。在大局上，反而成了个二比三！

幸好，第六对摔下来，我们又扳回了一局。

“三比三！”我和启明都高声地喊道。

这时候，太阳快要落山了。

启明向我使了个眼色，然后对两边的孩子们说：“太阳就要落山了，这跤，明天接着摔吧！”

我接过话来，大声地说：“好！明天就明天！还在这个地方！”

“排队！”启明喊了一声，把他的队伍按大小个排了起来。

“我们也排队！”我叫道。然后把队伍领到了他们的队伍跟前。

“拉拉手吧！”启明对两边的孩子们说。

“好！大家拉拉手吧！”我忍住笑，一本正经地说。

两边的孩子们都嘻嘻地笑了，高兴而又不好意思地互相拉了拉手，好像完全忘记了他们原来是要来打架的！

附　记

这些小散文，是用第一人称记事的形式写的，这里所写的人和事、情和景，都有生活依据，但并不是生活的原样记录，这里有对生活的剪裁、提炼，就是想把我们家乡的山川之美、劳动人民的人情之美、儿童时代的情趣、某些自然知识和生活道理，用一种朴朴素素、普普通通的手法表现出来。

如果这些小散文能使少年朋友们高兴，能使少年朋友们得到一点益处，那我的心里也就很高兴了。

第三部分

叙事诗

高山顶上一小鹰

序

每当我仰望鹰翔蓝天，
就把那“小鹰”深深怀念。
那“小鹰”是一位壮族少年，
他响亮的名字叫韦志坚。

我们在战斗中结下友谊，
但分别已经有二十多年。
他现在在哪里我不知道，
但好像总是在我的身边。

也许他战斗在炼钢炉旁，
也许他战斗在水库堤边，

也许他战斗在边防线上，
也许他战斗在讲台面前……

他一定像祖国盛开的花朵，
一年比一年更加红艳；
他一定像展翅高飞的雄鹰，
一天比一天更加矫健！

他一定为人民在艰苦战斗，
比当年更加机智勇敢；
他一定为革命而勇往直前，
比当年更加心红志坚！

他一定沿着毛主席指引的方向，
战胜了征途的逆流艰险；
他一定高举马列主义战旗，
决心把英特纳雄耐尔实现！

第一章

喜见亲人

（1）
那是一九五〇年的春天，
红旗已插到南海海边；
全广西都响起解放歌声，

各族人民都喜笑开颜。

蒋匪军一股残兵败将，
被我们打得抱头鼠窜；
但他们妄图苟延残喘，
窜进了莽莽的十万大山。

我们遵照毛主席的命令，
飞兵赶到了十万大山；
“宜将剩勇追穷寇”，
一定要把残匪彻底追歼！

峰峦重叠的十万大山，
莽苍苍数百里盘亘连绵；
巍峨的山峦像巨浪起伏，
挺拔的险峰直连着云天。

满山是茂密的葱绿竹林，
满岭是高耸的青翠松杉；
处处的山茶花洁白清香，
遍野的杜鹃花红红艳艳……

战士们进军到十万大山，
眼望着祖国的锦绣山川，
心潮像山峦般汹涌澎湃，
发出了钢铁的战斗誓言：

一定要彻底消灭残匪，
决不能让他到处流窜；

要保护广西各族人民，
把革命红旗插遍群山！

（2）
有一天我们得到消息，
残匪军窜到了山村高甸；
高甸是一个小小村庄，
在一座大山的半腰中间。

上级令我们长途奔袭，
九十里山路一夜走完；
傍晚时轻装隐蔽出发，
第二天拂晓包围高甸。

第二天我们到达山村，
狡猾的残匪却已逃窜；
残匪像一只受伤的狼，
在高甸只敢待了半天。

临逃时劫走了全村男女，
小山村被抢得七零八乱！
战士们眼看残匪的暴行，
恨不得马上把残匪全歼！

但残匪已逃进深山密林，
急忙忙一时间怎找得见！
连首长沉着地下了命令：
“休息！炊事班准备做饭！”

（3）
战士们听到了休息命令，
都抢着把群众工作来干；
虽然是看不见一个乡亲，
乡亲们却在战士们心间！

拿起扫帚打扫房屋庭院，
担起水桶挑来清清山泉；
用红土在墙上写下标语：
“解放全中国，穷人把身翻！”

子弟兵爱人民纪律严明，
革命的好传统代代相传；
就像那春阳的灿烂光辉，
闪耀在这崇山峻岭之间。

突然从屋后的小树丛里，
跑出了一位壮族少年，
奔向正在扫地的一班长，
扑进了一班长的怀里边！

“解放军叔叔！
带我打土匪去吧！”
说话间两眼的热泪涟涟……
这，就是“小鹰”韦志坚！

第二章

阶级情深

（4）
小志坚扑进一班长怀里，
战士们都来到他的身边；
小志坚擦干了满眼热泪，
说出了心里的万语千言：

小志坚的家本不在高甸，
是住在山外的大村里边；
他阿爸和阿妈吃苦耐劳，
佃种了财主的几亩水田。

年年啊月月啊流血流汗，
阿爸啊阿妈啊腰都累弯；
到秋天打下的几担谷子，
又是租又是债去掉大半。

有一年因欠下财主租谷，
他阿妈被拉进财主庄院；
当奶妈用奶汁顶租还债，
却扔下刚半岁的小志坚。

那财主是恶霸又是乡长，
人皮下包着副豺狼心肝；
小志坚的阿妈被他侮辱，
含深冤饮大恨离开了人间！

阿爸啊心中有怒火万丈，
要报仇又怎奈赤手空拳！
半夜里放把火烧了财主庄院，
怀抱着小志坚逃到这密林深山。

历尽了风和雨千辛万苦，
熬过了八九年艰难饥寒；
没娘的小志坚逐渐长大，
手脚勤筋骨硬意志更坚。

小志坚跟阿爸深山打猎，
劳动中增添了机智勇敢；
不怕那野猪也不怕虎豹，
练出了猎人的眼光猎人的胆。

千难万苦啊咬紧牙关过，
深仇大恨啊牢记在心间；
只盼望有一天天翻地覆，
穷人家把身翻报仇雪冤！

近年来他阿爸常对他讲：
山外面已经是闹翻了天；
我们穷人的救星毛主席，
为人民谋幸福打下江山。

他老人家指挥的解放军，
就要来解放我们广西；
到时候枪声响红旗招展，
解放军也要来十万大山。

解放军头上戴红五角星，
衣领上高挂着红旗两面；
斗地主斗恶霸消灭土匪，
那时候穷苦人就把身翻！

（5）
小志坚日夜盼望解放军，
天天都上山顶往山外看；
想看见大红旗迎风飘扬，
想看见红五星金光闪闪！

昨上午窜来了一股残匪，
像被猎人打伤了的豺狼一般；
小志坚在心里暗暗地想：
“猎人”啊一定会追在后边！

刚才他看见又来了队伍，
便悄悄回到了房屋后面；
看见了战士们挑水扫地，
看见了红帽徽金光闪闪！

原来是日夜盼望的解放军，
已经来到了自己的眼前！
小志坚像见了久别的亲人，

便扑进了一班长怀抱里边。

（6）

这一晚我们连宿营高甸，
侦查好敌情后再把敌歼；
茅屋里战士们围着火塘，
小志坚就坐在战士中间。

通红的火堆把满屋照亮，
屋里像阳光普照的春天；
战士们拿出毛主席著作，
一字字一句句认真钻研。

《将革命进行到底》，
为解放全中国勇往直前！
战士们每念完一段红书，
就给小志坚讲解一番！

小志坚睁着明亮的眼睛，
静静听战士们边讲边念；
像一朵葵花向着红太阳，
像禾苗吸吮着雨露甘泉！

为什么穷苦人受苦受难？
为什么狗恶霸无法无天？
只因为印把子在他们手中，
穷苦人头上压着“三座大山”！

毛主席领导人民闹革命，

“枪杆子里面出政权”！
解放了全中国劳苦群众，
要建设社会主义红色江山！

解放军为人民忠心赤胆，
举红旗踏破了万道雄关；
革命者胸怀着五洲四海，
把天下受苦人想在心间。

（7）
夜里小志坚睡在一班长身旁，
一班长给他把被子盖得严严；
半夜里指导员起来查哨查铺，
又把件大棉袄压在小志坚脚边。

深厚的阶级情火一样暖，
小志坚心坎里蜜一样甜；
火塘边学习的革命道理，
一句句反复地印在心田。

想阿妈惨死在财主庄院，
恨得他紧紧地咬住牙关；
想阿爸和乡亲被匪劫走，
满腔的怒火燃烧在胸间！

下决心为革命参加战斗，
为解放全中国做出贡献；
要救出阿爸和乡亲们，
打残匪不怕苦不怕艰险！

小志坚一夜里心潮汹涌，
直到那东方红彩霞满天。
战斗的新里程开始了，
鲜红的朝阳普照群山！

第三章

要求任务

（8）
艳艳春阳把群山照亮，
莽莽的群山郁郁苍苍；
悬崖与峭壁气象万千，
青峰和翠谷一派春妆！

村后的竹林碧光闪耀，
山涧旁的画眉高声歌唱；
烂漫的山花万紫千红，
飘过来一阵阵醉人清香！

战士们在准备迎接战斗，
一个个仔细地擦着钢枪；
小志坚活跃在战士中间，
一会儿这一会儿那来回帮忙。

擦好的钢枪闪闪发亮，

小志坚神气地挎在肩上；
挺挺胸向一班长敬礼：
“报告班长！请你教我打枪！”

一班长教他练习瞄准：
“你看，前面就是残匪豺狼，
瞄准了他的西瓜脑袋，
一开枪就送他去见阎王！”

小志坚曾经打过猎枪，
论打枪并不算十分外行；
一班长夸奖他“瞄得不错”，
他便说：“那，就带我去打仗！”

班长见小志坚聪明机智，
早已经把他爱在心上；
战士们听了小志坚的话，
心里面对他都很赞赏！

一班长故意地开开玩笑，
拿过枪把刺刀“咔嚓”插上，
然后跟小志坚比比高矮：
“嗨！没枪高，怎能打仗！”

小志坚一转身蹦上块岩石，
雄赳赳气昂昂拍拍胸膛：
“你们看！我不就长高了吗？
给我枪，我准能消灭豺狼！”
一班长微笑着轻轻点头：

“这小家伙倒挺机智顽强！”
小志坚一蹦又回到班长身边，
咯咯的笑声飞满整个山庄！

（9）
正笑间传来了连长命令：
要派出侦察班侦察敌情；
根据上级掌握的情报：
残匪军还在附近山中。

附近的几座山方圆百里，
已被我各部队四面围困；
不能让残匪再逃出包围，
要把它消灭在这一带山中。

连长命令一班出发侦察，
要查明残匪的去向行踪；
然后再订出作战计划，
向残匪发动猛烈进攻。

一班长得命令格外高兴，
战士们一个个喜笑盈盈；
马上准备好了侦察装备，
再带点干粮就轻装启程。

这一下可急坏了小志坚：
战斗的好机会不能放松！
跑向前拉住连长的手，
要求加入到侦察班中！

连长拍了拍他的肩膀，
浓眉下露出和蔼的笑容：
“侦察班可要走很远的路，
你年小怕遇上困难重重！”

小志坚像受了什么委屈，
倔强的小脸蛋憋得通红；
急忙忙说出了一堆理由，
又跺脚又挥拳又表决心：

“我从小在山中打猎劳动，
能翻山能越岭熟悉山情；
对残匪我心中千仇万恨，
为革命我决心战斗立功！”

连长高兴得呵呵直笑，
回头和指导员交换眼神；
然后就大声地说了句：
“好！一班长！把他也带去侦察敌情！”

（10）
临出发侦察班整好了队，
指导员大步地来到队前；
仔细地说明了侦察任务，
严肃地叫了声：“韦志坚！”

小志坚响亮地回答说：“到！”
跨一步站到了队列面前。
指导员拿过一支小马枪，

走近前交给了小志坚：
“韦志坚！党交给你光荣任务，
做向导查敌情好把敌歼！
为革命为人民要忠心赤胆，
不怕苦不怕死不怕艰险！”

小志坚倾听着党的命令，
似江涛和海浪激荡心间；
眼睛里闪动着喜悦泪花，
心胸里满怀着坚定信念。

伸双手接过了党给的枪，
嚓一声把钢枪挎上了肩：
“坚决完成侦察任务！
请放心吧，指导员！”

侦察班迈开矫健的步伐，
飞一般隐没在村庄后边，
插进了茂密的毛竹林里，
像锋利的刺刀战斗在前！

小志坚第一次参加战斗，
像小鹰初展翅搏击云天；
革命的征程啊从此开始，
“将革命进行到底”响彻心间！

第四章

机智侦察

（11）
侦察班插进了茂密山林，
要找到残匪逃跑的路线；
满山到处是厚厚的落叶，
寻脚印找踪迹十分困难。

一班长凭着丰富的经验，
边前进边观察边作判断；
找到了一条崎岖的小路，
沿小路大踏步飞奔向前。

小志坚紧跟在班长后面，
不断地给班长提供意见；
侦察班的行动敏捷迅速，
一口气越过了第一座山。

忽然见密密的树丛里面，
有什么东西闪了一闪；
班长挥手让大家隐蔽，
带领小志坚匍匐向前。

隐隐约约像一只野兽，
慢慢地走在树林中间；

皮毛的颜色黄里带黑，
头和尾却总是不能看见。

班长屏住气细细观看，
小志坚心里却在盘算：
这颜色我看来好生熟悉，
像邻家小牛的毛色一般！

小志坚把想法告诉班长，
班长点点头说：“唤它一唤！”
小志坚轻轻地“哞哞”一叫，
小黄牛抬起头竖起耳尖！

小志坚跑上前拉住小牛，
战友们见小牛都很喜欢；
一班长给大家提出问题：
为什么小黄牛在这发现？

小志坚抢先做出了回答：
残匪军经过了这一座山。
小黄牛前天被残匪抢走，
半路上逃脱了在这流连！

战友们都同意这个判断，
齐声把小志坚鼓励称赞：
称赞他对任务积极主动，
相信他能做出更多贡献。

（12）

找到了小黄牛这个线索，
侦察班沿小路继续向前；
不一会儿又翻过一个山头，
小山路到这里突然中断！

一班长叫大家原地休息：
看一看太阳已经西偏，
吃一点干粮喝几口水，
摸一摸情况再作打算。

说休息大家并不休息，
侦察兵的脚和眼哪能稍闲；
战友们一面嚼着干粮，
一面把周围仔细查看。

猛然间一班长发现情况：
有一棵小树被人折断；
战友们往前面找了一找，
折断的小树尖又有发现！

小志坚走上前看了一遍，
小树尖多连在树干上面；
折断的地方都有个树杈，
折断的断口还很新鲜……

小志坚一拍手跳了起来，
肯定说："这是我阿爸折断！"
班长问："你怎么认得出来？"

小志坚把“秘密”说个周全：

“我阿爸带我上山打猎，
有时我跟不上落在后边，
阿爸他生怕我迷失了路，
定下了这办法：折断树尖。

折树尖有一个约好的暗号：
从树尖第一个开叉折断；
折断的树尖最好连着树干，
人往哪树尖就倒向哪边！”

一班长听了高兴地说：
“韦大伯把咱们想在心间，
他料定咱们要追踪残匪，
暗留下指路标好把敌歼！”

战友们听了后都很高兴，
就好像韦大伯站在眼前：
在控诉残匪的累累罪行，
在鼓舞战士们飞速向前。

侦察班沿“路标”继续前进，
果然是断树尖络绎相连；
穿密林过深谷翻山越岭，
好像有韦大伯领路在前。

（13）
只因为有“路标”在前指引，

侦察班减少了许多困难；
战友们箭一般飞速前进，
来到了一座悬崖旁边。

“指路标”到这里突然中断，
在前面横着道万丈深涧！
从这岸到那岸约有十米，
往下看真叫人头昏目眩！

深涧上原来有一座小桥，
看得出被破坏推下山涧；
侦察班按情况做出分析：
是残匪过桥后把桥拆断。

一班长指着脚下的深涧，
嘿嘿地笑一声神色泰然：
“残匪军设下了这道障碍，
它妄想给我们增添麻烦！”

战士们齐发言怒火万丈，
决心要飞越过这道山涧：
“残匪军真叫是垂死挣扎，
把一道小山沟当作‘天险’！”

一班长紧急地作了动员，
让大家献计策飞越山涧；
战友们想出了许多妙计，
哎！怎不见小志坚发言？

班长和战友们四下观看，
小志坚正在那峭壁旁边；
他围着一棵高大的松树，
昂着头仔细地看了又看。

班长向小志坚招了招手，
小志坚飞跑到班长身边；
还没等班长问他的意见，
一开口他就说："让我来干！"

班长笑着问："怎么个干法？"
小志坚把办法说了一番：
"上大树打秋千飞过对岸，
拉几条大麻绳横渡山涧！"

这办法正符合大伙的意见，
问题是都要求去"打秋千"！
都说是这任务光荣艰险，
"我来把战斗的任务承担！"

小志坚摆出一大串"优越条件"，
坚决要把艰巨的任务来承担；
一班长果断地做出决定，
"好！这任务就交给韦志坚！"

（14）
战友们一起走下峭壁，
来到了那棵松树旁边；
拿出了随身带的麻绳，

小志坚拣两根掖在腰间。

一转身抱住了那棵松树，
像一只小猴子爬上树尖；
又沿着伸向对岸的树枝，
半空中捆好了绳索“秋千”！

另一条麻绳扔给了班长，
这一头捆在自己的腰间；
向班长报告：“准备完毕！
请允许我开动‘秋千’！”

班长叫：“韦志坚！大胆！心细！
把祖国和人民想在心间！”
战友们喊：“要看准落脚点！
为解放全中国冲锋向前！”

小志坚牢记着战友的叮咛，
满怀着信心甩动了“秋千”；
只听得嗖的一声风响，
小志坚飞一样甩向对岸。

但是他并没有落脚下去，
只是把对岸上看了一看；
那“秋千”霎时就往回荡来，
直飞向峭壁上一块悬岩！

战友们都为他捏一把汗，
生怕他撞上了峭壁悬岩；

一班长大声地提醒“小鹰”，
“注意悬岩！沉着应战！”

小志坚耳听着班长嘱咐，
双眼则看准了峭壁悬岩；
伸开腿向悬岩使劲一蹬，
就像那燕凌空飞向对岸！

战友们又担心又很兴奋：
这动作又敏捷又很惊险！
说时迟那时快风驰电掣，
小英雄胜利地飞过山涧！

（15）
霎时间架起了绳索“天桥”，
侦察班越过了万丈深涧！
继续去完成侦察任务，
傍晚前又登上一座山巅。

到山巅战友们往下察看，
见一个小村庄在山谷间；
看不见乡亲们辛勤劳动，
只看见正冒起股股黑烟。

一班长拿出了望远镜，
山庄里的情况一目了然：
是匪军在那里烧火做饭，
东一堆西一撮乱成一团。

残匪的行踪已经查明，
一班长决定立即回返；
留几位战友监视残匪，
待大队赶来后把敌全歼！

战友们怀着胜利的喜悦，
抢时间赶夜路不怕艰险；
到高句已经是深更半夜，
向首长报情况毫未拖延。

连首长仔细地听了汇报，
表扬了团结奋斗的侦察班；
称赞了小志坚勇敢机智，
勉励他为革命永远向前。

第五章

战斗歼敌

（16）
这一天清早天还没亮，
全连的指战员都已起床；
依上级下达的战斗命令，
奔袭那残匪盘踞的山庄。

战士们迅速地整装待发，

个个都兴奋得摩拳擦掌；
侦察班也一同参加战斗，
小志坚背着枪英姿豪爽。

我们连沿着侦察好的路，
兄弟连出发自四面八方；
虽然是下起了蒙蒙细雨，
冒风雨飞行在群山之上。

中午时分到达了目的地，
从四面包围了那个山庄；
枪膛里填进了仇恨的子弹，
残匪军陷入了天罗地网。

只听得山头上一声号令，
快速的歼灭战立即打响；
战士们猛虎般冲下了山，
直打得残匪军喊爹叫娘！

一部分残匪被当即击毙，
一部分残匪却负隅顽抗；
躲进了一座砖房的楼上，
从窗口朝外面打机关枪。

一班长勇猛地冲在前面，
小志坚紧跟在他的身旁；
冲到了那一座砖房墙下，
怒视着那窗口仇恨满腔。

一班长蹲下身说了声："上！"
小志坚踩上了他的肩膀，
要消灭残匪的最后火力，
决不能让残匪再逞疯狂。

小志坚迅速地掏出了手榴弹，
"啪"的一声把导火线拉响；
手榴弹"吱吱"地冒着白烟，
一抬手准确地塞进了小窗。

只听得墙里边一声巨响，
房顶上闪出了一道火光；
敌人的机关枪变成哑巴，
剩下的残匪兵举手投降。

这一仗真打得十分漂亮，
残匪军被全歼无一漏网；
小志坚战斗中很是出色，
缴获了两支美国卡宾枪！

救出了韦大伯和众乡亲，
战士们心里边无比欢畅；
乡亲们见解放军如逢亲人，
小志坚见阿爸喜泪盈眶！

第六章

胜利前进

（17）

我们连送乡亲返回高甸，
度过了一个欢乐的晚上；
篝火熊熊照亮整个山村，
军和民同欢庆山村解放！

韦大伯唱起高亢的山歌，
把心中的欢乐尽情歌唱：
歌唱伟大的领袖毛主席，
歌唱伟大的中国共产党！

小志坚跳起壮族的舞蹈，
把鲜花献给亲人解放军；
乡亲们捧出喷香的甜茶，
给亲人解放军满满斟上！

军民团结呀鱼水情深，
欢乐地舞呀纵情地唱！
歌舞中迎来了满天朝霞，
温暖的红太阳普照四方！

（18）

在我们将离开山村的早上，
小志坚紧拽住连长的臂膀；

他要求参加人民的军队，
要永远为人民扛起钢枪。

连长从心坎里感到高兴，
指导员露出了微笑的眼光。
但连长和蔼地对小志坚说：
“你还小，过几年也不忙！”

小志坚紧拉住连长不放，
直急得眼泪都流出眼眶；
他心里想的是永远战斗，
让天下受苦人都得解放：

“连长你曾给我侦察任务，
指导员曾授我这支马枪，
到今天为什么还说我小？
就算小我也要把解放军当！”

连长和指导员对望了望，
紧紧地搂住了小志坚的肩膀。
就决定吸收小志坚参军，
韦大伯、乡亲们欢呼又鼓掌！

（19）
我们的队伍离开了高甸，
乡亲们直送过十里山岗；
小志坚行进在连队前列，
红旗下甩动着坚强的臂膀……

队列啊又登上巍巍群山，
群山啊分外地挺秀雄壮；
抬头看朝阳下有一只小鹰，
翱翔在青翠的高山顶上！

（1972年12月初稿，1974年5月修改，1975年4月，广西人民出版社出版）

虎虎小蛟龙

抗日战争中，
苏北战旗红；
人民子弟新四军，
赫赫威名震江东。

一条大河边，
有个小农村；
处在边缘游击区，
村名叫江村。

江村民兵队，
战斗很英勇；
配合新四军，
屡屡立战功。

民兵队伍里，
有位小英雄；
机智又勇敢，
名叫江小东。

（一）

当了小民兵

小东他们家，
是户苦贫农；
爷爷打渔讨生活，
阿爸被迫当长工。

小东年纪十来岁，
天天都劳动；
帮助衰弱老爷爷，
风里雨里把船撑。

艰苦劳动练筋骨，
风吹雨打长才能；
小东练得好水性，
特别是潜泳。

一潜几十米，
河西一扎到河东；
只因小东水性好，
人人叫他“小蛟龙”！

亲人新四军，
战斗到江村；
积极发展党组织，
播下革命新火种。

小东阿爸苦情深，
鲜红党旗照心胸；
江村民兵队，
他是领导人。

小东年纪虽然小，
可人小志气雄；
勇敢扛起枪，
当了小民兵。

（二）

送信去柳城

江村东南十余里，
一个小镇叫柳城；
鬼子一个中队，
盘踞在镇中。

有时出镇来，
烧杀又抢掠；
要是挨了一顿揍，
它就龟缩在镇中。

江村民兵队，
联络众邻村；
计划巧安排，
决心打柳城。

一天大清早，
朝阳格外红；
小东他阿爸，
开会转回村。

一见小东拽住手，
低声忙把话来问：
“柳城去送信，
能不能完成？”

小东想了想，
拳头攥得紧：
“只要有任务，
坚决去完成！”

阿爸说声“好”，
顺手端过一条凳；
父子二人齐坐下，
细把任务说分明：

“上级已决定，
今晚打柳城；
计划很机密，
有个口信派你送；

柳城的群众，
是我们自己人；
派你先去联络好，
今晚内外两夹攻；

你到柳城后，
先去姑妈家；
然后到对过，
去找一个打铁人……”

小东点点头，
表示记在心；
阿爸又把暗号和计划，
仔仔细细说一通。

计划和暗号，
小东都记牢；
马上做准备，
立刻就启程。

小东临行前，
阿爸送他出了村；
来到小河边，
阿爸下到河水中。

摸了几条鱼，
捉了几只大螃蟹；
装在鱼篓里，
便给小东背在身。

阿爸笑笑说：
“真是一个小渔童；
今晚‘撒网’打‘大鱼’，
你要争取立大功！

通过公路封锁线，
要大胆来要谨慎；
任务完成后，
傍晚赶回村！”

小东说声“是”，
立正挺挺胸；
迈开小泥腿，
大步上征程。

（三）

机智过路口

江村到柳城，
路并不难走；
平时去一趟，
只要两钟头。

小东走一程，
来到一个岔路口；
路口两个敌“伪军”，
活像两条看门狗。

“伪军”龇牙叫：
“小孩！哪里走？”
然后横下枪，
拦住岔路口。

小东昂然走上前，
心里早就有计谋；
顺手往南指，
拍拍小鱼篓：

“我是南村人，
打渔来糊口；
清早下河去，
现在往回走！”

两个狗“伪军”，
很想捞点油；
伸出狗爪子，
抢过小鱼篓。

一个打开盖，
斜眼往里瞅；
一个忙来抢，
伸进一只手。

只听“哎哟”一声嚎，
“伪军”赶忙缩回手；
原来一只大螃蟹，
钳住他的手。

螃蟹钳得紧，
死死不松口；
疼得“伪军”直跺脚，
呜哇乱叫眼泪流！

小东见了哈哈笑，
轻把螃蟹捉在手；
几句机灵话，
说得俏皮又顺口：

“这种大螃蟹，
名叫小鬼头；
长个鬼脑袋，
钳人像疯狗。
你们都怕它，
我敢把它揪；
它若敢横行，
抛它去喂狗！”

“伪军”咧开嘴傻笑，
口水串串往外流：
“别说它难看，
味道很可口。”

小东心里想：
这是两条馋嘴狗！
给他几只大螃蟹，
就算一根肉骨头！

小东路边扯根草，
捆上两只大螃蟹；
轻轻摇了摇，
扔到“伪军”手。

“伪军”捧着大螃蟹，
嘴里嚷嚷没个休；
这个连说“你买醋”，
那个大叫“你买酒”。

小东心里真好笑，
从从容容过路口；
昂然迈大步，
继续往前走！

（四）

潜过封锁线

小东背鱼篓，
沿着河岸边，
装作找鱼和打渔，
又走路一段。

前面一条黄泥路，
已经能看见：
大路南北向，
就是鬼子封锁线。

细看大路上，
几个鬼子来回转；
跨河一道桥，
一个鬼子桥上站。

路上无行人，
桥下无行船；
看来这几天，
鬼子防得严！

柳城在路东，
小东在路西；
怎样才能进柳城，
小东心里细盘算：

要是偷过黄泥路，
路上鬼子易发现；
最好从桥下，
潜过封锁线。

小东下决心，
潜水桥下过；
拿出好本领，
闯过这一关。

小东把鱼篓，
藏在河岸边；
脱去小汗衫，
下到河里面。

这里离大桥，
约有三百米；
河岸芦苇长得密，
挡住鬼子的视线。

小东靠河岸，
慢慢往前潜；
每潜几十米，
抬起头来看一看。

不大一会儿，
已到大桥边；
只见那个鬼子兵，
正站桥中间。
小东伏水中，
藏在芦苇间；
等待好时机，
潜过封锁线。

突然黄泥大路上，
来了两辆车；
飞快过桥去，
桥上掀起一股烟。

桥上那个鬼子兵，
赶忙掏出小手绢；
又是捂鼻子，
又是搓贼眼。

小东真机灵，
抓住这个一瞬间；
吸足一口气，
猛地往下潜。

好个“小蛟龙”，
潜过封锁线；
靠岸慢慢伸出头，
一看离桥已远远……

（五）

杀敌立大功

小东进柳城，
找到打铁人；
口信送到后，
胜利转回村。

晚霞美如画，
夕阳火样红；
小东心花放，
一路似春风。

深夜两点钟，
民兵打柳城；
爆炸声如雷，
火光照夜空！

鬼子像野牛，
陷入烈火中；
伤的满地爬，
死的满地滚。

正在激战时，
忽然传来新情况：
鬼子一条小汽艇，
运兵前来援柳城。

汽艇嗷嗷叫，
好像狼发疯；
亮着两盏灯，
好像蛇出洞。

汽艇狂奔柳城来，
妄想逞威风；
能否把它给打掉，
影响胜败很要紧！

小东阿爸下命令，
迎击敌汽艇；
亲自带领一个排，
河岸埋伏把它等。

回头叫小东：
“准备手榴弹，
有个好任务，
交给你完成！”

英雄江小东，
勇敢上了阵；
携带手榴弹，
准备炸敌艇。

敌艇驶近了，
民兵枪瞄准；
小东跃入水，
潜泳显本领。
利用黑夜作掩护，
小东靠近敌汽艇；
扔出一颗手榴弹，
炸在狼群中！

鬼子似狼嚎，
乱成一窝蜂；
有的死艇上，
有的掉河中。

再扔一颗手榴弹，
正好扔进机房中；
轰隆一声响，
火起黑烟浓！

岸上民兵枪法好，
子弹好像有眼睛；
打得小鬼子，
无处可藏身。

打援打得好呀，
好像吃馄饨：
艇上鬼子几十个，
一个也没剩！

柳城的鬼子，
孤立无援兵；
上天没有路，
入地没有门。

鬼子一个中队长，
夹着尾巴往外冲；
逃到大河边，
跳进河水中。

只听一声喊：
“抓个活狗熊！”
小东扑向小鬼子，
把他按到深水中！

鬼子没了顶，
举起两手乱扑腾；
大口喝凉水，
咕咚咕隆咚！

岸上民兵齐欢笑，
小东按得更起劲；
鬼子队长喝饱水，
死猪一样沉！

这个狗强盗，
终于被生擒；
拖到河岸边，
躺着直哼哼！

东方出彩霞，
大地已黎明；
鬼子被消灭，
处处凯歌声。
一个小故事，
从此齐传诵：
虎虎“小蛟龙”，
杀敌立大功！

第四部分

童话

谁更可爱

多么美丽的春天啊！到处是鲜花，草地绿油油的，泥土也发出香气。小蝴蝶和小蜜蜂快活地跳着舞，在花园里飞来飞去。

可是，有一天，小蝴蝶和小蜜蜂之间发生了一个问题，它们争论不清楚：它们俩，到底谁更可爱？

于是，它们便去问玫瑰花："亲爱的玫瑰姐姐！请你告诉我们：我们两个，谁更可爱？"

玫瑰花轻轻地点着头，回答说："亲爱的小蜜蜂、小蝴蝶，你们两个都可爱！小蝴蝶的衣服像天空里最美丽的云彩，小蜜蜂的歌声像世界上最好听的提琴，所以都很可爱！"

"谢谢你，玫瑰姐姐！"小蜜蜂和小蝴蝶离开玫瑰花，飞到月季花身边："月季姐姐！请你告诉我们，我们两个，谁更可爱？"

月季花回答说："你们都很可爱！你们跳起舞来真好看，世界上最好的舞蹈家也比不上你们！"

"谢谢你，月季姐姐！"小蜜蜂和小蝴蝶离开了月季花，便去问桃花、李花、牡丹花、绣球花，但是，它们都不能回答这个问题。

小蜜蜂和小蝴蝶决定去问一个戴着红领巾的小姑娘。它们飞到了这个小姑娘面前，向她提出了这个最难回答的问题。

戴红领巾的小姑娘想了想，微微地笑了笑说："亲爱的小蜜蜂、小蝴蝶，玫瑰姐姐和月季姐姐说得不错，小蝴蝶穿得很漂亮，小蜜蜂唱得很好听，你们都会跳很好看的舞，你们俩，的确都很可爱！一定要我说谁更可爱嘛，那我就说：挨小蜜蜂刺过的人，就会说小蝴蝶更可爱；吃过甜甜的蜂蜜的人，就会说小蜜蜂更可爱！"

（原载《蟹大王》，中国少年儿童出版社，1958年5月）

懒狗熊

有一只小狗熊，它很怕热，一到夏天的时候，它就总是躲在阴凉的洞里，不愿意出去找东西吃。小兔子劝它说：“小狗熊！你不愿意出去找东西吃，就在你的洞门口种一点东西吧！”

小狗熊想，种一点东西也好，长出果实来以后，可以大吃一顿哩！于是，它就在洞口挖了一小块地。

第一年，它种下了冬瓜。种完以后，它就向天磕了一个头，说道：“老天爷，保佑保佑我的冬瓜吧，让它长得像水桶那么大！”然后，它便回到洞里，自自在在地睡了一个夏天。醒来的时候，冬瓜已经结瓜了，但是，瓜儿长得只有黄瓜那么大。

小兔子告诉它说：“小狗熊，你不下肥料，冬瓜长不大！”

小狗熊不高兴地说：“我到哪儿去找肥料呀！肥料又那么臭……啊！你说说，种什么东西可以不用下肥料呢？”

小兔子说：“听说，种花生是不大要肥料的。”

第二年，小狗熊种下了花生。种完以后，它又向天磕了一个头，说道：“老天爷，保佑保佑我的花生吧，让它长得像土豆那么大！”说罢，它又回到洞里，自自在在地睡了一个夏天。醒来的时候，已经到了收花生的时候了。但小狗熊只收到了几颗像黄豆那么大小的花生。

小兔子又告诉它说：“你不除草，花生长不大！”

小狗熊不高兴地说：“哎！除草……这么多的草，我哪里除得完呀！难道世界上就没有东西可以和草一起生活吗？”

小兔子告诉它：“听说，茄子可以在荒地里生长。”

第三年，小狗熊种下了茄子。像往年一样，它又自自在在地睡了一个夏天。醒来的时候，从来没有浇过水的茄子，长得只有辣椒那么大。

小狗熊拿着那像辣椒一样的茄子，坐在地上大哭起来，还埋怨老天爷不保佑它。

小兔子从那里经过，看见它在哭，便笑着说：“小狗熊呀！你要是觉得下肥料、浇水、拔草都麻烦的话，那就去种石头子吧！”

（原载《蟹大王》，中国少年儿童出版社，1958年5月）

蟹大王

世界上有谁比小螃蟹更神气呢！你看它，长得又胖又圆，穿着一件黑黄色的发亮的皮夹克，一天到晚昂着头，鼓着两只大眼睛，舞着两把大钳子，得意洋洋地哼着：

我是蟹大王，我有两把钳，
谁不听我话，给它两大钳！

你看它，走起路来都和别人不一样。人家都是规规矩矩地向前一直走，而它呢，却是大模大样地横着走，东奔西闯，谁见了它都要害怕！它在海底下走过来，走过去，碰到什么东西都要钳两下。碰到小树，它就把小树的叶子全钳掉；碰到小花，它就把花朵儿全钳碎；即使碰到一块石头，它也要把石头钳两下，好像它不这么多手多脚，就会浑身发痒似的。

有一天，它吃过早点，出去散步，出门不远，就看见小虾子在把两株碧绿的水草连接在一起，成了一架非常柔软而又漂亮的秋千。小虾子跳上去，柔软的秋千就立刻荡了起来。它玩得真好啊！它腰细身体轻，手脚又长又灵巧，它在秋千上表演着各种各样的姿势："鹞子翻身"啦，"倒挂金钩"啦，就像一个最好的舞蹈家那样灵活、轻快。

"嗨！小虾子，下来！给我玩！"小螃蟹大模大样地走过来，刚站住，就没头没脑地一把钳住小虾子的脚，粗声粗气地喊道。

小虾子见是小螃蟹，连忙说好话："小螃蟹哥哥！我刚玩了一会儿，你稍微等一下吧，过一会儿我就跟你玩！"

但是，小螃蟹不答应，它摇了摇大钳子说："不行！你马上就得下来！我等不及啦！"边说边使劲地钳小虾子的脚。

小虾子疼得哭了起来，一边擦眼泪，一边从秋千上跳了下来，站了一会儿，就悄悄地走开了。

小螃蟹上了秋千，可是，它根本就不会玩秋千，它把秋千横摇了一阵儿，晃过来，晃过去，总是打不起来。于是，它气得跳下了秋千，擦了一把汗，吐了一口唾沫，然后又狠狠地把秋千钳了两下，就扔下秋千走了。

小螃蟹跑呀、闯呀地来到一棵红色的珊瑚树下，碰见了红色的小金鱼。小金鱼捧着一个美丽的小贝壳。

“小金鱼！你捧着个什么？快给我看看！”小螃蟹粗声粗气地说。

小金鱼把小贝壳打开给小螃蟹看，小贝壳里面是许多发亮的小珠子。

“给我！”小螃蟹看了，立刻用大钳子钳住了小贝壳。

小金鱼噘着嘴，低声地说：“不行哪，小螃蟹哥哥！我是要拿回去给我小妹妹玩的，它一天到晚老喜欢哭，要是有了这个漂亮的小贝壳和小珠子，她就一定不会再哭啦！”

小螃蟹没等小金鱼说完，就昂着头大声地说：“那我可管不了，反正小贝壳得给我！”说着就去抢那小贝壳。

小金鱼使劲地抱着自己的小贝壳，并且急得哭了起来。

小螃蟹哪里管小金鱼哭不哭，它使劲地钳住小贝壳，鼓着大眼睛喊：“我是蟹大王！小贝壳就得给我！”

“吧嗒”一声，小贝壳被抢成了两半，那些漂亮的小珠子都撒了出来，撒得到处都是，并且都慢慢地沉到海底里去了！

小金鱼见小贝壳被抢坏了，小珠子也撒光了，就急得伤心地哭了起来。

可是，我们的“蟹大王”呢！它什么都不管，它把那抢过来的半边小贝壳一扔，转过身来就昂着头走了。

它仍旧鼓着两只大眼睛，舞着两把大钳子，得意洋洋地哼着：

我是蟹大王，我有两把钳，
谁不听我话，给它两大钳！

但是，这样的“蟹大王”，有谁喜欢呢！不论小金鱼、小虾子、小蝌蚪、小青蛙……谁都不愿意和它在一起玩！

唉！小螃蟹啊！你什么时候才能不这么讨厌呢！

小蚂蚁和大风伯伯

草地上，有一只黑色的小蚂蚁，它是一个大力士。真的，我不骗你，它能举起比自己还要重一倍的东西。有一天，我就亲眼看见小蚂蚁举起一只死蚊子，把蚊子搬回家里。

这样，小蚂蚁以为自己是世界上力气最大的大力士了，它见人就说："喂！你知道吗？我是世界上力气最大的大力士！"

大风伯伯听了小蚂蚁的话，便笑着问道："唔，小家伙，真是这样吗？不是吹牛？"

小蚂蚁神气地挺了挺胸脯，回答说："是呀，一点也不吹牛，大风伯伯！我是世界上力气最大的大力士！大象的力气都没有我的大，我能举起比我重一倍的蚊子，你能叫一只大象举起两只大象来吗？不能吧！嘻嘻……"

大风伯伯听了，心里又好气又好笑，就想和小蚂蚁开个玩笑。

第二天，小蚂蚁在草地上找到了一片梧桐树叶。它在树叶子上急急忙忙地走了一趟，觉得树叶子又平坦又宽广，心想："啊，这倒是个好地方，当操场用倒不错！"想着，它就在这个"操场"上锻炼起来。它先做体操，然后翻跟斗，接着又跳远，又举重……而且一边锻炼一边想："嘿！你们大家伙儿瞧瞧吧！看我这个世界上力气最大的大力士，到底棒不棒……"

正在这时候，大风伯伯飞了过来。它看到小蚂蚁正玩得起劲，便鼓起嘴巴，用力吹了一口气。小蚂蚁立刻觉得天旋地转，和树叶子一起，被吹到了空中。树叶子托着小蚂蚁像风筝一样，飞呀，飞呀，飞过了小河和树林，飞过了田野和山谷，最后，摇摇晃晃地落到了一片好大好大的沙滩上。

小蚂蚁被吹到这个陌生的地方，四周尽是沙子和大石头，不仅没有草地，就连一株小草都没有。小蚂蚁在这里找不到爸爸，也找不到妈妈，找不到吃的东西，也找不到住的地方，心里又急又怕。它想："这可怎么办呢！唉！我的个子这么小，腿这么短，胳膊这么细……家在哪儿？怎么走呢……哎呀！天都快黑了，爸爸妈妈一定在找我了……"小蚂蚁转过来转过去，越想越没有办法，一屁股坐在沙滩上，抱着头，大声地哭起来。

大风伯伯听见了小蚂蚁的哭声，便飞过来，摸着胡子，笑着说："哈哈！我们世界上力气最大的大力士，怎么在这里哭起来啦？这多难为情呀！赶快回家去吧！"

小蚂蚁擦着眼泪，哭哭啼啼地说："大风伯伯！请你送我回去吧！我以后再也不说我是大力士了……"

大风伯伯笑了笑，温和地说："唔！不对！大力士还是大力士，你不是能举起比自己重一倍的东西吗？不过，可不能说是世界上力气最大的大力士。"

小蚂蚁听了大风伯伯的话，心里高兴了，眼泪还挂在脸上，又咧开嘴笑了！

后来，大风伯伯叫小蚂蚁还是坐在那片树叶子上，用力一吹，小蚂蚁就又和树叶子一起，像风筝一样，飞呀，飞呀，飞过山谷和田野，飞过树林和小河，回到了原来的地方。

（原载《蟹大王》，中国少年儿童出版社，1958年5月）

"我偏不"

"我偏不"——是一个名字。

谁的名字？是小田鼠的名字。

干吗叫这么个怪名字？

这，我正要和你说哩！

你看，小田鼠走过来了！它长了一身灰溜溜的绒毛，好像一团旧棉絮；嘴巴上几根稀稀拉拉的胡子，好像是个破刷子。两只乌黑乌黑的、又亮又圆的小眼睛，一会儿望望这儿，一会儿望望那儿，一闪一闪的，谁的话它都不信，就好像人家总想骗它似的。别人告诉它不能做的事，它偏要去做；可是，别人告诉它应该去做的事，它却偏不去做。它就是这么别扭，不管人家和它说什么，它都要说：“我偏不！”然后便爱做什么就做什么，一点也不听别人的劝告。这样，大家才给它起了这个名字——“我偏不”。

因为“我偏不”的脾气这么古怪，所以就没有人愿意和它做朋友，它只好一个人出去玩。

有一天下午，“我偏不”——不，咱们为了尊敬小田鼠，还是别叫它的绰号，仍旧叫它小田鼠吧！——小田鼠独自走出了洞，来到草地上。它迈开小腿，溜过来，跑过去，这儿找找，那儿望望，但是过了好久，也没有找到什么好玩的东西。小田鼠心里很不高兴，一转头，就钻进草丛里去了。

刚一钻进草丛里，小田鼠就看到一个黑色的像西瓜一样的东西，长在草丛中间。它从来没有见过这种东西，所以一见到这个新玩意儿，心里马上高兴起来。

它乐呵呵地跑了上去，抱住那个新玩意儿，又用嘴咬，又用脚抓——因为，小田鼠在高兴的时候，总喜欢用嘴咬和用脚抓东西。

正在这时候，旁边一个声音说道：“哎！小田鼠！不能动，那是蚂蚁窝！”——原来，小蟋蟀正在草丛里乘凉呢！

小田鼠正玩得高兴，听了小蟋蟀的话，心里很不舒服，因为，它本来就看不起小蟋蟀。它噘起嘴巴，不耐烦地说：“干吗不能动？”

小蟋蟀好心地说：“蚂蚁会叮你的！”

小田鼠听了，毫不在乎地说：“哼！蚂蚁有什么可怕的！我偏不！”说着，它就更使劲地咬，更使劲地抓，并且不断地嚷着：“我偏不，我偏不！看我咬给你看，看我抓给你看！我会狮子滚绣球！”

但是，蚂蚁窝不是牛皮做的，而是草和泥做的，很不结实，哪里经得起小田鼠这一顿“狮子滚绣球”呀！不一会儿，蚂蚁窝被小田鼠咬穿了，抓碎了。窝里的小蚂蚁知道是敌人来了，就一起涌了出来，把小田鼠团团包围住。数不清的小蚂蚁跑到小田鼠的身上，有的拉住它的腿，有的拉住它的尾巴，有的钻进它的耳朵里，有的叮了它的眼睛，有的堵它的鼻子……弄得小田鼠又疼又痒，不知顾哪边好。小田鼠慌了，只好用力提起腿，往草地上跑去。它不停地跑，不断地摔跟斗，好不容易才把身上的小蚂蚁都摔了下来，脱离了危险。

小田鼠吃了这一次亏，心里更不快活了，便歪戴着帽子，一个人懒洋洋地在路上走。走着，走着，走到一棵桃树底下。桃树上结满了又肥又大的桃子，有的还是青的，有的已经红了。真奇怪！小田鼠一看到桃子，立刻觉得口渴起来，把刚才一肚子的不快活，都忘得干干净净，马上精神起来了。

于是，小田鼠不管三七二十一，扔下帽子，脱了鞋子，卷起袖子，就往树上爬。

正好树上有一只小喜鹊，见小田鼠要上来，就劝它说："小田鼠，别上这么高，不然你会摔下去的！"

小田鼠瞧了一眼小喜鹊，心里想："呸！我还会摔下去？我偏不！"便不理小喜鹊，只顾往树上爬。

小喜鹊着急了，喊道："别上来，别上来！桃子是别人的，不能乱摘！"

"什么别人的，自己的，我偏不！我偏要摘！"小田鼠已经爬到树枝上了，伸手就摘了一个桃子，咬了一口，觉得味道很好。它还想再摘一个，便一只手拿着桃子，一只手又去摘另一个桃子。不料，一个不小心，啪啦啦！小田鼠两腿一滑，就从树上摔了下来！

小田鼠的尾巴摔在一块石头上，摔掉了一大块皮，鲜红的血流了出来。小田鼠见摔坏了尾巴，又疼又伤心，就坐在树底下呜呜地哭起来。

正好纺织娘大婶去赶集，从这里走过，看见小田鼠摔伤了，就赶快拿了一块纱布，替它把尾巴包扎起来，并且告诉它说："淘气鬼！赶快到医生那里去看看吧，抹点碘酒，或者红药水，不然会化脓的！"说罢就走了。

但是，小田鼠却不愿意到医生那里去，它想："到医生那里去，说是从树上摔了下来，那多不好呀！多丢脸呀！不，我偏不！我偏不去！"

过了几天，小田鼠觉得尾巴越来越疼，疼得非常厉害，不得不到医生那里去了。但是晚了，尾巴没有救了！全都化脓了！医生只好把它的尾巴割去，这样才能保住它的性命。

小田鼠从医院出来的时候，已经是一只没有尾巴的田鼠了。小蟋蟀、小喜鹊和纺织娘大婶都来看它，大家都对它说："小田鼠，你看，吃了大亏了吧！以后可要听话啦！"

小田鼠呢，刚要噘起嘴巴想说"我偏不"，可想了想，便改了口，它说出来的是："我，我不偏不了！"

（原载《蟹大王》，中国少年儿童出版社，1958年5月）

小啄木鸟

小啄木鸟的妈妈，很爱小啄木鸟。从小啄木鸟出生的那一天起，妈妈就每天捉小虫子来喂它。给它洗羽毛，教它飞翔，教它啄木头。妈妈还常常对小啄木鸟说："一个好孩子，做事情要有耐心，要不怕困难……"

一天一天地过去，慢慢地，小啄木鸟长大了。它长了个尖尖的嘴，这是用来啄木头的；长了一根长长的舌头，这是用来捉树皮里的小虫子的。除了尖尖的嘴和长长的舌头以外，还长了一个又柔软又有力的尾巴，这是它的小凳子，它在啄木头的时候，就坐在这个小凳子上。

有一天，妈妈告诉小啄木鸟说："好孩子，现在你可以自己一个人到树林里去找小虫子吃了！"小啄木鸟听了，非常高兴，便第一次离开妈妈，一个人飞进了茂密的大森林。

真正的大森林，比电影里的大森林还要美丽，到处都是又高又大的树木，杜鹃花和山茶花都发出甜滋滋的香味，画眉鸟、黄莺和小百灵鸟儿们唱出非常好听的歌声。小啄木鸟来到这样美丽的森林里，心里真有说不出的高兴。

小啄木鸟飞到一棵松树上，选了一个地方，便啄起树皮来，发出"多多、多多"的声音。可是，真困难！小啄木鸟的尖尖的嘴还很软很嫩，第一次用自己这又嫩又软的小嘴去啄木头，实在是困难啊！头震得发昏，嘴尖也有点疼……

正在这时候，飞来了一只小乌鸦，它对小啄木鸟说："嗨！小啄木鸟！小傻瓜！别啄了吧！松树上没有小虫子的！你看，森林的那一边多好玩呀！树叶子那么绿，风吹得那么凉爽，一定有很好玩的地方。去吧，咱们一起玩玩去吧！"

小啄木鸟听了，想了想说："去你的吧！你这个懒惰的乌鸦，你骗人，我不信你的话！"

可是，小啄木鸟听了小乌鸦的话以后，心想："是啊，这棵树上也许真的没有小虫子，在这里啄也没有用，我还是到别的地方去找找吧！"

这样，小啄木鸟便离开了松树，飞到一棵榆树上去了。它在树皮上轻轻地啄了几下，看了一看，没有把树皮啄穿，便又想道："哟，真讨厌，这么硬的树皮，什么时候才能把它啄穿呢！”

这时候，小乌鸦又飞了过来，它对小啄木鸟说：“咦！小啄木鸟！小傻瓜！别啄了吧！世界上榆树皮最硬，啄不穿的！去吧，我带你到森林那边的果园里去吧，那里有又大又甜的果子。”

小啄木鸟听了小乌鸦的话，歪着头想了一想，很生气地税：“去你的吧！我不去，我不去偷别人的果子！”

小乌鸦见小啄木鸟不信它的话，便又飞走了。

但是，小啄木鸟呢，它虽然讨厌懒惰的偷果子的小乌鸦，可是自己做起事情来，也非常害怕困难；所以在它啄树皮的时候，心里便总是想：“也许小乌鸦说得对吧！榆树皮最硬，啄不穿的，我还是去找一棵软些的树来啄吧！”想着想着，小啄木鸟便又离开了这棵榆树，飞去找寻软一些的树木去了。

可是，小啄木鸟找遍了整个森林，哪里也找不到软的树木。已经是中午啦，它还没有找到一条小虫子！

这时候，小啄木鸟肚子饿起来了，它便想起了妈妈，并且也想起了妈妈说过的话：“一个好孩子，做事情要有耐心，要不怕困难……”

小啄木鸟一想起妈妈的话，便马上按照妈妈的话去做了。它飞到一棵槐树上，耐心地在那里啄起来。

“多多，多多；多多，多多！”小啄木鸟啄得非常细心。啄累了，就停一停，然后又啄。不一会儿，小啄木鸟就啄穿了树皮，找到了许多肥肥胖胖的小虫子，吃得饱饱的，快快乐乐地飞回了家里。

朋　友

傍晚，太阳慢慢地向山背后落下去了，火一样的晚霞，把树林染成了橘红色。

渐渐地，树林里升起了一层浅灰色的薄雾，像纱幕一样轻轻地飘荡着。

小鸟们叽叽喳喳地叫着，飞回了树林，飞回了自己的小窝里。

小兔子蹦蹦跳跳地奔跑着，钻过草丛，回到了自己住的岩洞里。

小松鼠拖着大尾巴，飞蹿着，一溜烟地回到了自己的树洞里，然后伸出个小脑袋来，朝外面探望。

啊，树林里渐渐暗下来了，到了大家都该回家的时候啦。

可是，有一只小梅花鹿，却从树丛里走了出来，嘴里衔着一棵小草，急急忙忙走上了林中的小路。

“那是谁呀？”小松鼠露出个小脑袋问道。

“我呀，是小鹿！”小鹿回答说。

“到哪儿去呀？这么晚啦！”小松鼠问。

“小麋子被毒蛇咬伤了，我给他送这棵解毒的草药去！”小鹿回答。

“明天去不行吗？”小松鼠说。

“不行！要赶快救小麋子，晚了就不好啦！”小鹿回答说。

“从这条小路走吗？”小松鼠问。

“对，走这条小路！”小鹿说。

“前面有一个拐弯，你知道吗？”小松鼠说。

“知道，我常从那儿走！”小鹿说。

“拐弯的那个地方，有一个大陷阱，你知道不知道？”小松鼠问。

小鹿惊奇地说：“有个陷阱吗？这我可不知道！”

“对，你不会知道！是今天下午才挖的！陷阱上面架了些树枝，树枝上铺了些茅草，茅草上撒了些树叶子！谁要不小心，就会掉进去的！”小松鼠说。

“啊，是这样！谢谢你啦，小松鼠！”小鹿说。

“不谢！不谢！你当心吧！”小松鼠伸出小爪子，向小鹿招招手。

小鹿向前走去。有了小松鼠的提醒，他走到小路拐弯的地方的时候，就小心地避开了陷阱，平平安安地走过去了。

小鹿穿过茂密的树林。翻过了几个小山头，急急忙忙地赶路。

“那是谁呀？”一只小黄羊，站在路中央，挡住了小鹿。

小鹿说：“是我呀，是小鹿！”

“哪儿去呀？天都黑啦！”小黄羊说。

“小麋子被毒蛇咬伤啦！我给他送药去！”小鹿说。

“天都这么晚了，还去？”小黄羊问。

“对，要去！迟了就不好啦！”小鹿说。

“你知道前面是什么地方吗？”小黄羊问。

“前面是山涧！”小鹿说。

“怎么过山涧呢？”小黄羊问。

“涧上有小桥！”小鹿说。

“小桥是几根木头的？”小黄羊问。

“是三根木头搭成的！”小鹿说。

“有一根木头已经活动了，你知道不知道？”小黄羊问。

小鹿吃惊地说：“有一根木头活动了吗？这我可不知道！”

小黄羊说：“昨天傍晚我才发现的，就是左边的那根木头活动了。”

“哎呀，真危险！”小鹿说。

“对，要小心！过小桥的时候，千万别踩左边那根木头！”小黄羊嘱咐说。

“好，谢谢你啦！小黄羊！”小鹿说着，向小黄羊挥挥手。

“不谢！不谢！我站在这儿，就是为了提醒过桥的朋友的！”小黄羊一边说一边向小鹿挥挥手。

小鹿来到山涧旁，小心翼翼地走上了小木桥，特别留心不踩左边的那根木头。

小鹿平平安安地过了山涧，走上了一道陡峭的山崖。山崖上，只有一条狭窄的小路，这小路呀，就好像一根细腰带，盘绕在山崖上。

小鹿非常小心地挪动着脚步。天这么黑，走在悬崖上，多危险呀！

一只萤火虫，打着小灯笼，飞了过来。

“谁呀？这么晚啦，还赶路！”小萤火虫问道。

“是我呀，是小鹿！”小鹿回答。

“去哪儿呀？”小萤火虫问。

“小麋子被毒蛇咬伤了，我给他送药去！”小鹿说。

“这路可难走啦！”小萤火虫说。

“不要紧，我知道要小心！”小鹿说。

“天也太黑了！”小萤火虫说。

“我不怕！”小鹿回答。

“让我给你照照亮吧！”小萤火虫说着，就打起了小灯笼，飞在小鹿前面。

有了萤火虫照亮，小鹿很快转过了山崖，翻过了山坡，来到了小麋子家。

小麋子躺在茅草上，痛苦地呻吟着，闭着两眼，快要昏过去啦！

小鹿让小麋子吃下草药。不一会儿，小麋子的伤口就不那么疼了。他停止了呻吟，一把抱住了小鹿，感激地说：“小鹿！好朋友，谢谢你啦！谢谢你救了我！”

小鹿说：“别谢我，小麋子！要谢谢大家！小松鼠、小黄羊、小萤火虫，为了救你，都尽了心意啦！”

“是啊，谢谢大家！谢谢大家！”小麋子说，“有了朋友们的互相帮助，再把毒蛇消灭掉，我们的日子一定会过得更好！”

（原载《童话》第3辑，新蕾出版社，1981年10月）

小骆驼

小骆驼长高了，长大了。浑身板栗色的毛毛，又整齐，又光亮。蹄子长硬了，像四个铁盘子。腿也长粗了，像四根铁柱子。

小骆驼的爸爸大骆驼看见小骆驼长了这么一副好体格，心里很高兴。他想：该考考小骆驼啦，看他能不能走远路，能不能驮重东西。

一天早晨，大骆驼把小骆驼叫到跟前，说：“孩子，你可长大了！今天，你自己到姥姥家去一趟吧！替我送一封信给姥姥，再把姥姥的回信带回来！”

小骆驼听了，高兴地答应说：“好哩！我就去！”

小骆驼出发了。去姥姥家，要穿过一个草原，走过一片沙漠。他大步大步地走着，脖子上的小铃铛叮当叮当地响着，心里轻轻地唱着歌：

小骆驼，小骆驼，
穿草原呀过沙漠；
姥姥家里去送信，
爸爸是要考考我！

走着，走着，小骆驼听到草窝里好像有谁在哭。他停下来，侧着耳朵听了听：“哎，有谁在哭？”说着，他就走了过去。

草窝里是一只小绵羊，正在伤心地哭哩。

“小绵羊，你怎么啦？”小骆驼问。

“我掉队啦，小骆驼哥哥！”小绵羊抹抹眼泪，小声地回答。

“走不动啦？”小骆驼问。

“不是，是脚摔坏了。妈妈不知道，他们就走远啦！”小绵羊说。

“啊，来吧，我驮你！要不，狼来了，就把你给吃了！”小骆驼说着，就把小绵羊背在了背上。

小骆驼背着小绵羊，朝羊群去的方向赶去。他大步大步地走着，心里轻轻地唱着歌：

小骆驼，小骆驼，
穿草原呀过沙漠；
小小绵羊掉了队，
我把小羊背上驮！

小骆驼送小绵羊赶上了羊群，回过头来，向姥姥家的方向走去。走着，走着，从野草丛里窜出一只狐狸，笑嘻嘻地跑到小骆驼跟前。

“哟！我当是谁哩，原来是咱们的小骆驼！上哪儿去？咱们一块儿走吧！说说笑笑，多有意思！”狐狸嘴里说了一大串亲热话，可他心里想的却是：“好小子！只要你跟我走，咱狼大哥的中午饭就算到手啦！我狐狸也能喝个足，吃个够！”

小骆驼瞥了狐狸一眼，一边走，一边说：“去，去，一边去！哪有骆驼跟狐狸一块儿走的！”

狐狸闪开了，转到小骆驼背后，挽住小骆驼的后腿，说：“哟！小骆驼，慢点走，咱们交个朋友吧，嘻嘻，多有意思！”

“走开！哪有骆驼跟狐狸交朋友的！”说着，小骆驼一抬腿，一脚踢在狐狸的脑门上。

狐狸抱着脑袋跑掉了，小骆驼还是大步大步地走着，心里轻轻地唱着歌：

小骆驼，小骆驼，
穿草原呀过沙漠；
黑心的狐狸来使坏，
踢碎他的臭脑壳！

小骆驼走过了草原，来到了沙漠。已经是中午啦，太阳把沙漠晒得像火烤过那么热。

小骆驼大步大步地走着，一匹小马驹跑着追了上来：“你好，小骆驼！”小马驹招呼说。

“你好，小马驹！上哪儿去？”

“我也过沙漠，到姥姥家去！”

小骆驼和小马驹肩并肩地走着，说说笑笑，乐乐呵呵。但是，沙漠里又热又燥，他们越走越渴。

“要是有点水喝，那该多好！”小马驹说。

“甭着急，小马驹，我知道哪儿有水！”小骆驼说。

小骆驼领着小马驹跑了一程，来到一个小水窝旁边。小水窝里的泉水又清甜又凉爽，但是很少很少。

“小马驹，你喝吧！你喝个够吧！”小骆驼说。

“不！小骆驼，咱们都喝一点吧！”小马驹说。

“小马驹，听我的，我不渴，你喝吧！喝饱了，咱们好赶路！”小骆驼诚恳地说。

小马驹把清甜的泉水喝了个够，昂起头来，说：“好，咱们跑吧！”

小骆驼和小马驹奔跑着，心里轻轻地唱着歌：

小骆驼，小骆驼，
穿草原呀过沙漠；
沙漠清泉甜又甜，
清泉让给小马喝！

傍晚的时候，小骆驼到了姥姥家，把爸爸的信交给了姥姥。晚上，姥姥问了小骆驼白天在路上的情况。

第二天，小骆驼告别了姥姥，带着姥姥给爸爸的信，回到了爸爸身边。爸爸打开姥姥的信，看了一遍，呵呵地笑了：“孩子哎，好样的！明天我带你走远路去！”

（原载《桂林日报》，1981年5月27日）

小个子队得胜了

大树林里，运动会开得可热闹啦。有赛飞的，有赛跑的，有赛跳的；有的在树顶上，有的在草丛里，有的在树林中的空地上。

你看：小狗熊昂着头，挺着肚子，又傻气又骄傲地走来了！小梅花鹿又机灵又轻快地、一蹦一跳地走来了！小山羊不紧不慢、一步一个点地走来了，他的小犄角刚刚长出来，可胡子已经老长老长了！小猴子哧溜一声，就从高高的大树上跳了下来，真是个小机灵鬼！小刺猬肉墩墩地，也慢慢地爬过来了！小狸猫来了，他一身金黄的毛毛，非常漂亮！小野兔蹦过来了，差点摔了个跟头！小松鼠窜过来了，拖着很好看的大尾巴！长臂猿练完了单杠、吊环，拉着一根长长的树藤，呼地一下，悠了过来，吹了一声口哨：“嘟嘟——”然后叫道：“集合！按高矮个儿排队！”

于是，小狗熊、小梅花鹿、小山羊、小猴子、小野兔、小狸猫、小刺猬和小松鼠立刻按高矮个儿排好了队。

“一、二报数！”长臂猿喊道。

“一、二,一、二……”小狗熊、小梅花鹿他们报起数来。

“报一的，向前一步走！”

小狗熊、小山羊、小野兔和小刺猬，都向前跨了一步。

“好啦！”长臂猿宣布：“拔河比赛开始！报一的是大个子队，报二的是小个子队。三局两胜！”

拔河绳是一条大青藤，中间系了一串红红的野葡萄作为标志。

拔河比赛开始了。两队都使足了力气，那串红葡萄，一会儿移向这边，一会儿又移向那边……可是，大个子队的体力占了上风。你看，小狗熊多胖呀！小山羊多楞呀！就说小刺猬吧，也比小松鼠壮多啦！所以，那串红葡萄很快就向大个子队那边移过去了。

“嘟嘟——大个子队先胜一盘！”

休息的时候，小狗熊得意地拍着胸脯对小山羊他们说：“嘿嘿！有我小狗熊，保证输不了！”

小山羊、小野兔和小刺猬，心里本来是很高兴的，可是一听这话，就没话好说了。

小狗熊又瞪了小山羊一眼说：“嗨！小山羊！你没长眼睛呀！刚才你的两只角，老顶我的屁股！下一盘，你可得小心点！要不然，我尅你！”

小山羊不高兴了，也粗声粗气地对小野兔说：“小野兔，你没长眼睛呀！刚才你怎么老踩我的脚后跟！下盘你得小心点，要不然，我就踢你一脚丫子！”

小野兔缩着脖子，没有话说。

在小个子队里，小梅花鹿轻轻地对小猴子他们说：“伙伴们，歇会儿，输了第一盘，没关系，甭着急，咱们大家想想办法！”

小狸猫说：“对，大家想想办法！”说着，就拍了拍小松鼠的肩膀：“小松鼠，下一盘，你咬住我的尾巴使劲拉吧，没关系！”

小猴子也说：“对，小狸猫，你也使劲咬住我的尾巴，往后拽，我不在乎！”

小梅花鹿高兴地说：“好，伙伴们，就这么办！小猴啊，你就使劲蹬我的脚后跟好吧，我不怕疼！我保证像木桩子那样顶住，好让你使上劲！”

“嘟嘟——”长臂猿又吹响了口哨，第二盘比赛开始了。

大个子队的队员，也不知道是怎么搞的，不论怎么站都觉得别别扭扭的，总觉得互相碍手碍脚，使不上劲儿。小个子队的队员呢，却不论怎么站都觉得顺顺当当，好像是一个人一样，互相配合得非常好。那串红红的野葡萄呢，就一寸一寸地向小个子队那边移过去了！

“嘟嘟——小个子队扳回一盘！场上比分：一比一！”

休息的时候，大个子队里，小狗熊瞪了一眼小山羊说：“小山羊！你怎么啦！你那点力气，都叫狗吃掉啦！”

小山羊一肚子气，也瞪着小野兔说：“小野兔！你是软棉花捏的呀！”

小野兔也火啦，冲着小刺猬嚷嚷：“小刺猬！你没吃饱啊！”

小刺猬呢，低下头来没话说。

小个子队里呢，小梅花鹿给小猴子擦了一把汗，说：“小猴，你的动作好极了！就这么干！”

小猴子拍了一下小狸猫的肩膀说：“小狸猫，好样的，继续干！”

小狸猫转过身来，搂住小松鼠，亲热地说：“哈哈，好你个小不点儿，没想到，你还真有两下子！”

小松鼠也咯咯地笑着说：“谢谢你的夸奖！咱们今天呀，拼啦！一定得拿下第三盘！”

第三盘怎么样啦？不用说，小个子队很快又获得了胜利！

“嘟嘟——二比一！小个子队战胜了大个子队！”长臂猿高声地喊道。

“好啊！好啊！好啊……”

“啪啪啪！啪啪啪……”

观众们——小动物们都兴高采烈地叫了起来，鼓起掌来！

长臂猿举起一只手，宣布说：“拔河比赛结束！朋友们，回去好好想想，为什么小个子队得胜啦！”

（原载《桂林日报》，1981年11月13日）

谁的小书包

漂亮的小鹿，穿着有一朵朵梅花的新衣服，一面在小树丛里散步，一面低着头轻轻地背书。忽然，她看见草地上有一个小书包。

“这是谁的小书包呢？”小鹿把小书包捡起来，拍拍灰尘，自言自语地说。

“丢了书包，该多着急呀！”小鹿抱着小书包，侧着脑袋，心里暗暗地想，“也许是小兔的吧，小兔贪玩，常常把书包玩丢了。我给他送去！”

想着，小鹿便拎了小书包，向小兔家走去。

“小兔在家吗？”小鹿来到小兔家门口，轻轻地叫了一声。

小兔在家里，正用心做着功课。他听见小鹿叫自己，就想：“咦！她来找我干什么呢？是不是又来检查我的作业来了？”想着，他就嗖地一下从家里蹦了出来，见了小鹿，就顽皮地说：“小鹿姐姐，我不在！丢下功课，出去玩去啦！”说完，就咯咯咯咯地笑了起来。

小鹿拧了拧小兔的长耳朵说：“小调皮，你丢了书包吗？”

小兔一听是正经事，就眨了眨大眼睛，认真地说：“没有！没有啊！我的书包在桌子上呢！”

小鹿举起手里的小书包说：“那，这书包是谁的呢？”

小兔大眼睛滴溜溜一转，想了想说：“我们问问小猴去吧，小猴粗心大意，常常丢三落四，看看是不是他丢的！”

小鹿和小兔，一起来到小猴的家门口，叫道：“小猴在家吗？”可是，没有听见回答。

小鹿轻轻推了推小猴家的门，门开了，但是，小猴没在家。

“哎，小猴去哪了呢？”小鹿和小兔你望着我，我望着你。

“我在这儿哩！”突然，唰的一声，小猴像孙悟空翻跟头那样，从屋后的一棵大树上跳了下来，拉住了小鹿和小兔的手。

小鹿假装生气地叫道：“哎唷！你这个淘气鬼，把我们吓了一大跳！”

小兔也说：“嗨，你这个孙悟空，真捣乱！”

小猴说：“谁捣乱呀！不是你们来找我的吗！”

小鹿笑着说：“当然是找你。我问你，丢书包了没有？”

小猴乐呵呵地说：“没有！没有！你们看。我的书包，在那儿哩！”说着，他指了指挂在树顶上的小书包，很得意地说：“那儿是我的小书房，我刚才正在那儿做作业呢！”

“那，这书包是谁的呢？”小鹿、小兔纳闷地说。

小猴看了看小书包，挠了挠自己的小脸蛋，翻了翻白眼说：“嗨嗨！看这小书包的脏样子，可能是小刺猬的吧！那个脏家伙常常在泥地里打滚哩！”

“好，我们给小刺猬送去！”小鹿、小兔一起说道 。

小鹿、小兔和小猴，一起去找小刺猬。

“小刺猬在家吗？”到了小刺猬家门口，小猴大声地喊道。

“谁呀？我在家！”小刺猬在家里回答说，但是，没见他来开门。

小猴性子急，使劲推了推大门喊：“开门呀！小脏鬼！”

“哎呀！别，别，别推门！”小刺猬急忙回答说，“我正在洗澡呢！”

小兔微笑着说：“哈哈，这脏家伙，也知道洗澡啦！”

“你丢书包了吗？小刺猬！”小鹿高声而又亲切地朝里面问。

“没有，没有呀！你们看，我刚把它洗干净啦！”说着，小刺猬便从窗户向外伸出一只手来，手里拿着一个刚刚洗过的干干净净的小书包，在小鹿、小兔、小猴眼前摇晃着。

“那，这书包又是谁的呢？”小鹿和小兔又纳闷地说。

“我们打开来看看吧！”机灵的小猴提议说。

“行！我赞成！”小兔觉得这办法好，便举起一只手，表示同意。

“好，我也同意！”说着，小鹿就小心地把书包打开了。

书包里有一本作业本，可是，封皮破得不像样子，上面根本找不到它的主人的名字。

小猴翻了翻作业本，只见里面写得乱七八糟，东一块蓝墨水，西一片黑墨汁；老师给评的分呢，都是“不及格”！

“啊！知道了！”小鹿、小兔、小猴不约而同地叫了起来，“这一定是小狗熊的！”

小鹿说：“咱们给小狗熊送去吧！”

小兔说：“咱们得好好帮助帮助他！”

小猴说：“我还要狠狠批评他哩！”

小鹿、小兔和小猴来到小狗熊家门口，只见小狗熊穿了件小背心，正在呼噜呼噜地睡懒觉。于是，他们就一起大声喊道：“小狗熊，快起来！快起来，小狗熊！看，这是你的书包吗？”

小狗熊坐起来，打了一个哈欠，揉了揉眼睛，仔细看了看，慢吞吞地说：“唔，这是我的书包！”

小鹿走上前，把书包交到小狗熊手里说：“喏，给你，下次可别再丢啦！”

小狗熊有点奇怪地说："你们怎么知道这是我的书包呢？"

小猴说："这还用问！从书包里的作业本就看得出来！现在，大家都好好学习啦，学习成绩不是优，就是良，除了你这个懒家伙，谁还会有这么多的'不及格'呀！"

小狗熊一听，赶快把书包藏到身后，不好意思地低下了头……

（原载《谁的小书包》，广西人民出版社，1980年10月）

聪明的小伙伴

小猴子在森林外面的小路旁边捡到了一个汽水瓶。汽水瓶是玻璃的，光溜溜，亮晶晶，很好看。

小猴子把汽水瓶在山涧里洗干净，然后，用汽水瓶装了一满瓶清清的泉水，带回了森林里。

小猴子把瓶子往森林里的空地上一放，就大声喊道："来哎，伙伴们！我来考考你们，看看你们谁能喝到水，看看你们聪明不聪明！"

森林里的小伙伴们都围了过来，大家都在心里想办法：怎么才能喝到瓶子里的水。

到森林里来做客的小鸬鹚第一个走上前，把长长的、尖尖的嘴壳伸进瓶子里，一点也不费劲地就喝到了一口水。

小猴子看了，高兴地笑了笑说："哈哈，你真是一个天生的小聪明！好啦，算你及格！"

一只小野鸡走上来，也把嘴壳伸进瓶子里，想去喝水。可是，他的嘴壳太短啦，喝不着水。

小野鸡歪着脑袋想了想，就从地上捡起了两颗干干净净的小石子，放进了瓶子里。瓶子里多了两颗小石子，水就升上来了。小野鸡再把嘴壳伸进瓶子里，就喝到了一口水。

小猴子看了，更加高兴地拍手喊道："好，好，小野鸡聪明，聪明！"

下面轮到小狗熊啦，小狗熊没有尖嘴壳，怎么办呢？

小狗熊抓了抓脑袋，想了想，转身就到旁边的草丛里，摘来了一匹山芋叶子。这山芋叶子啊，简直就像一只小碗。小狗熊拿起瓶子，往这个“小碗”里倒了一点点水，就伸出大舌头，舔了起来！

小猴子看了，高兴得跳了起来，喊道：“啊，真棒！小狗熊真聪明，真聪明！”

早就等在旁边的小山猫，这时候也在想主意，还没等小狗熊舔完“小碗”里的水，他就跑进了茅草丛里。等小狗熊一舔完水，他就已经叼着一根蕨草管子，坐在玻璃瓶子跟前了。

这根蕨草管子啊，真像我们小朋友平常喝汽水用的小吸管！小山猫把它往瓶子里一插，也就喝到了水！

小猴子看了，高兴得翻了两个大跟头，然后一面跳一面喊道：“哇！好啊！好啊！小山猫真聪明啊！”

这时候，小鸬鹚、小野鸡、小狗熊、小山猫一起说话了：“小猴子，现在该轮到你自己啦！”

小猴子看了看瓶子里还剩下的小半瓶水，眨了眨眼睛，想了想，然后就伸出右手握住了瓶子，仰起脑袋，咕嘟咕嘟，一下子就把瓶子里的水全喝光了！小野鸡扔进瓶子里的两个小石子，被小猴子用左手的一个手指头挡住了，没有掉进小猴子的嘴里。

小伙伴们看了，一起欢呼起来：“真好呀，真好呀，小猴子真聪明！”

（原载《小朋友童话王国》，河北少年儿童出版社，1994年2月）

小猴子尝桃子

猴妈妈从树林子里摘回来一篮桃子，高高兴兴地对小猴子说：“乖乖哎，你尝尝，看这些桃子甜不甜！”说罢，就又出去忙活去了。

小猴子当然高兴地答应了：“好哩！妈咪，我就尝！”

小猴子开始尝桃子了：他右手拿起一个桃子，左手灵巧地在桃子上一抹，抹去了桃子身上的毛毛，就“卡嘣”一声，咬了一口桃子。

“嗯，甜，甜！”小猴子咂了咂嘴，自言自语地说。

小猴子放下尝过一口的桃子，看了看另外没有尝过的桃子，歪着脑袋，心里想：“唔，那些桃子，是不是也是甜的呢？”

这样，小猴子就又伸出小手，拿起了另外一个桃子，也是“卡嘣”一声，就咬下了一口。

“哈哈，也甜，也甜！”小猴子乐呵呵地叫了起来。

小猴子刚把这个桃子放下，眼睛又看准另外一个桃子，又是歪着脑袋，想了一想……

就这样，等猴妈妈再从外面回家来的时候，小猴子已经把所有的桃子都咬了一口，都尝了一尝啦！

猴妈妈一跨进门就问：“乖乖哎，桃子甜吗？”

小猴子回答说：“甜，妈咪，都甜，都甜！”

猴妈妈一看篮子里的桃子，看见每一个桃子都被咬了一口，就又好气又好笑地说：“哎呀，你这个傻孩子，尝桃子，哪能都咬一口呢！尝一个就行了嘛！”

小猴子抬起头来看了看妈妈，又歪着脑袋，想了想说：“唔，妈咪，我不知道你这些桃子，是不是都是从一棵树上摘下来的呀！从不同的树上摘下来的桃子，味道可是不一样的啊！”

小朋友，你猜猜：猴妈妈听了小猴子的话，她会怎么说呢？

兔意调查

大草原上，住着许多许多野兔子，这里是野兔子们的乐园。

这里的野兔子，绝大多数是白色的、灰色的、黑色的，只有两只花兔子：一只叫薇薇，一只叫漠漠。

薇薇和漠漠都长得很漂亮，从外表看，她们两个都美得无可挑剔，无与伦比！

让她们两个站在一起，任何一只陌生的兔子见了，都拿不定主意，更喜欢谁。

可熟悉她们两个的兔子们，心里对她们两个的看法，却出奇地一致：他们都喜欢薇薇，而不喜欢漠漠。

有一只爱动脑子的兔子，叫聪聪，他突发奇想，要做一次“兔意调查”！调查的题目是：“你更喜欢薇薇，还是更喜欢漠漠？为什么？”

成千上万张调查问卷发了出去，又成千上万地收了回来。

聪聪就坐下来，仔细地阅读问卷。

第一张问卷回答：“我喜欢薇薇，她的微笑给我快乐！”

第二张问卷回答：“我喜欢薇薇，她有天使般的微笑！”

第三张问卷回答：“我不喜欢漠漠，把脸拉得那么长，难道谁欠了她五个胡萝卜？”

第四张问卷回答：“我不喜欢漠漠，那脸色，好像全世界的兔子都对不住她！”

聪聪一边仔细阅读调查问卷，一边在心里对自己说：“啊，啊，明白啦！明白啦！就这么简单！”

被折断的小松树

我是一棵小松树，被一个背书包的孩子折断了。现在，我躺在马路旁边的水泥地上，绿色的、针一样的叶子在渐渐枯萎，被折断的伤口露出白花花的树干，在烈日下暴晒着。走过我身旁的人，都用怜爱的目光难过地看看我，好像他们都能听见我在凄惨地喊叫：“疼啊！疼啊！”有的人想把我扶起来，可一看我只剩下一点皮儿连着树干的样子，就失望了，轻轻地摇摇头，叹口气说：“唉，不行了！真可惜！”

我的伤口真疼啊，疼得钻心！当你被铅笔刀割破了手指头，鲜血从伤口涌出来的时候，那是很疼的。可那个疼啊，恐怕还远远比不上我现在的伤口疼哩！

我躺在路旁的水泥地上，疼得浑身打战，渴得全身软绵绵的。可是，最难受的，还不是这些；最难受的，是我的心，尤其是在我想起管理苗圃的老爷爷的时候，心里就更加难受了。

管理苗圃的老爷爷在松软的土地上撒下了小松子。过了许多焦急等待的白天和夜晚，我终于从苗圃里伸出小脑袋来了。那时候，我头上长着几根针一样的细细的小叶子，就好像孔雀头上的那几根小羽毛，好看极了。

管苗圃的老爷爷看见我露出头来了，高兴得眉开眼笑地蹲在我面前，好久好久，都舍不得离开，嘴里还不断自言自语："哈哈，出来了，出来了！这小松苗，长得多好啊！"

我和我的小伙伴们都知道给老爷爷争气。我们长得很快，没有多久，我们就长得有三四寸高啦。微微的风儿吹来，我们便像一个个小演员，轻轻地摆动身体，左摇摇，右晃晃，表演优美的舞蹈给老爷爷看。

可是，你以为我们就这样，很容易就长大了吗？才不是哩！麻烦的事情多着呢！

有那么一个中午，老爷爷回家里吃午饭去了，一只翅膀毛还没有长齐的小公鸡，便从篱笆下面钻了进来。它那个样子呀，可真神气：侧着小脑袋，斜着圆眼睛，一步一摇地仔细地打量着我们，好像在小心地提防着我们似的。

那只翅膀毛还没有长齐的小公鸡，当然不认识我们，它好像把我们当成了一种什么青菜。看到我们这鲜嫩的样子，很想尝一尝，很想知道我们是个什么味道。于是，它走到我跟前，"笃"的一下，就啄下了我的一片小叶子。它把我的那片小叶子在嘴里翻了几个转身，觉得并不怎么好吃，便一甩脑袋，就把那片叶子吐掉了。接着，它又"笃"的一下，又啄掉了我的另外一片小叶子……就这样，几下子，我的那几根刚刚长出来的小叶子，就都被它啄光了。

老爷爷吃过中午饭，来到苗圃，看到我被小公鸡剃了个光头，真是心疼极了！他轻轻地抚摩着我，仔细查看我那被啄伤的地方，心疼得眼泪都流出来了。那一颗颗温暖的泪珠，都滴在了我的身上和脸上。

一天又一天，老爷爷给我们松土，给我们浇水、锄草。夏天，他怕晒坏了我们，就给我们搭了凉棚；冬天，他怕冻坏了我们，又给我们扎了挡风墙。夜里下雨，他睡不着觉，生怕雨把我们打倒。夜里刮风，他也睡不着觉，生怕风把我们吹倒。他老人家，在我们身上，花了多少劳动和心血啊！这样过了一年，我们就长到一尺多高了！

那时候，在苗圃里生长，就好像是躺在老爷爷的温暖的怀抱里似的。在那个温暖的怀抱里，我还做过好多挺美的、挺有意思的梦哩！有一次，我梦见我已经长成了一棵大松树，长得高极啦，手也长极啦，我一伸手，就抓住了天空里的一朵大白云。大白云就称赞我说："啊，松树大哥，你长得真高呀！"我听了，心里真是高兴极了！又有一次，我梦见自己站立在一个陡峭的山崖上，迎着呼呼吹来的山风，发出了低沉而洪亮的声音，就好像是一个胸怀广阔的歌唱家，在歌颂着大自然的美景。还有一次，我梦见，我被做成了一架小朋友们最喜欢玩的大滑梯，放在了"儿童乐园"里。到乐园里来玩的小朋友，一个个争着从我身上滑下来，快乐地叫着，高兴地笑着。这时候，我就轻轻地打他们的小屁股，使他们感到颤悠悠地更好玩，又一点也不觉得屁股疼！想到这些，我心里觉得真甜蜜哪！

我满怀着对未来生活的向往，幸福地成长着。可是有一天，也是一个中午，两只顽皮的小狗，闯进了苗圃。这两个淘气鬼，一个在前面跑，一个在后面追，你追我，我追你，追上了，就抱成一团，你咬我一口，我咬你一口，汪汪地叫着，在苗圃里打起滚来。滚着滚着，滚到了我身上。这两个淘气鬼，都长得胖墩墩的，你们想，还不把我压倒了吗！幸好，还没有把我的腰压断！

当老爷爷看到我躺在苗圃里，身上满是泥土，叶子被踩掉了一大半的时候，他又一次心疼得流泪了。他含着眼泪把我扶起来，细心地在我的根旁培上土，让我重新站立在苗圃里！

今年春天，城市园林局的叔叔要把我从苗圃移走的时候，老爷爷的心里呀，真是又高兴，又舍不得离开我们。他走到我身旁，不断地摸摸我的树干，又摸摸我的叶子。这时候，我听见老爷爷心里在说："去吧，小松树，到你应该生根长大的地方去吧！将来长成一棵大松树，长成一棵对人民有用的大松树！"

我被仔细地挖了起来，根部被小心地用蒲包裹着。当小吊车把我吊上大卡车的时候，我看见老爷爷快乐地向我挥手告别。当大卡车慢慢地开动起来的时候，我看见老爷爷的眼睛又润湿了！老爷爷，又流下了一串串高兴的眼泪！

我带着老爷爷的祝愿和希望，来到了现在这个地方。这一条新开的宽阔的街道是多么需要我呀！当我第一次端端正正地站在这里的时候，我就下了决心：一定要好好成长，把街道打扮得更好看，给大家挡住风沙，给大家带来荫凉！

一辆大卡车，满载着货物，“呲、呲、呲”地喘着粗气，从我身边飞跑过去，我就在心里说：“大汽车呀，你好！祝你一路平安！”

一位叔叔，骑着自行车到工厂去上班，急急忙忙地从我身边经过，我也在心里说：“工人叔叔，你好！祝你身体健康，工作顺利！”

一队小朋友，背着书包，高高兴兴地走过我身边，去上学，我在心里就说：“小朋友啊，你们好！祝你们功课门门优秀，祝你们大家天天进步！”

我的生活很有意义，我对未来充满了希望。唉！我怎么也没有想到，现在我却倒在这水泥地上，头冲地，被折断的伤口朝天！我怎么也没有想到，我没有被那只贪吃的小公鸡啄死，也没有被那两只淘气的小狗压死，却被一个背着书包的孩子活活地折断在这里！

我再也不能活下去了，我再也不能长大成为一棵有用的大树了！老爷爷的劳动、心血和眼泪，都被那个背书包的孩子一下子糟蹋了！我的心里真是痛苦啊！我心里真难过！

但是，在我还没有完全枯萎之前，在我还没有完全死去的时候，我还要讲一句话来和大家告别，我还要表示一下我最后的一个希望和呼吁：小朋友们啊，请爱护我们！请爱护一切应该爱护的东西吧！

（原载《谁的小书包》，广西人民出版社，1980年10月）

在水源山里

在我们村子后面，是我们的水源山。在水源山里，有一座大树林，那是一座茂密的、美丽的大树林。

树林里，有松树，它们长得雄伟、苍翠；有杉树，它们挺拔、清秀；有橡树，它们长得高大、碧绿；有樟树，它们枝叶茂密，还发出芳香的气味；有枫树，它们根深叶茂，到了秋天，还会用火红的树叶，把大树林打扮得更加美丽；还有树干不怎么直、身上疙瘩比较多的榆树，一到春天，孩子们就来到它们身边，高高兴兴地捋榆钱……

从大树林的边缘，每天每时，都源源不断地流出一缕缕清清的泉水。泉水汇成小溪，小溪清澈、明净，缓缓地流向我们村边，流进一个个用花岗石围砌成的池子里，这就是我们吃水用水的水井。这水呀，喝起来是甜的，用它洗衣服，衣服很快就洗得干干净净。从水井里溢出的清流，又分成好多条小溪，分头流进我们的田地里，浇灌我们的庄稼……

啊！这是一座像大家的母亲一样的大树林啊！

有一年，冬天到来的时候，有一棵榆树生病了。它的叶子枯黄了，纷纷地被风吹落了下来；树枝和树干，也一天天变得干枯了。看样子，它快要死啦！

站在榆树北边的是一棵松树。松树看到榆树枯萎的样子，心里想："榆树大哥可是我们多年的好兄弟啊，咱们这座大树林，天天有泉水流出去，这里面也有它的一份努力啊！可不能让它这样死掉！"

松树正这么想着，突然，北风猛烈地吹来了，刺骨的寒风，呼啸着，吹得榆树的枝干都颤抖起来！

松树看了，心想："不能让冷风这么吹它，要护住点榆树大哥……"想着，松树就张开了自己的双臂，用自己宽阔的肩背，挡住了呼啸的北风。

榆树忙说："松树大哥啊，你……你自己当心身子骨，我……我还顶得住！"

松树说："别客气，老哥！咱们活着，都是为了给人们一点好处，有什么好客气的！"

松树挡住了北风，榆树身上感到暖和多了，心里也热乎乎的，它挺了挺胸，直了直腰，不再颤抖啦！

第二天，太阳出来了！冬天的太阳，多可爱啊，多温暖啊，多宝贵啊！

站在榆树南边的是一棵杉树。太阳照在挺拔高耸的杉树上，杉树高兴极了。可是，杉树看到身体还很虚弱的榆树，心里就想："榆树大哥虽然长得难看一点，没我这么笔直、清秀，可它比我坚硬多啦，它的用处，大着呢！它的病，才好了一点点，可千万不能让它冻着！"

杉树这么想着，就把自己伸开的双臂收拢了一点，把身子侧了一侧，把脑袋往旁边歪了一歪，让从南边照来的阳光更多的、实实在在地照到了榆树身上，使榆树觉得温暖多啦！

榆树忙说："杉树老弟，别费心，我晒得着！你自己好好晒晒吧，你年轻，正长身体，需要更多的阳光呀！"

杉树爽朗地说："别客气，榆树大哥！我们长高长大，都是为了对人们有点好处，没什么好客气的！"

榆树足足地晒了晒太阳，精神更好啦！

一个冬天过去了，榆树在松树和杉树的爱护下，抗住了严寒的侵袭，不仅没有死掉，病反而渐渐地好了起来。

春天就要来临了，站在榆树西边的樟树对枫树说："枫树老弟，春天就要来临了，多好呀！"

"是啊，老樟树，就要下春雨了，该松松根下的泥土啦！"枫树说。

"榆树大哥病刚好，恐怕没有力气松土吧！"樟树说。

"我们都把根伸过去，顺便帮它也把土松了吧！"枫树说。

樟树听了，就开玩笑地对榆树说："榆树大哥，我们过去帮你松松土！跟你说好啦：我们松完土就回来，不吃你的养料！"

榆树一听乐了，说："你们两位，说哪儿去啦，我想请还怕请不来呢！明儿我的病好了，真要请两位过来叙叙！"

樟树和枫树接着说："好啦，咱们甭客套啦！老哥哥，松松土，顺便的事儿，捎带着就干了的，不用在意！"

樟树和枫树帮榆树松了根下的土，榆树的根须觉得很舒坦。

第二天，春雨来了。春雨多好啊，多甜啊，多清新啊！

站在榆树东边的是一株橡树。高大的橡树，枝大叶大，东风送来的春雨，好多好多都洒在它身上。

橡树想："榆树大哥病刚好，可需要多些雨水啊！"想着想着。它就把臂膀伸了过来，把大大的手掌（它的叶子啊）倾了过来！一滴一滴的雨水，像一串一串晶莹透亮的珠子，洒到了榆树身上，洒到了榆树根旁……

在松树、杉树、樟树、枫树和橡树的爱护下，榆树的病全好啦。碧绿的叶子长出来了，树干和树枝，渐渐变得丰美了……没多久，花儿也开放了，一串串的挂满了树枝。蜜蜂和蝴蝶也纷纷飞来了！

孩子们也来到榆树身边，高兴地喊叫着，欢笑着，乐乐呵呵地捋榆钱儿！

大树林边缘上，清清的泉水，每时每刻，仍旧一滴滴，一缕缕，更欢乐地、更急促地、不断地流淌着，流淌着……

小山村的童话

春雨后的小竹笋

在我们南方的小山村里，家家户户的房前屋后都有一年四季都青青翠翠的竹子。竹子们身姿苗条，枝叶靓丽，像一个个文静的小姑娘；当微风吹来，他们就咿咿呀呀地说话，窸窸窣窣地微笑，真是可爱极了！

第一场春雨过后，地底下竹根上的笋芽儿，就嚷嚷开啦：

东家门前的喊："哎，弟兄们，下雨啦，赶快往上顶呀！到地面上看太阳去！"

南家屋后的喊："啊，我头顶上的土，好松软啊，我顶起来一点儿都不费劲儿，一定是我家主人给我松土啦！"

西家屋旁的却说："哎呀，我怎么就老顶不动呢！顶得我的脑袋好疼啊！"

北家屋前的说："一定有什么东西压在你头顶上了吧！"

"可能是墙上掉下来的一块砖头！"东边的说。

"可能是谁扔的一双破鞋子！"南边的说。

"哎，老弟，就算是块大石头，只要你使劲顶，也能顶开的！"北边的说。

"对！我一定要使劲顶，不顶，就永远看不到太阳啦！"

"对，这才是我们的好兄弟哩！"

过了三天，清晨，当太阳刚刚升起的时候，西家屋旁的笋芽儿终于顶翻了压在自己头顶上的一块石头，尖尖的小脑袋露出地面来啦！他非常高兴地喊："啊！我顶出来啦！我看见太阳啦！"

"好样的！好样的！很棒！很棒！"

"好啦，现在，让我们大家来比赛吧：看谁长得更快！长得更高！"

小山村的歌声

小山村坐西朝东。

它的前面，也就是东面，是田野和丘陵；左面，也就是北面，是一条由大山里奔腾而出的急匆匆的小河；右面、后面，也就是南面、西面，是郁郁葱葱的树林和连绵起伏的大山！

清晨，东方刚刚现出彩霞，村后树林里的山鸡就准时报晓啦：“咕咕！咕咕！”他们的歌声把大家叫醒！

田野里的小麻雀也聚集在一起“闹早”啦：“吱吱，喳喳！吱吱，喳喳！”他们的歌声很有生气！

太阳升起来以后，小河两旁的柳树上，小黄鹂们三三两两地上场啦：“滴哩哩！滴哩哩！”他们的歌声跳跃、清脆！

太阳再升高一些，那就更热闹啦：

“吱欧！吱欧！”云雀在高空上下飞翔，歌声悠远、嘹亮！

画眉鸟在树丛里悠闲地唱：“瞿——瞿——”歌声圆润而悠长！

傍晚，老乌鸦招呼着儿女，小乌鸦招呼着爸爸妈妈：“哇！哇！哇！哇！”声声都震撼人心！

夜深了，见过世面的、睡不着觉的小八哥想：我给大家写一首歌词吧，明天让大家来一个大合唱！

他想了想，就在心里写下了：

我们山村歌儿多，
歌声多来多快活；
咕咕，吱吱，喳喳，滴滴，哩哩，秋秋，瞿瞿，哇哇，
啊，山村的歌声永不落！

第二天，小八哥把歌词告诉了大家，大家唱得格外开心，格外快活！

后来，山村合唱团还到山外各地去演出，据说，还很受欢迎哩！

孩子们和彩虹的对话

下午，山村小学的孩子们放学了，几个男孩子、女孩子来到山村旁的小河边，来到河边的树林里、草地上、沙滩上。

有的女孩子在河水里洗头发，有的女孩子在河边上洗衣裳；有的男孩子在草地上放牛儿，有的男孩子在树林里捉迷藏……

突然，一阵山雨过后，在对面两座高山的山腰间，出现了一道彩虹！

彩虹好漂亮啊，赤橙黄绿青蓝紫，像一条七色的彩带，像一道七彩的拱桥！

一个男孩子看得出神，不禁赞叹道："啊，彩虹，你怎么会这么漂亮呢？"

彩虹听到了，他远远地但却清晰地回答："啊，朋友！因为我是太阳和雨雾的儿子呀！太阳热烈刚强，雨雾温柔善良，我，自然就这么漂亮啦！"

男孩子听了，高兴地点点头。

彩虹接着又说："那么，你呢，朋友，为什么这么漂亮，这么聪明呢！"

男孩子想了想，回答说："啊，朋友，因为我是勤劳善良的农民的儿子呀！勤劳使我健壮，善良使我聪明！"

另一个男孩子听了，插进话来说："因为我们是高山和森林的孩子呀！高山使我们坚强，森林使我们漂亮！"

女孩子们也说话啦："是啊，我们是大自然的孩子！是清澈的河水给了我们明亮的眼睛，是烂漫的山花给了我们红润的脸庞！"

彩虹也高兴了，他远远地带着山谷的回声说："对，对，我们都是大自然的孩子！"

彩虹不能久留人间。快要离别的时候，孩子们依依不舍地目送着彩虹渐渐隐去,而刚才的对话，则深深地留在心里！

（原载《童话王国》，新蕾出版社，2000年第11期）

蒲公英的回答

春天来了，小草儿绿了，小树儿绿了，田野里绿了，大山里也绿了，整个世界都绿了！

在小路边的一块空地上，小草儿们茂茂盛盛地生长着：针形叶子的小草儿，叶子像一把把锋利的宝剑，直指蓝天；长圆形叶子的小草儿，叶子像一艘艘轻巧的小船儿，正准备出航；心脏形叶子的小草儿，叶子像一颗颗漂亮的小红心，在真诚地向大家问好；锯齿形叶子的小草儿，叶子好像正在等待木匠师傅的到来，拿它去锯木头呢！

还有一株小草儿，它的叶子趴在地上长着，叶子的边缘一点也不整齐，好像被小狗啃过似的！

“那是谁呀，老趴在地上？”针形叶子的小草儿问道。

“是我呀，我叫蒲公英，也叫谷谷丁！”蒲公英爽快地回答。

“你那叶子，怎么长成这个样子呀，像被狗啃过似的！”长圆形叶子的小草儿问。

蒲公英笑了笑，回答说：“哈哈，这你就外行啦！我这叶子呀，叫‘倒向羽裂形’的叶子！”

“你长这么个怪模样，又老是趴在地上，不觉得难看吗？”心脏形叶子的小草儿接着问。

蒲公英回答说：“难看什么呀，各人有各人的样儿，各人有各人的活法，没什么不好意思的！”

小草儿们不说话了，可心里呀，总有点儿瞧不起蒲公英。

春天的太阳照在小草儿们身上，一天，两天，小草儿们开花啦：有小红花儿，鲜鲜艳艳的；有小紫花儿，密密麻麻的；有小白花儿，香味儿浓浓的；蒲公英当然也开花了，淡黄色的，一小朵，仍旧是矮矮的，挨着地皮儿。

鲜鲜艳艳的小红花儿看了一眼蒲公英，问道：“哎哟，你怎么这么个颜色呀！”

蒲公英回答说：“这颜色怎么啦，挺朴素的嘛！”

密密麻麻的小紫花儿也看了一眼蒲公英，问道：“唷，你就开这么一小朵呀！”

蒲公英回答说：“一朵就一朵呗，把这一朵开好就不错啦！”

香味儿浓浓的小白花儿接着说：“还这么矮！什么味儿也闻不着！”

蒲公英回答说：“矮吗，总会长高的！香味儿嘛，总会有点儿的！”

小草儿们没话说了，可心里啊，还是有点儿瞧不起蒲公英!

初夏的细雨绵绵地下，大地被淋得湿漉漉的，蒲公英从地下吸足了水分，花茎儿使劲一长，就长得高高的了。

盛夏的风儿吹来了，风儿热热的，急急的。小红花儿凋谢了，留下一粒粒黑黑的种子。小紫花儿凋谢了，留下一些挺小的花荚儿。小白花儿也凋谢了，种子很快就落进了草丛里，谁都没见过它是什么样子！蒲公英的花儿当然也凋谢了，可是在它的花茎的顶尖上却留下了一个雪白的、美丽的小绒球。这，就是它的种子!

又一阵风儿吹来，小白绒球分散成许许多多白色的小伞儿，飞上了天空!

小草儿们看了，高兴地呼喊起来:“哇！蒲公英，真棒！它的种子飞得多高呀！”

蒲公英听了，微微地笑了笑，回答说:“喔，这没什么了不起的！前些日子，我们不是见过柳絮儿满天飞吗，那才叫棒呢！它们漫天遍野，像冬天的鹅毛大雪，飞呀，飘呀，那才叫漂亮呢！”

小草儿们听了，都乐呵呵地笑了！它们都喜欢上了蒲公英，不再瞧不起它啦!

（原载《童话王国》，新蕾出版社）

小熊胖胖和两只小鸟蛋

小熊胖胖，是一个维护森林治安的志愿者，他可忙啦，熊妈妈几乎每天晚上都要盼他、等他回来吃晚饭。

这一天，熊妈妈在草窝子里捡到了两个小小的鸟蛋，她想：唔，好运气，拿回家去，等晚上我宝贝儿子回来，蒸给我的宝贝儿子吃!

天快黑了，熊妈妈点燃了炉子，坐上了蒸锅，烧上了水，就给胖胖打电话:“儿子啊，什么时候回来啊？”

“啊，妈，一会儿，我就回来！”胖胖回答说。

“这就好！妈今天在草窝子里捡了两个小鸟蛋，我想给你蒸了，让你回来吃！”熊妈妈高兴地说。

“好，好，谢谢妈！一会儿见！”胖胖关了手机。

熊妈妈估摸胖胖快回来了，就把两只小鸟蛋放到一个小盘子里，放进了蒸锅。

熊妈妈刚把小鸟蛋放进蒸锅，盖上锅盖，还不到两秒钟，就听见电话铃响了，熊妈妈就赶紧去接电话。

“妈，我还有点事儿，过一会儿才能回来！”

“什么事啊？”

“嗨，刚才，小老虎、小豹子他们俩闹着玩儿，后来却真的打起来了！我得去说说他们！”胖胖说。

“得多久？”

“这事儿好办，过一个钟头就回来！”胖胖说。

熊妈妈放下电话，心想：如果把小鸟蛋这么早蒸好，等儿子回来怕也凉了，不如先拿出来，等一会儿再蒸。想着，她就把小鸟蛋从蒸锅里拿了出来。

过了一个钟头，熊妈妈又把小鸟蛋放进了蒸锅。可刚放进去不到两秒钟，电话铃又响了，熊妈妈又跑去接电话。

“妈，我还有点事儿，过一会儿才能回来！”

“什么事啊？”

“嗨，狐狸大哥和狐狸大嫂又为了一点点小事儿吵起来了，我得去劝劝他们！”胖胖说。

“得多久？”

“这事儿也不难，有一个钟头够了！”胖胖说。

熊妈妈只好又把小鸟蛋从蒸锅里拿了出来。

过了一个钟头，熊妈妈又把小鸟蛋放进了蒸锅。一眨眼，电话铃又响了！

“妈，出了个案子，入室盗窃！我得赶快去看看！”胖胖说。

熊妈妈说：“儿呀，妈都想睡觉了！小鸟蛋我给你放在碗柜里，回来你自己蒸了吃吧！”

“好咧，妈，谢谢您啦！”

半夜12点，胖胖才轻手轻脚地进了家门，只见熊妈妈已经呼呼地睡着了。

胖胖准备自己蒸小鸟蛋吃。

他打开碗柜门，却听见里面有“吱吱吱吱”的小鸟啼叫声。

胖胖赶紧端起那个小盘子，哇！只见原来盘子里的两只小鸟蛋已经变成两只破壳而出的小小鸟啦！

胖胖乐啦，他捧着两只小小鸟，自言自语地说：“嘿嘿，真好玩！小家伙，明天我把你们喂大了，再把你们送回到森林里去！”

下大雪的故事

一个小山窝里，南边住着野兔子，北边住着灰老鼠。西边的一棵大树上，住着果子狸和小松鼠。东边是个大斜坡，春天和夏天，山窝里的雨水就往那里流，所以谁也不会住在那里。

冬天到了，下大雪啦，好大的雪呀，下个不停。

大雪下啊，下啊，没多久，大雪就堵住了野兔子、灰老鼠的家门口。

野兔子从窗户钻出来，把门口的雪往北边抛，一边抛一边嘀咕：“嗨，这么大的雪，真讨厌，真麻烦！”

灰老鼠也从窗户钻出来，把门口的雪往南边抛，一边抛一边嘀咕：“嗨，这么大的雪，真麻烦，真讨厌！”

抛啊，抛啊，在野兔子、灰老鼠两家门口跟前，就出现了一座大雪山！

到了晚上，野兔子、灰老鼠都在家里睡着了。

大雪还在下，下啊，下啊，突然，哗啦！野兔子、灰老鼠门前的大雪山一下子就崩塌了！

崩塌的大雪山，把野兔子、灰老鼠的家都给淹没了！

第二天早上，果子狸和小松鼠在大树上看到野兔子、灰老鼠的家被大雪淹没了，就跳下来，不断地使劲把雪往小山窝东边的斜坡下推。

推呀，推呀，推走了许多雪，就把野兔子、灰老鼠救了出来！

野兔子、灰老鼠向果子狸、小松鼠说了谢谢，就和他们一起继续推雪。

他们埋头推啊，推啊，没多久，小山窝里的雪，就全都被推下斜坡了！

推完了，四个小伙伴抬头往东一看，哇！那斜坡变成了一道又宽又长的、雪亮的大滑梯了！

小松鼠高兴地喊："哇，大滑梯，伙伴们！咱们来滑雪吧！"

果子狸也高兴地喊："来啊！伙伴们！上大滑梯呀！"

四个小伙伴都滑起雪滑梯来！大家都乐得哈哈地笑，都高兴得使劲地叫："啊！下大雪，真好玩！啊！下大雪，真好玩！"

小野兔的中秋月饼

大青山脚下的小树林里，住着小野兔、小松鼠、果子狸、田鼠大伯和野山羊妈妈。

小野兔是个孤儿，在他很小的时候，爸爸妈妈就不幸去世了。

小树林里的邻居们，都很关心小野兔。

中秋节到了，一早，野山羊妈妈就给小野兔送来了一杯奶。

野山羊妈妈说："小野兔啊，我今天呀，也不知道为什么，奶这么多，小崽子们都喝不了啦，喏，给你送一杯来，要不然，我这奶头啊，可胀得难受啦！"

小野兔双手接过奶，说："谢谢，谢谢大妈！"

过了一会儿，田鼠大伯来了，他给小野兔送来了一包面粉。

田鼠大伯说："小野兔啊，我今年，捡的麦穗多，晒干了，磨出的面粉也多，新面粉，香喷喷的，喏，给你送一点来！"

小野兔接过面粉，说："谢谢，谢谢大伯！"

又过了一会儿，果子狸大哥来了，他给小野兔送来了一小包葡萄干和一小包苹果脯。

果子狸大哥说："小野兔，喏，我晾的葡萄干，好啦，晒的苹果脯，也行啦，挺甜的，给你也尝尝吧！"

小野兔接过葡萄干和苹果脯，说："谢谢，谢谢果子狸大哥！"

又过了一会儿，小松鼠哥哥来了，他给小野兔送来了一小包松子儿！

小松鼠哥哥说："小野兔，给你！松子儿！"

小野兔接过松子儿，说："谢谢，谢谢松鼠哥哥！"

下午，睡了午觉起来，小野兔想了想，就到厨房里忙开了。

他把田鼠大伯送来的面粉放到小盆里，用野山羊妈妈送来的奶和匀了，再加上果子狸大哥送的葡萄干和苹果脯，就在平锅里烤起月饼来！

月饼烤得快好啦，再在上面撒上松鼠哥哥送来的松子儿！

月饼烤好啦，哇，好香啊！

晚上，中秋的月亮升起来了。好大的月亮啊！好亮的月亮啊！

邻居们都搬了桌子、椅子，到小树林的空地上赏月来了。

这时，小野兔就端了盘子，高高兴兴地给大家送来了月饼。

小野兔说："野山羊妈妈，请吃月饼！田鼠大伯，请吃月饼！果子狸大哥，请吃月饼！松鼠哥哥，请吃月饼！"

野山羊妈妈吃了一口月饼，说："啊，好香，新面粉做的吧！"

田鼠大伯吃了一口月饼，说："唔，有一股子鲜奶的清香嘛！"

果子狸拿起月饼看了看，说："这上面撒的，不是松子儿吗！"

小松鼠吃了一口月饼，说："好甜！好甜！准有葡萄干和苹果脯！"

大家吃得很高兴，小野兔心里更高兴！

这时候，月亮里寂寞的小白兔、嫦娥、吴刚，看到了小树林里的这幅快乐情景，也都很开心地笑了！

于是，月亮也就显得更美、更皎洁了！

"森林美"摄影展

森林里有一处很棒的景点，无论谁来到这里都会徘徊流连。你看，远处是一道银色的飞瀑，近处是几峰奇趣的山石，右边是几棵雄伟的苍松，左边是一大片盛开的杜鹃花！

这样如诗如画的美景，谁来到这里不想多拍几张照片，以留作纪念呢？

狐狸爸爸和狐狸妈妈带着小狐狸来到这里，他们想拍几张照片。可是，怎么拍呀？狐狸爸爸拍吧，照片里只有狐狸妈妈和小狐狸，没有狐狸爸爸；狐狸妈妈拍吧，照片里只有狐狸爸爸和小狐狸，没有狐狸妈妈！真遗憾，真没办法！

这种情况，小熊胖胖看在眼里，想在心里。

第二天，胖胖在胸前挂了个小牌牌，上面写着："志愿摄影：我愿意帮助你们拍照片！"然后微笑着静静地站在那棵大松树旁边。

这样，凡是想在这里拍"全家福""情侣照"或"老同学聚会"等的游客们，就都可以不遗憾、不发愁，欢乐而来、满意而归了！

要把照片拍好，可不是一件容易的事。

长颈鹿先生请胖胖拍照，胖胖就得爬上旁边的一棵大树的树杈上去，才能拍好长颈鹿先生的英姿！

绿孔雀小姐请胖胖拍照，胖胖就得趴在地上，胳膊肘顶着地，才能拍出绿孔雀小姐之美丽！

猴爸爸、猴妈妈带了小猴子来拍照，胖胖就得既要有耐心，又要眼疾手快，才能拍好那个不安生的、又顽皮又可爱的小猴子的神气！

长颈鹿先生对胖胖说："谢谢啦！"

胖胖就说："不谢！祝你好运！"

绿孔雀小姐对胖胖说："谢谢你！谢谢你！"

胖胖就说："不谢，不谢，祝你美丽、快乐！"

猴爸爸对胖胖说："谢谢老弟！"

胖胖就说："不谢，老哥，祝你们全家安康！"

过了两个星期，胖胖收到了许多许多的来信，每一封信里都附有由胖胖帮助拍摄的照片。

信，像雪片似的飞来，鲜艳、生动的彩色照片，像盛开的花朵展现在胖胖面前！

又过了两个星期，森林里就出现了一处让游客们流连忘返的新景点："森林美"摄影展！

啊，你肯定已经猜着了：这摄影展，展出的就是胖胖给大家拍的照片啦！

一滴蜜

小蚂蚁在一块小石头后面，找到了一滴蜜。

小蚂蚁跑去告诉自己的小伙伴：“哎，小石头后面有一滴蜜，咱们一起去吃吧！”

一只小苍蝇听到了小蚂蚁的话，就去告诉另一只小苍蝇：“哎，垃圾箱那边有一碗蜜，咱们快吃去！”

一只小耗子听到了小苍蝇的话，就去告诉另一只小耗子：“哎，土墙那边，有一罐子蜜，咱们快吃去！”

一只小狗听到了小耗子的话，就对另一只小狗说：“哎，山那边，有一大桶蜜，咱们快去吃吧！”

两只小狗跑到山那边，当然没有找到蜜，他们便气冲冲地回来找小耗子。

小耗子在土墙那边，也没有找到蜜，便和小狗一起，气冲冲地去找小苍蝇。

小苍蝇在垃圾箱那边，也没有找到蜜，便和小狗、小耗子一起，气冲冲地去找小蚂蚁。

小蚂蚁正和自己的小伙伴在一起吃蜜，见小苍蝇、小耗子、小狗来找他算账，就哈哈大笑地说：“看！你们看！这不就是一滴蜜吗！你们这些贪吃的大傻瓜，加油添醋，瞎嚷嚷什么？”

（原载《桂林日报》，1989年3月10日）

吴小明和小闹钟

吴小明和小闹钟是好朋友。这一对好朋友，可要好啦！

小闹钟和吴小明心连着心：吴小明心里想什么事，吴小明嘴里嘟囔什么事，小闹钟全知道。

比如说吧，吴小明为了锻炼身体，曾经下过决心，每天晚上睡觉之前，一定要用冷水洗脚。于是，每到晚上睡觉之前，小闹钟就会提醒小明说：“小明！小明！洗脚，洗脚……”一次也不会忘记。

不久，冬天到了，脚一伸进冷水里呀，可真冷，冷得人直起鸡皮疙瘩。小明有点害怕了，不想用冷水洗脚啦。于是，小闹钟到时候就会鼓励他说：“小明！小明！坚持！坚持！”

每天晚上，小明要睡觉的时候，总是给小闹钟上了弦，然后把小闹钟端端正正地放在小书柜上。

小明上床躺下以后，小闹钟就轻轻地对小明说：“小明，小明，睡吧！睡吧！”

小闹钟不停地说着，说着，小明就安安静静、甜甜蜜蜜地睡着了。

早晨，当彩霞刚染红了半边天，太阳刚露出半个脸来的时候，小闹钟就会叮铃铃铃、叮铃铃铃地响起来，把小明从梦里叫醒，催小明去上学。它总是轻轻地说：“小明！小明！快点！快点……”

吴小明和小闹钟，就是这么要好的好朋友！

可是，好朋友也有闹别扭的时候。

有一天晚上，小明像平常一样，给小闹钟上了弦，把它放在了小书柜上，就上床睡觉了。

可是，小明怎么也睡不着。他的心里，老是想着最近发生的一件事。

小明知道，自己心里想什么，小闹钟就会说什么，于是，他仔细地听了听小闹钟的动静。果然，他听见小闹钟很不高兴地说：“小明！小明！没羞！没羞……”

小闹钟在批评小明，小明当然不想听，他用手指头把耳朵堵了起来。

小明越不想听，小闹钟说得越清楚：“没羞！没羞！没羞！没羞……”

小明越听越心烦，就用被子把头捂得紧紧的。

可这也没有用，还是能听见小闹钟在说：“没羞！没羞！没羞！没羞……”

小明有点生气了，他把被子一掀，说：“小闹钟！干什么呀！老是没羞、没羞的！”

小闹钟也没好气地回答说：“哼！干什么！你自己心里明白！”

小明心里的确明白：语文期中考试，自己干了一件不光彩的事——

小明平常就有点粗心大意，有时候还贪玩，学习不踏实，语文学得不大好。

期中考试那天，不知怎么搞的，有好几个地方把小明难住了。有两个造句，小明怎么也造不出来，后来，还是看了左边张小立的卷子一眼，提醒了自己，才把句子造出来了。还有几个生词，俞老师念了好几遍，但是小明怎么也默写不出来，一直留到最后，看了右边李小丰的卷子一眼，才把那几个字的模样想起来了。

今天上午，发卷子的时候，俞老师把小明叫了起来，把卷子交给他，称赞地说："吴小明！你这次考试的成绩不错嘛！"小明接过卷子，点点头，没有说话，满脸通红地坐下了。一整天，小明一听到同学们议论语文考试的事，一想起那几个生词和造句，心里就怦怦地跳个不停！

小明想到这里，不知道怎么回答小闹钟才好。

小闹钟追问道："你说呀！小明！你怎么不说话？"

小明老实地说："语文考试的时候，我是看了小立和小丰的卷子啦！"

小闹钟严厉地说："俞老师表扬你，说你考得不错的时候，你就接受啦？"

小明说："没，没有！"

小闹钟一点也不让步，继续追问说："你点了点头，是吗？"

小明觉得自己的确做得不对，就低声地说："是，我是点了点头，可我没有说话！"

小闹钟生气地说："你为什么不说话？你为什么不把情况老老实实地告诉俞老师？"

小明难为情地说："那，多不好意思啊！"

小闹钟说："啊！你现在知道不好意思啦！你是知道错了吗？"

小明说："是错了，我知道！"

小闹钟说："你说，错在哪儿？"

小明说："俞老师今天说啦，如果不好好努力把功课学习好，将来怎么能为四个现代化出力啊！"

小闹钟说："说得对呀，那你为什么不向俞老师承认自己的错误？"

小明还是嘟嘟囔囔地说："那，那，多不好意思啊！"

小闹钟一听小明没有决心改正错误，就生气了，不说话了。

可是，小明闭上眼睛，刚想睡觉，又听见小闹钟不停地说："没羞！没羞！没羞！没羞……”

小明央求似地说：“小闹钟！你别说了，好吗？”

小闹钟坚决地说：“你把错误改正了，我就不说了！”

“我保证以后不犯了，行吗？”

“不，应该马上改！”

“我现在怎么改正呢？”小明有点为难地说。

小闹钟见小明开始回心转意，有点要改正错误的样子，就鼓励他说：“你下个决心，明天改正也行！”

小明下了决心，认真地说：“好！我明天就向俞老师承认错误！”

小闹钟高兴了，笑着说：“那好，一言为定！你睡吧！”

小明闭上眼睛睡啦，小闹钟就轻轻地说：“睡吧！睡吧！睡吧！睡吧……”慢慢地，小明就睡着啦！

第二天晚上，小明睡觉前，又给小闹钟上了弦，把它放在小书柜上，然后就上床睡觉了。

小闹钟又像平常那样，轻轻地说：“小明！小明！睡吧！睡吧……”

小明故意地问：“小闹钟！你怎么不说没羞、没羞啦！”

小闹钟说：“你不是向俞老师承认错误了吗？”

小明说：“你怎么知道的！我今天忘了告诉俞老师啦！”说着，就故意用被子捂上脑袋。

只听见小闹钟轻轻地说：“假的！假的！假的！假的……”

小明露出脑袋说：“小闹钟！你说什么？你说什么是假的？”

小闹钟回答说：“你说你没有向俞老师承认错误，我知道这话是假的！”

小明说：“你怎么知道？”

小闹钟说：“我一看你今天高高兴兴、轻轻松松的样子，就知道你已经跟俞老师说了真话！”

小明咯咯地笑了，说：“嘿嘿！小闹钟！你还真有两子啊！”

小闹钟也咯咯地笑了，然后就像平常那样，轻轻地对小明说：“小明！小明！睡吧！睡吧！睡吧！睡吧……”

小明闭上眼睛，安安心心、甜甜蜜蜜地睡着了！

小闹钟心里很高兴，笑眯眯地自言自语说：“你看！你看！真甜！真甜！真甜！真甜……”

（原载《谁的小书包》，广西人民出版社，1980年10月）

花果山趣闻

小朋友，你想知道吗？在齐天大圣孙悟空归了西天，成了神仙之后，花果山的小猴子们怎么样了呢？本人刚从花果山旅游回来，愿给你们介绍一点趣闻！

1.白毛银猴当了大王

那一天，孙大圣向大家告别，他说：“孩儿们，拜拜啦！俺大圣到天上做神仙快活去了，管不了你们诸位了！请诸位好自为之吧！”说罢，一个筋斗云，便不见了踪影。

花果山没有了大王，这恐怕不行。于是，原来和孙悟空一起下过水晶宫、上过火焰山的浑身白毛的银猴便站出来说：“哎，诸位，请安静！现在，俺竞选做大王！俺做了大王以后，每天发给每猴两个好果子吃！”

众小猴听说有好果子吃，便呼啦啦一下子都把手举了起来，喊道：“好！行！行！就你当大王啦！哇哇！哇哇！”

银猴当了大王，立即发布了第一号命令：“从今以后，每天每猴发两个好果子！请有关部门把冷藏库里储存的果子好好清点一下！”

2.出现了十个小懒猴

过了不久，有一天，太阳已经升起老高了，有一只小毛猴却还躺在树杈上睡大觉。

他的一个小伙伴推了他一把说：“嗨，小毛猴，还不起来呀！”

“起来干什么呀？”小毛猴懒洋洋地说。

“找果子去呀！”小伙伴惊讶地看了他一眼说。

“找果子干吗呀？”小毛猴伸了个懒腰说。

“摘回来呀！”小伙伴说。

“摘回来干吗呀？”小毛猴说。

“放到仓库里呀！”小伙伴回答。

“放到仓库里干什么呀？”

“以后咱们好有吃的呀！”

“我不去！”

“你不想干活啦？”

“不干又怎么样？”

“那你不成了小懒猴啦！”

“小懒猴又怎么啦？还不是天天都有两个好果子吃！”小毛猴瞥了瞥小伙伴，便又闭上了眼睛，懒洋洋地蜷缩了一下身子，睡着了。

小伙伴没有办法，只好叹了口气，不高兴地走开了。

这一天，在花果山，一共出现了十个小懒猴！

3.黑毛铁猴的馊主意

第二天，花果山出现了20个小懒猴；第三天，出现了30个……

消息传到了银猴大王耳朵里，大王大吃一惊！

银猴大王的老搭档——浑身黑毛的铁猴听了，一拍桌子，跳了起来，怒不可遏地吼道：“这帮浑小子！非整治整治他们不可！”于是，他便给银猴大王出了个主意。

于是，银猴大王便发布了第二道命令：“从今以后，每猴每天要上交十个好果子！交不出果子的，扔到水帘洞下面淹死！”

过了几天，银猴大王得到报告：有三个老猴子，三个小小猴子，三个小懒猴和一个生病的壮年猴子没有完成上交十个果子的任务！

“怎么办？”银猴大王问黑毛铁猴。

“扔！通通的扔！”铁猴果断地回答说。

于是，第二天，那三个老猴、三个小小猴、三个小懒猴和一个病猴就通通被扔下了水帘洞……

过了一个星期，银猴大王又得到报告：那三个老猴的儿子和孙子们，那三个小小猴的爸爸妈妈和哥哥姐姐们，以及那个病猴的铁哥们儿，都联合了起来要找银猴大王算账哩！而那三个小懒猴的爸爸妈妈、兄弟姐妹，则一起逃离了花果山，到别处找活路去了！

4.黄毛铜猴的新招儿

正在银猴大王和黑毛铁猴不知怎么办好的时候，浑身黄毛的铜猴给出了个新招儿。

于是，银猴大王发布了第三号命令："本大王诚恳地向被错扔下水帘洞淹死的猴儿们的亲属们赔礼道歉！从今以后，本大王再也不管束大家了，请大家各显神通，爱怎么活就怎么活去吧！"

只听得一阵锣鼓喧天，鞭炮齐鸣，花果山顿时热闹起来！

可是，过了几天，一些叫人心烦的消息又陆陆续续向银猴大王传来：东山发生了一起为抢摘桃子而打架斗殴的事件，两只小猴子丧命！西山有一只蛮横的猴子占地为王，欺侮别的猴子，十分霸道！南山的母猴不知羞耻，屡屡发生有辱猴格的丑闻！北山则果子价格暴涨，猴子们牢骚满腹……

银猴、铁猴、铜猴听了来自各方的报告，心急如焚，于是，立即决定分赴各方去进行实地调查，然后再回到水帘洞里研究新办法！

5.请小朋友们想办法

花果山上的日子就是这么曲曲折折，水帘洞里的事情就是这么麻麻烦烦……

小朋友，如果你是银猴大王，如果让你去管理花果山，你会怎么办呢？

我想，你是能想出一个好办法的。如果你想出了好办法，就请你马上写信告诉银猴大王！信请寄：花果山水帘洞银猴大王办公室。

我在这，先代猴子们谢谢你啦！谢谢！谢谢！

假仙洞

有一个爱说假话的人，专靠昧着良心说假话吃饭。他给爱听假话的人说假话，爱听假话的人听了，心里一高兴，就给他一点香的吃，给他一点甜的喝。

他一天到晚，不劳动、不干活、游游逛逛，靠说假话搞点吃的、喝的，所以人家都叫他假仙。

假仙觉得自己最聪明，他认为许许多多说真话的人，诚诚实实地学习、劳动的人，都是傻子。

假仙还下了决心，一定要靠说假话发大财！

有一天，假仙昏昏沉沉地游游逛逛，想找一个爱听假话的大主顾，好一下子抱一个金娃娃。

假仙低着头，哈着腰，脑袋里一边盘算着，嘴巴里一边嘟囔着，两条腿踢踢踏踏地走着，走到了一个荒郊野外里。

“哎哟！”假仙大喊了一声！原来，一块大石头把假仙绊了个狗吃屎！

假仙像条死狗一样在地上趴了半天，好容易才把头抬了起来。

“嗨呀！”假仙又喊了一声！原来，在假仙面前，是一座大石山，在大石山底下，有一个从里面闪出金光来的大山洞。

假仙揉了揉眼睛，定神一看，只见那山洞口上，大写着“假仙洞”三个字。洞口两旁还有一副对联，上联是“把假说成真”，下联是“石头变黄金”！

“哈哈！”假仙大笑了一声，心里想：“好呀！好呀！好呀！这不正是我要找的地方吗？这不就是我要发大财的地方吗？哈哈哈！哈哈哈！”

假仙一骨碌爬起来，就向洞里走去。

进到洞里，假仙站住一看：“啊哈！好气派的一个地方！”只见这个洞里，有一个金碧辉煌的大台阶，在大台阶的顶上面，堆满了黄澄澄、亮闪闪的大金块，在大金块上面，盘着一条大蟒蛇。

假仙见了金子也顾不得害怕，提起脚来，就向台阶走去。

“慢着！”两个守卫台阶的老鼠精一面喊，一面挡住了假仙，不让他上去。

假仙左右一看，才发现是两个老鼠精挡住了他的去路，便又点头又哈腰地说："啊！啊！老鼠大哥！老鼠大哥！你们好！你们好！"

老鼠精说："好！好！好！我们是很好！可你倒说说，谁最坏呢？"

假仙两眼一转溜，细声细气地说："谁最坏？啊，那还用说！猫儿最坏！猫儿最坏！白猫坏，黑猫也坏，那花猫儿，就更坏更坏！偷米的是他们，偷油的也是他们，这世界上，就数他们最坏最坏！"

两个老鼠精听了，心里高兴了，一点头，就让假仙上去了。

假仙赶忙放开脚步，一步就上了两个台阶。正要跨开第二步时，只听一声："慢着！"两只狐狸精又挡住了他的去路。

假仙见了狐狸精，忙点头哈腰，笑得像骨头都要酥了似的说："啊！狐狸大嫂！我的好嫂子！我的好嫂子！你们好呀！你们好呀！"

狐狸精一撇嘴说："假仙哪！别光知道说好呀好呀的，你倒说说，这世界上，谁最香啊？"

假仙急忙吸了一下鼻子，两个鼻孔扇了扇，甜嘴甜舌地说："唔，这还用说！这还用说！当然是大嫂子你们最香最香喽！有的人说，狐狸骚，狐狸臭，呸！他懂个屁！他那是什么狗鼻子！有鼻子闻不出我狐狸大嫂的香，亏他白长了个臭鼻子啦！"

狐狸精听了心里高兴，拍着胸脯咯咯地笑了；给了假仙一个眼色，让假仙过去了。

假仙急忙往上蹦，一蹦两个台阶。正要再蹦的时候，又听见一声："慢着！"两只豺狼精，挡住了他的路。

假仙一见豺狼精，马上鞠躬90度，嘴里说："啊！真荣幸！真荣幸！狼大伯！您老人家身体好！您老人家身体好！"

豺狼精一捋小胡子，说："假仙呀，你小子别尽说废话！什么身体好，身体好啦！我身体本来就不坏！你倒给大伯说说，谁的心肠最好呀？"

假仙两手合掌，对着豺狼精拜了两拜说："啊，心肠好，心肠好！那还用说！菩萨算不上心肠好，东郭先生也算不上心肠好，那猎人就肯定更算不上心肠好啦！他们的心肠呀，坏透了！真是黑心肠！烂心肠！所以说，世界上心肠最好的，还得数大伯您啊！大伯您把小羊羔背在背上，免得他走路怪累的，心肠多好呀！"

豺狼精听了心里高兴，咧开大嘴嘿嘿地笑了，然后打了个大呵欠，微微地闭上了血红血红的眼睛，让假仙上去了。

假仙一看离那堆金子不远啦，心里可乐啦，使劲往上一窜，又上了两个大台阶，来到了大蟒蛇跟前。假仙想，只要说得大蟒蛇一高兴，他就伸手便可以拿到一块块的大金子啦！

假仙趴在大蟒蛇跟前，嘴巴啃着地，叫道："龙王爷！龙王爷！我假仙给您磕头来了！给您磕头来了！"

大蟒蛇鼓着像小西瓜那样大的绿眼睛，吐着像火那样的长舌头，嘴里喷着像烟一样的腥气，把大脑袋伸了过来，说："假仙啊，假仙！你小子来得正好呀！我肚子正好有点饿了！过来点，过来点，让我把你吃了吧，好不好？"

假仙一见大蟒蛇要吃他，吓得魂飞魄散，浑身发抖。在这性命攸关的时刻，他只好求饶。喊道："不行呀！龙王爷！不行呀！别把我吃了呀！龙王爷！"

但是，不管假仙怎么喊叫，大蟒蛇也不理他。假仙一叫完，大蟒蛇就一口把他咬在了嘴巴里！

假仙这时候才想起来，刚才是吓得忘了讲假话啦。心想：赶快拿出自己的老本事，讲假话来救命吧！于是，他便赶紧拼命喊道："行啊！行啊！龙王爷啊龙王爷，你吃了我吧！你吃了我吧！"

大蟒蛇听了，心里更高兴了，说："好！好！假仙，你小子真孝顺！你说行，那我就答应你，把你吃下去啦！"说着，吸了一大口气，就把假仙吞到肚子里去啦！

就这样，假仙被大蟒蛇吃掉了。可"假仙洞"呢，还在那里，老鼠精、狐狸精、豺狼精和大蟒蛇也还住在那里，因为，也许还有别的假仙要找上门来呢！

（原载《童话》第2期，新蕾出版社）

路路和她的小宝猫

一

路路从外婆家抱回来一只小白猫。小白猫浑身的毛雪白雪白，只是在背脊的两边，各有一块鸡蛋大小的黑斑点，就像是在洁白的雪地里，有两块乌黑发亮的煤炭。外婆说，从毛色看，就知道这是一只好猫，这种毛色，叫做“雪里送炭”。其实，这“雪里送炭”乃是一只小宝猫，这个情况，外婆一点也不知道，路路就更不知道！

没几天，路路和小白猫就成了好朋友。路路放学一进家门，小白猫就会跟在她后面喵喵地直叫唤。路路坐下做作业，小白猫就会蹦到她的膝盖上，歪着个小脑袋，仔细地瞧她做功课。晚上，路路躺下要睡觉了，小白猫就会跳到她的枕头边，在路路耳朵边发出咕噜咕噜的声音，好像在给路路讲故事。这时候，路路总是轻轻地拍拍小白猫说：“哦，哦，好猫咪，乖猫咪，听话儿，别瞎闹……”然后自己就慢慢地睡着了。

可是，有一天晚上，路路躺下来，心里不知道因为什么不高兴，老是睡不着，便使劲地拨弄着小白猫的两只尖耳朵，没好气地说：“讨厌，讨厌！小懒猫，小懒猫！就知道惹人烦，一点用处也没有！”

“谁说的！”小白猫突然说话了。

“我说的，我刚刚才说的！”路路好像忘记了躺在自己枕头边的是一只小猫，心里一点也没有觉得奇怪，就和它对起话来。

“你说得不对！”小白猫不服气地说。

“我怎么不对呀？”路路反问道。

“我有用！”小白猫说。

“你有什么用？”路路瞥了小白猫一眼说。

“我知道明天要发生的事情！”小白猫说。

“是吗？我不信！”路路说。

“那你就试试看！”小白猫说。

“试就试，怎么试？”路路问。

“那得有个条件！”小白猫说。

“什么条件？”路路问。

“可不准把我说的话告诉别人！”小白猫说。

“告诉了又怎么样？”路路问。

“那你就再也找不着我啦！”小白猫说。

“真的吗？”路路问。

“真的！”小白猫说。

“好！我保证，决不把你的话告诉别人！”路路说。

“好，那我就告诉你一件事！”小白猫说。

“什么事？”路路问。

“明天上午，第二节课，数学老师要请假，体育老师临时来补一课，要测验你们的跳高成绩。”小白猫说。

“是吗？”路路问。

“没错！你明天上学，最好穿球鞋！”小白猫说。

“就不穿！”路路说。

“穿不穿，我不管，反正我把真话告诉你啦！”小白猫说。

……

就这样，路路和小白猫进行了第一次秘密谈话。这次谈话，正在写稿子的爸爸不知道，正在看电视的妈妈也不知道，已经睡着了的爷爷当然更不知道。

话谈完了，路路心里突然觉得奇怪起来：哎，奇怪！这不是我的小猫咪吗？它怎么会说起话来了？难道它是一只小宝猫？或者，是一个小妖怪！

可路路心里一点也不害怕，倒是觉得很有趣。她想：到底是一只小宝猫，还是一个小妖怪，看明天上午跳不跳高就知道了。

不过，穿不穿球鞋呢？不穿！路路想：哼！谁听它胡诌啊，一个小怪物！

二

第二天，上午第二节课，果然数学老师请假了；果然，体育老师临时来补课；果然是测验跳高！

路路心里想：哎，难道它真是一只小宝猫？

中午一放学，路路一进家门口，就高高兴兴地叫了一声：“小猫咪！”

小白猫“喵”一声，就闪电一般跑了过来，嗖地一下，蹦到了路路怀里。

“怎么样？没错吧！”小白猫翘了翘鼻子，问路路。

路路故意撇了撇嘴，说：“哦，没错，就算你猜对了吧！”

小白猫歪了歪脑袋，小声对路路说：“还有呢！”

“还有什么？”路路问。

“今天，第一节，是语文课吧？”小白猫反问。

“对，是的！”

“老师说，明天要默写课文，是不是？”小白猫又翘了翘鼻子。

“是的，没错！”

“你知道，明天要默写哪一课吗？”小白猫眨了眨眼睛问。

“不知道，这个，老师可没说！”

“我知道！”小白猫说。

“是吗？我不信！”路路故意摇了摇头。

“不信！好，那就算了！就当我不知道！”小白猫也卖起关子来。

“你知道，干吗不说出来？”路路换了个口气说。

小白猫又眨了眨眼睛，小声对路路说：“默写第十四课，两首小诗，还有作者的名字！”

“是吗？”路路还是做出不相信的样子。

“是的，没错，你就赶快复习第十四课吧！把它背得熟熟的！”小白猫有点着急地说。

“偏不！”路路说。她心里想：哼，靠别人通风报信，就是得了好成绩，能算什么本事！

就这样，这天下午，路路像平常那样，把语文从头到尾复习了一遍，就出去找朋友们玩去了。她才不因为听了小白猫的话，就专门死背第十四课呢！

第二天，语文课默写课文，真的是默写第十四课。

路路平常就很用功，那两首诗和作者的名字，她全部默写对啦，一个字也没有错。

默写以后，路路心里想：这鬼猫，还真有两下子，怕真是个小宝猫吧！

三

中午放学回家，小白猫在路路叠得整整齐齐的被子上，像一个白绒球似的团着，呼呼地睡着了。路路故意不叫它，免得它又是翘鼻子，又是眨眼睛，显得它真是了不起似的。

可小白猫才用不着路路叫呢，还没等路路把书包挂好，它就像一股旋风，一下子扑进了路路的怀里。

路路故意冷淡地扒了扒它说："去，去，我不想表扬你！"

小白猫不在乎，也用爪子扒了扒路路的手，说："谁稀罕哪！谁要你表扬啦！"

这一来，路路的心倒软啦，她换了个口气说："那好，你乖乖地待着吧，别淘气，下午我还有好多作业呢！"

小白猫不说话了，顺从地从路路怀里跳了下来。只是在心里嘀咕说："哼，谁为了让你表扬啊！"

晚上，路路睡觉的时候，小白猫又躺在她的耳朵边。路路拍拍它的头说："哎，好猫咪，明天，还有什么好事吗？"

小白猫晃了晃耳朵，有点不大高兴地说："嗨，有什么好事啊！明天，对门的王叔叔，可要倒霉喽！"

"为什么呀？"路路着急地问。

小白猫说："为什么，就因为他今天下班回来，把自行车推进门的时候，有一枚图钉，扎在了前车带上。明天早上，他一骑自行车，一拐弯，那枚图钉就要把他的车胎扎透了！唉，那就要迟到喽！"

路路一骨碌爬起来说："是吗？那我现在就告诉他去！"

小白猫说："不行！你忘了自己的保证啦！"

没办法，路路只好又躺下了。

一觉醒来，已经是早晨六点半了。路路一边穿衣服，一边用手指头当梳子，急急忙忙梳了梳自己蓬乱的头发，下了床，就往王叔叔家去了。因为，再过一会儿，王叔叔就要骑车去上班啦，一定要在王叔叔骑上车之前，把那枚图钉摘下来。

路路跑到王叔叔家的时候，王叔叔正在吃早点：挂面卧鸡蛋，吃得正香呢！

路路只跟王叔叔点了点头，就直奔他的自行车跟前，盯住前带，仔细地找起来。

王叔叔一面吃挂面，一面问路路："路路啊，干吗呀？想拔我的气门芯怎么的？"

路路一心在找图钉，根本没听清王叔叔问什么，就糊里糊涂地回答："哎，对，对，是呀，是的……"

"哈哈哈哈……"王叔叔开心地大笑起来，一边笑一边对路路说："哎呀，路路，傻丫头，你一大早就拔我的气门芯干什么呀！"

路路没有再回答王叔叔，因为，这时候，她已经发现了那枚图钉，便赶紧把它摘了下来，一溜烟地跑走了。

王叔叔吃罢早点，准备去上班了，他拎着手提包，走到自行车跟前，用两个手指头使劲地捏了捏两个车带，见车带都是胀鼓鼓的，心里更加纳闷了："嘿嘿，这孩子，她干吗来了呢？"他一面自言自语地说着，一面微笑着摇了摇头，然后，推出自行车，就骑着上班去了。

四

过了几天，天气渐渐热了起来。

有天早晨，路路起得很早，她刚想出去做早操，没想到小白猫却突然"喵"一声，蹦上了她的肩头，着急地说："哎呀，路路，有件要紧的事情，我忘记告诉你啦！"

"什么事儿？这么火急火燎的！"路路把它从肩头抱下来。

小白猫急急忙忙地说："西屋李奶奶家的小弟弟的牛奶，已经变质啦，可李奶奶不知道，过一会儿，她还要煮给小弟弟喝呢！"

路路一听，也着急了，她说："是吗？这可要糟啦！喝了变质的牛奶，非生病不可！"

"说得是呀！"小白猫点了点头。

路路把小白猫往地上一扔，说了声"好吧，就这么办"，便跑去推开了爷爷的房门，把爷爷从睡梦中叫醒了过来。

路路毫不含糊地对爷爷说："爷爷，爷爷！今天早上，您别喝牛奶啦！把它留给我！知道了吗！爷爷！千万千万！"

爷爷揉了揉刚睁开的眼睛说："为什么呀？"

路路说："这您就甭管啦！我一会儿就回来！"说着，扭头就跑了。

路路跑到李奶奶家里，李奶奶已经把给小弟弟吃的牛奶煮好啦，小奶锅正晾在床头柜上呢。

路路假装要跟小弟弟玩，一侧身就凑到了小奶锅跟前，往里一看：哎呀，不好！牛奶真的坏了，已经结出"小豆腐块"啦！李叔叔不在家，阿姨也早就上班去了。李奶奶眼睛不好，等一下，她非把坏牛奶给小弟弟喝了不可！

"怎么办？"路路偷偷地看了李奶奶一眼，看见李奶奶正在忙活别的，就毫不犹豫地用手把小奶锅一掀……

"哗啦！"一小锅牛奶撒到了地上！

"哎哟，路路，我说你这是怎么啦！"李奶奶见路路打翻了牛奶，两手拍着大腿着急地叫了起来！

路路赶紧给李奶奶敬了一个队礼，笑嘻嘻地说："对不起，李奶奶，我这就给您拿瓶奶来！"说着，就转身飞快地跑走了。

不到一分钟，路路就把爷爷的那瓶牛奶给李奶奶送了过来。

李奶奶怎么也搞不清楚：路路这是搞的什么名堂。她望着路路跑远的背影，嘟嘟囔囔地说："哎呀，如今这孩子呀，一个个的，都成了小疯子啦！"

五

李奶奶把路路打翻牛奶的事儿，告诉了王叔叔；王叔叔也把路路"拔气门芯"的事儿，告诉了李奶奶。这样一来，在李奶奶心里，就真的以为路路成了个小疯子了。不过，李奶奶怕路路不高兴，就没把心里的这个想法再跟别人说，只是在路路每次来跟小弟弟玩的时候，她更加留神一点了。

小白猫也知道了这个情况，它也不愿意人家以为路路是个小疯子，所以有一些小事情，它就不再跟路路说了，免得路路再去做出一些使别人莫名其妙的事情来。

可是，过了几天，小白猫却预先知道要发生一件大事情。

“告不告诉她呢？告不告诉她呢……”小白猫在心里想来想去，想了好久，最后，它还是下了决心：告诉路路。

这一天，中午路路放学回家，吃完了中饭，准备睡午觉啦，小白猫才轻轻地跳到路路怀里。

“怎么啦，乖猫咪，好几天不跟我说话啦！”路路把小白猫抱在怀里，亲热地说。

小白猫抬头看了看路路，好像要说什么，可是，过了一会儿，它又把话咽了回去。

“怎么啦！有话就说嘛！干吗吞吞吐吐的！”路路轻轻地捋了捋小白猫雪白的毛毛说。

“唉，怎么说呢！”小白猫轻轻地开口了，“今天晚上，十点半钟，要有一次地震，虽然不是什么大地震，可是，放在桌子上的暖瓶呀，放在书柜上的花瓶呀，放在厨房架子上的油瓶什么的，都会摔到地上来的……”

“是吗？”路路打断小白猫的话说，“那，家家的东西都有危险啦！”

“是啊！就这叫人发愁呢！”小白猫闷声闷气地说。

这件事，可真把路路难住了！“怎么办呢？怎么办呢？”路路使劲地想办法。

过了一小会儿，路路就想好了一个办法：她放下小白猫，就朝李奶奶家跑去。（这时候，院子里别的邻居都上班去了，只有李奶奶家有人）

路路来到李奶奶家里，只见小弟弟正在睡午觉，李奶奶戴着老花眼镜，正在做针线活。房子里，安安静静的，一点声响也没有。于是，路路便做出不慌不忙的样子，笑嘻嘻地对李奶奶说：“李奶奶，您忙着呢！我来帮您打扫打扫房子吧！”说着，她就轻快地走到桌子旁边，把放在桌子上茶盘里的两个暖水瓶，拿下来放到了桌子底下。

李奶奶抬眼，从老花镜上面，偷偷地瞄了路路一眼，心里说：“唉，这孩子，怕是又发疯了吧！”

可是，李奶奶不愿意伤路路的心，不愿意当着路路的面说路路发疯了。她只是在路路把放在书柜上的花瓶拿了下来，又到厨房去收拾别的东西的时候，便一声不吭地把暖瓶又拿上来放回桌子上的茶盘里，把花瓶又拿起来放回书柜上。

路路从厨房出来，看见李奶奶又把暖瓶、花瓶都放回了原来的地方，真是不知怎么办好啦！她心里急得要命，可是又不能把小白猫的话说出来！

“我再把暖瓶拿下来吧！”路路心里想，“可是，那又有什么用！等我一走，李奶奶还不是又往上拿？那不等于给人家添麻烦吗？”

“还有王叔叔家的暖瓶、花瓶，怎么办？”

“还有张阿姨房间里的，新的……”

“还有别的院子里……”

一下子，好多好多问号儿，就像紧急集合似的，都朝路路扑了过来，立刻挤满了路路的整个脑子！

这样，就逼得路路更加认真地想了想。于是，她又想出了一个办法：“对！快！”她一撒腿，就朝街道居民委员会跑去了。

路路找到了居委会的刘奶奶，便上气不接下气地把小白猫的事情，一股脑儿地告诉了刘奶奶。

刘奶奶听着听着，一会儿搂着路路开心地笑了；一会儿又托着路路的小脸，使劲地瞧；一会儿又定住了眼神，认认真真地思考……最后，她终于做出了决定：伸手拿起了电话，拨了地震预报站的号，把路路的话告诉了地震预报站。

电话里面回答说：“……啊，谢谢那位小姑娘！请转告她，我们也预测到了这次地震。半小时后，我们就要向全市发出通知，好让大家有一个准备，以免造成损失……”

刘奶奶打完电话，回头把路路紧紧地搂在怀里，并把地震预报站的回话告诉了她，然后又使劲亲吻路路的脸蛋，不断地夸奖她是个好孩子。

但这时，路路的心思，却已经完全不在刘奶奶的夸奖了！她使劲从刘奶奶怀里挣脱出来，飞快地朝家里跑去！

“小猫咪！乖猫咪！”路路一进门，就急忙叫小白猫！

可是，家里静静寂寂的，她听不到小白猫的回答，也见不到小白猫的踪影！

路路心里很难过，眼泪禁不住流了下来。她知道：从此她再也见不到小白猫了！

（原载《童话》第16期，新蕾出版社）

游岩奇遇

暑假里，刘小丽和同班的十几位同学到郊外去游玩，去参观一个有名的岩洞。

小丽跟最要好的李小霞一起挽手而行，两人亲亲热热，形影不离。

进了岩洞，哇！真漂亮！真好玩！一根根巨大的钟乳石，从洞顶直悬而下，真像是一条条巨龙，从天空直扑海底！岩壁上的座座怪石，有的像孙悟空，有的像猪八戒，有的像观音菩萨……岩洞中四通八达的甬道、小巷，形成了一座叫人眼花缭乱的迷宫……洞底还有一条地下河，游人可以在那里荡舟划船……

啊！这大自然的鬼斧神工，真让我们的小丽着迷啦！就好像有一只看不见的奇妙的手，把小丽引入了一个奇妙的境界——

小丽突然觉得：不知怎么搞的，小霞倏地放开了她们互相紧挽着的手臂，径自向一个小洞口快步走去了……

小丽赶紧追了上去，挽住了小霞，和她一起走进了那个洞口。

进了洞口，哇！里面竟是一个宽大的所在！五光十色的、稀奇古怪的大自然的神奇万物，都琳琅满目地陈列在那里！

小丽以为，同学们一会儿是一定会跟着进来的，所以，一点儿也没有迟疑，就和小霞一起，坦坦然然地在那里观看起来。

一位白胡子老爷爷走到她俩跟前，给她俩讲解，她俩只是很有礼貌地说了声“谢谢”，也没有特别在意。

她俩随意地在那里观看，在一块岩石上，她们看到了一个圆圆的、能发出五彩光辉的东西，小霞惊奇地、自言自语地说：“哇！这是一颗夜明珠吧！”

老爷爷听了，笑呵呵地说：“唔，这可不是什么夜明珠，它是人们至今还在寻找的一种矿物！”

小丽听了，高兴地说：“啊！真好玩！”

老爷爷又笑呵呵地说：“唔，不光好玩，它的用处可大啦！用它发电，会比任何核电站都棒！”

再往前走，小丽、小霞看到一些像黏土一样的东西。小霞嘴快，又说："哎，橡皮泥！"

老爷爷说："唔，不是橡皮泥，这是一种很容易做成任何形状的东西的材料！"

小丽说："那跟橡皮泥有什么不同？"

老爷爷乐呵呵地说："啊，不同就在于，这种材料做成的东西，比如说，汽车啦，宇宙飞船啦，只需经过简单的处理就会比任何金属做的都要结实，都要轻便！"

小丽点点头说："啊，是这样！"

老爷爷接着说："还有，这种材料做成的东西，如果不想要了，只要经过简单的处理，就又可以变成原来的材料，又可以用来做别的东西，而且它的性能，一点也不会变坏！"

小丽听了，心里惊讶不已！

再往前走，她们看到一堆绿色的、闪光的小石头，绿莹莹的，可爱极了。小霞高兴得叫起来："哎呀，猫眼绿！"

老爷爷风趣地说："唔，它还没有名字，叫它猫眼绿也可以！"

小丽说："请问老爷爷，它有什么用处呀？"

老爷爷说："它呀，是一种治疗癌症的特效药物，有了它，任何癌症都能治好！"

"那，所有的癌症病人都有救啦？"

"对，是这样！"老爷爷说。

她们俩继续往前走，到了快要有一个小出口的地方，她们看到了一段有点像松树木头一样的岩石。老爷爷走到它旁边，随手从上面掰下了一小片"树皮"，分别递到小丽和小霞嘴边，说："喏，你们尝尝！"

小丽、小霞先是有点不敢吃，但她们看到老爷爷和善的笑容，就都张开了口，把那点小"树皮"吃到了嘴里。

"哇！好吃极了！"小丽、小霞同时叫了起来。

老爷爷望着她们，高兴地笑了。

还是小霞嘴快，她说："老爷爷，能给我们一点点这种东西，带回去给我们的爸爸妈妈、老师和同学们尝尝吗？”

老爷爷笑眯眯地说：“啊，可以是可以，就怕你们拿不动！”说着，就又掰了一小块“树皮”，放到了旁边的岩石上。

“老爷爷，您是在跟我们开玩笑吧，我们这么大的人了，还拿不动这么点小东西！”小霞笑嘻嘻地说。

老爷爷做出一个诙谐的样子，说：“好，那就请试试吧！”

小霞伸手去拿那一块小“树皮”，可是，却怎么也拿不起来！小丽也帮着去拿，照样也拿不动！

小丽、小霞都很吃惊地看着老爷爷。

老爷爷笑了笑说：“唔，孩子们，这里的东西呀，要很有知识的人才能拿走！谁的知识更多，谁就能拿得更多。你们现在年纪还小，知识还少，当然就拿不动啦！”

小丽听了，就很惋惜地说：“啊，真遗憾！”

老爷爷摇了摇头，说：“不必遗憾！孩子们，这里的东西是永远也拿不完的，等你们将来有了更多的知识，请来拿就是了！”

小丽听了，高兴了，就说：“好，将来，我一定再来这里，拿好多好多的宝贝回去！”说着，她们就告别了老爷爷，走出了那个所在。

小丽还是挽着小霞的手，向前走了一会儿，她们很快发现，已经到了岩洞的出口处了。

出了岩洞，她们看见所有的同学都已经坐在门口的台阶上，等候她俩呢！她们刚一站定，同学们就责问她们：“你们俩哪去啦？都等了你们20分钟啦！”

小霞回答说：“我们没去哪儿呀，就这么慢慢地走出来的呀！”

小丽听了，就在她耳边轻轻地提醒说：“哎，咱们不是看展览去了吗？怎么不说呀！”

小霞很吃惊地小声反问：“什么看展览！哪儿来的展览？你做梦啦！”

小丽心里觉得奇怪：平常，小霞总是心直口快的，今天，怎么保起密来了呢！

在和同学们一起往回走的路上，小丽挽着小霞的手，一边走一边轻声地给她讲看展览的时候，老爷爷怎么给她们讲解，怎么给她们吃小“树皮”的情景……

小霞一边听一边咯咯地笑，最后还说：“小丽呀小丽，你啊，可真会编童话呀！”

黑色的匣子

园园有个怪毛病，就是喜欢眼红别人的东西。凡是她见着别人有一件什么好东西，心里就总是不由自主地想：“这东西，归我就好啦！这东西，变成我的就好啦……”可是有些东西，她本来可以自己动手去做一个的，她却不愿意自己去做。

有一天下午，放学了，园园在回家的路上，在一个胡同拐弯的地方，突然间碰见一个老婆婆。老婆婆伸手拦住了她，对她说：“孩子，你不是总想要别人的好东西吗？你把这个小匣子拿回去吧！你想要别人的什么好东西，只要对它说一声，那东西便会出现在这里面的！”说着，就从衣襟里掏出一只黑色的小匣子，递给了园园。

园园犹豫地说了声“是吗？”便伸手接过了那只黑色的小匣子。

老婆婆微微地笑了笑说：“是的，保准很灵！”

园园转身想走开的时候，老婆婆又叮嘱说：“哎，孩子，你要想找我，明天这时候，我还在这儿等你！”

园园把那只小匣子装进了书包里，回了家，但心里却像揣了只小兔子。她老是在想：“它到底灵不灵呢？它到底灵不灵呢？”越这么想，她的心就越是扑通扑通地跳，弄得她晚饭都没有吃好。

晚上，园园急急忙忙把作业做完，就脱衣服上床了。但是，她却只是闭上了眼睛，而根本没有睡着，心里，还像是有个小兔子在蹦跶。

等到她听见爸爸、妈妈、爷爷、奶奶都睡下了，她便一骨碌爬了起来。

园园拉开了灯，盘腿坐在床中央，拉过书包，伸手就从里面拿出了那只黑色的小匣子。

她把小匣子摆在跟前，心里就想，要把别人的什么好东西变成自己的呢？

她最先想到的，是兰兰的那把铅笔刀——兰兰是园园的同班同学，她的叔叔从丹麦给她带回了一把小美人鱼形状的小铅笔刀——那小美人鱼，真是好看极了！“如果它能变成我园园的，那就盖了帽儿啦！”

园园只是这么在心里想着，轻轻地自己跟自己说话，还没来得及说出声，就听得啪地一响，兰兰的那把小美人鱼铅笔刀，就出现在园园跟前的小匣子里了！园园立即把它抓了起来，在手掌上玩弄着，端详着……啊，它是真的，不是假的！这小匣子，可真灵呀！

接着，园园很快想到的，就是莉莉的那两个能戴在手指头上表演的小布偶。这两个小布偶，是莉莉自己用碎布做成的，一个是小美人儿，另一个是小丑丑，做得非常逗，非常好玩。每到课间休息的时候，莉莉就把它们戴在手指头上，给大家表演节目。她还自己编了一些挺调皮的台词儿，常常能把同学们逗得哈哈大笑，笑得捧着肚子东歪西倒！可这样的小布偶如果要园园自己做，她可没那份耐心！所以园园心里就想：如果那两个小布偶成了我的，那我可就高兴死啦！于是园园便说：“小匣子，变！”

说时迟，那时快，就像电灯闪了一闪，一眨眼，小匣子里就真的出现了莉莉的那一对小布偶！

园园咧嘴一笑，就立刻把小布偶抓了起来，戴在了手指头上，学莉莉那样表演了几个逗乐的动作。

还有什么呢？园园想起了丁丁的那张袋鼠邮票。

在班上，很多同学都集邮，而大家最喜欢的，就是动物邮票。

论拥有动物邮票的数量，园园在班上已经是数一数二的了，什么老虎呀，狮子呀，熊猫、长颈鹿、猴子、仙鹤、秃鹰、企鹅、海豹、小海豚等邮票，她都有，可唯独丁丁拥有的那种澳大利亚的袋鼠邮票，她现在还没有弄到手。每当同学们拿出集邮册互相观看的时候，园园心里便总感到有点低丁丁一头，总感到有点遗憾。因此，就总想要赶快弄到一张袋鼠邮票。

“小匣子，变！”园园一声令下，马上，小匣子里便乖乖地躺着丁丁的那张袋鼠邮票。

园园立即拿出自己的集邮册和小镊子，灵巧地把那张袋鼠邮票夹起来，轻轻地插入了自己的集邮册里。然后，她把集邮册一页一页地仔细端详了一遍，就心满意足地睡觉了。

第二天，园园照常去上学。语文课上，老师讲完了一篇课文以后，便进行听写小测验。

大家把听写本、铅笔等准备好以后，听写便开始了。

“遥远，遥远……”老师念着，大家细心地听着、写着。教室里只听得一片窸窸窣窣的写字声。

“故乡，故乡……”

“想念，想念……”

“惆怅，惆怅……”

“啪！”兰兰的铅笔芯断了！

“唉，真倒霉！”兰兰心里想，并且急急忙忙拿出铅笔盒，寻找她那小美人鱼形状的铅笔刀。

可她哪能找得到呢！黑匣子早已把它弄到园园手里去了！

兰兰没有找着，只好噘着嘴回过头来跟莉莉借铅笔刀，可这会儿，老师早已经念了好几个生词了，而兰兰却一个也没有写下来！

一下课，兰兰就哭了。莉莉问明了情况，就放声在教室里嚷了起来：“是谁拿兰兰的铅笔刀了？谁拿了？小美人鱼的！”

园园听了，心立刻像揣了个小兔儿那样扑通扑通地跳了好几下。她想回答，可是，铅笔刀又的确不是她伸手拿的，而是小匣子搞来的，这怎么回答呢？所以，她只好尴尬地站在一边，不说话。

莉莉见没人回答，就安慰兰兰说：“别哭了，别哭了，让我的小丑丑和小美美给你逗个乐儿吧！”说着，就高高兴兴地打开书包，找小布偶。

可是，她哪能找得到呢！黑匣子也早把它们弄到园园手里去了！

莉莉没有找到小布偶，吃了一惊，就火冒三丈地喊了起来：“哎！我的小布偶也不见了！谁拿我的小丑丑了？谁偷我的小美美了？快还给我！”

园园愣在一边，只觉得脑袋嗡嗡地响，可一句话也说不出来。小丑丑不是她伸手拿的，小美美也不是她偷的，可东西现在却在她的枕头底下藏着，这怎么说呢？

上课铃响了，班主任老师来上课了，园园才松了一口气，好像一个掉进了陷阱的人，听到旁边有人走来似的。

可班主任老师并没有来“救”园园，她也不知道园园现在是“掉进了陷阱里”，她只是在快要下课时向同学们建议说：“同学们，明天下午，请大家把自己的集邮册都带来，咱们开个集邮展览，互相欣赏欣赏，交流交流，好不好？”

同学们一致大声回答：“好！”

只有园园，只微微动了动嘴唇，没有把“好”字响亮地喊出来。这时候，她心里想的，是丁丁的那张袋鼠邮票，正插在自己的集邮册里哩！丁丁回家，如果发现自己的袋鼠邮票丢了，非气昏了不可！

这一天，园园像浸泡在苦水里，像坐在了针毡上，像热锅上的一只小蚂蚁，站不安，坐不宁，吃也不香甜，玩也没劲儿……

下午，到了昨天遇见老婆婆的那个时候，园园便揣了那只黑色的小匣子，向昨天遇见老婆婆的那个胡同拐弯的地方跑去。

果然，老婆婆正在那里等着园园哩。园园一来到她的跟前，她就笑嘻嘻地说：“怎么样，孩子，还灵吗？”

园园一句话也没说，她把那只黑色的小匣子往老婆婆手里一塞，便头也不回地跑走了。

第二天上午，班上开集邮展览会的时候，园园看见，丁丁还是像往常那样，带着自豪的微笑，向同学们介绍自己的各种邮票，而那张漂亮的袋鼠邮票也仍然像往常一样，引来了许多羡慕的目光。

园园也看见，兰兰和莉莉也像往常一样，高高兴兴地和同学们一起说说笑笑，很显然，小人鱼儿铅笔刀和小布偶，一定也都回到了她们手里了。

园园见了这情景，自己便也轻松了，自如了！

（原载《童话》第23期，新蕾出版社）

奇怪的烟味

这事儿，可真有点怪！你信不信？看过以后，好好想想，再回答我。

这是一个冬天的下午，丁小非一个人在家里，做完了功课，坐在爸爸的写字台旁边，愣愣地望着窗外灰蒙蒙的天空，心里说："嗨，见鬼！都冬天啦，还下毛毛雨！"

是啊，冬天下毛毛雨，多没意思！要是晴天，下午这时候，小非做完功课，早找小万他们踢球去啦！如果是夏天，雨下得更大些，也好呀：跑到雨地里，挖小河，打水仗，多畅快！可是，唉！最讨厌的就是这毛毛雨，这冬天的毛毛雨，黏糊糊的，凉飕飕的！

小非背靠在爸爸的藤椅上，心里发闷，低下了脑袋。无意间，小非一伸手，把爸爸的抽屉给拉开了。

爸爸的抽屉里，好好地摆着一包香烟，这是爸爸平常用来招待客人的。烟盒上，画着一朵美丽的牡丹花。嗨，还真好看！

小非把烟拿在手里，翻来覆去地瞧了好几遍，心想："抽烟，什么味道？"

想着，想着，不知怎的，小非把一支烟含起来，划着了火柴……

"啊咳咳咳咳！啊咳咳咳咳……"小非被烟呛得流出了眼泪！他赶紧把烟扔到地上，踩了一脚。

小非擦了一把眼泪，大大地吸了一口气。"哎呀，不好！"小非叫了起来！

怎么啦？

倒没什么怎么啦！只是小非自己觉得：满嘴里都是烟味，舌头上又涩又苦，鼻子里又呛又臭！

小非吐了口唾沫，可嘴里的烟味一点儿也没有吐掉。他把鼻子低到胸前，靠近自己的衣服，有意地轻轻吸了一口气。

哎呀！衣服上也有了烟味！

"哎呀！该死！我怎么抽烟啦！"小非跺了跺脚。偶然间做错了这么一件事，他心里很后悔！

"爸爸妈妈下班回来，闻到我这一身的烟味……嗨！"小非心里很着急，他知道，如果爸爸回来，知道他抽烟了，非生气不可。

“不能让爸爸知道！”小非想道。小非是个好孩子，他从来也不想惹爸爸生气。

“怎么办呢？”小非开始想主意。

小非的两只小眼睛，在屋子里四处搜索，想找到一个解决难题的办法。

“橘子！”小非的眼睛转到了酒柜上，那塑料盘子里，有妈妈新买回来的黄澄澄的橘子，便立刻高兴起来。他想：“这橘子，妈妈是让吃的，吃一个橘子吧！吃了橘子，橘子的酸味，就一定能把这讨厌的烟味遮盖掉！”

小非剥开了一个橘子，橘子皮喷出一股清香的气味，他闻到以后，觉得鼻子里一阵清爽。他来不及把橘子一片一片地剥开，只是把它掰成了两个大半圆形以后，就把一个半圆形塞进了嘴里。

这橘子真好！汁水很多，又酸又甜！小非大口地嚼着橘子，酸得直眨眼睛。他“咕嘟”一声，咽下了一大口橘子汁，顿时觉得心里很舒服。

小非吃完橘子，用小手绢擦了擦小手，然后满意地吸了一口气！

奇怪！真怪！那讨厌的烟味怎么还存在！它怎么这么顽固，甚至一点儿也没减少！小非嘴里，还是又苦又涩；鼻子里，还是又呛又臭；浑身衣服上，还是一股子烟味扑鼻！

小非心里很别扭，一屁股坐在椅子上，生闷气！

突然，小非想到：漱口！

啊，漱口！这办法好！用牙刷牙膏把牙齿好好刷一刷，把嘴好好漱一漱，这讨厌的烟味，不就被消灭了吗！

小非跑进洗漱间，端起漱口杯，满满地盛了一杯水；拿起了小牙刷，在上面挤了长长的一细条留兰香牙膏，就刷起牙来。

小非嘴里，立刻起满了白色的泡沫，留兰香牙膏的香味，又清凉，又甜丝丝的，好像在嚼一块口香糖。

“这下子可找不着烟味啦！”小非心想。

小非用清水漱了嘴，叮当一声，把漱口杯和牙刷放回原处，然后又跑去拿毛巾洗了一把脸。

小非回来坐在椅子上，刚想打开小人书看看的时候，奇怪！真奇怪！怎么嘴里的烟味不仅没漱掉，没刷掉，反而越来越浓了！那苦味，那臭味，那呛味，也说不清是从喉咙里还是从鼻子里的哪个犄角里，不断地直往外冒！

小非心里更别扭啦，没想到碰上了一股这么顽固的鬼烟味！

已经五点一刻了，爸爸妈妈就要下班回来啦。小非从椅子上站起来，挺了挺胸脯，心里像下了决心似的说："好啦！别费劲啦！爸爸回来，我就告诉他，我抽烟了，不是故意的，我知道错啦，以后再也不啦！这不就结啦！"

奇怪呀！真奇怪！小非只是刚刚这么一想，他嘴里的烟味，鼻子里的烟味，衣服上的烟味，就一下子全都跑掉啦！苦味没有了，涩味没有了，呛味没有了，臭味也没有了！

小非心里很高兴，捧起小人书就专心地看了起来。

爸爸妈妈回来以后，小非忙着帮助爸爸妈妈一起做饭，什么也没有想。

吃晚饭的时候，小非才想起抽烟的事情来。可这时，小非的嘴里，鼻子里，衣服上，已经一点烟味也没有了。小非心里想："算了吧，别说啦，反正事情已经过去啦！"

嗬！真奇怪！小非只这么一想，舌头上便马上又涩又苦起来；鼻孔里的烟味，也像原来那样，又呛又臭；衣服上的烟味呢，也立即扑面而来！

小非吃了一惊，心里像揣了小兔子，乱蹦乱跳！他赶快端起碗来，坐得离爸爸妈妈远远的。

妈妈发现小非的神色不对劲，就摸了摸小非的额头说："怎么啦，非子！"

小非没想好怎么回答，便含含糊糊地说："没……没有……我……我想……睡觉……"

急急忙忙地扒了几口饭，小非就钻了被窝。他闭上眼睛，假装安安静静地躺着。

妈妈轻轻地对爸爸说："这孩子，神色不对，怕是生病了吧？"

爸爸低声地说："我看，许是捅了什么娄子。"

妈妈走了过来，坐在床边上，用手指轻轻地梳理着小非的头发，然后伏下身来，轻轻地亲了亲小非的额头和脸蛋。

小非慢慢地张开眼睛，攥住妈妈的手，望着妈妈慈祥的面孔，轻轻地问道："妈妈，我身上，有烟味吗？"

妈妈听了小非的问话，先是有点惊奇，可是，很快，妈妈就微微地笑了，说："烟味？没有哇！妈妈没有闻到！要不，让爸爸来亲亲！"

爸爸走过来，亲了亲小非，也说："没有！没有！哪来的烟味？"

小非就势搂住爸爸的脖子，低声地说："爸爸，我拿你的烟抽啦！不是故意的。以后，再也不拿啦！"

爸爸拍拍小非的脑袋，说："啊，是吗？可爸爸真的没有闻到烟味！好，睡吧，有错，改了就好啦！"

这时候，真怪！小非身上的烟味，又忽然间全都跑掉了！苦味、涩味、呛味、臭味全都没有了！心里却感到甜甜的。

小非睁大了眼睛，惊奇地说："爸爸，妈妈！怎么这么怪呢！我要不想把错误告诉你们，嘴里就总是又苦又涩的，心里也老是很别扭；等我把错误说了出来，嘴里的苦味，鼻子里的臭味，就全都没有啦！心里也舒坦啦！真怪！"

妈妈嘻嘻地笑了，又亲了亲小非说："好非子！好孩子！这呀，说奇怪，也不奇怪！总是这样的：说谎的人，有错误不愿改正的人，心里，嘴里，便总是又苦又涩的；诚实的人，有错能改的人，心里才总是舒坦的！"

小非听了，微微点点头，甜甜地笑了。

（原载《童话》第6辑，新蕾出版社）

我和小狗熊

一

早上，起床以后，头脑有点晕晕的，我就想到：应该到树林子里去走走，呼吸呼吸新鲜空气，顺便也好捡点蘑菇回来，好做点汤喝。

我提了个小竹篮子，就到树林子里去了。树林子里空气真好，阳光像打碎了的玻璃镜子，一小片一小片的，一闪一闪、一蹦一蹦的，真好玩。

我走了好久，没捡到蘑菇，倒有点瞌睡起来。于是，我就找了个中意的地方，坐了下来，靠着一棵小树，迷迷糊糊地闭上了眼睛。

不知过了多久，我突然觉得有谁在推我，我睁开了眼睛。哎呀，坏了！我的近视眼镜没有了！模模糊糊的，好像看见几只小狗熊围在我身边，我差点被吓死过去。但马上，我就很机灵地想到：狗熊是不吃死人的。于是，我立刻憋住气，假装真的死去了似的。

“别装死啦，小老头！我们是小狗熊，不想吃你！”一只小狗熊推了我一把，并且把眼镜还给了我。

我坐了起来，戴上眼镜，壮了壮胆子，问道：“你们，你们想干什么？”

“别紧张，小老头！你是写童话的吧？”另一只小狗熊问我。

“哦，没错，有时写点！”我并不想撒谎。

“你写过一篇《懒狗熊》，说我们怎么懒，怎么馋，怎么笨，是吧？”又一只小狗熊问我。

“对，没错，是有这么一篇！”我承认说。

“你还写过一篇《谁的小书包》，说那个又脏、又破的小书包，里面的作业尽是2分，说那就是我们的书包，是吧？”

“对，没错！”

“干吗把我们写得那么差劲儿？”

“这……唔……我……啊，对不起……”

“我们不怪你！是好说不坏，是坏说不好！现在，我们是来请你讲故事的！”

我缓过一口气来，心里踏实了点，就说：“那，你们想听什么故事呢？”

“随便你啦，好玩的就行！”

话虽然这么讲，可我心里还是有点害怕，就假装为难地说：“可，可我还要捡蘑菇呢！”

“我们帮你捡，一边捡，一边听你讲故事！”

我没办法，只好答应了，这样，就和小狗熊们交上了朋友。

小狗熊们一个个给我作了自我介绍：领头的那个，叫大胖胖；中不溜的那个，叫二胖胖；小不点的那个，叫三胖胖。

“那我们怎么叫你呢？”三胖胖仰着脖子问。

我说：“我这么瘦，你们就叫我瘦爷爷吧！”

“好！瘦爷爷！”大胖胖、二胖胖、三胖胖一起叫了我一声，然后就呵呵呵呵地傻笑了起来。

二

我们就一边捡蘑菇一边讲故事。小狗熊们捡蘑菇可细心啦，它们在草丛里仔细地找，一会儿给我捡一个，一会儿又给我捡一个。它们比我这近视眼棒多啦，一点也不像别人说的那样，是什么“熊瞎子”。

我给它们讲小骆驼的故事。讲到一半，三胖胖就插嘴说：“干吗小骆驼自己不喝水，要把水让给小马驹喝呢？”

我讲故事的时候，不喜欢人家插嘴，所以就假装生气地板起面孔说：“不许插嘴！”

“为什么不许插嘴？”二胖胖瞪着我说。

于是，我就只好耐心地给它们讲，为什么不许插嘴，并且说，有问题等故事讲完了再问，要问也得先举手。

“为什么要先举手？”三胖胖举起小爪子，又插嘴说。

“唔……”于是，我只好又给它们讲，为什么要先举手。并且说，这是幼儿园小朋友的规矩。

“我们不是幼儿园的小朋友，我们是小狗熊呀！”三只胖胖同时举起小爪子说。

“唔……”这下子，倒把我问住了！我心里想，这些小狗熊啊，可真不算笨，我写童话把它们说得那么笨，真是冤枉了它们。

“说呀！瘦爷爷！你愣神儿干什么！”大胖胖提醒我说。

“啊……”于是，我就老老实实地把我心里怎么想的告诉了它们。

大胖胖听了我的解释，很大度地说：“没关系，瘦爷爷！你也是好心！”

我们就这样没完没了地说，没完没了地问，说得很快活，问得也很快活。蘑菇捡了半篮子，故事也讲了一大箩！

三

快到中午啦，我们坐下来休息。

“瘦爷爷，你坐着，我给你弄点东西来吃吃！”大胖胖拍了一掌我的肩膀说（哎哟，拍得我好疼啊，我差点叫唤了出来）。

“我也去!”二胖胖说。

“那我在这里陪着瘦爷爷！”三胖胖说着，就四脚朝天，在我身旁躺了下来。

过了一会儿，大胖胖就不知从哪儿搞来了一盘满是蜂蜜的蜂窝来（狗熊是很会找蜂窝的，蜂窝本身是一盘一盘的，所以我说“一盘”，并不是说它用搪瓷盘子盛了一盘蜂蜜来）。它捧着蜂窝，递到我跟前说:“蜜！蜜！瘦爷爷，请吃蜜！”

这时候，二胖胖也早已爬上了旁边的一棵野秋梨树，摘了青的、黄的、黄里带红的野秋梨往我们身边扔。一边扔，一边喊:“哎，接着！接着！哈哈哈哈……”

就蜜糖，吃秋梨，又甜，又酸，又香，又脆，这顿午饭，我们吃得美极了!

吃罢午饭，大胖胖说:“瘦爷爷，我们到那边大森林里去捡蘑菇吧，那里蘑菇可多啦！”

我说:“好吧！听你的！”

从小树林去大森林，要过一道山涧，山涧上，横倒着一棵老松树。三胖胖来到山涧边，一个小跑，就从树干上跑了过去，站在山涧的那一边喊:“瘦爷爷，快过来！”

我又为难啦，我这老头儿哪有那本事，我平常走小路还得当心摔跟头哩!

大胖胖见我皱眉头，就赶紧伸出爪子来，对我说:“来，瘦爷爷，别害怕，我领着你！”

二胖胖也伸出爪子说:“没关系，我也领着你！”

就这样，大胖胖在前面拉着我一只手，二胖胖在后面拉着我另一只手，我就一步一步挪着从树干上走了过去!

不用说，大胖胖讲的是真话，大森林里蘑菇可多啦，又大又肥！可把我乐坏了！我高兴得叫了起来:“嗨呀，妈妈呀！这么多蘑菇呀！”这一喊，惹得三只小狗熊都哈哈地乐了起来。

不等太阳下山，我们就捡了满满一篮子大蘑菇!

小狗熊们把我送回小树林。我们就要分手了，这时候，我差不多要流眼泪了！我偷偷地抹了一把眼眶上的眼泪，赶快跟大胖胖、二胖胖、三胖胖一个个拥抱，亲亲脸蛋，然后，扭过头来就往回走了！

小狗熊们则依依不舍地跟在我身后，不断地说："瘦爷爷，再见！再见，瘦爷爷！"

走了几步，我又回过身去，带着点哭声地对小狗熊们说："回去吧！你们回去吧！明天，我一定写一篇新童话，题目就叫《我和小狗熊》！"

（原载《小溪流》，1991年第1、2期）

会"变脸"的小姑娘

一

有一个十岁的小姑娘，她会变脸。简单地说吧：在学校，在班上，她是一副苹果脸，小脸蛋红扑扑的，笑起来两个圆圆的小酒窝，跟一朵花儿一样。在家里，她有时候是一张鸭梨脸，也就是说，脸儿铁青铁青的，板得长长的，一点笑容儿也没有，不用说，这是她要起小性子来的时候的面孔。有时候，她又会变出一副鲜桃脸，就像大家都见过的桃儿那样，那小嘴儿是翘得高高的，不用说，大家一定都知道，这是她撒起娇来的面孔！

好啦，在以后的故事里，我说起她的这三副面孔的时候，就不用再描写、再形容啦，就用："苹果脸""鸭梨脸""鲜桃脸"三个词儿来表达就行啦！

二

这小姑娘名叫陶丽莉，是某小学三（2）班的学生。好，咱们就选择三个镜头，来看一看陶丽莉三副面孔的典型表现吧：

第一个镜头：某小学三（2）班。一天，正要下课的时候，班主任梁老师喊："陶丽莉同学！"

"到！"陶丽莉不紧不慢、温和地站了起来。

梁老师把目光转向全体同学说："同学们，下周末，我们校要举行文艺表演比赛，咱们班的小合唱和小歌舞，由陶丽莉同学负责组织！”

同学们唰地一下，都把目光转向了陶丽莉。

陶丽莉显出她的“苹果脸”，用银铃般清脆的声音回答：“是！我一定要把我们班的小合唱、小歌舞组织好！”

哇！陶丽莉的“苹果脸”，一下子就博得了老师和全班同学的无限喜爱和信任！

第二个镜头：下午，放学以后，陶丽莉回到家里，要找拖鞋，找不着，就显出了她的“鸭梨脸”，坐在沙发上使劲喊：“奶奶，你怎么还在睡觉！我的拖鞋呢，哪儿去了？”

忙了大半天的奶奶正在睡午觉，听见陶丽莉的喊声，赶快起身说：“啊，啊，丽莉回来啦！拖鞋，我给你晒阳台上啦！”

陶丽莉接着喊：“那，你快给我拿回来吧！”此时，她的“鸭梨脸”到底是一副什么样儿，大家心里一定是很清楚的了。

第三个镜头：吃完晚饭，陶丽莉把碗筷往桌子上一推，就进了大房间，打开了电视，选看自己喜欢看的节目。

妈妈走进来，对陶丽莉说：“丽莉，今天轮到你洗碗！”

陶丽莉看了一眼坐在旁边沙发上的爸爸，立即扑了过去，搂住爸爸的脖子，显出她的“鲜桃脸”，对爸爸说：“唔嗯，好爸爸！我要看这个节目，你帮我去洗碗吧！”陶丽莉此时的小嘴到底翘得有多高，就只好请大家想象啦！

这样，久而久之，陶丽莉在学校和在家里，就成了两个人。有时候，爸爸走过校门口，当面碰上了“苹果脸”的陶丽莉，可他却不认识她；有时候，梁老师来家访，遇见了“鸭梨脸”的陶丽莉，也不认识她，还以为她是另外一个小女孩呢！

三

三（2）班由陶丽莉领唱的小合唱，在全校的文艺表演比赛中得了第一名，被选送到市里参加了全市的小学生歌咏比赛。

比赛在十分欢乐而热烈的气氛中进行，市教育局、文化局的领导们都来了，市电视台的摄影记者也来了！

电视台的记者事先做了调查了解，知道陶丽莉领唱的小合唱很出色，便重点拍摄了同学们演唱的场面。陶丽莉看见：在她领唱的时候，摄影机对着她，猛拍特写镜头，足足拍了两三分钟。

拍摄完了以后，电视台的叔叔还特地悄悄地告诉陶丽莉：她的特写镜头，今天晚上就会在电视中播出，希望她准时收看。

陶丽莉听了，心里很高兴。

吃过晚饭，陶丽莉打开电视，就把频道调到了市台。这时候，爸爸、妈妈和奶奶也一个个都坐到了电视跟前！

播了几条政治、经济方面的新闻以后，哇！陶丽莉他们参加歌咏比赛的镜头出现了！随着优美的领唱声，画面上出现了陶丽莉领唱的特写镜头：一张叫人非常喜爱的“苹果脸”。

“哎，这小姑娘唱得倒挺不错！”爸爸看了，首先发出了赞叹声。

妈妈接着也说：“嗯，模样儿也挺漂亮的！”

奶奶也笑眯眯地说：“你看，人家，笑起来两个小酒窝，像一朵花儿似的！”

陶丽莉在一旁听着，心里明白：爸爸、妈妈和奶奶，根本没认出来那唱歌的就是她，而把她看成是一个根本不认识的、别的小姑娘了！

这一晚上，陶丽莉心里觉得很别扭！

四

第二天下午，大家刚放学，有一个叫泰哥儿的大歌星，开了一辆挺漂亮的小汽车，到学校来找陶丽莉和她的小合唱队的同学们，要和他们交朋友。

在校还没走的几位小同学高兴极了，立即分头去找陶丽莉和合唱队的同学们。

一个小同学跑到陶丽莉家门口，一按门铃，陶丽莉开门伸出头来，不用说，那肯定是一张“鸭梨脸”，那小同学不认识“鸭梨脸”的陶丽莉，就问：“请问，陶丽莉在家吗？”

陶丽莉心里明白：这是大水冲了龙王庙，自己人不认识自己人了。于是，只好撒了个谎说：“不在！到她姥姥家去了！”

那小同学一扭头，就急急忙忙地跑走了！

第二天早晨，陶丽莉一进教室，小合唱队的同学们就围了上来，他们争先恐后地告诉陶丽莉：昨天，大歌星泰哥儿来了！并且，还不无夸张地尽情描绘：他怎么怎么潇洒，怎么怎么帅，怎么怎么和他们一起唱歌，怎么怎么给他们签名，怎么怎么和他们一起照了相，等等。

同学们还七嘴八舌地说：

“昨天,你到姥姥家去干什么呀？”

“害得玲玲白跑了一趟！”

“多好的机会呀,错过了,多可惜呀！”

陶丽莉听着，嘴里虽然没说什么，可心里，却实在觉得很可惜！

五

过了几天，有天下午，下课放学的时候，天突然下起雨来。雨点儿淅淅沥沥、沙啦沙啦的，老也不停。

没带雨衣、没带雨伞和离家比较远、不能一撒腿就能跑回家的同学们，就只好挤在教室门口、校门口那些能避雨的地方，等待家里人送伞来。

过了一会儿，家长们陆陆续续送伞来啦，这时候，避雨的同学们就欢呼跳跃起来，有的喊爷爷、喊奶奶，有的叫爸爸、叫妈妈，响成一片！

一批一批的同学被爷爷奶奶、爸爸妈妈接走了，剩下的仍然躲在屋檐下的已经不多了。

这时，陶丽莉突然发现，在距校门口十多米远的几棵小树下，爸爸正打着伞站在那里呢！

爸爸的目光注视着校门口，显然是在努力寻找女儿的身影，可他怎么也认不出躲在校门口屋檐下的陶丽莉 。

陶丽莉使劲挥动手臂，向着爸爸大声喊：“爸爸！我在这儿！”

可是，爸爸只是茫然地看了看自己的身后和左右，看看自己身边是否有什么可能被叫做“爸爸”的人，却一点也没有想答应陶丽莉的意思。

陶丽莉本来想跑过去，跑到爸爸跟前，说自己就是陶丽莉，就是他的宝贝女儿。可她又想了想：爸爸现在根本不认识我这个“苹果脸”女儿，跑过去又有什么用呢！

没办法，陶丽莉只好冒雨往家跑！

陶丽莉被淋得像个落汤鸡似的跑回家里。奶奶看了，心疼地说："哎呀，你爸爸不是接你去了吗！怎么，没接着？"

陶丽莉没说什么，可心里觉得挺懊恼！

六

晚上，做完功课，陶丽莉斜躺在自己的小床上，一面逗弄着自己心爱的布娃娃小美美，一面在想这几天发生的事儿。

小美美眨了眨大眼睛说："丽莉姐姐，你怎么心不在焉哪？"

陶丽莉用手指头点了点小美美的鼻子尖儿说：""你怎么知道我心不在焉？"

小美美微微地眯细了眼睛，说："哼，你的心思，我还能不知道！"

"你知道什么呀？"陶丽莉说。

"想一个人有三副面孔，到底好不好呗？"小美美说。

"你说呢？"陶丽莉问。

"不好！"小美美说。

"怎么不好？"陶丽莉故意地问。

"这还用问！"小美美说，"你想，如果我不是像现在这样，是一张可爱的苹果脸，而是一张鸭梨脸，整天跟你要脾气、闹别扭，你还会喜欢我吗？"

陶丽莉笑了笑说："嗯，你还真有两下子！"

小美美说："那当然啦，你也不想想，我是谁的小美美呀？"

"那，鲜桃脸好不好呢？"陶丽莉又问。

小美美想了想说："鲜桃脸，就是撒娇呗，嗯，女孩子，在家里，撒撒娇，也难免！"

"那，到底怎么办呢？"

小美美很干脆地说："我说呀，坚决去掉鸭梨脸，逐步去掉鲜桃脸！"

"什么时候开始？"

小美美挥了挥手，果断地说："什么时候？明天！ Tomorrow!这种事儿，还磨日子干什么？”

陶丽莉听了，点了点头，高兴地笑了。

就这样，没过几天，陶丽莉的三副面孔就改变了，变成一个只有一张可爱的苹果脸的小姑娘啦！

玲玲和她的玩具朋友

一

从玲玲还睡在摇篮里，每天只会哭，不会笑，当然也不会说话的时候起，爸爸妈妈就开始给她买玩具。最先买的是金丝绒小毛猴、白绒布小白兔、大尾巴小松鼠和绒毛小鸭子（一捏它，它还会嘎嘎地叫）。这些玩具买来以后，都挂在玲玲的小摇篮的上空，玲玲每天清早醒来，第一眼就能看见它们。

后来，玲玲会走路了，会拿东西了，会抱东西了，爸爸就给她买了棕色的绒布大狗熊和金色长毛绒大狮子。

再后来，玲玲会说话、会唱歌了，会跳舞了，妈妈就给她买了戴新疆小花帽的布娃娃，穿超短裙的小美美，蓝眼睛黄头发的洋娃娃和木头雕成的日本小姑娘。

特别要说一下的是玲玲三岁的时候，爸爸从农村给她带回来的一个木头做的小丑丑。这个小丑丑会玩单杠，能在单杠上做大回环的动作，还会“金鸡独立”（就是用一条腿站立），还会“拿大顶”（就是头冲下，两只手着地，倒立起来）。这个小丑丑的样子很滑稽，很逗人喜爱。

还有好多呢，我一下子都说不完。玲玲把这些玩具朋友一个一个地都摆放在自己的小房间里的玩具架子上。

二

玲玲和她的玩具朋友们是一个快乐的小集体。他们在一起打打闹闹，说说笑笑，你喜欢我，我喜欢你，可有意思啦！

就说玲玲刚放暑假那一天吧，晚上，他们开了一个挺热闹、挺好玩的联欢晚会。

晚会上，玩具朋友们一个个都主动地表演节目，一点也不扭捏。戴小花帽的布娃娃表演了新疆舞，穿超短裙的小美美做了时装表演，蓝眼睛黄头发的洋娃娃唱了一首《雪绒花》，木头人小丑丑表演了单杠上的大回环，金丝绒小毛猴表演了孙悟空大闹天宫！

轮到棕色绒布大狗熊啦，它迈着八字步，大摇大摆地上了台。一上台，它就一边瓮声瓮气地说话，一边笨手笨脚地表演起来：

我是大狗熊，
力气大无穷；
拔起一棵大松树，
就像拔掉一根葱！
天天偷蜜吃，
干活不用功；
不管走到哪儿，
都得当心小蜜蜂！

说着，它就双手抱着脑袋，做出一副东躲躲、西藏藏、慌忙逃避小蜜蜂的样子。它那副又笨拙、又可爱、又可怜的模样儿，一下子就把大家逗得哈哈大笑了！

接着，长毛绒大狮子也上了台。它一上台，就故意啪的一下摔了一个大跟头，然后，就顺势来了一个大翻滚。这两个动作，立刻博得了大家的热烈掌声！

大狮子在掌声中站起来，向大家鞠了一个躬，就也一边说一边表演起来：

我是狮子王，
动物里面我最强；
就怕一只小蚂蚁，
爬到我身上！
哎哟，哎哟，

弄得我身上好痒痒；
哎哟，哎哟，
我投降！我投降！

大狮子一边说一边装作浑身痒痒，举起双手，跪在地上，大喊投降的狼狈相儿，更把大家逗得哈哈大笑了。小伙伴们有的笑疼了肚子，有的笑得趴在地上爬不起来！

知道了吧，玲玲和她的玩具朋友们，就是这么一个快乐的小集体，不论谁，一到他们的小集体里，就都会是很快乐的！

三

绒布大狗熊在晚会上说自己“拔起一棵大松树，就像拔掉一根葱”，这话儿，长毛绒大狮子听了，心里总觉得有点不对劲儿！

长毛绒大狮子在晚会上说“我是狮子王，动物里面我最强”的话儿，绒布大狗熊听了，心里也觉得不舒服！

有一天，大狗熊对大狮子说：“怎么啦，不服气，咱们比比！”

“比比就比比，谁还怕你呀！”大狮子回答说。

“好啊，我来给你们当裁判！”金丝绒小毛猴在一旁听了，就凑热闹似的手舞足蹈地说。

这样，大狗熊和大狮子就扭在一起，摔打起来。虽说是闹着玩儿的，可也跟动真格的差不多，都是使足了劲儿，谁也不让谁！

它们俩在玩具架子上，从东边打到西边，又从西边打到东边；别的小伙伴们都一边鼓掌喝彩，一边远远地躲开它们。

大狗熊和大狮子越打越起劲，它们抱成一团，滚过来，滚过去！哗啦！一不小心，它们就从玩具架子上滚了下去！

这一下，可把它们俩摔晕啦！它们俩东倒西歪地躺在地板上，这个摸摸脑袋，那个摸摸屁股，疼得直哼哼！

这时候，正好玲玲回来了，她看到它们俩的这副模样儿，觉得真是又好气、又好笑，就说：“你们两个傻家伙，比力气也不会找个好地方！去，上我床上去比吧！”说着，就把大狗熊和大狮子一捧就捧上了床。

这样一来，玲玲的床就变成了一个真正的摔跤场啦！垫子是软软和和的，两边还有木栏杆。玩具架子上的朋友们，坐在那里往下看，就像坐在了看台上，摔跤场上的一切情景都看得清清楚楚。

金丝绒小毛猴一声令下，大狗熊和大狮子的比武就又开始了。一会儿，大狮子把大狗熊压在了身子底下，一会儿，大狗熊又翻了过来，死死地按住了大狮子。可大狮子使劲一翻滚，又猛地站了起来，朝大狗熊扑了过去！真是你一来我一往，谁也不示弱。看台上伙伴们助威的掌声和喊声就像打雷一样，差点儿把房子都震塌啦！

玲玲怕它们摔打得太厉害，不小心误伤了对方，所以就赶快拍手喊道："停，停！好啦，好啦，都是好样的，好样的！"

大狗熊和大狮子停了下来，都气喘吁吁地蹲在那里，你看看我，我看看你！

小毛猴跳到它们跟前，伸出两个大拇指，乐呵呵地说："好，好，大狗熊大狮子打成了平局，谁也没输，谁也没赢！好哩，你们俩握握手吧！"

大狗熊听了，就上前和大狮子热烈地握手、拥抱！

看台上，玩具小伙伴们又掀起了一阵阵欢呼声！

玲玲又高兴了，她双手一抱，就把大狗熊、大狮子、小毛猴都抱在了怀里，然后又一个个地把它们放到了玩具架子上。

四

玲玲还有三只布老虎，它们是一家子：两只大的是虎爸爸和虎妈妈，那只小的，就是虎儿子。

玲玲常常能听到，虎儿子跟虎爸爸虎妈妈撒娇、淘气，也常常能听到虎儿子跟虎爸爸虎妈妈打闹、逗乐。

有一天，玲玲看到虎儿子很不高兴的样子，就问虎儿子："怎么啦，小老虎，不高兴啦？"

"爸爸坏！"虎儿子气呼呼地说。

"怎么坏啊？"玲玲又问。

“跟他闹着玩儿吧，它老是不让着我！”虎儿子噘着嘴巴说。

“那怎么办呢？”玲玲又问。

虎儿子说：“我呀，我要把爸爸给吃了！”

玲玲微微地笑了笑说：“唔，那好吧，你就去试试吧！”

说着，虎儿子一咬牙，一埋头，一猫腰，就真的朝虎爸爸扑了过去！

虎儿子张开了大嘴巴，使劲地要去吃虎爸爸，虎爸爸就伸出大爪子，使劲地挡住了他。虎儿子去咬虎呼呼的大爪子，虎爸爸趁机一使劲，就把它按在了爪子底下。虎儿子逃脱了，又扑上去咬虎爸爸的大尾巴，虎爸爸顺势用尾巴一扫，就把虎儿子扫了个仰天倒！

虎儿子吃不到虎爸爸，就耷拉着脑袋，坐在那里喘粗气。

玲玲笑了笑说：“怎么样，把爸爸给吃掉了吗？”

虎儿子还是气呼呼地喊：“爸爸坏！爸爸坏！”

玲玲说：“那好，我把你爸爸拿走，送给别人去算了吧！”

虎儿子看了玲玲一眼，愣了一下，不知道怎么回答好。

玲玲走开了，她知道，这个问题，应该让虎儿子好好想一想，然后再回答。

过了一会儿，玲玲再来看虎儿子，虎儿子好像已经好好想过啦，它有点不好意思地对玲玲说：“玲玲姐姐，还是让爸爸留下来吧！”

五

有一天晚上，玲玲和大多数伙伴们都睡着了，只有金丝绒小毛猴精神头十足，没睡觉。它趁大家都睡着了，就东爬爬，西跳跳，到处闹着玩儿。

小毛猴先是爬到组合柜的万宝格上，跳进一个小花篮，在花篮里使劲摇摇这枝花，又晃晃那枝花；接着又跳到玲玲的书桌上，到笔筒里去拿玲玲的圆珠笔，把圆珠笔舞来舞去当金箍棒！

“啪！”突然，玲玲的一个装小玩意儿的小玻璃瓶，被金箍棒打落到地上，摔了个粉碎！

小毛猴知道是闯祸了，就赶紧溜回到它原来待的地方，闭上眼睛，假装睡着了。

第二天早上，玲玲起床以后，发现小玻璃瓶粉碎在地上，就知道昨晚上准是有谁不好好睡觉，在房间里瞎折腾啦！

“哎，朋友们，昨晚上，是谁把我的小玻璃瓶给打碎啦？”玲玲向玩具朋友们问道。

小玩具们你看看我，我看看你，谁也没有说话。小毛猴呢，它一只手撑着下巴，两只眼睛眯成一条小缝，轻轻地摇晃着脑袋，装出啥事也没有的样子，也一句话都不说。

玲玲心里想：我得用一个小计谋才行！

“昨晚上，大家都睡着了吗？”玲玲继续问朋友们。

“睡、着、啦！”玩具朋友们回答，小毛猴也这么回答。

“有醒着的吗？”玲玲又问。

“没有！我没有！”玩具朋友们回答，小毛猴也这么回答。

“昨晚上，窗子外面，发生了一件很奇怪的事情，有谁知道吗？”玲玲问。

“什么奇怪的事情呀？”小毛猴忍不住问道。

玲玲故意一边表演一边装做好惊奇地说：“啊，有一只小耗子，跟一头大象打仗，打得好厉害噢！最后啊，小耗子钻进了大象的长鼻子里，把大象给打败了！你们说，奇怪不奇怪啊！”

小毛猴眨了眨眼睛，不大服气地问：“嗯，我怎么没看见呀？”

玲玲说：“你睡着了啊，当然看不见啦！”

“我没睡！”小毛猴倔强地说，“我……”小毛猴发觉自己露了馅儿，话说了一半，就赶紧捂住了嘴巴！

玲玲抿嘴微微笑了笑，心里有数地问：“好，现在我再问一次，昨晚上，是谁把我的小玻璃瓶打碎了呀？”

小毛猴不好意思地低下了头，举起一只小手，小声地说：“对不起，是，是我！”

六

前面说到过，玲玲有一个木头人玩具小丑丑。

这个小丑丑，样子很滑稽，可本领很高强。几年来，他曾经给大家带来了很多快乐！

每次玲玲和玩具朋友们一起玩儿的时候，小丑丑总是要给大家表演精彩的节目。他做“金鸡独立”，一条腿站着，另一条腿做出各种好看的动作，常常使大家看得目不转睛。他“拿大顶”，两手着地，头朝下地竖立起来，好久好久都纹丝不动，常常使大家紧张得气都喘不过来。他在单杠上表演大回环，更是精彩，一个又一个，一个又一个，旋转得像飞跑着的车轮似的，常常博得大家的热烈欢呼和掌声。小丑丑，成了大家心里最喜欢的小伙子！（当然，也有个别瞧不起小丑丑的，在心里偷偷地说：“哼，土里土气的，有什么了不起！”）

大家喜欢小丑丑，可小丑丑一点也不骄傲，每次表演完了，总是那么傻乎乎地向大家一鞠躬，傻乎乎地微微地一笑！

可是，不幸的事情发生了：小丑丑是木头做的，哪经得起常常做这样高难度的表演呀！几年来，小丑丑的两只胳膊和两条腿的关节，渐渐地被磨损了。有一天，当他再给小伙伴们表演时，腿脚和两手都不那么灵便了。在单杠上做大回环，没做上两个，就上不去了；“拿大顶”也坚持不了一会儿就摇摇晃晃；做“金鸡独立”也东歪西斜啦！小丑丑因为自己没有给朋友们表演得很好，心里非常难过，眼泪和汗水，一起从脸上淌了下来！（这一来，原来个别瞧不起小丑丑的，就禁不住发出一种不友好的笑声！）

可小丑丑还是认认真真地向大家一鞠躬，然后两手一捂脸，就跑了下去。

玲玲和许多玩具朋友看到这个情景，心都要碎了！他们一方面为小丑丑的不幸而伤心，一方面也为刚才那不友好的笑声而痛心！

玲玲本来想让大家开一个会，好好地说一说这件事情的，可她难过得一句话也说不出来！

这时候，只见穿超短裙的小美美很快地跑到了小丑丑跟前，真诚地一把搂住小丑丑的脖子，在他的额头上结结实实地亲了一亲！清秀的、木头雕成的日本小姑娘也踢跶踢跶地碎步跑向前来，在小丑丑面前深深地一鞠躬，很轻柔地说：“您辛苦啦！谢谢您啦！十二万分地谢谢您啦！”

一时间，玩具小伙伴们都围了过来，围在小丑丑身边。热烈的握手、拥抱，热情的话语，就像春天的阳光和花朵一样，一下子就使得这里更加温暖、更加美好起来！

“小丑丑！好朋友！我们会永远记得你曾经给大家带来的欢乐的！”小伙

伴们异口同声地说出了这句心里话！

小丑丑呢，心里也就不难过了，他觉得非常温暖和快乐！

数学老师的小狗狗

二（1）班的胖胖最怕考数学。

下周就要考数学了，见到数学老师，胖胖就问："王老师，这次的题难吗？"

王老师微微地笑了笑说："不难，我们家小狗狗都会做！"

胖胖找到牛牛，说："牛牛，王老师是你姨吧？"

"是啊！"牛牛说。

"她的小狗狗也会做数学题？"

"对，没错！"

"咱们到她家去，跟她的小狗狗玩玩！看能不能弄到下周考试的数学题，好吗？"

"好啊！"牛牛回答说。

说干就干，星期天一早，胖胖和牛牛就去了王老师家。

王老师很高兴他们来，又让他们吃香蕉，又让他们吃苹果！

王老师自己干自己的事情，胖胖和牛牛就逗小狗狗玩儿。

玩了一会儿，小狗狗歪着小脑袋，看了两眼胖胖和牛牛，就说："你们俩的鬼心思，我知道！"

胖胖愣了一下，说："你知道？"

牛牛也说："你知道个啥？"

小狗狗说："你们带我出去玩，我就告诉你们！"

胖胖跟王老师说了一声，就和牛牛一起带小狗狗出去玩去了。

到了小公园，胖胖就问小狗狗："小狗狗，你知道我们什么鬼心思啊？"

小狗狗瞥了一眼胖胖说："想知道老师的考试题呗！"

牛牛赶紧问："你知道那考试题？"

“当然知道！”小狗狗说。

“能告诉我们吗？”胖胖和牛牛同时问。

“能！”小狗狗说，接着，又补充一句：“可是，得有一个条件！”

“什么条件？”胖胖和牛牛问。

“今天一天都不许你们笑！”小狗狗想了想，清清楚楚地说。

“不许笑？”胖胖和牛牛纳闷地说。

“对，不许乐，不许笑！你们想干这种事儿，那就得付出代价！”

“如果笑了呢？”胖胖和牛牛问。

“如果笑了，我就跑啦！”小狗狗说。

“行，这容易！”胖胖甩了甩拳头说。

“可你怎么告诉我们呢？”牛牛着急地问。

小狗狗又看了胖胖和牛牛一眼，很神气地说：“我就一五一十地把考题说给你们听呗！”

胖胖听了，装出不相信的样子说：“你也懂数学？”

“数学老师的小狗狗嘛，哪能不懂数学呀？马戏团的小狗狗，还懂数学呢！”小狗狗很自豪地说，“不信，给你们表演表演：1的平方是1，2的平方是4，3的平方是9，4的平方是16，5的平方25，6的平方36……”

胖胖和牛牛一听，乐得手舞足蹈地大笑起来：“哈哈！有门儿！有门儿！”

小狗狗抬头看了看他们俩，轻轻地说了声：“噢，你们笑啦，我走啦！”说完，就突然不见啦！

不见了小狗狗，胖胖和牛牛只好又去到王老师家里，问王老师：“老师，小狗狗跑回来了吗？”

王老师微微地笑了笑说：“回来啦，你们得罪我的小狗狗了吧？”

胖胖和牛牛支吾了半天，也没说出个道理。

还是王老师给他们解了围，她说：“那好，再带它出去玩玩吧！”

这样，胖胖和牛牛就又把小狗狗带到了小公园。

到了小公园，小狗狗就说：“来，我学个人走路给你们看看！”说着，就两只前腿一提，用两只后腿站了起来！

胖胖和牛牛见了，本来想笑，可他们已经有了警惕，所以忍住了，没有笑出来。

小狗狗用两只后腿蹒蹒跚跚地走着，忽然，看见地上有一根小棍儿，它就捡起了小棍儿，拄着小棍儿走，那样儿，活像是一个老爷爷，就更加可笑啦！

可胖胖和牛牛还是忍住了，没有笑出来，只是干干地说："好，好，太棒啦！"

小狗狗又向前走了几步，突然，一个趔趄，摔倒在地上了！

胖胖和牛牛赶紧跑上去，要把小狗狗搀起来。

小狗狗举起一只前腿，摆了摆说："不用搀，不用搀，我这是跟你们逗着玩儿呢！"

胖胖和牛牛一看小狗狗这滑稽样儿，忍不住都用手捂住嘴，呼呼呼呼地笑了起来！

小狗狗装作生气似的说："你们又笑啦，我走啦！"说着，就又突然不见了！

胖胖和牛牛懊恼地坐在地上，两手撑着下巴，不知如何是好！

过了好一会儿，胖胖才说："看起来，咱们这个鬼主意，怕是不行啦！"

牛牛也说："是啊，咱们是小学生，又不是泥菩萨，哪能不笑呢！"

胖胖又说："我爷爷常说，'千金难买一笑'，我们，怎么能只为了几个考题，就不笑了呢！"

牛牛也说："是啊，我看，我们还是要乐吧，要笑吧，不要打听老师的考题啦！"

"哎，对啦！你们啊，根本就不该那么想！"突然，小狗狗又出现在他们面前，并且用小爪子刮着脸皮说："想打听老师的考题，你们心里，愧不愧啊！"

胖胖和牛牛不好意思了，坐在地上一句话也说不出来，只好轻轻地点头。

小狗狗拱了拱他们的屁股，说："站起来！站起来！哥们儿！连我都能学好的东西，你们两个男子汉，还怕学不好？"

胖胖和牛牛听了，高兴了，于是就站了起来，放开喉咙，哈哈哈哈，哈哈哈哈地笑了！

小狗狗也高兴了，一埋头，一撒欢儿，就连蹦带跳地奔跑了起来！

胖胖和牛牛一拉手，也就哈哈哈哈地大笑着，跟着跑了上去……

王晓功的故事

开场白

嗨，我干吗要写童话呢？世界上有趣的事儿，人家早都写完了。什么神笔啦，神笛啦；什么魔鞋啦，魔毯啦；什么宝葫芦啦，七色花啦；什么孙悟空啦，小哪吒啦；住在水里的有老龙王和小人鱼，能飞上天的有阿童木和尼尔斯……

哎呀呀！我可真是走投无路了！

可我不服气，死心眼儿，偏要写！

怎么办呢？噢，有啦！我让我的小主人公想做什么就能做什么，那不就行了吗？那不比什么神呀、魔呀、宝呀、梦呀等的更神上一千倍吗？

好，说写就写！

——他叫什么名字？

——嗨，随便，比如说，就叫王晓功吧！

——多大？

——上四年级，男的。

——他怎么会有那么大的本领呢？

——这……唉……怎么说都行！唔，这样吧，就算昨晚上孙悟空教给他的，不行吗？

行，那下面就开始啦！

一、朋友和小鸟

晓功头一天晚上得到孙悟空的传授，第二天早上，就用到自己的三个好朋友身上了。

事情是这样的：晓功在班上有三个好朋友：小勇、杨智和李亮。他们四个都是班上小足球队的成员，家又离得近，每天清早都要一起到小树林旁边去做早操，练长跑。

可有一件事，晓功最烦他们，那就是小勇他们仨，每人都养着一只小鸟。每天早上练跑的时候，他们仨都提着鸟笼子来。

晓功常想：嗨，什么不好玩？玩鸟！像个老头子！再说，把小鸟关在笼子里，那有什么好玩的呢？不信，把你自己关进笼子里试试！

所以，晓功的本领，就首先在自己好朋友的身上用上啦！

这天早上，晓功来到小树林旁边的时候，小勇他们仨，早已经把三只小鸟笼挂在小树枝上，回过头来，开始做广播操，准备练跑了。

晓功向他们说了声“早上好”，就跟他们一起做起操来。

做到转体运动的时候，晓功瞅了个空儿，用眼睛朝杨智的小鸟笼瞟了一眼。

说时迟，那时快，杨智那小鸟笼的竹门儿，“啪”的一声，突然就自己跳开了！

杨智听到了奇怪的响声，不由得朝自己的小鸟笼看了一眼。

“不好！小鸟飞出来了！”杨智惊慌地叫了一声，就朝小鸟扑了过去。

小鸟看见杨智追来了，就急忙朝草窝里一蹿；杨智见了，就像他守球门时扑球一样，一个鱼跃，朝草窝里扑了过去。

这时，李亮也已经赶了上来，他跟杨智差不多同一个时候扑向草窝，但是，却正好趴到了杨智身上。

他们两个，都没有扑住小鸟。小鸟蹿出草窝，“呼”的一声，上了树枝，再一抖翅膀，飞走了。

李亮急忙从杨智身上爬起来，这时，好像也听到“啪”的一声。

“不好！”李亮回头一看，“哎呀！我的小鸟也出来啦！”他也大叫了起来。

等李亮朝自己的小鸟扑过去的时候，小鸟也早已轻轻地一振翅膀，飞到高高的树顶上去了！

李亮大声地喊了起来：“嗨，今天，真邪啦！怎么小鸟都会撬门啦！”

这时候，小勇倒很机灵，他急忙一个箭步，把自己的小鸟笼抱到了怀里，把小门儿压得紧紧的。

可是，三只鸟儿已经飞走两只，小勇抱着孤零零的一只小鸟儿，也觉得没多大意思了。

“嗨，朋友们都飞走了，只剩下你一个啦！”小勇看了看笼子里的小鸟儿，叹了口气说。

“放了它吧！小勇，放了它吧！”李亮说，“让它们三个好朋友，一起回到天空里去吧！”

“对，索性放了它吧！”杨智也说。

“好吧！”小勇爽快地点了点头，笑眯眯地把鸟笼的门儿一开，说：“飞吧！找你的两个哥们儿，飞得高高地去吧！”

晓功看了看自己的三个好朋友，心里也觉得很高兴，便上去攀住他们的肩膀说：“好吧，咱们练咱们的跑步吧！小鸟儿就算飞走了，它们也仍然是我们的好朋友！”

小树林旁边，四个小伙伴，欢乐地奔跑起来了。

二、两张小纸条

在班上，杨智和李亮是最要好的朋友；还有两个女生，罗英和鲁芳，也是最要好的朋友。但是，不知道从什么时候开始，也不知道是什么原因，罗英和李亮之间，却经常地闹起矛盾来。他们虽然在一个班上，却总是互相不说话。

这一天下午，第一节自习课的时候，罗英就给鲁芳递条子。她从作业本上扯下一张纸来，写道：“中午我碰见李亮啦！”然后就递给了坐在旁边的鲁芳。

鲁芳看了，在下面写道：“他怎么啦？”又递回给罗英。

罗英写道：“他瞪了我一眼！”又递给鲁芳。

鲁芳又写上：“也许想打招呼吧！”又递回给罗英。

罗英又写道：“不是，样子可凶啦！”

“那么，后来呢？”

“后来他好像低头笑了笑，就走过去了！”

“那算什么呢？”鲁芳写道。

“谁知道呀！”罗英写道。

“嗨，以后咱们不要多心了吧！”

“我也这么想，都是一个班的同学，有什么过不去的……”罗英继续写道。

正在这时候，李亮也在给杨智写条子：“中午，我碰见罗英啦！”

“她怎么啦？”杨智写了，递回给李亮。

“她瞪了我一眼！”李亮写了，又递给杨智。

“是吗？也许想打招呼呢！”

“不是！样子可傲啦！”

“那么，后来呢？”

“后来，她好像低头笑了笑，就走过去了！”李亮写道。

“那算什么呢？”杨智写道。

“嗨，谁猜得着呀！”

“我看，咱们以后别再多心了吧！”

“我也那么想呀，都是一个班的同学，有什么过不去的……”李亮继续写着。

也就在这个时候，王晓功把嘴唇微微地翘起来，轻轻地往外吹气：“呼——呼——”

刹那间，教室里突然刮起了一股旋风！旋风把同学们的书呀，本子呀，吹得哗啦哗啦地响。同学们都赶快放下自己手里的笔呀，小刀什么的，腾出手来把书呀、本子呀捂住，以免它们飞到桌子底下去！

可是，罗英没有捂住写给鲁芳的字条，李亮也没有捂住写给杨智的字条。

两张字条都被那股旋风吹得飞了起来，在教室上空打转转。

“啊——”同学们都惊奇地仰起头，看着这两张飞舞的字条。

可是，风一下子又停住了。

两张字条像两只小鸽子，斜着翅膀，在教室上空盘旋了一会儿，然后，就慢慢地往下落——一张落到李亮手里，另一张落到了罗英手里。

落在李亮手里的，是罗英和鲁芳写的条子。

落在罗英手里的，是李亮和杨智写的条子。

两对好朋友都急急忙忙地看条子。

看罢条子，他们四个人的脸都红扑扑的，然后又都高兴地、微微地笑了。

三、“脏熊”张雄

班上有位同学叫张雄，可同学们都叫他“脏熊”。虽然，我们不应该这样给同学起外号，但是，这个外号起得还真合适！全班最不讲卫生的，恐怕就数这个张雄了！

张雄过去的一些脏的“创纪录”的历史，我们可以不去说它，就说他现在还保持的一个“新纪录”吧：他可以一个月不洗澡，也可以一个月不换衣服！

当然，张雄的爸爸妈妈工作忙一些，对他照顾得不够，这是个客观原因；但是，张雄自己不愿意洗澡、换衣服，却是他爸爸妈妈也没法改变的。有时候，爸爸妈妈有点空，要找他洗澡、换衣服，而张雄呢，却故意溜到不知什么地方去了。等到爸爸妈妈上班去了，他才偷偷地跑回来。

关于张雄的那股脏劲儿，同学们曾经编了一个曲子（是按照新疆歌曲《阿拉木罕》的曲子改编的）：

脏熊张雄怎么样？
哎，长得不胖也不瘦。
他的胳膊像黑炭，
他的脸蛋像煤球。
洗了能肥三亩田，
熬了能出三锅油……

至于他身上的衣服的那股酸气和臭味，就更不要我说啦，真叫没治！

晓功看到这情况，心里想：这“脏熊”，没治，也总该治一治吧！放学的时候，晓功走在张雄后面，轻轻地拍了拍张雄的肩膀说：“脏熊，快回家吧，你爸爸妈妈在等你呢！”

张雄跑回家，真的爸爸妈妈都在家。张雄放下书包，正想问爸爸给他买了巧克力和乒乓球没有，突然，他却“哎哟”一声，一屁股坐在了地上！

“哎哟！哎哟！真痒！真痒！”张雄一面叫唤，一面浑身上下抓起痒来！

爸爸妈妈急忙跑过来，把他抱起来，扒开衣服，看他身上到底怎么啦！

身上除了脏泥以外，什么毛病也看不出来。

张雄不断地两手上上下下抓痒，可痒怎么也止不住，反而越来越厉害。

“哎哟！哎哟！痒！痒死我啦！”张雄索性躺到地上，满地打滚。

爸爸着急了，把他一抱，就到街道医院看急诊去了。

医生一看，笑了，说：“嗨，啥事也没有，就是太脏了，回家洗个澡吧！”

张雄回到家里，妈妈给他倒好了洗澡水，他脱光了衣服，把洗澡水往身上一淋，哈哈，他马上就高兴地笑了：那舒服劲儿，就好像一口气吃了三个冰淇淋！

张雄洗完澡，嘴里哼着歌子，光着身子跑出来，身上的水也没擦干，就拿起刚才脱在椅子上的脏衣服，一伸手，穿上了。

张雄刚穿好衣服，扣好了扣子，突然，又大声地喊叫起来：“哎哟！哎哟！烫死我了！烫死我了！”

原来，张雄把脏衣服穿在身上，就像穿上了一件烧红了的铁皮衣服一样，简直烫得要命！

张雄被烫得手舞足蹈，扣子也解不了。还是爸爸妈妈跑上来，搂住他，解开衣服，把它脱了下来，这才把他从“火焰山”里救了出来。

妈妈生气地说：“你这个小脏熊，洗了澡，怎么还穿脏衣服呢！”

爸爸从衣柜里拿出件干净衣服来，也有点生气地说：“衣服有的是，就是你自己太懒！”说着，就把衣服扔给了光着身子站在一旁的小张雄。

张雄赶忙穿上了干净衣服，只觉得浑身爽快极了！

第二天，同学们看见张雄穿着干干净净的衣服上学来了，大家都对他眯眯笑。

晓功心里自然也很高兴。

这以后，在班上就再也没人唱那首歌子了。

四、平衡木上的“小燕子”

这天的体育课，男生练跳马，女生练平衡木。

男生练的时候，女生休息和观看；女生练的时候，男生休息和观看。

女生也不是一开始就上平衡木，她们得先在地上练习。

女生中练得最好的是林小燕。她跳跃、劈叉、前滚翻、后滚翻、倒立和各种舞蹈动作，都练得很好看。

“林小燕，来，到平衡木上练习一下试试看！”梁老师对林小燕说，然后就把她领到平衡木旁边，一把就把她抱上了平衡木。

“好，往前走！”等林小燕站稳了，梁老师就这样说。

可是，待了好一会儿，林小燕却一动也不动。啊，她心里有点害怕。

“好，你先休息一会儿，”梁老师又把林小燕抱了下来，和蔼地说，“等一会儿再上去试试看。”

这情景，王晓功都看在眼里。他明白：林小燕是因为胆子小，缺乏信心，所以不敢在平衡木上做动作。

“应该给她一点信心才行！”晓功想。可是这很不容易！这必须要晓功去握一握小燕的手才行——就好像要让张雄身上觉得痒和烫，就必须在他背上轻轻拍一下才行一样。

可是，晓功怎么好无缘无故去跟女孩子握手呢！

好，有了！晓功想出办法来了——晓功微微地翘起嘴唇，轻轻地往上吹气。突然，校园里的小杨树们哗啦啦地响了起来，紧接着，就刮过来了一阵旋风，旋风“呼”的一声，就把晓功的小白帽吹上了天空。

小白帽在天空里翻了好几个跟头，风一停，就“噗”的一声落在了林小燕跟前。

等晓功朝林小燕跑过去，林小燕已经一弯腰，把小白帽捡了起来。她把小白帽给了跑过来的晓功，晓功接过小白帽，就很有礼貌地伸出手来，说：“谢谢啦，谢谢！”林小燕也伸出手来轻轻地握了握晓功的手，说：“不谢！不谢！”

晓功拿了小白帽，很快跑了回来。

林小燕呢，却好像突然觉得很有信心上平衡木了！

一会儿，梁老师走过来，对小燕说：“怎么样，林小燕，再上平衡木试试！”

林小燕上了平衡木，啊，简直就像是一只真正的小燕子！她一个一个地做起各种动作来！啊，她的步伐是那么轻盈，动作是那么干净利索！

“啊，真像是马艳红！”女同学们赞叹说。

“啊，简直是第二个吴佳妮！”男同学们也称赞说。

梁老师站在平衡木旁边，一面保护她，一面不断轻轻地鼓励她说：“对，对，就这样！好，好！”

林小燕下了平衡木，操场上，响起了同学们长久的热烈的掌声。

小燕很高兴地向同学们点点头，心里却纳闷地想：“我这胆量，一下子从哪儿来的呢？”

五、还有两个捣蛋鬼

班上还有两个捣蛋鬼：一个叫雷航，一个叫司马强。他们俩都不尊重女同学，常常喜欢欺侮女同学。

这天下午，上体育课的时候，他们俩故意最后离开教室。在同学们都出去了以后，他们就把一个破笤帚疙瘩和一个黑板擦架在了教室的门顶上。

他俩想：上完体育课，一定是她们女同学先回教室，只要她们一推门，哈哈，笤帚疙瘩和黑板擦就准能砸在她们的脑袋上，就一定会把她们吓得鬼哭狼嚎！啊，那多有意思！

他俩这么做了以后，就从窗户跳出了教室，猫着腰，鬼鬼祟祟地沿着墙根跑向了操场。

但是，这些小动作，当然都瞒不了王晓功的眼睛。

上罢体育课，雷航和司马强看见，的确是几个女同学走在前面，回教室去了；于是，他俩就心里乐滋滋地、脸上笑嘻嘻地跟在后面，准备看一场热闹。

女同学进了教室门了，但是，却没有听见她们“鬼哭狼嚎”！

“哎，怎么啦？”雷航、司马强纳闷了。

事情很简单：在女同学们进门之前，班主任何老师已经来过了。她想来看看下一节自习课的情况，并且把作文本拿来发给大家。

同学们都回到教室来了，自习课铃已经响了好一会儿了，可何老师还是一言不发，只是严肃地站在讲台上，冷静地观察着同学们。

讲台桌上，放着那把笤帚疙瘩和那个黑板擦。

“同学们！”何老师说话了，“是谁把笤帚和黑板擦搁在教室的门顶上的？”

教室里响起了“嗡嗡”的声音，同学们你看我，我看你，但是，没有人回答。

“请大家思考一分钟。”何老师说着，看了看表；过了一分钟，又接着说：“是谁干的，请把手举起来！”

教师里鸦雀无声，谁也没举手。

“那么，好，请没有干这件事的同学，举起手来！”

“唰！”同学们都把手举了起来，雷航和司马强也犹犹豫豫地把手举了起来。

何老师看了大家一眼，说："看来，做了错事的同学，是不准备自己承认啦！好，请把手放下吧！"

同学们把手放下了，雷航和司马强也把手放下了。

就在这时，突然，讲台桌上的那把笤帚疙瘩和黑板擦却"嗖、嗖"两声，飞了起来。黑板擦"啪"的一下，粘到了雷航的脑门儿上，笤帚疙瘩则"唰"的一下，粘到了司马强的背脊上。

这一来，雷航脑门上就好像长出了一大片浓密的、棕黄色的头发；司马强背上，就好像背上了一支特制的、奇形怪状的冲锋枪！

"呜哇——"全班都骚动起来！

雷航想把黑板擦从额头上拿下来，但无论他使多大劲，都没能拿下来。

司马强想把笤帚疙瘩从背上拿下来，但是，同样也拿不下来。

何老师着急了，上前帮助雷航，两只手使劲拽他脑门上的黑板擦。

"哎哟，哎哟，好疼！好疼！"雷航大声叫唤，何老师只好松开了手。

坐在司马强背后的张雄，也站起身来帮司马强卸"冲锋枪"，可"冲锋枪"却怎么也卸不下来。

"同学们，静一静！"何老师回到讲台上，严肃地说。

教室里，很快安静了下来，只有雷航和司马强还站着。

"奇怪！"何老师说，"怎么笤帚和黑板擦专找你们俩呢？"

雷航低下了头，司马强也低下了头。过了一会儿，他们两人同时说："老师，我错了！我不该……"

"嗖——""嗖——"

还没等雷航和司马强把话说完，那把笤帚疙瘩就自动地离开了司马强的背脊，好像一枚从他背脊上发射出来的导弹一样，准确无误地竖到了教室前面的工具箱旁；那个黑板擦，也从雷航的脑门上起飞，像一架直升机似的，平平稳稳地落到了老师跟前的讲台桌面上。

"啊啊——"同学们都十分惊奇、十分高兴地哄堂大笑起来！

"静一静，同学们！"何老师微笑着说，"大家赶快自习吧！雷航、司马强有缺点，有错误，承认了，改了，就好！"雷航、司马强坐下了，教室里很快安静了下来。

同学们认真地自习起来，晓功微微地笑了笑，也认真地打开了课本和作业本。

结束语

王晓功这样的故事，按理说，可以一个一个没完没了地写下去。可是，写得是不是有趣、有意思，那就很难说啦！所以，我必须先在这里打住，看一看少年读者朋友们的“脸色”，才能决定是否继续写下去。

朋友，如果你是孙悟空的徒弟，如果你有王晓功那样的本领，你会做些什么事儿呢？你能告诉我吗？

（原载《东方少年》，1984年第7期）

魔　纸

一

有一位老爷爷，他喜欢孩子们，他想给孩子们写童话，好逗孩子们乐啊！可写什么呢？他想，童话里有魔毯，有魔鞋，有魔笛，有魔表……唔，就是还没有魔纸，那，我就写一个魔纸的童话吧！

他坐到写字台前，拿出纸，拿出笔，写下了一个标题：魔纸！

可怎么写下去呢？编个什么故事呢？

老爷爷站起身来，在房间里踱来踱去……想啊，编哪！

可那张被写有“魔纸”两个字的纸，却等得不耐烦了！他想：你不是在我身上写了“魔纸”两个字吗，我就真给你变成魔纸看看！于是，那张纸就真的变成了魔纸，一转眼就飞走了！

老爷爷在房间里转了几个圈儿，似乎想到了什么，就回头又坐到了写字台前。这时，写有“魔纸”标题的那张纸，早已不见了。可他光顾着编故事，也早忘了是否写过“魔纸”两个字了，于是，他就又在一张纸上写上了“魔纸”两个字！

老爷爷咬了咬圆珠笔头，想了想，还是编不出故事来！于是，他只好又站起身来，在房间里转圈儿……

如此这般，再三再四，不一会儿，他那摞纸儿，就纷纷地变成魔纸飞走啦！

二

一张魔纸飞到了一间办公室里，落到了一位正在写字的秘书先生的手下。这位秘书先生正使劲地抽着烟，皱着眉，苦着脸，在埋头写什么东西呢！

“先生，你这是干什么呀？”魔纸问。

“嗨，给我们那位领导写讲稿呗！”秘书回答。

“他干吗不自己写呀？”

“他呀，让他吃酒席、泡舞厅还可以，哪会写讲稿呀？”秘书说。

“那他为什么还要讲稿呢？”

“嗨，我们这领导呀，官不大，架子可不小！实事儿不愿干，就喜欢三天两头作个报告！要做报告，当然就得有讲稿喽！”

“唔，是这样！”魔纸说，“那好，咱们明儿就瞧瞧他怎么做报告吧！”

秘书又埋头写起报告来，魔纸暗暗帮助他，让他心里怎么想字就唰唰唰地自动出现在纸张上。这样，秘书很快就把讲稿写完了。

第二天，那领导就摇头晃脑地在一个大厅里做报告了。

“先生们，朋友们！嗯哼！今天，鄙人向诸位讲讲鄙人做领导的技巧和体会，讲讲鄙人是怎么取得如今的辉煌成就的！”那领导开始念稿子，念得还可以。

“鄙人领导的单位，是一个非常重要的单位，一共有职工……”那领导念到这儿，突然卡了壳，念不下去了。因为，魔纸唰地一下，把讲稿上的字消掉了好几行！

“哎，怎么啦，职工……没有啦！”那领导傻头傻脑地一边翻动着讲稿，一边自言自语地说。

“嘻嘻嘻嘻……”大厅里发出一阵嘻笑声！

那领导只好跳过被消掉的那几行，继续往下念：“……单位里，大家都很聪明，只有一个大笨蛋！可那既不是你，也不是他，到底是谁呢？大家想想就知道了！”

“哈哈哈哈……”大厅里顿时发出了一阵大笑声！当然，人们并不知道，这几句词儿，正是魔纸给那领导编排的！

那领导只顾念稿子，糊里糊涂地也不知道自己在念什么。他接着又摇头晃脑地继续念：“怎么啦，诸位猜不着？那个大笨蛋，不就站在这儿吗！”

“轰……哗……”大厅里爆炸似的掀起了一阵哄笑，就像是在看一场精彩的讽刺喜剧！

那领导两眼死死地盯着讲稿，还想往下念，可大厅里已经有节奏地响起了喊叫声：“轰轰轰！大饭桶！大饭桶！轰轰轰！”

于是，那领导就灰溜溜地、狼狈不堪地跑下了台！

三

另一张魔纸在空中飞翔并观察了一会儿，就朝一个神秘的地下室飞了过去。它想进去看看，这个神神秘秘的所在，到底是一个什么地方。

魔纸很快就发现，这是一个伪造钞票的黑窝点。几个歹徒正七手八脚地在印制假钞票哩！

魔纸心里想：哇，好小子，在这儿搞鬼啊，哼哼，等着瞧吧！想着，就往下一落，变成了一张印钞票的纸。

叮铃铛！印钞机一转，很快，魔纸就被印成了一大张假钞票！

“嚓、嚓、嚓！”切纸机横一刀，竖一刀，很快，魔纸就被裁成了许多张假钞票！两个歹徒慌忙地把裁好的假钞票捆成捆儿，又慌忙地把假钞票装进一个大麻袋，然后背出地下室，上了一辆汽车，就慌慌忙忙地开走了。

两个歹徒开车来到一个集贸市场，把假钞票交给了等在那里的另外两个歹徒，好让他们在市场上把假钞票用掉。

就在这紧要关头，魔纸印成的那许多张假钞票，突然使劲挣脱了歹徒的手，向空中飞散开，并在歹徒们的头顶上飞来飞去！

四个歹徒慌了手脚，赶紧蹦蹦跳跳地来抓飞散的假钞票。可这些魔纸印成的假钞票，哪是这几个歹徒能抓得着的呢！

市场上买东西的、做生意的人们，看见歹徒们的头顶上有钞票飞翔，都觉得很奇怪，都纷纷跑过来看热闹。这样，就自然地把四个歹徒团团包围住了！

歹徒见势不妙，只好慌忙逃窜。两个歹徒上了汽车，另两个歹徒逃进了人群。魔纸们岂能饶了这几个歹徒！它们立即分别跟随着歹徒，在他们的头顶上飞翔，好像蜜蜂追逐着几个大狗熊！

魔纸们还互相鼓励地大声呼喊着："伙计们，好好干！死死地盯住这几个大坏蛋！可别让他们跑啦！"

几位民警跑了过来，几张魔纸印成的假钞票就自动地落到了他们手里。民警们一看，就明白了这是怎么回事儿。他们冲上去逮住了那两个正在逃跑的歹徒，从他们身上查出了许多假钞票。这两个歹徒，当然就跑不掉啦！

那两个开车逃跑的歹徒，也没有好果子吃。有魔纸在他们头顶上跟着飞，就算他们把车开得贼快，就算他们逃到天涯海角，也逃不出被逮住的下场。

四个歹徒都被抓住了，那个印假钞票的黑窝点，自然也就被破获了！

魔纸这一趟干得很漂亮，可它却跟其他假钞票一起，被收集了起来，统统一把火烧掉啦！

魔纸心里想：这也算是生命的一次闪光，一次小小的辉煌吧！即使自己被化成了灰烬，也还是很值得的嘛！

四

一张洁白的魔纸飞进了一所小学校，被学校印成了一张期末考试的语文卷子。拿到这张考卷的是一个三年级小学生，他叫刘小伟。

这个刘小伟，真是个小可怜！他的爸爸妈妈，不知为了什么总是吵吵闹闹。昨天晚上，他们吵着吵着，竟大打出手起来！家里的热水瓶被砸碎了，床单被撕成了两半，一把笤帚扔过来，正好打在刘小伟的脑门上，他的脑门上立刻鼓起了一个大包！你想想，如果你是刘小伟，在这样的情况下，你能安心地温习功课吗？

所以，刘小伟一拿起考卷就觉得脑袋疼。

魔纸轻轻地安慰刘小伟说："别着急，别着急，小伟，我会帮助你的！"

刘小伟听到有安慰他的声音，心里安定了一些，脑袋也就不疼了。

刘小伟平常学习还比较用功，所以前几道题答得还比较顺利。

可是，下面一道题，就碰到困难了。这是一道填空题，有一个地方，需要填一个稀奇的“稀”字；刘小伟一下子憋住了，想啊，想啊，怎么也想不出这“稀”字该怎么写！

刘小伟只好瞪着那空儿发愣。哎！奇怪！突然，那空儿里，竟隐隐约约地显出一个“禾”字来！

刘小伟一看到这个“禾”字偏旁，脑子一开窍，哎，这“稀”字就写出来了。很快，刘小伟把别的题也做完了。看看还没到下课的时间，他就把考卷从头检查了一遍。

检查完了，刘小伟就在考卷旁边的空白上，加了这么一行字：“老师，你好！稀奇的‘稀’字，我本来不会写，可考卷上突然显出一个‘禾’字来，我一看，受到了启发，就把‘稀’字想起来了！”

老师判卷子的时候，看到了刘小伟留的这行字，心里甜滋滋的，觉得做这样聪明而诚实的好学生的老师，真是很幸福！

可是，等老师看完整张卷子时，她却惊奇地看到，在卷子的末尾，一个一个地显出这么几行字：“老师，刘小伟的爸爸妈妈昨天晚上吵架、打架，闹了一通宵，小伟他怎么能好好复习功课呢！是我帮助了他，让他写出了那个‘稀’字，这不算是作弊吧！还有，老师，你能不能想一个办法，救救可怜的刘小伟呢？”

老师看了这一个一个显出的几行字，心里像被什么东西使劲地揪了一下，眼圈立刻就变成红红的了。她默默地掏出一块小手绢，捂住脸，悄悄地哭了！

五

一张魔纸此刻正在一个小姑娘手里，小姑娘正急急忙忙地用它在折一只小船。小姑娘毛手毛脚，把魔纸弄得哗啦哗啦地响，使魔纸觉得好疼好疼！

可魔纸知道小姑娘的心思：小姑娘的爸爸是守卫在遥远的祖国海岛上的一位军官，爸爸已经有一年多没有回来了，小姑娘多么想念他呀！

现在正是暑假，小姑娘和妈妈一起到海边来度假、休息，住在海边的一个宾馆里，每天都到海边去玩耍。

今天早上，小姑娘突然产生了一个想法：要折一只小纸船儿，请海水帮她带给远方海岛上的爸爸。

所以魔纸就到了她的手上，想帮助她实现她的愿望。

小姑娘是个急性子，干事情总有点粗心大意，丢三落四。

在魔纸的暗暗帮助下，小船儿很快就折好了。小姑娘急急忙忙地在船舱里写了一行字："爸爸，我想你！"就拉着妈妈朝海边跑去了。

到了海边，小姑娘急急忙忙地把小纸船儿放进了海里。一个海浪打来，小纸船儿就朝远处飘走了。小姑娘踮着脚跟儿，看着远远离去的小纸船儿。突然，她大声叫了起来："哎呀，妈呀！我忘了写我自己的名字啦！光写'爸爸，我想你！'谁知道是给谁的爸爸的呀！"叫着，就在岸边急得乱蹦乱跳！

小姑娘看到小纸船儿就要消失在大海里了，就急忙大声地喊："回来，小船儿，快回来！我忘了写自己的名字啦！"

魔纸折成的小船儿当然听到了小姑娘的喊叫，但它故意磨磨蹭蹭的，就是不回到岸边来！谁让她这么粗心大意的啊！

小姑娘没办法了，后悔了，一屁股坐在了海滩上，呜呜地哭了！

魔纸想：还是应该给小姑娘一个改正粗心大意、丢三落四的毛病的机会。于是，它就偷偷地躲进一个巨大的海浪里，随着海浪哗——的一声，就回到了大海岸边，躺在了小姑娘跟前！

小姑娘非常高兴地捡起小纸船儿，在船舱里添上了自己的名字，然后又急急忙忙地把小船放走啦！

小朋友们一定会发现：小姑娘还忘了写地址！没有地址，谁知道她爸爸在哪儿呀！谁知道该帮她往哪儿送呀！

幸好，她遇上的是好心的魔纸！魔纸当然是有办法把小船儿给她送到她爸爸手里的喽！

喏，这就是魔纸们刚飞出来的时候做过的几件事儿。

小朋友们也许会问："那魔纸，现在还有吗？"

有！当然有！还有很多很多魔纸，仍旧像小鸽子那样，在漫天遍野地飞翔呢！

儿子变爸爸，爸爸变儿子的故事

一

妈妈出差开两天会，晚上不回来。赵小雷和他爸爸赵大雷，也不知怎么了，心里总觉得空荡荡、乱糟糟的。

小雷在做算术作业，尽咬铅笔头。爸爸（他是一个单位的行政科长）正考虑写本季度的工作小结和下季度的工作规划。他在房间里踱着方步，思考着，表面上看起来，挺悠闲的。

小雷看了爸爸一眼。

爸爸也看了一眼小雷。

“我要是爸爸就好啦！”小雷自言自语地说。

“我还想当儿子呢！”爸爸半生气半开玩笑地说。

“那咱们换换！”小雷说。

“换换就换换！”爸爸说。

“说话要算数！”小雷说。

“不算数的是小狗！”爸爸说。

“拉钩！”小雷伸出手指头。

“拉钩就拉钩！”爸爸也伸出了手指头。

啪啦啦啦……轰！就在小雷和爸爸的手指头刚刚钩上的一刹那，突然，房间里发出了一阵打雷般的震耳响声，飞起了一团闪电般的耀眼的火花，就像两根电线突然短路了那样！（为什么会出现这样的怪事，我也搞不清楚，也许，就因为他们爷儿俩的名字都有一个“雷”字吧！）

就在这雷声震响和火花的闪耀中，小雷一下子变成了爸爸的模样。而爸爸，则变成了小雷的模样！

小雷先是吓了一大跳，可马上，他就高兴起来，叫道：“好，明天你替我去上学！”

爸爸也是吓了一跳，可一会儿也高兴起来，说：“好，明天你替我去上班！”

就这样，小雷把学校里的情况——同学啦，老师啦，教室的座位啦，等等，都一五一十地告诉了爸爸。

爸爸呢，也把单位的情况——上级啦，下级啦，办公室的座位啦，都统统告诉了小雷！”

二

第二天，变成了小雷模样的爸爸，就背上小雷的书包上学去啦！（下面，我们就只好叫他“假小雷”啦！）

刚进教室，同学们就上来打招呼，假小雷虽然曾经见过他们，看样子熟悉，可一个名字也叫不出来。只好假装牙疼，捂着嘴，跟大伙儿尴尬地笑了笑，就在自己的位子上坐下了。刚坐下，旁边的李小林就捅了捅假小雷说：“哎，听说，今天电视台和教育局有人要上咱班来！”

假小雷愣了一下，说：“是吗？干啥？”

“听说要搞什么突击式智力竞赛！”

“是吗？”假小雷心不在焉地说。

“还要拍电视呢！”

“是吗？”

“还有奖品呢！”

“是吗？”

“你今天怎么老是‘是吗，是吗’的，吃错药了怎么的？”李小林不高兴地说。

正在这时，只听一声：“立正”，班主任老师就带着电视台和教育局的一行人进教室里来了。

智力竞赛很快就开始了，所有的题都采用抢答的方式来回答。

“第一题”，班主任老师说，“注意啦，我念完题，说完‘请回答’，就请举手，谁第一个举手，就由谁回答。”

“第一题，是算术题，题目是：三百六十一个缸，随你分作几船装，缸数船数都要单数，绝对不许装成双！”说完，老师又补充说：“当然，不给用三百六十一条船，每条船只装一个缸！请回答！”

教室里一片静寂，只见同学们的嘴皮子都微微地煽动，在进行紧张的心算。

身为行政科长的假小雷，当然很快就想出了这道题的答案。他看看没有别的同学举手，就在心里鼓励自己说：“举！举手抢答！为我儿子争光！”想着，他就唰地一下把手举了起来！

“赵小雷！”班主任老师伸出手掌：“请回答！”

假小雷笔直地站起来，清了清嗓子，回答说：“三百六十一个缸，分作十九只船来装，每船装缸十九个，船数缸数都不成双！”

“正确！”班主任老师非常高兴地喊道。

“哇！”同学们发出一片惊叹，把目光都射向了假小雷！

“第二题，是道语文题。”班主任拿起了题目卡：“‘床前明月光，疑是地上霜，举头望明月，低头思故乡！’这是谁的诗句？请回答！”

“唰！”有三位同学一起举起了手。

“好，三位同学，请用笔把答案写在纸上！”

“好，写好了，请亮答案！”

“孔子！”第一位同学亮出答案，引起一阵笑声。

“杜甫！”第二位同学亮出答案，引起一阵议论。

“李白！”李小林亮了答案，并且补充说：“我爸爸告诉我说，李白还是我爷爷的爷爷的爷爷的爷爷呢！”他的回答引起了哄堂大笑！

“正确！”班主任老师挥了挥手说：“可是，后面一大串说的，全是废话！”

“第三题，是道自然题，”班主任说，“蝙蝠，属于哪类动物？请回答！”

李小林受到刚才获胜的鼓舞，又抢先把手举了起来，还没等老师说话，他就喊道：“是鸟类！”

“不对！”班主任摇了摇手，“还有哪位同学想回答？”

看看没有人举手，假小雷为儿子争光的劲头又上来了，他一边举手，一边就站了起来，回答说：“是哺乳类动物！”

“正确！”班主任惊奇地瞅了一眼假小雷，心想：“哎，今天赵小雷怎么啦，碰上神仙啦！”可她没把话说出口。

“第四题，是一个字谜。”班主任老师又拿起一张卡片：“谜面是：‘上头去下头，下头去上头，两头去中间，中间去两头。’这是个什么字，请回答！”

教室里立即发出一阵嗡嗡声，几乎所有的同学都皱起了眉头，有的仰天苦思冥想，有的用手指头在桌子上写写画画，可就是没有一个人举起手来。

假小雷一看大家憋得难受，心里也就忍不住了，心想，一不做，二不休。于是，一咬牙，就又把手举了起来，大声地说："是'至'字！"

"正确！"班主任老师更惊奇地瞅了假小雷一眼，接着就用粉笔在黑板上把"至"字端端正正地写了下来，还一边写一边解释："同学们请看，这'至'字的上头，不正好是'去'字的下头吗！这'至'字的下头，不又正好是'去'字的上头吗！这'至'字的两头的一横，不正好是'去'字的中间一横吗……"

同学们听了解释，一个个都噢、噢、噢地赞叹不已！

这场智力竞赛，足足进行了两个课时，一共是40道题，凡是同学们迟迟不举手，或举了手又答不出来的，假小雷都像玩儿似的统统给包圆儿啦！

在热烈的掌声中，第一名的奖杯被送到了假小雷怀里！

三

也是这一天上午，变成了爸爸模样的小雷，就拎着爸爸的皮包，到单位上班去了！（当然，在这，我们也只好叫他"假大雷"啦！）

八点整，假大雷坐在了行政科长的座位上，他端端正正坐在那里，随手翻看着《参考消息》。因为他比谁都到得早，此刻还没有什么事要办。

过了二十多分钟，一个小科员走了进来，对假大雷说："报告科长，今天有五个人迟到！"

假大雷想：如果上课迟到，老师是要批评的；爸爸是科长，总该比老师威风点吧！他这么想着，就抬起手来，使劲地拍了一掌桌子，厉声说："迟到！迟到的统统扣一个月奖金！"

小科员愣了一会儿，嗫嚅地说："科长，昨天可不是这么处理的啊！"

"昨天是昨天，今天是今天！昨天错了，今天重来！"假大雷学着爸爸平常的口气干脆利落地说。

"是，科长！"小科员答应了一声，就准备往外走。

"回来！小王，今天是检查各科室的卫生吧！"（这些情况，当然是昨晚上爸爸告诉小雷的）

“对，过十分钟，我办完这事儿就陪您去！”小科员说。

过了十分钟，假大雷领着科员小王，就到各科室检查卫生去了。

他们先进了财务科。财务科里，地擦得溜光，玻璃擦得锃亮。

假大雷在财务科原地转了个360度，觉得人家搞得的确不错，就满意地点点头说：“嗯，好，好！小王，给他们记个‘优’，门上贴一面小红旗！”

假大雷和小王来到业务科。业务科里乱七八糟，地也没扫，桌子也没擦，满屋子烟雾腾腾。

一进门，业务科的一个机灵鬼就迎上前来，说：“哎，您早，赵科长！来，抽根烟！”说着就递上烟来，“今儿个忙点，还没来得及打扫卫生呢！”

“不抽！”假大雷说。（小雷平常最烦爸爸抽烟）

“您看，赵科长今儿见外了，您往日是抽的嘛！”机灵鬼说。

“往日是往日，今天，戒了！”假大雷挥了挥手说。

“那好，那好，这……这卫生，请包涵！”机灵鬼说。

“不能包涵！小王，给他们记个‘差’，门上贴一面小黑旗！”假大雷说完，一扭身就出了门。

一个钟头以后，赵科长严格检查卫生的消息，就轰动了整个机关大楼。

中午，假大雷趴在桌子上瞌睡了一会儿。下午一上班，就有位阿姨急急忙忙跑进来（这位阿姨小雷不认识，爸爸没有说到过她），掉着眼泪说：“赵科长，我有点急事，我们邻居打电话来，说我妈突然晕倒了，她还带着我五个月的孩子呢！请你给派辆车，送我回家，再把我妈送医院……”

假大雷想了想（小雷记得爸爸常说，要敬老爱幼，要救人之急），就二话没说，马上拿起电话，按了号：“喂，司机班吗！请赶快把那辆红色奔驰开到大门口，有急事！”说完，就对那位阿姨说：“你别着急，到大门口去上车吧！”

这事刚办完，不到半个钟头，又有个西装穿得笔挺的小青年走了进来，大大咧咧地叫道：“哎，赵头，我一个哥们儿星期天结婚，想借咱们那辆考斯特面包使使！”

假大雷眉头一皱，就学着爸爸平时的口气说：“唔，不好办，结婚，哪能动用公家的车呢？”

“张主任已经点头了！”那小青年说。

“张主任点了头也不行，他也不能违反我们的用车制度！”（小雷知道，张主任是爸爸的顶头上司，可是，小雷平常就最讨厌那种仗势欺人的事，所以他就这样不客气地回答了。）

小青年没办法，不高兴地一甩门走了！

没过半小时，赵科长的两次派车事件的新闻，就又像一阵风似的传遍了整个单位大楼，得到了大家的称赞！

四

下午五点半，假大雷下班回家，假小雷当然也放学回家了。爷儿俩一碰头，把一天的事情互相一交流，就都乐得哈哈地大笑起来。

爸爸（回到家里，就该恢复原来的称呼啦！）很幽默地说：“哈哈，咱俩假冒是假冒，可是却并不赖嘛！”

小雷抱起爸爸给他带回来的奖杯，高兴地说：“爸爸，我要是有你那么大的学问，那就好啦！”

爸爸说：“小子啊，会有的，到时候，爸爸还要向你学习呢！”

正说到这儿，小雷耳朵尖，突然听到门外有人掏钥匙开门的声音，就喊道：“哎呀，妈妈回来了！”

爷儿俩都知道，他们俩无论什么事情，都是瞒不过妈妈的，就算你烧成了灰，化成了水，也瞒不过妈妈。所以他们都慌了神儿！

“怎么办？”

“换回去！”

“对，赶快换回去！”

“拉钩！”小雷伸出了手指头。

“拉钩！”爸爸也伸出了手指头。

啪啦啦啦啦……轰！响起了一阵打雷般的声音，飞起了一团闪电般的火花，在火花闪耀的一刹那，小雷和爸爸又都变回了自己原来的模样。

妈妈一进门，就听到了这打雷般的声音，看到了这闪电般的火花。

“怎么啦！”妈妈惊叫起来。

爸爸急忙走到门厅，对妈妈说：“唔，好像，好像，是电线短路了吧！”

妈妈四处看了看，又拉了拉灯绳，纳闷地说：“没开电视，也没开洗衣机，灯也好好的，怎么会短路了呢？”

爸爸若无其事地说：“嗯，这事儿，可真怪！”

小雷也说：“啊，这事儿，真怪！”

调皮的小蝙蝠

黄昏，星星刚开始向人们眨眼睛，调皮的小蝙蝠就从树洞里、墙洞里或屋檐下飞了出来，绕着树木或房屋飞来飞去，一会儿高，一会儿低，调皮地玩耍着，捉蚊虫吃……

这时，白天睡觉的猫头鹰也醒来了，它蹲在树枝上，张开它那双又圆又亮的大眼睛，左右观看……

猫头鹰看到蝙蝠飞来飞去，飞得很快，很灵巧，心里便有些不乐意。它想：“哼！只有我才配在晚上飞呢，小蝙蝠凭什么也敢在晚上出来出风头！”于是，它就想要为难一下小蝙蝠。

猫头鹰想：“唔，蝙蝠这家伙，飞得这么鬼鬼祟祟，一定有什么问题吧！让我去报告我们的鸟大王——老鹰吧！蝙蝠一定是没有给我们的鸟大王进贡，所以才在晚上出来鬼鬼祟祟地飞！”猫头鹰想着，心里高兴起来，它一展翅膀，就到老鹰那里报告去了。

老鹰听了，就马上下命令把蝙蝠抓了来。

蝙蝠被抓到了老鹰跟前，还没等老鹰说话，它就质问老鹰：“请问老鹰大王，你为什么下命令把我抓来？”

老鹰威武地说：“哼！好大胆的蝙蝠，还不赶快承认错误！你是我管辖之下的一只小鸟，为什么不给我进贡？”

蝙蝠一听，心里觉得十分可笑，便冷笑着对老鹰说：“亲爱的老鹰大王，你有没有搞错哟！我并不是你管辖之下的一只小鸟呀！”

老鹰生气了，严厉地说：“胡说！你会飞，不是小鸟，是什么？”

蝙蝠冷静地回答：“大王你听着，我虽然会飞，可是没有羽毛，我的翅膀，并不像小鸟那样是羽毛长成，而是在我的手与腰之间，有一块薄膜，我就是靠这块薄膜飞翔的！所以，我不是小鸟！”说罢，蝙蝠就把手举了起来，让老鹰看个清楚明白。

老鹰大王看了以后，微微地点了点头，表示在事实面前，它不会蛮不讲理，然后就温和地对蝙蝠说：“唔，那么，你还有没有别的什么理由，可以证明你不是小鸟呢？”

蝙蝠说：“有的有的！就是我并不像小鸟那样生蛋，而是生小娃娃的！”

“哦，是这样吗？”老鹰惊讶地说。

“是这样的，一点也不假！你要是乐意，什么时候请你到我家里去看看我的小宝宝吧！”蝙蝠说。

“那么，你不是小鸟，又算是什么呢？”老鹰问。

蝙蝠说：“因为我的小宝宝是要吃我的奶才能长大的，所以人家把我叫做哺乳动物！不过，我自己又没学过动物学，也不知道人家说得对不对！”

老鹰听了，不耐烦地说：“好啦，好啦！别啰嗦了！就让我把你送到狮子那里去吧！它是管辖哺乳动物的大王。我和它常有来往，感情很好！”说完，老鹰就命令猫头鹰把蝙蝠送到狮子家里去了。

狮子这时正在睡觉，因为这时正是晚上。它听见有敲门的声音，就命令小狮子打开门，把猫头鹰和蝙蝠叫了进去。猫头鹰在狮子耳朵边轻轻地说了几句话，就先回去了。

狮子揉了揉眼睛，仔细地看了蝙蝠一眼，就粗声粗气地说：“唔，你这个小家伙，是哺乳动物吗？”

蝙蝠说：“是的，人家都这么叫我！”

狮子懒洋洋地打了一个哈欠，不高兴地说：“那么，为什么不给我进贡啊？”

蝙蝠看了看狮子那懒洋洋的笨样子，心里又觉得好笑起来，于是提高了嗓子，对狮子问道：“亲爱的狮子大王，难道所有的哺乳动物，都必须给你进贡吗？”

狮子听了蝙蝠的话，哈哈大笑起来，然后就非常骄傲地说：“那当然喽，我是百兽之王，谁敢不给我进贡！它不怕我狠狠教训它一顿！”

"人呢？人也给你进贡吗？据说人也是哺乳动物啊？"蝙蝠挺有把握地追问。

这一问，使得狮子答不上话来，它想了好一会儿，才支支吾吾地说："你……你这个小家伙！你怎么敢拿人来说呢！你怎么敢把人叫做动物呢！唔……就算他们也是动物吧，可他们是最最聪明的动物呀，哪能给我进贡呢！不但这样，有时候，他们还会把我抓起来，关在笼子里，放在动物园里展览呢！所以，人虽然也是哺乳动物，但是可以例外的，可以不给我进贡的！你……你这个小家伙，怎么可以拿人来开玩笑呢！"

"除了人之外，别的哺乳动物都要给你进贡吗？没有第二个例外？"蝙蝠歪着小脑袋，又调皮地问。

狮子糊里糊涂地说："唔，是的，是的，所有的都要给我进贡！不过，不过，我可记不清楚了，谁给我进贡了，谁没有给我进贡！"

"那么，鲸鱼呢？"

"什么鲸鱼？"

"海里的大鲸鱼呀！"蝙蝠说。

"它是哺乳动物吗？"狮子问。

"当然是呀！"蝙蝠说，"据说，大鲸鱼并不是生鱼子儿，而是生小鲸鱼的；小鲸鱼也是吃大鲸鱼的奶长大的！"

"可它为什么不给我进贡？"狮子嘟嘟囔囔地说。

"我怎么知道呢，那得问你这个'百兽之王'啊！"蝙蝠挖苦地说。

狮子摸了摸自己的胡须，看了看自己的爪子，叹了一口气说："是啊，它住在海里，不给我进贡，我又有什么办法呢！我又不能到海里去教训它一顿！"

蝙蝠调皮地微微笑了笑，得意地说："亲爱的狮子大王，你是说你不能到海里去教训鲸鱼一顿，鲸鱼就可以不给你进贡，是吗？"

狮子没奈何地说："是啊，它不进贡，我有什么办法？而且，据说鲸鱼是世界上最大的动物，就算我能到水里去，谁知道我打不打得过它呢？"

狮子还没说完，调皮的蝙蝠便嗖的一声飞了起来，飞在空中，对狮子说："对不起，狮子大王！我在空中飞翔，你也没办法到空中来教训我一顿，我也不给你进贡了！”说罢，蝙蝠在狮子头顶调皮地转了几个圈，在狮子的屋里四处飞了一阵，然后就找了一个窗口，飞了出去，乐悠悠地飞走了！

病毒王国秘密会议纪实

时间：2003年7月

地点：病毒王国地下秘密会议室

出席：病毒王国国王（简称毒王）、冠状病毒军团司令、球状病毒军团司令、环状病毒军团司令、网状病毒军团司令（简称老冠、老球、老环、老网）

毒王到达之前，老冠、老球、老环、老网几位交头接耳、说说笑笑，传递小道消息、议论奇闻怪事。

毒王来了，他们才一本正经地坐好了。

毒王：诸位，咱们今天的议题是，总结一下老冠这次给人类传播“非典”的成就和经验。请大家发言！（看一时没有发言的，便接着说）我先给大家算一道数学题吧，这是最近北京的一位小学老师给她的学生出的题，那题目是这样的：“假设：有一种病毒，如果不加控制，每1个感染者每天会传染9个人，使他们成为感染者。请问：现有1个感染者，10天以后，会有多少人被感染？”

老球：我来算算，我来算算！（他拿起一支圆珠笔，就算起来，口中还念念有词）第一天，他传染了9人，连他自己，就是10个人；第二天，10个人传染给90人，连他们自己就成了100人；第三天，呃……

老环：（夺下他的圆珠笔）笨蛋，这还用算吗！第三天，1000人；第四天，1万人，第五天，10万人；第六天，100万人！

老网：（高兴地拍了一下桌子）哈哈哈哈！天文数字！天文数字！

毒王：对！这种假设，并不是不可能成为现实的，这说明了我们的真正的能量！他们人类，不可小看了我们！

老冠：哼！这次北京，算他们运气！及时采取了措施，如果再晚措施几天，我准搞出一大串天文数字来，让他们看看！

老环：老冠说得对！这次，算便宜了他们人类了！下一次，看我给他们来一招新鲜的！

毒王：对！这次，老冠是取得了巨大的成绩的！这一点，首先得肯定！最后虽然失败了，但也给我们自己积累了经验！

老网：哎！（慢条斯理地）咱们冠状病毒集团司令先生这一趟取得的第一个经验就是：善于寻找突破点！找那些爱吃野味的！找那些爱随地吐痰的！

老球：还有那些不听劝告的，不服从管理的，随便乱窜的！

老环：还要找一些爱造谣、传谣的，找一些爱发黑心财的！

毒王：对对对对对！这样，就能够把他们搞得乱乱的！搞得乱乱的！嘻嘻嘻嘻！嘻嘻嘻嘻！

老球：好！咱们明年，就给他们再来一家伙！

老网：且慢！明年，他们很可能有所准备！

老球：那你说怎么办？咱们洗手不干啦？

老网：啊，不！老球此言差矣！不是洗手不干了，而是要先动动脑子！

老球：动什么脑子？

老网：甭着急，我先问你，人类有一个什么常犯的毛病？

老球：嗨！他们常犯的臭毛病多啦！谁知道你问哪一个！

老网：可最常见的是健忘，就是容易忘记过去！好了伤疤忘了疼！

毒王：对对对对对！老网说到点子上了！他们人类，就是容易好了伤疤忘了疼！咱们呢，就先停那么两三年，不动他们，等过那么五年、十年，咱们再给他们来一家伙，嗨嗨！那时候，就叫他们吃不了兜着走！

老球：那，这几年，咱们就待在家里睡大觉？

老网：干吗睡大觉啦！谁让你睡大觉啦！你不知道搞点别的名堂啊！

老环：对，咱们可以积累新的能量！

老冠：还可以多来几种变化！让他们摸不着头脑！

老环：让他们找不到检测办法！找不到特效药！

毒王：哎，这就对喽！到时候，就看我们是孙悟空，还是他们人类是孙悟空喽！

老冠、老球、老环、老网：哈哈哈哈！哈哈哈哈！

第五部分

电影剧本

神力毛豆娃（电影文学剧本）

故事梗概：一位独居的老爷爷，剥毛豆的时候，掉了一颗毛豆，他弯腰去找，突然，椅子下面钻出一个小男孩来！这就是神力毛豆娃。借助神力，毛豆娃和老爷爷一起，做了许多好事情，也惩治了一些坏人。有一天，一架航班飞机正准备降落时，起落架却出了问题，怎么也放不下来！飞机只好长时间在空中盘旋，情况非常紧急……在神力毛豆娃的帮助下，飞机终于安全降落了！

一

在一套普通的两居室楼房里，住着一位老爷爷。

这一天，老爷爷趴在临窗的写字台上写东西。可是，总也写不出来。

老爷爷站起来，走到沙发旁，无聊地坐到了沙发上。

他凝视对面墙上挂着的一幅照片。这是一张黑白照片，照片上是壮年时代的老爷爷和他的夫人、儿女。

老爷爷沉思了一会儿，拿起了沙发旁边小茶几上的电话，拨了号。

老爷爷说："乖女儿吗？挺好的吧！"

对面接电话的是老爷爷的女儿芳芳。芳芳回答说："挺好的！爸，你也挺好的吧，没事吧？"

老爷爷说："我挺好的！今儿是礼拜天，你们准备干什么呀？能不能带我外孙回来跟我玩玩啊？"

芳芳说："唔，爸，今天不行！他爸准备带他到郊外去玩玩，去爬山！背包都准备好啦，马上就出发，我也去！过两个礼拜我们再去你那里吧！"

老爷爷说："唔，那好吧，你们去玩吧！注意，爬山的时候小心点！"

芳芳说："知道啦！爸，你也注意点，注意好好吃饭！"

老爷爷说了声"好，就这样，再见吧"就放下了电话。

老爷爷又沉思了一会儿，又拿起电话，拨了号。

老爷爷说："儿子吗？最近忙什么？今儿是礼拜天，能不能带我小孙女回来给我看看？"

接电话的是老爷爷的儿子亮亮，亮亮说："哎呀，爸啊！我真有点忙！"

老爷爷说："忙什么？老忙个没完啊！"

亮亮说："爸，你听我说，是这样：最近市场上发现，清粼粼纯净水也有假货，假冒得还很高明，一般人很难识别！上面派了我个紧急任务，限期把那些制假窝点给挖出来，还要找出一种帮助老百姓识别假货的办法来！"

老爷爷说："啊，真不可思议，水也有假冒的！"

亮亮说："是啊，可恶得很呢！"

老爷爷说："好，那你就忙你的去吧！"

亮亮说："爸，过几个礼拜，我一定带珍珍回去给你看看！珍珍她妈，最近身体也不大好……"

老爷爷说："好，好，我知道了，你们自己，好好注意身体吧！"

老爷爷放下电话，站起来在房间里踱步。

他看了看挂钟：差 5 分 12 点。

他摸了摸肚子，自言自语："啊，又该吃午饭了！"

他用手指点点太阳穴："吃什么呢？"

他看了看茶几上的一个小筐，小筐里有毛豆。他拿起小筐，自言自语地说："唔，有毛豆！"接着又想了想说："唔，冰箱里，还有红烧肉！"

他高兴地双脚跳了起来："好！剥毛豆！来一个红烧肉烧小豆豆！"

他把椅子拉到小茶几旁，坐下来剥毛豆。

他一边剥毛豆，一边摇头晃脑地说："唔，千万别剥出一条小恐龙来！"

他又剥一个毛豆，闭着眼睛说："唔，千万别剥出一个大魔鬼来！"

他再剥一个毛豆，小豆豆从他手里掉了出去。

他弯下腰去找小豆豆。

突然，一个小男孩从椅子下面露出个大脑袋来！

老爷爷吓了一大跳，一仰身，连人带椅子摔倒在地上！

一个大约6岁的小男孩站了起来，上前去拉老爷爷。

老爷爷双手抱着脑袋，瞪着两眼："你……你……你是谁？"

小男孩说："老爷爷，您别害怕，我是毛豆娃！"

老爷爷说："毛豆娃！你，你，你从哪里跑出来的？"

毛豆娃说："我是您刚才剥毛豆剥出来的呀！"

老爷爷爬起来，坐在地上说："刚才剥出来的？你，你，你别骗我！"

毛豆娃说："我不骗您，我骗您干什么呀！"

老爷爷试着用手去摸摸毛豆娃："你是一个毛豆娃？"

毛豆娃说："对，我是一个毛豆娃！"

老爷爷说："是我剥毛豆剥出来的？"

毛豆娃说："对，没错，是您剥毛豆剥出来的！"

老爷爷说："这怎么可能呢？"

毛豆娃说："有可能！"

老爷爷说："怎么个有可能呢？"

毛豆娃说："嗨！告诉您吧，我们毛豆啊，在一万万万万万万个小豆荚里面，就会有一个毛豆娃。谁要是正好在中午12点的时候把我们剥出来呀，我们就跟他做好朋友！"

老爷爷看了看挂钟，正好是12点刚过一点。

老爷爷说："做好朋友？"

毛豆娃说："对，我们有神力，叫做神力毛豆娃！可以帮助您做事情！"

老爷爷跪起来，跪在地上说："神力！神力毛豆娃！帮助我做事情？"说着就双手抱住了毛豆娃。

毛豆娃说："对，您瞧瞧您这房间，够乱的吧！"

老爷爷转动脑袋，看了看四周，只见房间里乱七八糟：书桌上的书报，地板上的拖鞋、纸团、果皮，沙发上的靠垫和衣服……真是要多乱有多乱！

老爷爷不好意思地笑了笑说："嗯，是够乱的！"

毛豆娃用小手抹抹老爷爷的眼皮说："您闭上眼睛！"

老爷爷乖乖地闭上了眼睛："好，闭上眼睛！"

毛豆娃轻轻地举起右手手掌（就像平常小学生在课堂上举手要求发言那样）说："好！现在睁开吧！"

老爷爷睁开眼睛，又转动脑袋，看了看四周。

啊！房间里，变得干干净净、整整齐齐的了！

老爷爷高兴地站起来，抱起毛豆娃，转着圈儿，叫道："哇！神力毛豆娃！真是一个神力毛豆娃！真是一个神力毛豆娃！"

毛豆娃说："好啦，好啦！把我放下来吧！咱们该做午饭啦！"

老爷爷放下毛豆娃，轻轻摇摇头，清醒了一下说："啊，是该做午饭了！"想了想，又说："吃什么呢？方便面？速冻饺子？"

毛豆娃说："唔嗯，那太不够哥们儿啦！"

老爷爷说："那，你想吃什么呢？"

毛豆娃说："来！"说着，就拉老爷爷走向厨房。

厨房里，有一个洗菜用的塑料盆。

毛豆娃往盆里放水，然后，举了一下手掌。

立刻，盆里出现了一条大鲤鱼！

"哇！大鲤鱼！"老爷爷像孩子般喊叫着跳了起来，并且伸手去摸大鲤鱼。

大鲤鱼一蹦，掉到了地上。

爷孙俩一起趴到地上抓大鲤鱼，乐得哈哈地笑……

大鲤鱼被放进了锅里，被油煎着……大鲤鱼被盛在盘子里，放在了餐桌上……老爷爷和毛豆娃吃大鲤鱼……大鲤鱼被吃光了，剩下一条完整的鱼骨头……

老爷爷和毛豆娃都摸着肚皮走到沙发边。

老爷爷说：“啊，吃得真舒服！”

毛豆娃说：“味道好极了！”

说着，爷孙俩都挺着肚子躺倒在沙发上。

老爷爷搂着毛豆娃，手轻轻地拍着他的肩膀。

过了一会儿，毛豆娃说：“爷爷，我给您来个大苹果！”说着，举起了手掌。

转眼间，茶几上就有了一个红红的大苹果！

老爷爷说：“哈哈，大苹果！再来两个大橘子！”

毛豆娃说：“好，再来两个大橘子！”说着又举了下手掌。

茶几上，就有了两个黄澄澄的橘子！

老爷爷喊：“喔，吃橘子喽！”拿起橘子，剥开了，就和毛豆娃分来吃。

二

第二天早上，老爷爷和毛豆娃同睡在一张床上。

小闹钟响了，毛豆娃坐起身来，看了看老爷爷，捏住老爷爷的鼻子：“爷爷，爷爷，起来！起来！”

老爷爷一摇头，坐起来，揉了揉眼睛说：“干吗呀！不让人睡懒觉！”

毛豆娃说：“对，就不让您睡懒觉！”

老爷爷说：“那干什么呀？”

毛豆娃说：“咱们应该去公园，去晨练！”

老爷爷说：“为什么呀？”

毛豆娃说：“早起床，早锻炼，对身体，有好处！”

老爷爷想了想，说：“好！就听你的，去小公园，锻炼锻炼！”

于是，毛豆娃和老爷爷去了居民区附近的小公园。

小公园里，有打太极拳的，有舞剑的，还有拉胡琴、唱京戏的。

老爷爷加入打太极拳的队伍里去了，毛豆娃就自己溜达。

在一块草地旁边，毛豆娃遇见了一个跟自己差不多大的小女孩，她手里牵了个红气球，身后还跟着一条小哈巴狗。

毛豆娃主动跟小女孩打招呼：“你好！”

小女孩也说：“你好！”

毛豆娃说：“你一个人到这儿来玩？”

小女孩说：“不！还有我奶奶呢，她在那儿舞剑哩！”

毛豆娃说：“你叫什么名字？”

小女孩说：“我叫妮妮！你呢？”

毛豆娃说：“我叫毛豆，我们一起玩玩吧！”

妮妮说：“好呀，我们两人跑，让小狗追我们！”

毛豆娃说：“好！”说着就撒开腿跑了起来。

妮妮唤了一声小狗：“麦克，快！追我们！”也跑了起来。

小狗使劲追赶他们，追上了，就朝他们身上扑。

毛豆娃和妮妮转着圈、拐着弯地跑，小狗就转着圈、拐着弯地追，他们乐得哈哈笑。

一不小心，妮妮摔倒了，毛豆娃立刻上前把她扶起来。

妮妮爬起来，撇嘴刚想哭，手里的气球没拿好，忽地一下飞走了！

妮妮喊起来：“气球！我的气球！”

毛豆娃抬头看了看气球说：“甭着急，妮妮，我让它飞回来！”说着，就看准了正在飞走的红气球，伸出了手掌。

红气球像有一根线牵着似的，又慢慢地飞了回来。

毛豆娃把气球交到妮妮手里，妮妮笑了笑说：“谢谢毛豆哥哥！你的本领真强！”

他们又继续逗小哈巴狗玩。

突然，从旁边的小树林里跑出一只大狗，朝小哈巴狗冲了过来！

小哈巴狗害怕了，躲到妮妮身后；毛豆娃赶紧靠近妮妮，一起保护小哈巴狗。

可是，那只大狗不罢休，还是要欺负小哈巴狗。

毛豆娃对着大狗说：“走，走开！不许你欺负小哈巴狗！”

妮妮也喊："走，走！你不走，我就叫我奶奶用剑刺你！"

可是，大狗还是不走！

毛豆娃喊："走，快走！不然，我就对你不客气啦！"

大狗还是不走，反而坐在了地上，伸出舌头，歪着脑袋瞧着他们。

毛豆娃跺着脚说："走，快走！你再不走，我就叫一只更大的狗来，咬你！"

大狗还是不走。

毛豆娃生气了，他伸出了手掌。突然，从他的身后跳出一条更大的狗来，直朝那只大狗扑去！

那只大狗害怕了，转身就逃走了！

更大的狗追了上去，追进了小树林……

妮妮高兴地搂住了毛豆娃，依在他怀里，甜甜地说："毛豆哥哥，你真好！"

三

毛豆娃和老爷爷从小公园往家走，经过一座居民楼的院子，只见前面一个楼门前，有一个老奶奶在跺脚喊叫，身旁还围了好些人。

这个老奶奶手上拿着一个家里装垃圾用的塑料盆，边喊边跺脚说："哎呀！我真是老糊涂啦！我出来倒垃圾，没想到，风一吹，就把门给锁死啦！"她拍拍胸前围裙的口袋，又说："平常，我出来都是把钥匙放这儿的，今天，忘了带啦！哎呀！我炉子上还烧着高压锅哩！小孙女儿还躺在床上呢！哎呀，这可怎么办哪？怎么办哪？"

一个妇女安慰她说："老奶奶，你先别着急！你儿子、儿媳妇呢？"

老奶奶说："刚骑车上班去了！"

那个妇女说："赶快给他们打电话呀，让他们快回来呀！"

老奶奶说："他们骑车到单位，得一个多钟头，现在正在路上呢！"

另一个妇女说："那就赶快给119打个电话！"

老奶奶说：“这事儿，人家119能管吗？”

在人群外面站着的毛豆娃把老爷爷拉到一边，轻声地说：“我帮她把门打开，行吗？”

老爷爷想了想说：“不行！这样，老奶奶会觉得她家的门不保险，心里又不踏实啦！”

毛豆娃说：“我把她的钥匙拿出来给她！”

老爷爷说：“也不行！人家要问：钥匙怎么会在你手上呢！”

毛豆娃说：“我有办法啦！”说着就拉着老爷爷走到人群跟前。

毛豆娃指着老奶奶胸前围裙的口袋说：“老奶奶，您再好好摸一摸，看看钥匙在不在您围裙口袋里？”

老奶奶伸手往口袋上面一摸，觉得里面好像有什么东西，愣了一下；再往口袋里面一摸，啊，哭脸马上变成了笑脸，喊道：“哎呀！钥匙在这儿哪！钥匙在这儿哪！我真是老糊涂啦！钥匙在这儿，我还喊什么呢，我还喊什么呢！好啦，谢谢大家，谢谢大家啦！我得赶快回屋啦，我的高压锅还在炉子上呢……”

这时候，毛豆娃和老爷爷，已经走远了。

四

毛豆娃和老爷爷回到家里，正好，老爷爷的电话铃响了。

老爷爷接电话：“哪里？是，噢，噢，行！”

老爷爷放下电话对毛豆娃说：“孙子呃，爷爷上单位去一趟，一会儿就回来，你在家好好待着，别乱跑！”

毛豆娃说：“您去吧，放心好啦，我不会乱跑！”

老爷爷拿了提包，就出了门。

毛豆娃在屋里转悠了一圈，觉得没什么好玩的，就拉开阳台门，上了阳台。

毛豆娃在阳台上左右张望。

右边邻居家的阳台上，正好有一个小胖子，趴在阳台栏杆上往外看。

小胖子跟毛豆娃差不多高，他一转头，发现了毛豆娃，就挑衅似地对毛豆娃做了个鬼脸。

毛豆娃不示弱，也回报他一个鬼脸。

小胖子伸出手来，手指头往回招了招说："你过来！"

毛豆娃也伸出手，手指头往回招了招说："你过来！"

小胖子手掌捏成了拳头，挥了挥说："你敢过来！"

毛豆娃也照样挥舞拳头："你敢过来！"

小胖子改成双手抱拳，施礼说："我请你过来！"

毛豆娃笑了笑说："过去干什么？"

小胖子说："咱们下盘棋！"

毛豆娃说："行！我这就来！"转身就走进了屋里。

小胖子在自家门前迎接了毛豆娃："你好，我叫小胖，请，请进！"

"你好，我叫毛豆！"

两人进了屋，走到沙发跟前，坐下了。小胖拿出象棋，两人噼噼啪啪地摆上了。

小胖执红占先："当头炮！"

毛豆娃应对无误："把马跳！"

小胖："我挺一个兵！"

毛豆娃："我飞一个象！"

小胖："我出一大车！"

毛豆娃："我也出大车！"

噼！啪！噼！啪……

小胖用手指头敲着自己的脸，在思考。

毛豆娃用手指头摸着自己的下巴，在思考。

小胖想出了个鬼点子，突然下了一手怪招。

毛豆娃随手应了一着。

小胖马上出手："将！吃大马！"

毛豆娃急忙说："不行！"立刻抓住自己的大马。

小胖说：“不许赖皮！”

毛豆娃说：“我悔一步棋！”

小胖说：“不许悔棋！悔棋算输！把‘马’给我！”说着就上来抢毛豆娃手里的“马”！

毛豆娃躲闪。

小胖抢不着，猛地朝毛豆娃胸前打来一拳！

毛豆娃后退了两步，摔了个屁股蹲儿。

毛豆娃生气地瞪大了双眼，把右手里的“马”倒到左手，准备举起右手，以自己的神力回敬小胖，可举到一半，他想到，那样做是不对的，于是，又慢慢地把手放下了。他忍了一口气，低下头说：“好！算我输了！”

小胖伸出手说：“那好，对不起了，我不该推你！”（他没说“打你”）然后就把毛豆娃拉了起来。

小胖说：“咱们再下一盘！”

毛豆娃说：“不来了，再见吧！”

五

毛豆娃回到家里，坐在沙发上生闷气，嘴里不断地嘟囔：“什么破马呀！什么破马呀！什么破马呀……”

一抬头，看见老爷爷的书架顶上，放着一匹唐三彩陶马。

毛豆娃有了撒气的对象了！他看准唐三彩陶马，伸出手掌，远远地朝它使劲一推：“去你的吧！”

唐三彩陶马一个跟斗摔了下来，摔到地上，成了八瓣！

毛豆娃坐在沙发上得意地笑了。可过了一会儿，他笑不起来了。他知道，唐三彩陶马是老爷爷喜爱的东西。

他起身走到摔碎的陶马旁边，对准碎片，伸出手掌喊：“合拢起来！”

可是，碎片儿纹丝不动！

毛豆娃又使劲一推手掌，喊道：“你给我粘起来！”

碎片儿还是纹丝不动！

毛豆娃心里明白：如果他想隐瞒自己的错误，神力，就会不顶用了！

毛豆娃只好拿了张旧报纸，把摔碎的陶马一片片地捡起来，包好了，塞到了沙发底下。

毛豆娃没情绪地半躺在沙发上。

老爷爷回来了。一进屋，瞥了一眼毛豆娃，就走到写字台边，从提包里拿出一叠叠书报刊物来，随手翻看。

老爷爷觉得情况有点不对劲儿，回头看了一眼毛豆娃。

他走到毛豆娃身边，伸手摸了摸毛豆娃的额头："怎么啦，不舒服啦？"

毛豆娃摇摇头，眼皮也不抬。

老爷爷说："怎么啦，闹情绪啦？"

毛豆娃弯腰从沙发底下把那个报纸包儿拉出来，摊开了。

老爷爷回头瞧了一眼书架顶上，明白了，说道："啊，闯祸了吧！"

毛豆娃点点头。

老爷爷带点讽刺地说："嘿，你不是有神力吗，不会把它给粘起来？"

毛豆娃摇摇头说："不行！我如果做错了什么事情，想不告诉爷爷，那神力就不管用了！"

老爷爷笑了笑说："啊，原来是这样！"接着，摸了摸毛豆娃的头说："那现在，不是告诉爷爷了吗？"

毛豆娃说："嗯，现在行了！"于是，他轻轻地举起了手掌。

哇！唐三彩陶马立刻完好如初了！

老爷爷笑了笑说："唔，有错，改了，这不就行了吗？"他弯腰拿起陶马，一举手，就放回到了书架上。

毛豆娃搂住老爷爷，笑了。

老爷爷说："好啦，赶快做饭、吃饭，下午，爷爷还要去单位开个会。你好好睡个午觉，然后，到隔壁找小胖出去玩玩！"

毛豆娃高兴地答应："好咧！"

六

下午，毛豆娃和小胖手拉着手，沿人行道跑向十字路口。

他们靠在人行道旁边的栏杆上，看大道上穿梭的车辆，看路口上方的红绿灯。

小胖指着来往的车辆叨咕：“喏，这是捷达，那辆，是桑塔纳……那边，过来的，是辆皇冠，跟着的，是辆标致……喏，这是夏利，那也是夏利，最多是夏利！”

毛豆娃往上看看红绿灯，说：“干吗，这红灯绿灯老是轮着闪亮呢？”

小胖说：“这你都不懂哪！红灯停，绿灯走啊！”

毛豆娃抿嘴笑了笑说：“那，如果四边都是绿灯呢！”

小胖说：“哈哈，那就好看啦！”

毛豆娃悄悄地把手掌伸到了右面耳朵边。

哇！十字路口上面的灯，突然都变成了绿灯！

四面的车辆都竞相抢行！

路口立刻拥挤、混乱起来，一片叫喊声、喇叭声！

小胖惊奇地说：“哎，怎么，我们一说绿灯都亮，绿灯就真的都亮了呢？”

毛豆娃说：“你不是说，这样好看吗？”

喊叫声、喇叭声更大了！

“哎呀，不好！事儿大了，快跑！”小胖说着，拉住毛豆娃的手撒腿就跑。

毛豆娃也跟着跑，但并没有忘记转回头，伸手指了指红绿灯。

路口的红绿灯随即恢复了正常，车辆又有次序地行走了。

七

毛豆娃和小胖来到小公园。

他们跑到游乐场旁边。

这里有个玩打激光枪的地方，竖着一块牌子：3元10枪，打中5枪有奖。

管理激光枪的叔叔指着牌子对小胖说：“三块钱打十抢，打中五枪就有奖！”

小胖想碰碰运气，给了钱，就开始打枪。

那位叔叔给他报成绩：“第一枪，没中；第二枪，没中；第三枪，没中！”

小胖憋住气，更认真地瞄准。

“第四枪，没中；第五枪，还是没中！”

毛豆娃移步到小胖身后，悄悄地把手放在腰旁，食指指向前方。

“第六枪，打中啦！”

小胖很高兴，更认真地看了看前面的靶子，继续打。

“第七枪，也中啦！”那位叔叔放低了也放慢了声音说。

小胖信心十足，继续打。

“第八枪，也中啦，中了三枪啦！”

毛豆娃和在一旁观看的几个小朋友都鼓起掌来！

小胖挺了挺胸，继续打。

“第九枪，中啦，还有最后一枪啦！”

小胖挺有信心地打出了最后一枪。

“第十枪，也中啦，一共打中了五枪！”

大家更高兴地鼓起掌来！

“奖给你一只小狗熊！”那位叔叔把一只绒布小狗熊奖给了小胖。

小胖拉住毛豆娃，很高兴地跑了。

绕过了一个假山，他们遇见了妮妮和她的奶奶。

妮妮喊：“小胖哥哥！毛豆哥哥！”

小胖停下来：“奶奶好！妮妮好！”

毛豆娃也说：“奶奶好！妮妮好！”

妮妮指着毛豆娃，对奶奶说：“奶奶，这就是毛豆哥哥！”

奶奶说：“啊，你就是毛豆啊，是你帮助了妮妮吧？”

毛豆娃点点头说：“那是我应该做的！”

小胖受到了启发，把绒布小狗熊举到妮妮跟前说：“妮妮，这个，送给你！是我刚才打激光枪得到的奖品！”

妮妮接过小狗熊：很高兴地说：“谢谢小胖哥哥！”

八

夜晚，老爷爷坐在阳台上，毛豆娃靠在他身边，看月亮。

大半圆的月亮，一会儿躲进薄薄的云层里，一会儿又从云层里跑出来……

老爷爷搂住毛豆娃，轻轻地哼唱《可怜的秋香》：

美丽的月亮，
月亮，月亮，
月亮他记得：
照过金姐的脸，
照过银姐的衣裳，
也照过幼年时候的秋香……

毛豆娃轻声问：“爷爷，你们小时候，好玩吗？”

老爷爷摇摇头说：“不好玩！”

毛豆娃又问：“为什么呀？”

老爷爷说：“小时候，我家里穷呀，要什么没什么的，有什么好玩啊？”

毛豆娃说：“您还记得您小时候的事情吗？”

老爷爷说：“记得！”

毛豆娃说：“那您说给我听听！”

老爷爷想了想，说：“唔，还是跟你这样一般大的时候，有一天，爸爸带我到集上去卖柴火，我看见集上有卖甜瓜的，好香好香的甜瓜啊！我就闹着要爸爸给我买甜瓜吃，爸爸没有钱，不能给我买，我就哭起来。爸爸生气了，就打了我一巴掌。我就哭得更厉害了，引得赶集的人都围了过来，就像看马戏那样！”

毛豆娃说："那您现在，想吃甜瓜吗？"

老爷爷说："不想！不过，我想如果那时候爸爸给我买了甜瓜，那该多好啊！

毛豆娃说："您想要您爸爸给您买甜瓜？"

老爷爷说："对！可是，我再也看不见我爸爸喽！"

毛豆娃说："我来帮帮您，您现在闭上眼睛，看能不能看见您爸爸！"

老爷爷说："嗯，闭上眼睛！"

月亮还在云层里穿行……

老爷爷好像很快就睡着了，他梦见，在农村小集上，幼年时候，他站在一个瓜摊前面，爸爸给他买了瓜，掰开了，递到他手上。他狼吞虎咽地吃瓜，吃啊，吃啊，吃得满嘴满脸都是瓜籽瓜汁……

老爷爷睁开眼睛："哇！好甜啊，好甜哪！"

毛豆娃高兴地说："真的看见您爸爸了吗？"

老爷爷说："看见了，看见了！谢谢我孙子，谢谢我孙子！"

爷孙俩都高兴地笑了。

九

第二天，老爷爷背了个双肩背的背包，和毛豆娃一起走出楼门。

毛豆娃一边走一边问："爷爷，我们今天去哪儿玩？"

老爷爷说："今天咱们打车，到一个远一点的地方玩去！"

毛豆娃说："好，太棒啦！"

他们来到街边，稍等了会儿，打了一辆红色的夏利出租车。

毛豆娃和老爷爷坐进后座。

毛豆娃有礼貌地说："司机叔叔好！"

司机叔叔回答说："小朋友好！老爷爷好！"

小车驶过繁华街道，车流如龙。

小车驶上立交桥，桥下绿地如茵。

小车飞驰在高速路上，路旁的树木急速后退。光影从车里老爷爷、毛豆娃的脸上掠过。

小车进入郊区山路，行走在群山之中，一会儿左拐，一会儿右拐，一会儿进入大山的阴影里，一会儿又逃出了阴影，在阳光下闪闪发亮。

小车拐了一个弯，突然发现前面有一头小毛驴。司机叔叔一躲闪，车后轮陷进了一个泥坑里。司机叔叔加了好几次档，都没有开出去。

司机叔叔拍了一掌驾驶盘，下车来，到车后瞧了瞧。

司机叔叔回过身来说："老爷爷，对不起您啦，劳您给推推车！"

老爷爷打开车门，伸腿下车。

毛豆娃说："我也下去推一推！"

司机叔叔说："你老实待着吧，别添乱！"

毛豆娃向老爷爷伸了伸手掌，老爷爷会心地笑了笑。

司机叔叔上车驾驶，老爷爷在下面推车，小车向前拱了一下，可很快又退了下来。

老爷爷看了一眼毛豆娃，毛豆娃伸了伸手掌，老爷爷再一推，小车就逃出了泥坑！

老爷爷回到车里，司机叔叔转过头来，高兴地说："老爷爷，谢谢啦，您还真有两下子啊！"

老爷爷得意地笑了笑："唔，不行啦，不行啦，老喽！"

小车加速前进，很快就到达了老爷爷和毛豆娃要去的旅游点。

十

老爷爷和毛豆娃要上山了，上山的路是好长好长的石头台阶。

老爷爷和五六个老头、老太太结伴而上。他们说说笑笑，互相逗着乐儿。

毛豆娃跟在老爷爷他们的队伍后面，东张西望，离老爷爷大约有八九个台阶。

老爷爷背着背包，看起来走得有点艰难。毛豆娃就跑步上前，把背包从老爷爷肩上拉了下来。老爷爷就帮他把背包背上。

老爷爷走得轻松了，毛豆娃仍然晃悠晃悠地走在后面。

老爷爷要帮身旁的一位老奶奶拎提包，对那位老奶奶说：“来来来，这包，让我给你拎拎！”

那位老奶奶说：“不用啦，不用啦，谢谢啦！”

老爷爷说：“甭客气，妇女优先，理应如此，理应如此！”说着，就把老奶奶的提包拿了过来。

过了一会儿，老爷爷又走得艰难了。

毛豆娃又轻松地赶上前，伸手拿过了老爷爷手里的那个提包。

老爷爷又走得轻松了。他一面跟那位老奶奶说话，顺手又把另一位老奶奶的提包接了过来。

毛豆娃又赶上老爷爷，伸手又接过了那个提包。

毛豆娃肩背一个包，手提两个包，健步走在石阶上。

一个老头回头看了看毛豆娃，对老爷爷说：“老哥哥，那是你孙子？”

老爷爷说：“是啊，是我孙子，淘气得很哩！”

那老头说：“让他背那么多东西，你不心疼？”

老爷爷故作轻松地说：“嗨，没关系，小孩子，让他锻炼锻炼！”

一对年轻人走过毛豆娃身旁，喊道：“嗨,小伙子！真棒啊！把包给我们拿吧！”

毛豆娃说：“谢谢啦，我能拿！”

年轻人一边一个要来抢拿那两个包，毛豆娃不给，放开脚步，就朝山顶跑去。

两位年轻人一面追一面喊：“哎，慢点，慢点！小家伙，别摔着！”

十一

毛豆娃和老爷爷爬到了山顶上，就在山顶凉亭里面的一台石桌旁边坐了下来，先休息了一会儿，然后就吃午饭。

刚才见过的那位老奶奶走过来说：“哎，小宝贝，这个，给你！”说着，把两瓶AD钙奶放在毛豆娃跟前。

毛豆娃说：“谢谢奶奶！”

又一位老奶奶走过来，把一袋糖果放到毛豆娃跟前：“喏，奶奶这里还有！”

毛豆娃说：“谢谢奶奶！”

吃了一会儿，歇了一会儿，毛豆娃在老爷爷耳朵边说了点什么，就和老爷爷一起提着背包朝凉亭外面走。他们一边走，一边把人们扔在一旁的易拉罐、塑料瓶和其他杂物捡起来，放进背包里。他们从凉亭到长廊，一路走，一路捡，可背包却总也装不满。

正在忙于谈话、看风景、照相的人们，谁也没有注意到他们这个奇怪的背包。

只有一个三岁左右的小女孩看到了老爷爷和毛豆娃捡拾各种白色垃圾的情景，她觉得很奇怪，就喊道：“妈妈，你看，他们的那个书包，怎么能装那么多白色垃圾呀！”

正跟别人说话说得高兴的妈妈并没有听清楚女儿喊什么，过了几秒钟，她才想起了什么似的，忙问女儿：“你喊什么呀！什么白色垃圾？”

小女孩说：“刚才，我看见一个老爷爷和一个小哥哥，他们的书包能装好多好多的白色垃圾！”

妈妈吃惊地赶紧用手摸了摸她的额头，看看她是否在发烧：“你怎么啦？胡说什么呀？”

小女孩说：“我没有胡说！我看见他们往那边去了！”

妈妈抬头寻找。可这时，毛豆娃和老爷爷早已经走远了。

十二

晚上8点钟左右，老爷爷和毛豆娃坐在沙发上看电视。毛豆娃依偎在老爷爷怀里。

电话铃响了。老爷爷接电话：“你好！”

打电话来的是女儿芳芳："爸，你今天去哪儿了？给你打了好几次电话，你都不在家！"

老爷爷说："嗯，我呀，跟我小孙子到郊外玩去了，爬山去了！"

芳芳说："爸，你别逗啦，你哪来的小孙子啊？"

老爷爷说："不骗你，也不是逗你，我真的有了个小孙子，真的出去玩去了！"

芳芳说："我不信，你哪来的小孙子啊？爸，你是拿这话来批评我吧？"

老爷爷说："不是批评你！是真的有了个小孙子！"

芳芳说："真有个小孙子？哪来的？"

老爷爷说："我剥毛豆的时候剥出来的啊！是个毛豆娃呀！"

芳芳说："剥毛豆剥出来的？爸，你发烧了吧？糊涂了吧？"

老爷爷说："我没发烧！没糊涂！不信，让毛豆娃跟你说说话！"

老爷爷转向毛豆娃说："来，跟姑妈说说话！叫姑妈！"

毛豆娃拿过电话："姑妈，您好！"

姑妈回答说："嗯，你是谁呀？"

毛豆娃说："我是毛豆娃呀！"

姑妈问："毛豆娃，你是从哪儿来的呀？"

毛豆娃说："是爷爷剥毛豆把我剥出来的呀！"

姑妈严厉地说："别瞎说，小孩子不许说谎！"

毛豆娃说："姑妈，我没说谎！是真的！您回来看看我们就知道啦！"

姑妈说："我就是不信！剥毛豆还能剥出个孙子来！"

毛豆娃说："姑妈！您老不回来看爷爷，爷爷当然要把我从毛豆里剥出来啦！"

姑妈说："什么乱七八糟的，把我都搞糊涂了！好啦，好啦！过两天我就回去看爷爷！如果你说谎，看我打你的屁股！"

毛豆娃说："如果我没说谎呢？"

姑妈说："没说谎！没说谎就打我的屁股！"

老爷爷听到了这句话，立刻凑近话筒喊："好！一言为定！你就等着挨打屁股吧！"说完，放下话筒，爷孙俩搂抱着哈哈地笑了。

爷孙俩一边看电视，一边吃零食，一边举起饮料“干杯”。

电话铃又响了。

老爷爷拿起电话：“你好！”

对面打来电话的是儿子亮亮：“爸，听姐说，你又有个孙子啦？”

老爷爷说：“对，没错！”

亮亮问：“是剥毛豆剥出来的？”

老爷爷说：“对，没错！是个毛豆娃，而且还有神力呢，叫做神力毛豆娃！”

亮亮说：“嗨嗨，真好玩！什么时候我回去看看你们去！”

老爷爷说：“你那个紧急任务完成了吗？”

亮亮说：“差不多了！已经端掉了几个制造假清粼粼纯净水的窝点，没收了几批假货！现在，我们正在研究识别假货的简便办法呢！”

老爷爷问：“办法想出来了吗？”

亮亮说：“还没有，正在研究呢！”

老爷爷说：“让毛豆娃去给你帮帮忙吧！”

亮亮说：“他行吗？”

老爷爷说：“小意思！让他去试试看吧！好，这就让他给你说说话！”说着，他把话筒递给了毛豆娃：“喏，叫伯伯！叫伯伯！”

毛豆娃接过话筒：“伯伯好！我是毛豆娃！”

伯伯说：“好小子，你真的有神力？”

毛豆娃说：“嗯，有一点儿，还凑合！”

伯伯说：“你能认出真货、假货？”

毛豆娃说：“试试看吧！”

伯伯说：“好哩，小子哎，过两天我来接你！”

毛豆娃问爷爷：“爷爷，您还有话吗？”

老爷爷说：“没啦，让他有空多回来看看！”

毛豆娃回头对着电话说：“伯伯，爷爷说，让您有空多回来看看！”

伯伯说：“好哩！”

毛豆娃说：“伯伯再见！”然后就放下了话筒。

十三

下午，老爷爷出去理发，毛豆娃也跟着出去了。

出了院子大门，就是一所小学。在小学门口，他们看见一个高个儿的男学生，大概是个 5 年级的学生吧。那学生手里拿了一张什么纸（大概是张考试卷子吧），他看了几眼，就狠狠地把它撕碎了，然后就随手往上一抛。碎纸片像纷飞的雪花，飘落了一地。

毛豆娃正好走在他身边，就说："大哥哥，你不应该乱扔废纸！"

那男生瞟了一眼毛豆娃，不屑一顾地说："小豆包，你懂个屁！"

老爷爷也站下来说："哎，这位同学，你说话也不文明啊！"

那男生说了句："哼！管得着吗！"就大摇大摆地昂首要走。

刚走几步，那些落在地上的碎纸片，就突然像一群小蝴蝶似的，忽地一下子飞了起来，跟上了那个男生，围着他的头顶飞舞。

那男生只好站下了。

碎纸片也停了下来，一片片落在他周围的地上。

那男生一甩头，又往前走。

碎纸片又飞起来跟在他的头顶。

那男生突然撒腿就跑。

碎纸片就紧追不放！

那男生无奈，停下了。

碎纸片又纷纷落在了他的周围。

那男生四处望望，无奈地弯下腰，把碎纸片一片片地捡了起来，扔进了旁边的垃圾箱里。

跟在他身后的老爷爷和毛豆娃，会心地笑了。

十四

老爷爷进了理发馆，毛豆娃就在外面等他。

没什么好玩的，毛豆娃就沿着人行道往东走走，又往西走走，一会儿，又在人行道的边上坐一坐。当他站起来，再次往东边走的时候，一个中年男人向他走了过来。

中年男人把手里的一罐饮料递到毛豆娃跟前：“小朋友，请你喝可乐！”

毛豆娃看了看那个男人，摇摇头：“不喝！”

中年男人掏出一块糖：“那，吃巧克力，挺甜的！”

毛豆娃说：“不吃！”

中年男人拉住毛豆娃的手，往前一指：“看，看到前面那辆小车了吗？我带你坐小车到动物园玩去，看大老虎去！”

毛豆娃说：“不去！”

“去吧，叔叔抱你！”说着，中年男人就把毛豆娃抱了起来，快步朝前面不远的一辆小卧车走去。

毛豆娃喊道：“我不去！我不认识你！”

中年男人还是往前走。

毛豆娃轻轻地举起了手掌。

中年男人突然觉得手里的毛豆娃不断地加重，压得他走都走不稳。他惊恐地说：“哎呀，你怎么一下子变得这么沉啦？”然后就慌忙地把毛豆娃放了下来，自己往那辆小车跑去。

中年男人打开车门，想逃进车里，但刚伸进一只手，车门却突然关紧，把他夹住了！他怎么挣扎也挣不脱。

毛豆娃在一旁双手叉腰，怒视着他。

“伙计！快来帮帮我！快来帮帮我！”中年男人朝前面叫道。

小车司机座上的一个人打开车门，想来帮他，刚跨出门，却也被突然关紧的车门夹住了后腿！他只好也大声地喊：“哎呀！不行！我也被夹住啦！”

中年男人朝毛豆娃喊：“小孩！小孩！求你放了我们！放了我们！”

毛豆娃上前两步，指着那两个人说："你们等着吧，等警察来了，你们把干的坏事都交代了，就放开你们啦！"说完，转身就走了。

过了一会儿，两个骑摩托的警察过来了。

警察想把那两个人从车门上拉下来，可怎么也拉不下来。

那个中年男人说："哎哟，哎哟！不行，不行！刚才那个小孩说了，要我们把干的坏事都交代了，才能脱开！"

警察严厉地说："好吧！现在就交代吧！"他们掏出笔记本和圆珠笔："说吧！老实点！"

十五

两辆小汽车驶到一个库房门口。

亮亮、老爷爷、毛豆娃，还有几个工商执法人员下了车，一起进了库房。

库房里堆放着许多包装箱上都标有"清粼粼纯净水"的货物。

亮亮对老爷爷和毛豆娃说："喏，这些，有的是真货，有的是假货，鉴别起来可不容易！"

老爷爷拍拍毛豆娃的肩膀说："你看看呢！"

毛豆娃左右看了一下，伸出右手指着一个箱子说："从那儿拿出一瓶来！"

一个执法人员从那箱子里拿出一瓶交给毛豆娃。

毛豆娃左手指着一个箱子说："再从那儿拿出一瓶来！"

执法人员又从那儿拿出一瓶给毛豆娃。

毛豆娃左右手各拿着一瓶"纯净水"说："真正的清粼粼纯净水，是无论怎么摇晃，都永远是纯净的；假冒的呢，只要一摇晃，就会变浑啦！"说着，他就将两瓶水摇晃起来！

毛豆娃举起右手："你们看，这瓶是真正的清粼粼纯净水，怎么摇，都是纯净的！"

毛豆娃举起左手："你们看，这，就是假货，一摇就变浑啦！"

大家定睛一看，纷纷说："啊，真是的，真是的！真妙！真妙！"

亮亮一把抱起了毛豆娃，高兴地说："好小子，真有你的！我们一定好好研究研究，找出个消灭假货的办法来！"

毛豆娃说："那你们就天天搞3·15吧！"

大家都高兴地笑了！

十六

这一天下午，毛豆娃和老爷爷去了动物园。

动物园里游玩的人很多、小朋友、青年人、老年人都有。

毛豆娃和老爷爷来到了可以让孩子们喂小动物的地方。

毛豆娃拿白菜喂小白兔。

毛豆娃拿青草喂山羊，然后两手握住山羊的角和山羊顶额头，把山羊顶得向后倒退。

毛豆娃来到大象跟前，饲养员把他抱起来，让他坐在大象的鼻子上，摇啊摇！

毛豆娃和老爷爷来到虎山旁边，站在高台上看老虎。高台上还有不少小朋友和成年人。

虎山里，两只大老虎躺在那里，一动也不动，根本不理睬周围的人们。

一个小女孩说："唉，大老虎怎么懒洋洋的呀！尽睡觉！"

一个小男孩说："嗨！大老虎是个大懒虫嘛！"

另一个大一点的男孩，就在高台上使劲跺脚，向着老虎大声地喊："吼！吼！"

这位男孩的爸爸连忙阻止他说："不许这样！不许吓唬老虎！"

这位男孩辩解说："谁叫它不动的啦！"

爸爸说："它就不动，你有什么办法！"

毛豆娃看了一眼那位爸爸，然后把手掌悄悄伸到下巴前边，轻轻地往前面吹气。突然，从毛豆娃的手掌前边，飞出两只大蝴蝶来！

两只大蝴蝶朝两只睡懒觉的大老虎飞了过去。它们分别在两只大老虎的鼻子尖儿上一起一落地逗大老虎！

大老虎的瞌睡被逗没了，它们玩儿的兴趣来了！

大老虎们抓蝴蝶，蝴蝶们东飞飞，西飞飞，大老虎们也就东扑扑，西跳跳……

看台上的孩子们、大人们都高兴地笑呀！叫呀！

毛豆娃见人们高兴了，就悄悄把手往回一招，忽然，两只大蝴蝶就飞走了！

十七

毛豆娃来到了猴山旁边。（老爷爷在不远处遇见了一位老朋友，正跟老朋友在握手拍肩地寒暄哩！）

猴山外面是看台和围墙，围墙边已站了许多小朋友，围墙不怎么高，小朋友的双手可以举过围墙。

围墙里猴山的底部要比外面的看台低两米左右，实际上，它是在一个大坑里。猴山有三座山峰，山峰间有铁索吊桥相连，小猴子们就在这些山峰、吊桥之间上上下下，跑跑跳跳！

站在围墙外的孩子们的高度，大约相当于山峰半山腰的高度。

一个小姑娘伸出双手，远远地对半山腰的一只小猴子喊："过来，小猴子，过来！抱抱你！来吧，抱抱你！"

小猴子歪着脑袋，看了看这个小姑娘。

旁边的另一个小姑娘也伸出手，对那只小猴子喊："过来！小猴子！到我这儿来！别到她那儿去，到我这儿来！"

毛豆娃看了看这两位小姑娘，微微地笑了笑，然后悄悄地一伸手！

哇！突然，在那小猴子（猴山半山腰）和那两位小姑娘（围墙）之间，出现了一架铁索吊桥！

那小猴子先是上吊桥试了试，然后就飞快地朝那两位小姑娘跑了过来！

两位小姑娘没有料到这件事儿，吓得转身就跑。

周围的小朋友也慌忙跑开了。

其他的小猴子也发现了这架突然降临的吊桥，觉得好新奇，也都涌上桥来，纷纷朝围墙外面逃去。

于是，出现了一场“猴灾”：

小猴子们在地上、树上乱蹦乱跳。

一只小猴子跳到了正在逃跑的一位小女孩的肩膀上，把小女孩吓得哇哇叫！

一只小猴子跳到一只大象的背上，大象受惊了，一躲闪，把身边的栏杆撞倒了！

两只小猴子跳进了一个售货亭，把售货亭的坛坛罐罐打翻在地！

人们十分惊慌，但莫名其妙，不知所措！

老爷爷一看，知道是毛豆娃闯祸了，赶快跑过来，朝毛豆娃喊：“快！快让小猴子们回去！”

毛豆娃没想到事情会搞成这样，也有点慌，听老爷爷一叫，缓过神来，赶快伸出手掌，朝空中扫了个180度。只见小猴子们都纷纷转身，跑回了猴山，那架奇怪的吊桥，也就突然不见了！

老爷爷严肃地对毛豆娃说：“闯祸了吧，你看，怎么办？”

毛豆娃低头轻轻地说：“那，赶快让它恢复呗！”然后，躲到老爷爷身边，悄悄地举了下手。

售货亭里，被打翻的坛坛罐罐，立即轻轻腾空而起，恢复到原位。

被大象撞倒的栏杆，也悠悠地升起，恢复了原样。

毛豆娃走到刚才被吓得哇哇叫的小女孩跟前，拉拉她的手说：“对不起啦，小妹妹！”

小女孩吃惊地瞪大了眼睛，对毛豆娃的道歉，觉得莫名其妙！

老爷爷拉着毛豆娃的手往动物园外面走，继续严肃地对毛豆娃说：“即使能恢复，能道歉，以后也不许这么胡闹！”

毛豆娃点点头说：“好，好，我知道了！”

十八

傍晚，老爷爷家的门铃响了。

老爷爷去打开门，门口站着一位大个子民警。

大个子民警敬了一个举手礼："刘老，您好！"

老爷爷说："啊，小李同志来啦，请进，请进！"

民警小李走进屋，说："刘老，我来看看您老，还好吧，有什么困难吗？"

老爷爷说："谢谢，谢谢！挺好的，没什么困难！"

老爷爷把民警小李让进了大屋里，然后对坐在沙发上的毛豆娃说："叫小李叔叔！"

毛豆娃站起来说："小李叔叔好！"

民警小李看了一眼毛豆娃，弯下腰来："你好！你是谁呀？"

"我叫毛豆娃！"

"你爸爸呢？"

"我没有爸爸，只有爷爷！"

"你妈妈呢？"

"我没有妈妈，只有爷爷！"

"那，你是从哪里来的呀？"

毛豆娃看看老爷爷，不知道怎么回答好。

老爷爷坦然地说："讲真话！把真实情况告诉小李叔叔！"

于是，毛豆娃就说："我，是爷爷剥毛豆剥出来的！"

民警小李笑了笑说："前天，把两个坏蛋夹在了汽车上，是你干的吧？"

毛豆娃也笑了笑说："是的！"

民警小李说："嗯，好小子，挺棒的！那么，今天动物园里的那场猴灾，也是你的杰作啦！"

毛豆娃说："对，也是我干的！"

民警小李说："唔，没出什么大事儿，没关系，没关系！"

民警小李跟老爷爷递了个眼色，他们就去到了小屋里。

民警小李说："刘老，不瞒您说，您这孙子，总得有个说法，有个来历，有个身份，有个户口啊！"

老爷爷说："这，我知道！"

"那，他到底是从哪里来的呢？难道真的是剥毛豆剥出来的吗？"

老爷爷说："唔，准确地说，他是我在剥毛豆的时候构思出来的一个人物形象，是我运用想象力创造出来的一个童话人物！这事儿，你能理解吗？"

民警小李说："能理解，能理解！我小时候，也喜欢看童话，我知道，在童话里面，是可以创造出各种各样神奇的人物来的！"

"对，对！"老爷爷笑了笑说："你真是我的一个好知音！"

民警小李说："那，这孩子的户口怎么填呢？"

老爷爷说："就填'童话人物'吧！"

"从哪儿来呢？"

老爷爷说："从人们的希望中来，从人们的想象中来！"

民警小李笑了笑说："好！就这么填！"

他拉了一把椅子坐下，打开了手里的皮夹子，捧在手上填写。他边填写边自言自语地说："童、话、人、物，从、希、望、中、来，从、想、象、中、来！"填好了，他关上皮夹子说："好啦！打搅您啦！"站起来就准备走。

老爷爷说："再坐会儿嘛！"

民警小李说："不啦，说不定什么时候有事，还要请您的孙子帮忙呢！"

老爷爷就送民警小李出了门。

十九

第二天下午，老爷爷和毛豆娃在家看电视，电视正进行一场足球比赛的现场直播。

电视里，两支球队正列队入场。

解说员介绍说："各位观众，各位观众！今天我们向大家现场直播中国青年明星队和欧洲青年火箭队的一场对抗赛，现在，两队正在入场。"

老爷爷倒了水，把茶杯放在沙发前边的茶几上，转身坐到沙发上。

毛豆娃坐在老爷爷身边。

比赛开始了，中国青年明星队在进攻。

解说员说："中国明星队一开始就向对方发起了猛烈的进攻，欧洲火箭队则稳扎稳打，想先试探试探中国队的实力。"

老爷爷端起茶杯喝了两口茶说："中国队今天打得很积极！"

毛豆娃说："速度很快！"

老爷爷说："体力也不错！"

比赛在进行，球迷在助威。中国队抓住机会，射门！可惜打高了！

老爷爷说："嗨，真可惜！"

毛豆娃说："打低点就好啦！"

老爷爷说："基本功差点！"

毛豆娃说："爷爷，您说，今天能赢吗？"

老爷爷说："等着瞧吧！"

正说话间，中国队又发动了一次进攻，射门！可惜，球打在左边门柱上，飞了出去。

老爷爷有点着急了，他站了起来，在房间里做射门的动作："你看，这么简单的动作，都打不出来，功夫太差了！"说着，又做射门的动作："可惜，我老啦！我年轻的时候，决不会这种球都踢不进去！"又做了一个转身射门的动作，不小心，差点摔倒！

毛豆娃赶紧扶住爷爷说："爷爷，您别着急，接着看！"然后把爷爷拉回到沙发上。

过了一会儿，欧洲火箭队发动了一次反击，10号带球突破，到了禁区，晃过两个后卫，射门！球进啦！

老爷爷站起来，一跺脚，拿起遥控器一按，停了电视："不看了！不看了！"扔下遥控器，就气呼呼地往小屋走去了。

老爷爷进了小屋，躺上床，把枕头捂在脸上！

毛豆娃跟过来，趴在床边，轻轻把枕头掀开一点："爷爷，您生气啦！"

老爷爷扔开枕头，转过身去："什么臭球，不看了，不看了！"

毛豆娃摇晃着爷爷说:“唔嗯，看吧，看吧！”

老爷爷说:“这么好的机会，都进不了；人家进攻，后卫连挡都不挡，这球，有看头吗！”

毛豆娃说:“有看头，有看头！您别着急嘛！”说着，就使劲拉爷爷:“去吧！好爷爷！再去看看吧！”

老爷爷一翻身就站了起来:“好！去就去！再看看这臭球！”

老爷爷和毛豆娃又坐到了沙发上。

毛豆娃按了遥控器，把电视打开了。

球赛在继续，争夺相当激烈，场上喊声不断。

中国队后场得球，发起反击，后卫看准前锋9号，把球传出，正到好处，9号用头轻轻一顶，意欲把球停住……

毛豆娃对准这个画面，伸手往前一推……

球场上，9号所顶的球突然高高飞起，在空中画了个大圆弧，朝对方球门落去，对方守门员后退时摔倒，球从球门一角落入网中！

全场爆发出潮水般的呼声和掌声，球迷们纷纷站起来，手舞足蹈！

只听解说员喊道:“各位观众！各位观众！这个球精彩极了！神啦！绝啦！情况是这样的：中国队的后卫传球给前锋9号，9号准确地一顶，球像长了翅膀似的，从20米开外，飞进了球门！”

老爷爷高兴地站了起来，端起茶杯，和电视中的球迷一样，扭呀扭的，不断地做碰杯的动作。

毛豆娃也跟在老爷爷身边，高兴地扭呀扭！

老爷爷跑去从冰箱里拿出一罐饮料，拉开小盖，递给毛豆娃:“来，来，来！干杯！干杯！”

毛豆娃举起饮料，和爷爷碰杯！

二十

正在这时，在这个城市里，却发生了一件意想不到的事：

飞机场上空，一架民航客机在盘旋。

机场指挥台里，好几位工作人员都站在屏幕和对讲机前。

指挥长喊："6425班机！ 6425班机！请说明你的情况，请说明情况！"

飞机驾驶舱里。

机长报告说："报告指挥台，6425班机的起落架放不下来！起落架放不下来！"

指挥长："是什么原因？"

机长："有两种可能，一是线路问题，二是可能机械被卡住了！"

指挥长："机上有多少人员？"

机长："乘客和乘务员一共是246人！"

指挥长："油量还有多少？还能坚持飞多久？"

机长："还能飞40分钟左右！"

指挥长："请你们保持镇定，也请乘客们保持安静，不要慌乱！我们将采取必要的安全措施！有什么新情况，请随时向我们报告！"

机长："我明白！"

机舱里，坐满了乘客，有老人，有年轻人，有孩子，有中国人，有外国人。他们安静如常。

指挥长对旁边的工作人员说："接市长办公室！"

市长办公室的电话铃响了。

市长按了按免提键："市长办公室，请讲！"

电话里扬出声音："报告市长，我是飞机场，有紧急情况向市长报告，并请求援助！"

市长："请讲！"

指挥长："有一架民航班机预定19点35分在我场降落，可是飞机出了故障，它的起落架放不下来！"

市长：“飞机上有多少人员？”

指挥长：“乘客、乘务员一共246人！”

市长：“准备采取什么措施？”

指挥长：“实在不行，只好迫降！”

市长：“迫降有什么危险？”

指挥长：“最坏的情况是机毁人亡！一般的情况是机身和跑道摩擦，很可能起火或爆炸，也会造成人员伤亡！”

市长：“有什么办法减少危险，减少伤亡？”

指挥长：“我们现在是让飞机在上空盘旋，尽量把油耗掉，那样，起火或爆炸的程度就可能小一些！”

市长：“还能坚持多长时间？”

指挥长：“40分钟左右！”

市长：“你们需要什么支援？”

指挥长：“请命令民警部门、消防部门、急救部门立即出动，以防万一！”

市长：“好的，我就照办！”

市长按另一电键：“请民警部门、消防部门、卫生急救部门注意：现在，飞机场上空有一架民航客机因为起落架放不下来，有可能实行迫降！请你们立即赶往现场，做好救援准备！民警部门要保证进出机场的所有道路的畅通！”

四面八方：警车纷纷出动……

消防车纷纷出动……

急救车纷纷出动……

老爷爷家。电话铃响了。

老爷爷接电话：“你好！我是，请讲！”

一辆警车上，民警小李用手机打电话：“刘老！我有紧要的事情要找毛豆娃，请你们在家等着我，不要外出，我立即赶到！”

一辆警车闪着警灯，停到老爷爷家的楼门口。

民警小李大步跑上楼，进了老爷爷家。

民警小李：“刘老，请你和毛豆娃立即上车，情况到了车上再慢慢说！”

老爷爷、毛豆娃和民警小李一起跑下楼，上了车，警车立即鸣笛疾驰而去！

民警小李在警车里对老爷爷和毛豆娃解释说："情况是这样的，有一架民航客机准备在我市机场降落，可是飞机的起落架放不下来！万一总放不下来，就要迫降，这就有可能发生机毁人亡或起火爆炸等严重事故！我想到毛豆娃的神奇本领，就特意请毛豆娃去看看，看有什么办法没有？"

老爷爷看了看毛豆娃："怎么样？"

毛豆娃点点头说："去试试吧！去试试吧！"

二十一

警车飞驰，超过了一辆辆消防车、急救车！

警车停在了机场大楼前。

民警小李、老爷爷、毛豆娃匆匆下了车，进了楼。

机场指挥台里，毛豆娃、老爷爷、民警小李都站在指挥长身边。

指挥长拍拍毛豆娃的肩膀说："好！小家伙，看你的啦！"

毛豆娃看了看指挥长，问道："这里，看得见那架飞机吗？"

指挥长说："看得见！你到这儿来！"说着，就把毛豆娃领到一扇大玻璃窗前，"一会儿，那架飞机就会转过来！"

毛豆娃从大玻璃窗往上看，看见了深蓝色的天空；往下看是飞机场，机场上，警车、消防车、急救车已陆续到达，各自闪亮着大灯、小灯、红灯、黄灯，一字儿排开，严阵以待！

过了一会儿，那架飞机闪着灯，朝指挥台这边飞了过来。

指挥长指着飞机对毛豆娃说："喏，就是它！"

毛豆娃伸出右手，伸直手掌，手指对准飞机，对指挥长说："请驾驶员放一放起落架！"

指挥长喊："6425，6425，请放一放起落架！"

驾驶员："6425明白，放一放起落架！"随即操作。

指挥长："情况怎样？"

驾驶员：“还是放不下来！”

说着，飞机就向远处飞去了。

指挥长看了看毛豆娃。

毛豆娃说：“请他再飞过来一次！”

指挥长喊：“6425，6425，油料还能坚持多久？”

驾驶员：“还能坚持5分钟，5分钟！”

指挥长：“请再飞过塔台跟前！”

驾驶员：“6425明白！”

过了一会儿，飞机闪着灯，又由远处朝指挥台这边飞来。

毛豆娃站在窗前，双手齐举，两只手掌笔直地对准飞机，并跟随飞机移动，对指挥长说：“请再放一放起落架！”

指挥长喊：“6425，6425，请再放一下起落架！”

驾驶员：“6425明白，放一放起落架！”随即操作。马上，他就惊喜地叫了起来：“塔台！塔台！ 6425报告：行啦！行啦！起落架顺利地放下来啦！”

指挥台里的人们立刻高兴、活跃起来！

飞机上，机长、乘客、乘务员们也都高兴起来！人们互相握手、拥抱……

乘客中一位年轻的母亲紧紧地搂抱着自己一个两三岁的孩子，流着眼泪说：“好啦！好啦！宝贝！咱们得救了！咱们得救了！”

一位外国老爷爷握住机长的手说：“啊，谢谢你们！谢谢你们！”

机长说：“对不起，让你们受惊了！”

一位老奶奶握住机长的手说：“谢谢你们！谢谢你们！”

机长说：“这得谢谢机场塔台的指挥人员！”

指挥台里，指挥长喊：“6425，6425，准备降落！”

驾驶员：“6425明白！”

毛豆娃、老爷爷、民警小李都站到大玻璃窗前，朝外看。

飞机呼啸着，平稳地降落在跑道上……

二十二

第二天下午，老爷爷和毛豆娃在家里下围棋。

爷孙俩心手交应，落子叮叮，棋下得有模有样，很有味道。

突然，听到门外有人拿钥匙开门的声音。

毛豆娃警觉地说：“哎，外面有人开门！”

老爷爷安然不动：“别管他，可能是姑妈回来了！”

“我们回来了！”人未露面，先闻其声，原来是芳芳带着她的先生和儿子超超回来了！

毛豆娃起身迎接姑妈。

“啊，这就是毛豆娃吧！好可爱的小伙子！叫姑妈，叫姑爹，叫超超哥哥！”

毛豆娃：“姑妈！姑爹！超超哥！”

芳芳从带来的大纸口袋里拿出大包小包的东西：“喏，这是姥爷的，这是给毛豆娃的，这也是姥爷的，这是超超哥给毛豆娃的……”

毛豆娃说：“谢谢姑妈！谢谢超超哥！”

姑妈说：“哦，不谢不谢！”

此刻，门口又传来了声音：“我们也回来了！看爷爷来了！看毛豆娃来了！”

原来，这是亮亮带着夫人和女儿珍珍回来了！

亮亮抱着两纸箱东西，几乎把脸都遮住了。

亮亮夫人抱着珍珍，走上前教珍珍说：“叫爷爷，叫毛豆哥哥！”

珍珍口齿不清地叫：“好爷爷！毛豆哥哥！”

芳芳帮亮亮把东西放下来：“嗨，怎么带这么多东西来？”

亮亮说：“哎呀！这都是清粼粼集团公司给毛豆娃的奖品！喏，这是清粼粼纯净水，这是清粼粼万分可乐！”

超超说：“啊，这么多奖品啊！毛豆娃给清粼粼立了大功啦！”

亮亮说：“是啊，是立了大功啦！”

门铃响了！

亮亮说："嗯，谁又来了？"走去开门。

"是我来啦！民警小李来了！"

民警小李高高地举着一架很漂亮的不锈钢飞机模型走进来："飞机场指挥台的叔叔们说，谢谢毛豆娃的帮助！送一架飞机模型给毛豆娃做纪念！"随即把模型交到毛豆娃手里。

毛豆娃说："谢谢！谢谢！谢谢大家！谢谢大家！"

超超从毛豆娃手里拿过飞机，高举着喊："哇，好漂亮啊！好酷啊！"

毛豆娃说："好！好！我请大家喝清粼粼饮料！"

亮亮打开大瓶的清粼粼万分可乐，拿出杯子，一边倒饮料一边说："好，毛豆娃，我就借你的万分可乐说几句话：我，还有你姑妈，因为工作忙，不能常回来陪爷爷，现在，有了你陪爷爷，爷爷就不寂寞啦，爷爷就高兴啦，快乐啦！所以伯伯要谢谢你！"

毛豆娃说："不用谢，这是我应该做的！"

这时候，姑妈也走了过来，举起杯子，对毛豆娃说："毛豆娃，好小子啊，现在我们都知道啦，你已经给大家做了很多好事，这样的好孩子，大家是都会喜欢的！"

毛豆娃说："谢谢姑妈的鼓励，我以后，还会这么做！"

老爷爷听了很高兴地说："好，好，都说得很好！来，来，来！大家干杯！大家干杯！"

大家都举起了杯子，齐声喊："干杯！干杯！"

（剧终）

哎，真准，他居然把那个小动物罩住了！

但当他想把那个小动物包住带回去时，那小动物却挣扎着溜掉了！

那小动物跑到了溪水里，行动就快了起来。

余飞不甘心，就下到小溪里去追那小动物。

追啊，追啊，沿着小溪而上。

小动物进了一个山洞，余飞也追进了山洞。

山洞里并不很黑，因为对面有微弱的光线射进来，而且光线越来越亮。

三拐两拐，小动物从对面的洞口跑了出去，逃走了！

余飞也从那个洞口钻了出去。

哇！余飞抬头一看，天上是一抹绚丽的晚霞，眼下，则是一个神奇的所在！

这是一个巨大的盆地。盆地四周，都是高耸的悬崖，悬崖上，生长着各种奇形怪状的树木。盆地中央，是湖水。从湖水四周到悬崖底部，都是茂密的水草和参天的大树。整个的就像是一个无比巨大的水桶，那悬崖是桶壁，而桶底，就是湖水和树木。

余飞坐在洞口，凝视这个“大桶”，简直都惊讶得发呆啦！

余飞在那里呆看呆想了许久，不觉得天渐渐暗了下来。

在余飞觉得天色已晚，正准备离开的时候，突然，听见左侧的树丛哗哗作响，同时也摇晃起来；他侧身一看，哎呀，夜色中正有一头像蛟龙似的巨大动物向他逼来！

余飞来不及细看，扭身就慌忙钻回洞口，逃了出来！

余飞在夜色中慌忙朝回团部的山路跑去。

四合院军营的一间房子里，这是团部，桌子上已经点燃了一盏煤油灯。

政委坐在桌子旁，团长在房间里来回走动，正为余飞没有按时归队而着急。

团长看了看表，说：“八点半了，不能再等了！”

政委也看了看表说：“好！”

团长就向外面喊：“小刘！叫李排长来！”

小刘在外面回答：“是！”

过了一会儿，侦察排李排长在室外叫：“团长，什么事？”接着跨进门来。

团长说：“小余去师部，不知为什么，到现在还没回来！他从来没这么晚过！”

李排长说：“要我们去找找？”

政委说：“对！你亲自带一个班，沿着去师部的路，仔细地找！附近有村子的地方，要找老百姓问一问！”

李排长说：“是，这我知道！”

团长说：“马上出发！”

正在此时，余飞回到了团部。

同志们见了余飞，都很高兴，都大声地朝团部喊：“余飞回来啦！余飞回来啦！”

两位战友扶余飞进了团部，余飞满身泥泞，显得疲惫不堪。

团长赶紧扶余飞坐到椅子上，政委给他倒来一缸子水。

政委说：“小余，怎么回事儿？喝口水，慢慢讲！”

独白：“我喝了水，放下缸子，就把过程和情况都原原本本地给团长、政委和在场的李排长和两位战友讲了。”

画面是余飞喘着气的缓慢叙述、手势以及他所见到的奇境的闪回。

讲完了，团长哈哈大笑起来：“啊哈哈，小余，你做梦了吧？”

余飞说：“我不是做梦，是真的！”

团长说：“你别胡编，你到哪儿玩去了，回来晚了，怕挨批评吧？”

余飞急了，跺脚哭喊起来：“我没胡编！谁怕挨批评啦！”

政委说：“好啦，好啦，别着急！先好好休息！”

团长也温和地随手递过来一套干衣服，拍了拍余飞的肩膀说：“好，好，先去洗个澡，然后睡一觉！”

两位战友扶着余飞准备出去，团长拍了一下一位战友说：“你去告诉伙房，给小余做顿病号饭！”

余飞他们走出了团部以后，团长对政委说：“政委，明天还是由老李带一个班，跟着余飞去看一看，不管是真是假，都得弄个明白！”

政委说："好！"

独白："那天晚上，伙房给我做了一大碗肉丝面，上面还卧了两个鸡蛋，我吃了以后，就呼呼地睡着了！"

第二天，吃过早饭，李排长带了个侦察班，就像跟着个说谎的坏人似的，跟着余飞出发了！

余飞带着李排长和侦察班的同志们沿着昨天回来的路上走。

他们走一会儿跨过一条小溪，走一会儿跨过一条小溪。因为每一座悬崖下面，实际上都有一条小溪，平日溪水不大，人们不太在意；昨天下了大雨，水大了，就显出来了。也因此，余飞昨天是在哪条小溪边见到的那个小动物，他已经搞不清楚了！

余飞走到一条小溪旁边，停下来仔细观察了一下，觉得好像就是昨天见到小动物的那条小溪，就和李排长商量了一下，带着队伍逆着小溪朝悬崖底下走去。

但是，在这个悬崖底下，他们没有找到那个洞口。

他们走向另一条小溪，另一座悬崖，还是没有找到什么洞口。

战友们半开玩笑地起哄了，有人喊："哟，都快中午啦，天气好热噢！"

另一位战友喊："哎，余飞！存心耍我们啊？"

又一位战友喊："是啊！是真的还是假的？"

李排长回头制止说："大家注意啦！不许说怪话！"

他们再走向一条小溪，一座悬崖，还是没找到什么洞口。

李排长和余飞商量了一下，就回头喊："同志们！听我的命令！现在原地休息，吃午饭，吃完午饭，大家给我往这悬崖顶上爬！咱们爬上去，到顶上往下面一看，是真的还是假的，不就知道了吗？"

战友们呼喊着"好"，同时纷纷在原地找了合适的地方坐下，解下自己用手巾包好的茶缸，里面就是午饭，然后就各自吃起来。

李排长看大家吃好了午饭，抽烟的也已经卷了"尖尖炮"抽完了，于是大声喊道："同志们，给我上啊！"同时使劲地挥了挥手！

战友们一起奋勇地朝悬崖上爬去！攀住藤的，拉住树的，两手一撑就上了又一岩石的，伸手下来拉人的，用手往上推人的，大家争先恐后，互相帮助。

没多大工夫，有几位战友就登上了崖顶，他们欢呼起来：

“啊，上来了！上来了！”

“排长！余飞！我们已经上来了，你们加油啊！”

他们在悬崖顶上环顾四周，所见都是崇山峻岭，莽莽森林，处处云雾缭绕。

李排长伸手一挥：“走！”就带领大家朝悬崖的另一侧——西侧走去。

夕阳西下，霞光万道！

逐渐地，他们看到了一个由环形山所拥抱的空间。

李排长伸手一指：“看！那不就是余飞昨晚上说的那个‘大桶’吗？”

战友们纷纷朝悬崖的西侧边缘跑去，各自选了合适的位置朝下观看。

这的确像是一个无比巨大的水桶！它四壁悬崖陡峭，中间浓雾笼罩，看不清其中的树木，也看不清湖面的情况。在夕阳余晖下，毫无规律地从底下不知何处闪烁出无数斑驳的光点，使它显得十分神秘，深不可测！

李排长喊：“同志们，大家都看到了！我们余飞没有撒谎！没有做梦！的确有这么个地方！”

战友们也都高兴地喊：“对！好样的！”

李排长说：“至于里面有没有余飞说的那个怪东西，我们现在还没有看到！同志们，大家说，怎么办？”

“咱们下去看看！”

“对！下去看看！”

李排长摇摇头说：“同志们！不行！今天太晚了！”

“难道就这么回去？”

李排长说：“不！今晚上，咱们就住这儿啦！饿一晚上肚子，一晚上不睡觉，咱们大家都好好看看，看它底下到底有什么玩意儿？”

夜色朦胧，天籁万千。

战友们各自靠在、趴在合适的地方往下观看。

第二天上午，余飞和李排长、侦察班的战友们疲惫地回到了驻地。

余飞和李排长进到团部，团长让他们两人坐下，政委倒过来两缸子水。

李排长喝了两口水，然后说：“嗯，是有那么个地方，我们没有找到那个洞口，便爬上了悬崖，登上了山顶，真的看到了那个‘大桶’！我看天色已经晚了，便让大家在山顶上待了一夜，同时让大家好好观察那个‘大桶’里的情况。天亮以后，我问大家，有谁看见什么没有！”又喝一口水，“有的说，看到了几个黑影子；有的说，听到了什么叫声；有的说，听到里面的湖水哗啦哗啦地响，可谁也没说出个准情况来！”又喝一口水，“有的同志提议，下去看一看；我一看那悬崖陡壁，要下去也不容易，加上头晚上没吃饭，就决定先回来汇报了再说！”

团长、政委点头微微笑了。

余飞打了一拳团长的大腿说：“你看，我没胡编吧！”

“好，是我主观！”团长拍了余飞肩膀一掌。

政委说：“好，先回来汇报一下好！老李，你回去要告诉侦察班的同志，这个情况，不要随便往外讲，这也是纪律！”

团长说：“我们，也得先给师部汇报一下，然后再看怎么办！”

余飞仍然像往常一样，行走在山间小路上。

独白：“一晃，一个月过去了，谁也没再提这件事情。我也不敢问团长，可心里老惦着这件事！我那时才15岁，正是好奇心特别强的时候，怎么能不惦着这事儿呢！

又过了几天，师部的通知来了！

师部让团长、李排长和我立刻去师部。”

余飞、团长、李排长三人骑马赶往师部，到了师部所在的村庄路口，只见一辆小吉普停在路旁。

站在车旁的师参谋长急忙向他们挥手喊：“上车，上车！立刻上车！把马给他们，咱们上军区！”

他们和参谋长四人上了小吉普。小吉普掀起灰尘，疾驰而去

独白：“到军区后，我们就向军区首长做了汇报，主要由我和李排长讲了事情的经过和具体情况。军区首长当场就决定：派直升机侦察。”

一架直升机：军区军务处长、师参谋长、团长、李排长和余飞等五人上了直升机。

从飞机上往下看，只见田野、河流、起伏的山峦、崇山峻岭，清晰而秀美……

过了一会儿，师参谋长喊："对了，对了，已经到了我们师的位置！再往西15公里，就可以盘旋找一找啦！"

直升机开始盘旋。

李排长往下一指："在那儿！"

师参谋长说："嘀嘀，还是侦察排长厉害，一眼就看出来了！"

直升机很快盘旋到了那个"大桶"的上空。

军务处长拿起话筒："驾驶员，驾驶员，降低高度，降低高度，进到那个'大桶'里去！"

直升机逐渐下降，进了那个"大桶"，并继续下降。

这一天天气很好，从直升机上，已经可以看到"桶"底湛蓝的湖水，可以看清湖水四周郁郁葱葱的树木。

军务处长喊："驾驶员，还能再降低一些吗？降到离湖面30米左右！"

驾驶员："我明白！降到离湖面30米左右！"

直升机谨慎地逐渐下降。

在机上已经可以清楚地看到，下面的树木被直升机的气旋吹得摇摇摆摆，湖水被吹得泛起波浪。

军务处长对师参谋长说："你看，可以了吧！"

参谋长："对，可以了！"

军务处长："驾驶员，上升，上升，飞出去！"

直升机逐步上升，飞出了"大桶"。

军务处长："返航！"

独白："当天晚上，军区首长就做出了决定，并召集我们开会。"

一间简朴的会议室里，一张大方桌旁坐了有七八个人，军区首长对大家说："同志们，我们经过研究，决定对那个地方进行一次实地侦察。决定由直升机放两只小橡皮艇和两组人员下去，主要任务是观察一下表面情况和测量一下水的深度。这次行动，由军区军务处处长刘光辉、独立师参谋长张德立负责指挥。下面是两个小组：第一小组有团长王森、侦察排长李大力、通信员余飞；第二小组有军区作战部的梁明、赵心久和秦小禾。会后，你们好好准备一下，明天上午八点出发！”

第二天上午八点，上述人员登上直升机，准时出发了。

很快就看见了那个“大桶”。

军务处长命令：“下降，进那个‘大桶’！”

直升机缓缓下降，进了那个“大桶”。

大桶里面的树木摆动，湖水泛起波浪。

军务处长：“放下橡皮艇！”

两只橡皮艇被扔下，并自动充好了气。

军务处长：“放下绳梯！”

绳梯被放下。

“下艇！”

两组人员齐声回答：“是！”

团长等六人陆续下艇，分两组登上两艇。

团长用对讲机报告：“报告，第一组登艇完毕！”

梁明报告：“报告，第二组登艇完毕！”

直升机上升，在上空盘旋。

团长对李排长和余飞说：“坐好啦，仔细观察！”

两组人马两只小艇相距十米左右，同向缓缓划行。

湖面一半有阳光，很明亮，湖水碧蓝。

湖面另一半阳光被遮，颇幽暗，湖水墨绿。

湖面虽然十分平静，但奇特的明暗反差却给人一种有潜在的危险的感觉！

两只小艇继续同向缓缓划行……

过了一会儿，“叽——呜！”有一只不知名的小鸟嘶叫着闪电似的擦着团长的头顶疾飞而过！

团长、李排长和余飞都吓了一跳，抬头观看，小鸟已无踪影。

团长：“坐好！坐好！”

湖面依然平静。此时，“大桶”上空有云层飞过，湖面显得有点阴森！

正当人们朝上空观看时，突然，团长他们的那只小艇被湖水下面的什么东西顶了一下，小艇朝余飞坐的这边大幅度倾斜，余飞失去平衡，被摔进了水里，小艇则漂离余飞有五六米远。

团长连忙喊：“余飞！”

余飞会游泳，一翻身，就朝小艇游了过来！

另一小艇上的梁明立刻用对讲机向直升机上报告：“梁明报告！梁明报告！第一小组发生意外，有人落水！”

直升机上，军务处长问：“什么原因？”

梁明：“不清楚！”

正在此时，梁明他们的小艇也被下面什么东西顶得弹起来老高，艇上三人都掉进了水里！

这时余飞已经上了艇。

团长也用对讲机报告：“王森报告！王森报告！第一组落水的已经上艇！第二组发生意外，三个人都掉进了水里！”

直升机上，军务处长和师参谋长交换了一下眼色，就喊道：“本部明白！注意互相保护，准备上机返航！”

第二小组的三个人分别游向小艇，爬上了小艇。

余飞他们的小艇向他们靠近，相靠在一起。

直升机飞进“大桶”，逐步降低，放下了绳梯。

六人陆续登上了直升机。

直升机收起绳梯，斜着飞出“大桶”！

只留下被遗弃的两只小橡皮艇，靠在一起，同病相怜地在湖心轻轻荡漾……

独白：“回到军区以后，军务处长和师参谋长向军区首长做了汇报。晚上，军区首长就召集侦察回来的人员谈话。”

还是在上次的那间简陋的会议室里，军区首长对大家说：“同志们，这次侦察活动，还是很有收获的。考虑到事情的重要性和复杂性，军区决定先向中央汇报，听中央的指示以后再进一步行动。在得到中央指示之前，这个地区由你们独立师戒严，严格向外保密，谁也不能动这个地方！”

余飞和师参谋长、团长、李排长还是乘那辆小吉普，驶回了师部所在的村庄，还是骑马奔回了团部所在的村子。

独白：“那以后，我还是每隔一两天就跑一趟师部，每次上路，我都忍不住非常惦念那‘大桶’里的事情！”

一天，余飞走到上次抓小动物的那条小溪旁，看了看变得和上次差不多大小的溪水，看了看旁边的树木，看了看天色，觉得还早，就忍不住逆着溪水向悬崖走了过去。

余飞没有费多大劲儿就找到了上次的那个洞口，迟疑了一会儿，然后，还是钻了进去。

余飞从那边的洞口钻出，坐在洞口的一个石头上，静静地向湖面上观看。

湖面上，那两只小橡皮艇已经是各奔东西，各自孤零零地在湖面上荡漾。

余飞朝四周看了一会儿，没有发现什么新情况，抬头看看天色不早，就钻回洞里，然后从外面洞口钻了出来。

余飞走回小路旁边，看了看小溪两旁的树木，然后从挎包里拿出把小刀子，在小溪两旁的几棵树上刻下了记号。

又一天，余飞从师部返回，有意加快了脚步。

到了他在树上做了记号的那条小溪旁边，便站了下来，又忍不住朝悬崖走去了。

余飞进了山洞，从对面的洞口钻出，仰头一看，红日蓝天，天气格外晴朗！

他坐在洞口，静静地朝湖里观望。

湖水湛蓝，两只小橡皮艇依旧各自孤零零地在湖面荡漾。

突然，一个动物的大脑袋从湖水中冒出！

余飞不知是惊、是喜还是害怕，不由得站起身来，定睛观看！

那动物的脸很长，嘴很大，脖子也很长！

它向一只小橡皮艇游去，用嘴顶橡皮艇，把橡皮艇顶得转动起来；它翻滚着，啊，它在戏弄小橡皮艇呢！

余飞当时肯定是非常惊喜而紧张，肯定是全神贯注地看着它！

过了一会儿，那动物就翻了个身，潜入了水里！

余飞一抬头，见天色不早，转身就钻进洞口，从另一边出来，迅速地朝回团的路上走了。

独白：“晚上熄灯号后，我左右的战友们都呼呼入睡了，可我怎么也睡不着。我想：怎么办呢，要不要把情况告诉团长！可是，那天军区首长讲了，谁也不许动那个地方，我私自去了，不是找挨批吗？后来我想，我画画还不错，于是，就决心用小画本把见到的东西先画下来！”

余飞从枕头边拿了挎包，缩进被窝里，打开手电筒，拿了小画本，就在被窝里凭记忆画了第一张画：龙头；接着又画了第二张：龙戏小艇！

独白：“这一来，我就更加管不住自己了。每次经过那条小溪，我都必然要钻进那个洞口，进去看看。”

有一天，余飞进去以后，坐下来，把挎包放在双腿膝盖上，从挎包里拿出小画本和铅笔，定了定神，就静静地观察湖面和四周。

湖面上，两只小橡皮艇还在轻轻荡漾。

忽然，一只样子像蝙蝠但比最大的老鹰还要大的动物，从悬崖的半山腰往下滑翔，飞向斜对面的悬崖下的树丛里！

接着，又有一只同样的动物往下滑翔。

余飞看得真切，立刻在小画本上画上了它们的形象。

过了一会儿，从对面，远远的，又有一只动物的头从水下冒了出来，慢慢朝余飞这边游来。又过了一会儿，在它旁边，又冒出了一只，和它并肩而游。

它们俩互相挑逗，在湖里掀起波浪。

它们俩朝湖中心游去，游到一只橡皮艇旁边，它们的玩兴大发，一起顶弄起小艇来，有时把小艇顶得团团转，有时把小艇顶向空中，抛得老高老高！

余飞呆看了一会儿，然后在小本上飞快地画：画了一张二龙戏水，又画了一张双龙戏“珠”！

又过了一会儿，天空突然阴暗了下来，一卷卷乌云翻滚着从“大桶”上空飞过，似乎即将有暴雨来临。余飞赶紧收拾挎包、小本，准备离开那里。但正当他准备站起来时，突然见远处水面上，掀起了一注巨大的水花，同时见有一条硕大的、很长的蛟龙跃出了水面，跃有四五米高，然后发出一声奇异的嘶叫，一转身，又钻入水中！余飞一惊，本能地往后一闪身，便躺倒在地上！

余飞正准备爬起来逃跑，突然，又听到一声奇异的嘶叫，只见又一条硕长的蛟龙从水中窜出，在空中像一条彩虹似的，飞了七八米远，然后钻入水中！

余飞惊恐地爬起来，向洞口跑去！

到了洞口，余飞的心似乎又突然安定了下来，觉得那蛟龙离他还远着呢，便本能地站住了，想回头再看一看。

他站在那里又看了一会儿，没有再看到什么动静，觉得该往回走了，便离开了那里。

这一天晚上，余飞又在被窝里画了两条飞舞的巨龙！

又一天，天气很好。

余飞壮着胆子，又进入到那“大桶”，坐下了，静静观察。

他注目往湖对面看。

啊！他看见远处有蛟龙在岸边的浅水里、在岸上的树丛里活动：一只，两只，三只，五只……

余飞揉揉眼睛，在小画本上快速地描画起来：一只，两只……

当他画第五只时，眼角的余光突然感觉到，左侧有一只像蝙蝠的黑色的巨大动物，直朝他飞了过来！

余飞急忙站起身准备躲进洞里，可是已来不及了，那动物已扑上他的肩膀，抓破了他的衣服！

余飞慌忙逃出洞外。

余飞肩部的衣服被抓破，有一片耷拉了下来；肩膀肯定也被抓破了，因为他不仅感到了疼，而且还摸到了鲜血！

余飞往回奔跑，疲惫地回到了团部所在的村子边。

一个战友看到了余飞，立刻跑上来扶住了他，喊道：“哎呀，你怎么啦，余飞？”

他扶余飞进了团部。

团长见了，忙扶余飞坐到凳子上，并且向外喊：“叫卫生员！”

团长用手托住余飞低垂的额头，急切地问：“怎么回事，小余？”

余飞打开挎包，从挎包里拿出了那个小画本，递给了团长。

团长翻看了一下小画本，明白了。他使劲拍了一掌桌子，想发脾气，但很快又忍住了，没有喊出声来。

这时，政委进来了，团长就把小画本递给了他。

卫生员也进来了，他看了看余飞的伤，问道：“哎呀，怎么搞的？”

余飞平静地回答说：“一只大老鹰抓的！”

政委看了小画本，也明白发生了什么事情，于是就让卫生员扶余飞下去休息。

独白：“后来，小画本被送到了师参谋长手里，然后又到了军区首长手里。”

过了大约一个星期，还是那辆吉普车，把余飞和师参谋长送到了军区。

军区首长到招待所来看余飞，问：“背上的伤好了吗？”又开玩笑似的拍了拍余飞的脑袋说：“你小子！我的话你都不听了啊！”

军区首长和师参谋长说了几句话，就走了。

军区首长刚走，师参谋长就高兴地对余飞说：“你小子，好运气！明天让你上北京！”

余飞一听，高兴得不得了！

师参谋长接着说：“走，出去街上走走去，看看军区大城市！”

余飞和师参谋长上了街，溜达了一阵儿以后，师参谋长就说：“好小子，咱们上馆子，吃顿饭去！就要分别了，以后可别忘了我！”

独白：“第二天，军区首长领我上了一架军用飞机，就这样，我到了北京。

到北京后没几天，军区首长就带我去见了中央领导和科学院的专家，并详细地汇报了情况。

又过了两天，军区首长就很严肃地告诉我：那个地方已被中央列为禁区。

并告诫我：要守口如瓶，严格保密，起码要保密50年！”

某工农速成中学，余飞在课堂学习，在操场锻炼……

某大学，青年余飞在图书馆查阅资料，在湖边散步、沉思……

科学院古生物所，余飞在办理什么手续……

独白：“后来，我被留在了北京，领导上送我进了工农速成中学，两年后又被送进了大学，被分派去学古生物，这在当时几乎是独一无二的！我除了和其他同学一起上共同课以外，别的时间就主要是自己找资料自学，或者去找老专家请教。1957年7月，我大学毕业，就进了科学院古生物所！”

在一间普通的办公室里，一个女干部模样的人在和余飞谈话。

她笑眯眯地把一个小本子交到余飞手里，说：“看看，这是你的东西吧？”

余飞接过小本子，翻了翻，高兴地说：“是的，是的！啊，五六年没见了！”

女干部接着说：“唔，你的第一个任务，就是要证实你六年前画在这个小画本上的那些东西的确实存在。关于这个事，有一位中央领导同志曾经说过这样一句话：‘一个15岁的娃娃在小本本上画的几张图画，不足为凭！’”

我懂了，马上说：“所以，我必须拿出真凭实据来！”

女干部又笑了笑，说：“对，你很聪明！”

“可不知道，那个地方现在怎么样了？”我说。

“现在还是个军事禁区，没有人进去过！”

“要我去！”

女干部严肃地说：“对，这个事，现在还要严格保密，所以你必须一个人独立地去完成这个任务。”

“我怎么去？”

“喏，我已经给你准备了介绍信，你首先得去中央军委一趟，拿到了中央军委的介绍信，一切事情都好办了！”她把一封介绍信递给了余飞。

独白：“我当时刚满21岁，了无牵挂，让我去完成这样一个我日思夜想的任务，心里当然非常高兴。于是，我就立即为出发作准备工作。主要是两件事：

一是跑了两天，办好了中央有关军事部门的介绍信。有了这封介绍信，除了能让我通行无阻之外，还能给我解决吃饭睡觉问题。

二是我向领导提出要给我装备一架照相机，领导费了不少工夫，给我弄到了一架当时苏联生产的照相机。”

余飞在北京奔跑，进出军事机关，办理介绍信……

余飞收拾行李，背包、照相机……

飞机、汽车……

余飞行走在往日那崎岖的山路上……

余飞住进了离“大桶”不远的军队的营房里，每天沿着山路进出“大桶”，途中所遇警卫军人，都礼貌相迎……

独白：“我回到了那个我日夜怀念的地区。没多久，我在那里就成了一个奇特而神秘的人物。能在那个地区自由出入的人，只有我一个老百姓，其他的都是穿军装的。所有站岗的或流动的哨兵都认识我，都跟我打招呼，却没有一个人知道我姓甚名谁，干什么的。”

余飞走着，一个十八九岁的小兵向他微笑，余飞也向他点点头。小兵凑上前来，在余飞耳朵边悄悄地说：“你是搞原子弹的吧？”

余飞笑了笑，摇摇头说：“不是，哪有这么搞原子弹的！”

一天，天气晴朗，余飞已进到那“大桶”里，他在一个适当的地方撑起了一把大伞（就是平常在商店门口常见的那种大伞），这大伞既可以遮阳、挡雨，又可以预防那种大蝙蝠的袭击。

又一天，余飞把照相机挂在胸前，打开了镜头盖，像是随时都准备拍照似的……他在湖岸边来回边走边观察，在选择适于坐着或站着的拍照片的位置……

独白：“我六年前亲眼见过的那些像是蛟龙的动物们，则好像故意跟我开玩笑似的，我在那里守候了一个多月，它们却一次也没有露面！有时，我从湖水的波纹动向，能够感觉到它们就在那里，就在悬崖底下的岩洞里活动，但就是不出来跟我见面！因而使得我每天都带在身边的照相机毫无用武之地！”

余飞还是把照相机挂在胸前，在湖边或走，或站，或坐，或沉思……

独白：“渐渐地，我开始思考它们不出来跟我见面的原因。”

“它们是在这六年中突然灭绝了吗？”

“不，不会的！我在心里自己回答。千年万年它们都活过来了，难道这么几年就坚持不了啦！”

“它们是什么时候迁徙了吗？”

“不，不会的！它们在这里住了这么久啦，这几年，自然条件也没有什么大变化，也没有人惊扰它们，它们怎么会突然迁徙呢？”

“后来，我想到了季节问题。我见到它们的时候是夏末初秋7、8、9月，而现在，已经是10月啦！会不会它们的出现是有季节性的呢？会不会天气凉了它们就躲在洞里不出来了呢？”

天气显然是变凉了，余飞已穿上了秋装，“大桶”里的风也大了起来，树木不断摇晃，湖水泛起层层波浪……但他仍然在湖边巡视着，照相机挂在胸前……

独白：“但，我不能因为考虑到季节问题就不坚持在那里守候、观察了，我仍然坚持每天都到那里守候、观察，一直到第二年的2月，也就是春节前，才回了北京过春节。”

余飞在跟那个女干部谈话，汇报情况……

春节期间，余飞和同学们聚会……

余飞在图书馆寻找、查看资料……

独白：“3月中旬，我又回到了那个地区。照样，我还是每天都进入那个‘大桶’，一整天一整天地守候、观察，又一整天一整天的空手而归！ 这样又过了三个月，到了6月中旬，啊！好像有点门儿啦！”

一天，天气晴朗，余飞看到悬崖底下的湖水的波纹涌动，感到蛟龙们可能开始在岩洞口活动啦，他情绪立刻兴奋起来，赶紧端起了照相机，将镜头对准了那个区域……

余飞在那里坚持着，一会儿放下照相机观察一眼，然后又马上将镜头对准了那个区域……

两位“老朋友”终于露面了！它们露出了大脑袋，并排着慢慢地朝前游了十来米远……

余飞咔嚓咔嚓地照了两张照片！当要照第三张时，两位“老朋友”却又沉入水底去了！

又一天，天色阴沉，细雨霏霏，湖面上有四五头蛟龙聚集在一起玩耍，一只小蛟龙突然把自己的脑袋搭在了一头大蛟龙的脖子上，好像一个孩子突然搂住了母亲的脖子似的！余飞咔嚓咔嚓，一连拍了好几张照片……

有一天，余飞正在行走观察，突然，有一头蛟龙跃出了水面，但因措手不及，遗憾地没有拍到照片……

独白：“一个胶卷很快拍完了。我立即坐车赶回军区，第二天就买飞机票赶回了北京！”

“我之所以要赶回北京，一是要看照片效果的心情很急切，二是胶卷必须回北京到有关保密部门去冲洗，三是照片出来以后要和有关领导、专家一起分析、鉴别，以确定蛟龙确实存在！”

在一间普通的会议室里坐有十来位专家和领导。余飞用一台幻灯机在一幅一幅地放映自己拍摄的照片……

放了几幅以后，一个专家插话说：“基本上可以肯定，是一种蛟龙之类的大型动物！”

又一位说：“对，基本上可以肯定！”

又放了几幅以后，一位专家说：“遗憾的是，照片多半是局部的形象，头部、颈部，整体的形象不清晰！”

“对，远景的多，近景的少，特写更少！”又一位说。

一位领导者说：“还得继续积累资料！”

“同时要进一步研究它们的生活习性、繁殖情况……”又一位说。

又一位领导说：“余飞啊，你得抓紧时间多查查资料，做一番案头工作，考虑一下下一步的工作计划……

独白：“看照片的活动成了一次讨论会！领导和专家们得出了一个基本上可以肯定是蛟龙之类的动物的结论！令我十分高兴！同时，也等于给我安排了下一步的工作……”

余飞在拜访专家，听取他们的详细意见……

余飞在图书馆查阅……

余飞在伏案工作……

余飞躺在一张简朴的床上，双手枕在头下，在凝视天花板，在思考……

春节期间，余飞和同学们聚会……

一位女同学拉着余飞走出室外，走到一座假山旁边，见一个女孩子站在那里，女同学对余飞说：“喏，这是我远房妹妹，叫张云，在电影学院摄影训练班学习，还有五个月就毕业……”

她转身又对张云说：“喏，这是余飞，我们班的大才子！”

余飞伸出手去，张云微笑着，握了握他的手……

独白：“我和张云，一见钟情地接近了，约会了！一个月后，我们就闪电般地确立了恋爱关系。”

北京的郊外，一片大白雪覆盖着，纯净、宽阔的雪地里只有余飞和张云两个人，牵着手，走着，谈着，笑着……雪地上留下两行深深的脚印……

独白：“我告诉她，我需要一个搞摄影的人和我一起工作，希望她毕业以后能调到我们所里来。

她爽朗地一口答应了。

经过和她商量以后，我立即向我们所提出申请：一、和电影学院联系，让张云提前一个月于6月份毕业，然后调来我们所；二、为我们解决一台轻便的手提电影摄影机。”

余飞和那位女干部谈话，汇报了情况。女干部微笑着，亲切地拍了拍他的肩膀……

独白：“由于我的这项任务已受到当时高层领导的关注，因此，我的申请不仅没有遇到任何困难，而且当张云6月中旬到我们所报到时，同时也拿到了一台由当时的东德生产的手提电影摄影机。”

余飞和张云带着简单的行李和摄影机上飞机……

余飞和张云上了汽车……

独白：“1959年6月，我和张云一起去了那个地区。接着，就和张云双双每天都进入那个‘大桶’。”

余飞和张云行走在山区小路上……

一个戴有肩章的解放军排长似的人跟余飞打招呼，余飞点点头，站下了，那人就当着张云的面，跟余飞开玩笑说：“老兄！你们两人每天在里面，搞什么鬼啊？”

余飞笑了笑，把张云拉过来，向他介绍说：“啊，她叫张云，是我的对象，以后是我老婆！我们俩在里面不是搞鬼，是搞大事情哩！”说得彼此都哈哈笑了！

余飞和张云选择好了摄影的站位地点，张云就几乎整天都抱着摄影机，将镜头对准有可能出现蛟龙的区域，时刻准备着按动电钮。而余飞，则紧靠着站在或坐在她身边，帮她注视着更多可能出现蛟龙的区域……

一天，风和日丽，一群蛟龙浮现在水面上，悠闲地游动着……张云按动了按钮，摄影机沙沙作响……

又一天，细雨霏霏，薄雾弥漫在湖面上……两头蛟龙同时呼啸着腾空飞跃而起，在空中纠缠着，然后同时落入水中……张云满意地将它们摄入了镜头……

又一天，天气晴朗，“大桶”里刮起了风，树木在摇晃着……一些蛟龙可能是在打斗或交配，互相纠缠翻滚着，在湖中掀起层层巨浪……张云将它们收入镜头……

独白：“张云和我一起拍摄的第一盘电影胶片，9月中旬由我们俩一起带回北京，9月底由‘八一’电影制片厂洗印部门洗印出来，赶上了国庆十周年向我们所献礼。”

一间普通的小放映室，坐了二十来个人。那个女干部坐在余飞旁边，余飞另一侧是张云，他们在低声地说着话……

放映开始了，出现字幕：向国庆十周年献礼！

又出现字幕：内部小范围放映，看后请注意保密！

画面出现了！银幕上，经过放大的画面，比我们曾经肉眼看到的更为清晰、壮观……

一群悠闲游动的蛟龙……

两头同时呼啸着飞腾而起，在空中纠缠在一起的蛟龙……

放映室发出一阵惊叹和掌声……

一些可能是在打斗或交配的蛟龙，在湖中掀起层层巨浪……

还有一系列有趣或惊险、壮观的画面……

放映室里不断发出惊叹和掌声……

（请注意：这一段用放映机放映蛟龙生活情况的镜头，很难用文字令人满意地描述出来，在当前电子技术和特技高度发展的情况下，请导演精心设计，把蛟龙的生活状态丰富多彩地表现出来！）

独白："我和张云当然很高兴，但这种高兴我们在拍摄过程中早已经历过了。因此，高兴了一会儿之后，我们的心绪就马上就进入了对将来工作的思考。"

余飞的简朴的单人房：简朴的单人床、书柜、写字台……

余飞斜坐在一张单人沙发里，张云坐在写字台旁边……

余飞一面思考一面说："下一步要和蛟龙们亲密接触，必须要有一样东西。"

张云："什么东西？"

余飞："一只小船！"

张云："对，一只小船！它是很小的，够我们两人坐就行！"

余飞："它必须很坚固，不会破，不会翻，不会沉！"

张云："那它必须有一个坚固的透明罩！在里面很容易打开、关上！"

余飞："它的动力应该是清洁燃料！"

张云："马力不需要很大，声音应该很小！"

余飞："好，就这样一个东西，我晚上就把它的设计要求写出来！"

独白:“我和张云在前一段工作中已经形成了一个共识：下一步我们要对蛟龙进一步做研究，最必要的就是要能近距离地观察它们，并逐步接近它们，接触它们，甚至要跟它们建立信任和感情！”

国庆节假期，余飞和张云在颐和园的昆明湖划船……

晚上，余飞、张云坐在北海岸边，轻轻搂着，轻轻接吻……

独白:“我花了一夜的时间，写了一个报告，要求领导尽快为我们提供这样一只小船。过了一个月，领导告诉我们：当前，国家遇到了一些困难，要专门造这样一条小船也不容易，我们尽量争取，但很快解决的可能性不大！”

三年困难时期:

余飞、张云走在北京街道上，见到处都是排队购物的“长龙”！

冬天，一些老人们在墙根下晒太阳，他们脸色菜黄，显得浮肿，他们用手指按自己的小腿，一按一个坑，半天也平复不了……

初夏，余飞、张云在麦田里劳动，帮农民们割麦……

入冬，余飞、张云在修水库的大军里抬石头……在用铁锹挖土……

春天，余飞、张云在图书馆查阅……

独白:“一直到1963年4月，为我们制造特殊的小船的事情终于有了好消息，因为，这时候国民经济状况已经有所好转了！”

“这里交代一句：这一期间，我和张云也曾谈到了结婚问题，因为我们都已经是二十七八岁的人了。但我们最后却理智而艰难地做出了决定：暂不结婚！做出这一决定的最主要的理由是：我们将来的工作可能有很大的危险，万一有哪一位不幸‘光荣’了，留下的那一位在心灵上会有极大的负担！因此，不如彼此保持相对的独立、相对的潇洒更好一些！”

“小船的制作5月份有了结果，工厂通知我们去作性能试验了！”

余飞和张云火速赶到工厂，高高兴兴地和工人师傅们在当地的一个小湖里进行了试验，结果质量上乘，一次通过！

为将小船运往那个地区的问题，余飞特地乘飞机到当地军区联系。到了军区才知道，军区的第二把手正是当年和他一起乘直升机侦察“大桶”的独立师参谋长张德立同志！

真正的老朋友见面，很快就谈好了小船进入“大桶”的操作方案。

余飞在几个军人的帮助下，在“大桶”里的湖边用原木修建了一个码头。

余飞上、下飞机……

余飞和张云一起上、下飞机……

小船上了火车……

小船被一辆卡车从火车站运到了机场……

余飞坐进小船……

小船被推进了直升机……

直升机起飞……

直升机到达“大桶”上空……

直升机进入“大桶”，将小船连同余飞吊放到湖面上……

余飞驾驶小船靠上码头……

余飞将小船上事先准备好的锚绳捆在了码头上……

张云在“大桶”里码头边迎接了“天上来客”，他们无比欣喜地拥抱、亲吻！

余飞:“好，我们先休息两天，然后再考虑下一步的工作……”

在军队营房余飞居住的简朴房间里，余飞、张云在亲密地交谈……

张云:“你说，蛟龙会攻击我们吗？”

余飞想了想说:“嗯，两种可能。一是某些动物的本能，排斥异类；二是这些蛟龙可能从未受到过人类的袭击或恐吓，因此，它们会友好地对待人类，不会攻击我们！”

张云:“对，我也这么想过！”

独白:“7月初，当‘老朋友’开始露面时，我们也开始了接近、接触它们的计划！”

一天下午，张云拿了摄影机，余飞驾驶小船，他们就出发了。

这一天，天气很好，风和日丽，他们驾小船缓缓而行，小船几乎没有任何响声，只是冲出波纹。离蛟龙40米、30米、20米，蛟龙们似乎感到了湖水波纹有所异常，一头蛟龙稍微惊恐地抬了抬头，左右观看，然后沉入水里，它身边的另外两头蛟龙，也跟着沉入了水里。

独白：“这是我们的第一次尝试，我们不能确定，刚才这个情况是一个巧合，还是它们的确感觉到了我们的存在，而有所警惕！”

我们在那里把小船停了下来，一动不动，静静地等待……

过了几分钟，那三头蛟龙几乎又同时露出了水面……

张云摄影……

小船还是停在那里，一动不动……

过了几分钟，那三头蛟龙又先后没入水里……

独白：“如此这般地反复了好几次，时间大概过了一个多小时，只见那三头蛟龙掉转头，就游回到悬崖底下的岩洞里去了。

此后，一直到傍晚，没有再见到蛟龙出来。

我们把小船开回岸来，心里还是很高兴。因为我们第一次这么近距离地看到了蛟龙，看到它们反复地沉、出于水面，并拍摄了它们。

当天晚上，我和张云商量：如果我们事先把小船开到今天蛟龙露头的那个地方，停在那里，一动不动，静静地守候，效果会怎样呢？”

第二天，余飞他们就按这个办法做了，结果，那天一整天，没有看到蛟龙出来！

但他们并不能确定，这是偶然还是必然。

于是，第三天，他们仍然按那个办法办了！结果，蛟龙还是没有出来！

独白：“晚上，我又和张云商量，是坚持这么做还是改一个办法！结论是：坚持，坚持十天，以十天为限，如果十天不出来，就认定它们是害怕我们，回避我们！”

到了第六天下午三点钟左右，一头蛟龙突然在离小船3米左右的地方冒出头来！哇！好大的一头蛟龙啊！这时，余飞他们俩真是又高兴又害怕，紧张得连气都不敢喘！

这头蛟龙冒出水面以后，看了看余飞他们，但是没有理睬他们。

几分钟以后，它没入了水里。

又过了几分钟，又有两头蛟龙和它一起冒出水面。

几分钟以后，它们又沉入水里。

独白：“如此反复了数次，它们终于没有再出来。整个过程中，它们都没有理睬我们！”

“看天色已晚，我们就把小船开了回来！”

“我和张云商量后认为：蛟龙们对我们的小船的确是有戒心的，但五六天后它们似乎就习惯了，不以为然了！我们还认为，蛟龙们并不想攻击新出现的、停止不动的东西；当然，如果我们活动，那结果就很难说了！”

“我们决定：今后几天，我们的小船仍然要事先停在那里，一动不动。这一做法，也以十天为限。”

果然不出余飞他们所料，接连三四天，蛟龙们都在余飞他们的小船附近出现。它们有时看一眼余飞他们，但却仍然不理睬他们！

到了第五天，事情有了点变化，一头蛟龙开始向余飞他们的小船靠拢，甚至到了离小船一两米的距离。它明显地朝小船里面观看，而且肯定看见了余飞和张云。它看了大约一分钟，就缓缓地游开了，但是没有没入水中。

又过了几分钟，还是那头蛟龙，居然回过头来再次向余飞他们靠拢，并且更明显地盯看着余飞他们！显然，它似乎对小船和余飞他们俩开始感兴趣了！

独白：“一连几天，我们共看见十来头大小不同的蛟龙先后靠近我们，我们认出了它们中的好几头，并且给它们起了名字。张云则给它们拍了许多特写镜头！”

“我们很高兴，这证明了我们的不动的‘策略’是成功的。”

“这一‘策略’，一直延续到8月中旬。”

“但是，我们也不能总是不动啊！”

晚上，余飞和张云在军营的院子里散步……

余飞：“明天，如果蛟龙再靠近我们，我想，我可以把透明罩打开一条小缝，伸出一只手去接触它们！”

张云："嗯，我想也可以！但也要防备蛟龙发动攻击！"

余飞："我缩回手来，并关紧透明罩，最多只需要一秒钟时间！我想，不会有太大问题！"

第二天，余飞他们一早就把小船开到了那个地方，静静地在那里等候，准备大胆地实践他们的"接触"计划。

等到下午一两点钟，蛟龙才慢慢地浮了出来。蛟龙出来以后，并不理睬余飞他们。它们先在那里吃水草，吃低垂下来的树枝上的树叶，余飞他们可以听到它们嚼食东西的声音。

蛟龙吃了一阵子以后，才悠闲地把目光转向余飞他们，慢慢地、悠闲地向余飞他们游了过来。

蛟龙毫无戒心地靠近了余飞他们的小船，用身体蹭他们的小船，用嘴顶他们的小船，把他们的小船顶得团团转！

余飞、张云是又高兴，又害怕！

蛟龙玩了一会儿，又都一个个沉入了水里。

过了几分钟，它们又浮出了水面，又向余飞他们游了过来。一头比较小的蛟龙更靠近了余飞他们，余飞认出它来了，它就是淘淘！

淘淘紧靠着余飞他们的小船，用身子推着小船玩。突然，它一下子就把脑袋和脖子搭在了小船的透明罩子上！

这真把余飞和张云吓了一大跳！张云本能地把摄影机抱在了怀里！

淘淘把脑袋斜过来，用一只眼睛隔着透明罩看余飞他们。

独白："我镇静了一下，觉得这正是打开透明罩，把手伸出去，实践接触、抚摸蛟龙的计划的大好机会！"

"我毫不犹豫地把透明罩打开了一条缝，把手伸了出去！"

"但我没有主动去摸它，我知道，太主动，有可能被误解为进攻！"

余飞的手老老实实的伸在那里。一会儿，淘淘把脑袋挪了过来，用它的鼻尖轻轻地顶余飞的手！

余飞既紧张又高兴，另一只手本能地紧紧地拽住了张云。

张云肯定感觉到了余飞的紧张，她紧紧抱住了余飞，并在余飞耳边轻柔地说："我在这儿，我在这儿，别紧张，别紧张！"

余飞不紧张了，他转动了手掌，主动地去摸淘淘的脖子！

淘淘一点也没有反对余飞摸它，相反，似乎还有点使劲凑过来的意思！

余飞一使劲儿，把整个胳膊伸了出去，轻轻地一绕，就搂住了淘淘的脖子！

独白："我和张云都高兴极了！想不到我们的接近、接触、抚摸、拥抱蛟龙的计划，就在这一瞬间实现了！完成了！"

晚上，余飞和张云坐在营房院子里一块大山石上，依偎着，遥望着星空……

余飞像是一面思考，一面发问地说："明天，我们能不能跟随蛟龙，把我们的小船开进悬崖底下的岩洞里，去看一看呢？"

张云："是啊，蛟龙们跟我们在外面玩，它们是觉得可以的；但是，要到它们的窝里去，行不行呢？它们会不会'护窝'呢？"

余飞："这一步，是早晚都得走的，晚走不如早走，趁热打铁，明天就进去看看！"

张云："是啊，还是那句话，咱们小心点，警惕点！"

余飞："好在咱们的小船是坚固的，不沉的，能保险的，不用担心！"

深夜，余飞睡在床上，突然听到一阵巨大的雷声，立刻被惊醒，坐了起来……

另一个简朴房间里，张云也被惊醒……

狂风呼啸，暴雨倾盆……

独白："可惜，正当我们准备第二天实践这一想法的时候，这一地区因受强台风的影响，突然下起暴雨来。暴雨整整下了一天，雨后，'大桶'里湖水上涨，气温下降。待我们驾小船去观察时，蛟龙们已经销声匿迹，无影无踪了！"

"我们把小船开到岩洞口，只见湖水已漫过岩洞口，小船已不可能进去了……”

“于是，我们于9月中旬返回了北京。”

在那位女干部的办公室里，余飞、张云坐在沙发上，向她汇报工作情况……

放映室，仍然是20人左右，在放映张云这次拍摄的有关蛟龙的资料，蛟龙的一些特写镜头。余飞伸出手去，搂住淘淘的画面，都引起了阵阵掌声和赞叹声……

在较大的一个会场里，在热烈的气氛中，余飞、张云被授予“先进工作者”奖状……

春节，余飞、张云同学们聚会，同学们围着他们，纷纷举杯祝酒……

余飞、张云在伏案写作……

余飞、张云在图书馆里查阅……

独白：“1964年6月，我们又到了那个地区。”

“‘大桶’里一切情况正常，我们的小船停靠在湖岸边，也好好的。”

“7月，‘老朋友’们露面后，我们也行动了。”

“我们不知道蛟龙们是否有记忆，不知道我们去年和它们建立的友谊到现在还算不算数，但因为有了去年的经验，我们接近、接触蛟龙的步伐快多了！仅仅花了十天左右的时间，我们和蛟龙们和谐相处的状况就已经回复到了去年分手时的水平！”

下午，小船停在离岩洞口不远的地方，淘淘在小船旁边很开心地顶小船玩儿，余飞则不断伸出手去，摸淘淘的脖子……张云则举着摄影机，不断地拍摄淘淘和余飞的精彩表情……

傍晚，淘淘似乎要回去了，余飞他们的小船就靠在它身旁，和它一起进了岩洞！

小船在岩洞里非常缓慢地前行，就好像一个东西漂浮在那里一样，力图不对蛟龙们造成任何干扰。在小船行进了一段距离以后，哇！余飞他们发现，这里乃是一个非常庞大的所在！

小船继续缓慢地往里走，里面光线并不很暗，因为从一些岩石的缝隙或某些洞口，仍然有夕阳的橙红色的光辉射进来！

余飞他们看到，岩洞里有各种各样、奇形怪状的钟乳石，还有七彩斑斓、各种颜色的石花、石笋……

再往里，余飞他们看见，水道旁边还有比较宽阔的沙滩、陆地，陆地还是高低错落的，上了一层又一层……

在高低错落的陆地之间，似乎还有自然形成的通道，大通道里还有小通道，小通道旁边还有大小不同的洞穴，就像是一个个的小房间……

啊！余飞他们简直要被这个“地下龙宫”、这个童话世界迷住了！

当然，这一切，也都被张云尽情地收入了摄影机里！

但时间已经相当晚了，余飞他们只好又以极缓慢的速度把小船开出了这个岩洞！

一出岩洞，张云就十分惊讶的感叹了一声：“啊！好大一个世界呀！”（后来，他们就把这儿称为“大世界”）

独白：“一出‘大世界’，我们就再也控制不住自己的兴奋之情啦！我们在小船里就忍不住拥抱、亲吻、欢笑起来！”

“整个7、8、9月，我们都是既和蛟龙们游戏、玩耍，同时又更仔细地观察、研究它们，观察研究了它们的食物，它们的活动、休息，它们的繁殖……”

“一有时间，我们就一点一点地巡视‘大世界’……”

北京，初冬，傍晚，余飞、张云行走在街道上，见街道旁堆满了大白菜，还有卡车在运大白菜来，人们接力似的卸大白菜、传递大白菜……

余飞、张云在和那位女干部汇报、交谈……

冬天，在烧蜂窝煤炉子取暖的房间里，余飞、张云各自在伏案写作……在炉子上用一个不大的铝锅煮挂面……

春天，余飞、张云在北海公园，登上白塔山，站在白塔的汉白玉栏杆旁边，眺望中南海、天安门……

独白：“1965年6月，我们又去探访了‘老朋友’，进入‘大桶’‘大世界’进行观察、研究，一面着手写书。我准备写的是有关整个蛟龙问题的大题目，张云则计划将与蛟龙接触过程中的许多有趣的场景、情节，写成一本普及性的通俗读物，加上许多珍贵的图片……”

“1966年，在我们正准备动身回那个地区时，接到上级通知：暂时留下来，等待安排！”

余飞走在单位的院子里，院子里的墙壁上贴满了大字报，余飞站到墙跟前，和人们一起看大字报……

在一家普通饭馆的一个单间里，一张大圆桌前坐了大约10个人，人们兴高采烈。余飞、张云并排站着。有人喊：“来一个！”余飞、张云嬉笑着接吻……又有人喊：“再来一个！”余飞、张云再来了一个……有一位用细绳子吊了个苹果，让余飞、张云啃苹果，可他们俩怎么也啃不到那苹果……

冬天，在某干校，余飞拿着瓦刀和同志们一起修建住房……

春天，余飞拿着锄头，挖地，点种作物……

夏天，余飞拿着铁锹，在引水灌溉……

秋天，余飞拿着镰刀，在收割高粱……

在一间二居室的房间里，张云怀抱着一个婴儿，在喂奶……

独白：“到了1995年，我满60岁，张云满59岁时，我们就老了，干不动啦，于是就退休了！”

“这时，我们的书稿基本上已经完成，只是因为这个项目还在保密，书还不能出版。”

还是那间两居室的房间里，余飞、张云各自坐在计算机前，写东西……门铃响了，来了两位衣冠楚楚的客人，提了许多礼品……头发全白了的余飞请客人坐在沙发上……张云倒来了两杯茶……

客人说话了，他们打着手势，做着动作，说得天花乱坠似的……

余飞平静地听着……

独白:“此时，那项目50年的保密期已经到期，项目自行解密。消息灵通的人士正策划要在那里搞一个豪华旅游点。要在‘大桶’上空纵横地架几条索道，以便游客们从空中观赏蛟龙！还准备修建一条透明的水下通道，从‘大桶’湖底一直通向‘大世界’，游客们可以在通道里来回、随意地观赏蛟龙！”

“他们来征求我和张云的意见，我们说:‘我们不同意！但是，你们要搞，我们也无力阻止。我们只希望，你们千万千万要保护好那个环境，千万千万要保护好那些蛟龙！’”

（剧终）

捉迷藏的故事（美术电影剧本）

银幕上，小猴子翻着跟头进来，又一个跟头，变成了一个和他的毛皮颜色一样的栗色的“捉”字。

小公鸡侧着脑袋，雄赳赳地、一步一步地走进来，一拍翅膀，变成了和他的冠子颜色一样鲜红的“迷”字。

小黑猪蹒跚地走进来，一摇大耳朵，一摆小尾巴，变成了一个黑色的“藏”字。

小黄狗撒欢儿地跑进来，转着圈儿咬自己尾巴上的一颗草籽，变成了一个黄色的“的”字。

小花猫弓腰一纵，蹦了进来，就势一滚，变成了一个和他身子一样的银灰色的“故”字。

小鸭子迈着四方步，“呱呱”地叫着踱进来，一伸脖子，变成了一个和他的翅膀一样的蓝色的“事”字。

一眨眼，这六个字又都变回了各自的原形。

小猴子、小公鸡、小黑猪、小黄狗、小花猫、小鸭子排成了横队，齐齐地一转身，变成了纵队，齐步走！

他们来到了一个有花草、有树木、有石头又有小河的地方。

小猴子用手做成喇叭筒喊道："哎！朋友们，咱们来玩儿什么游戏呀？"

小花猫："捉迷藏！"

小伙伴们一起叫好："对！捉迷藏！"

小黄狗："谁来找？谁来藏？"

小猴子神气地拍拍胸脯："我来找，你们藏！"

"好！好！"小伙伴们一起拍手，跳跃。

"好啦，藏吧！"小猴子把脸贴在一棵大树上。

小伙伴们朝四面往后退。

他们快退到银幕边沿的时候，小猴子偷看了。大伙儿一起跑回来，围着小猴子："哎！不许偷看，不许偷看！"

"谁偷看啦！"小猴子又把脸贴在大树上。

一眨眼，小伙伴们都跑掉了。

小猴子一动不动地问道："藏好了吗？"

"好啦！"从五个不同方向传来五个回音。

小猴子开始找啦——他背着手，昂着头，东张张，西望望。

小猴子一只手在额头上搭成凉棚，看到前面一片鸡冠花丛。

鸡冠花，鲜红的，紫红的……

花丛里藏着小公鸡。他藏得真妙！要不是他悄悄地伸出脑袋来，那他就像一朵真正的鸡冠花一个样，谁也看不出来。

小猴子走近花丛，寻找小伙伴。他摁摁这朵花，又拨拨那朵花，左看看，右看看，可就是没有发现小公鸡。

小猴子眨巴眨巴眼睛，想出个鬼主意："哎，出来吧，我都看见你啦！"

小公鸡以为小猴子真的看见自己了，低着头，准备走出花丛。

"出来吧！小花猫！我看见你了！"小猴子接着又喊了一声。

小公鸡一听，识破了小猴子的鬼主意，便赶紧缩了回去，并且偷偷地转到小猴子背后，伸出脑袋来，轻轻地啄了一下小猴子那光秃秃的红屁股。

"哎唷！什么呀？扎我一下！"小猴子摸着屁股，转过身来寻找。

小公鸡往密密麻麻的鸡冠花丛里缩进了脑袋。

小猴子东张张，西望望，没有发现小公鸡。"嗯？啥也没有呀，一定是只大蚊子！”他摸摸屁股，走开了。

小猴子往前找。

一片南瓜地，瓜蔓盘绕，瓜叶茂密，蔓叶之间长着南瓜，也开着南瓜花。

小黄狗趴在南瓜地里，竖起耳朵，伸着脖颈，从瓜叶下面往外看。

小猴子一跳一跳地走来了。

小黄狗赶忙在几个大南瓜旁边躺下，把脑袋埋在尾巴底下，圆咕隆冬的，活像一个大南瓜。

小猴子来到南瓜地，晃着脑袋扫了一眼，对着密密麻麻的南瓜叶子，点头微微笑了笑，好像他心里已经有数啦。他心想：小伙伴一定藏在南瓜叶子底下。

小猴子去翻南瓜叶子，一边翻，一边叫——

“小公鸡，出来吧！”翻开来，下面却是一朵南瓜花。

“出来吧，小鸭子！”翻开来，下面是个小南瓜。

“出来吧，小花猫！”翻开来，却是一个大南瓜。

小猴子乐呵呵地抱住这个大南瓜，轻轻地拍拍它：“哈哈，哈哈，大南瓜！大南瓜！”

正躺在这个大南瓜旁边的小黄狗，偷偷地看了小猴子一眼又赶快把脑袋藏了起来。

小猴子继续翻南瓜叶子：“小黄狗，出来吧！”

叶子下，却是一只大青蛙。大青蛙瞪着两只大眼睛望着小猴子，鼓大了肚子，使劲地叫了两声：“咕呱！咕呱！”

小猴子被吓了一大跳，后退了两步。过了一会儿，他抓了抓脑袋，便轻手轻脚地向大青蛙走去，说：“哈哈，小家伙，你也要跟咱们捉迷藏呀！”说着，就突然往前一扑，想逮住大青蛙。

大青蛙一蹦，蹦开啦。

小猴子又一扑，大青蛙又一蹦……好像他们俩是一起动作似的，你扑，我蹦，一溜烟儿地出了南瓜地。

小黄狗抬头看见小猴子追着大青蛙跑了，便笑眯眯地爬起来，伸了一个懒腰：“哼哼，这个小猴子啊！”然后又转着圈儿躺下了。

大青蛙蹦呀，蹦呀，蹦到了一个四周长满杂草的泥塘旁边。

大青蛙往泥塘里一蹦，“叭”的一声，正好落在了小黑猪的屁股上——原来，小黑猪正藏在泥塘里哩！他把脑袋躲在泥塘边的一丛杂草里，而屁股则露在泥面上。

大青蛙落在小黑猪的屁股上，把小黑猪吓了一大跳。小黑猪伸出脑袋来，想看看到底是怎么回事，可他一抬头，却看见小猴子正站在泥塘的岸边上，于是便又赶紧把脑袋钻进了乱草丛里。

大青蛙在小黑猪的屁股上掉转身来，对着岸边的小猴子喊：“小猴子！小猴子！你敢下来！你敢下来！咕呱！咕呱！”

小猴子一跺脚：“下来就下来！你可别跑！”说着就准备下泥塘。

突然，他看见大青蛙后面有一个什么东西晃了一晃（那是小黑猪的尾巴摇摆了一下），于是就吃惊地叫了起来：“哎呀，小青蛙，快看看，你背后是什么东西呀？”

大青蛙掉转身，一看见小黑猪的尾巴在摇摆，就吓得哇哇地叫了起来：“啊！大水蛇！大水蛇！不得了啦！快跑吧！”一面叫，一面蹦到泥塘中间去了。

而小猴子呢，也吓得掉转屁股，飞快地逃走了。

小猴子跑到小树林旁边。

“小猴子！我在这儿——”一棵小树后面，躲着小花猫，他用手做成喇叭，在叫小猴子哩。

小猴子听到叫声，朝小树林那边看去。小花猫却一猫腰，溜到旁边的一棵大树的树洞里去了——这棵大树，中间是空的。

小猴子跑到小树旁边，不见小花猫。正纳闷，又听到后面叫：“我在这——”小花猫已经从树洞里爬上了树中腰，从一个小洞里伸出脑袋来。

小猴子回头一看，见是一棵大树，心里就高兴了。他冲向那棵大树，一口气就从树根爬到了树尖上，然后，手搭凉棚，向四处观看，寻找小伙伴。

突然间，小猴子像是从树尖掉了下来！哪能呀，这是小猴子的拿手好戏！他是一个空心跟头，飞到另外一棵树上去了。在这儿，他一会儿朝东看看，一会儿朝西看看，还是没有发现小伙伴。

小猴子两脚抓住树枝，倒挂金钩，一晃，又回到了那棵大树上，坐在了离那个树洞很近的一个树枝上。他挠挠腮帮子，眨眨大眼睛："咦！会爬树的小花猫，怎么不躲到这儿来呢？"

小猴子抬头一看，看见树林外面有一条小河，就立刻从树上跳了下来，朝小河边跑去了。

小花猫见小猴子跑走了，便从树洞里伸出头来，做了个鬼脸，摇摇头，微微地笑了。

小河河滩上是一大片大大小小的鹅卵石。忽然，有一块大鹅卵石活动了一下，原来，这是卧在那里的小鸭子。他把脑袋藏在翅膀里，圆乎乎的，活像一个鹅卵石。

小猴子调皮地在一个一个鹅卵石上跳来跳去，一不小心，一只脚没站稳，差点儿踩在小鸭子身上。他前俯后仰地找着平衡，好不容易在一块鹅卵石上站住了。

小猴子没有细看鹅卵石，只一个劲儿地注意小河："小鸭子爱游泳，一定躲到水里去了！"

小河闪动着金色、银色的光点，却没有小鸭子的影儿。

小猴子趴下来，把脸贴在沙滩上，顺着水平面看去，只见水面上好像有一只小鸭子，正向上游游去——原来，那是一块露出水面的石头尖，在流动的河水中，好像是一只向上游去的小鸭子。

小猴子一蹦站起来，高兴地指着那块石头喊："小鸭子，我看见你啦，快上来！"

正躺在他脚边的小鸭子，睁开眼睛偷偷地看了他一眼，见他指的是别的地方，便又放心地闭上了眼睛，安安稳稳地躺在那里。

小猴子见"小鸭子"不答应，并且一动不动，走近一看，才看清楚那是一块石头。

小猴子生气了，他捡起一个小石子，使劲地向水里扔去："这些鬼东西，都藏到哪儿去了？"

水面上，溅起了水花，激起了波纹。

在水花和波纹的扩展中（叠印），小猴子跑回小树林，又爬上那棵大树，用手做成喇叭，喊道："喂！你们出来吧，我找不着啦！"

“我在这儿！我在这儿！”小公鸡咯咯地从花丛里跑了出来。

小猴子循声看去。

“我在这儿！”小黄狗从南瓜叶子下撒欢地蹦出来。

“哈哈，我在这儿！”小黑猪浑身是泥，从泥塘里爬上来。

“嘎嘎嘎嘎……”小鸭子扑着翅膀，从河滩上飞跑了过来。

小花猫“喵呜”一声，从小猴子脚下的树洞里钻了出来：“我就在你的脚底下呢！”

小伙伴们用各自不同的姿势跑到了小猴子身边。“嘻嘻嘻嘻！哈哈哈哈！”大家围着他发笑。

小猴子摸摸脑袋纳闷地说：“嗨！你们藏的地方，我都找过了，可是……”

小公鸡歪歪脑袋，晃晃鲜红的冠子：“可是，你不认真！”

小花猫摇摇小手说：“可是，你不细心！”

小黄狗学着小猴子扑青蛙的动作：“可是，你捉大青蛙！”

小黑猪摇摇小尾巴：“可是，你也把我的尾巴当成大水蛇了！”

小鸭子扑扑翅膀说：“可是，你把石头当成我，又把我当成石头啦！”

小猴子难为情地抓抓耳朵：“唔，都怪我！”然后，又大声地说：“好，咱们再来一次，这次啊，你们一个也别想跑掉！”

小伙伴们都说：“好，咱们等着瞧！”

小伙伴们喊着，跳着，转着圈儿。圈儿越转越快，变成了彩色的花环，花环中显出两个会向大家招手的字：再见！

（剧终）

一朵小绒毛（美术电影剧本）

秋天，小河边树林里的树木开始落叶了。

橙黄的、枯褐的、火红的大大小小的树叶子，稀稀落落地飘落在草地上。

草地上，一只野鸭子正在睡午觉。

一片叶子落在了野鸭子的脑袋上，惊醒了野鸭子。野鸭子伸了一个懒腰，抬起一只脚掌，在身上挠痒痒。

一朵灰白色的小绒毛，被野鸭子挠了下来，掉在了草地上。野鸭子“噗”的一声飞走了。

小绒毛落在草地上，被微风吹得飘飘荡荡。它索性高兴地跳起舞来，一会儿高，一会儿低，一会儿落在草尖尖上，一会儿在空中旋转。

小绒毛玩累了，躺在一棵小草的尖尖上休息。

一只大孔雀走来。啊，他的羽毛多么漂亮啊！他的神态多么骄傲啊！他走过小绒毛旁边，瞥了一眼小绒毛，理也不理地走开了。

可小绒毛想跟大孔雀走，它机灵地一翻身飞了起来朝大孔雀跟前飞去。

大孔雀回过头来，瞪了小绒毛一眼，小绒毛没敢靠上前。

大孔雀再往前走，小绒毛又偷偷跟上去。大孔雀回过头来，要啄小绒毛，小绒毛赶快躲开了。

小绒毛悄悄地跟在大孔雀背后，想落到大孔雀长长的、美丽的尾巴上去。大孔雀的大尾巴高高地竖了起来，像一把大扇子，要扑打小绒毛。小绒毛一躲闪，不小心跌落在草地上。

小绒毛不高兴了，坐在草地上偷偷地掉眼泪。

一只刚脱过毛的、光着身子的小野鸡走了过来。他看见了草地上的小绒毛，歪着脑袋瞧了瞧，说:“哎，这儿有朵小绒毛，正好把它插在我身上！”说着，猛一啄，就把小绒毛啄在了嘴上，然后，往自己的光脊背上一插，插在了自己身上。

小绒毛不愿意被插在小野鸡背上，它使劲挣扎：摇头、扭腰，扭腰、摇头……终于从小野鸡背上跳了下来，乘一阵小风飞走了。

小野鸡哪能放过小绒毛，他回转身，飞快地朝小绒毛追了过去。小绒毛飞到哪里，小野鸡就追到哪里。

小绒毛钻进一丛荆棘里，小野鸡也追进了荆棘里，被荆棘刺得叽叽叫。

小绒毛围着一棵大树转，一会儿左转，一会儿右转。小野鸡跟着追，追呀，追呀，一不小心，呯，撞在了大树上，摔了个大跟头！

小绒毛沿着大树飞高了，小野鸡无可奈何地回头看了一眼，呸了一声，就昂着头、挺着胸，自高自傲地走开了。

小绒毛又落在了草地上。这回，它真的有点累了，就安安稳稳地躺下来，呼呼地睡着了。

一只小蚂蚁走来，走到了小绒毛旁边。啊，在小蚂蚁眼睛里，这是好大、好漂亮的一朵大绒毛啊！好大一座美丽的、神奇的大宫殿啊！

小蚂蚁高兴了，他向“大绒毛”身上爬去。他一会儿这里坐坐，一会儿那里躺躺，觉得又好玩，又舒服。

呼呼睡着了的小绒毛被小蚂蚁吵醒了，觉得身上痒痒的，忍不住咯咯地笑了，不断地扭动着身子。

小蚂蚁在这“宫殿”里玩了一阵儿，想了想，走开了。小绒毛微微地睁开眼睛，目送着小蚂蚁离去。

一会儿，小蚂蚁领了一大队自己的小伙伴，迈着整齐的步伐，朝“大绒毛”走来了。

他们把“大绒毛”团团围住，一声令下，拉的拉，推的推，扛的扛，就把“大绒毛”拥抬着往前走啦！

走啊，走啊，好大的一项搬运工程啊！

走啊，走啊，小蚂蚁们的搬运队伍真棒啊！

小蝴蝶、小蜻蜓、小蜜蜂们飞来，在他们的队伍上空盘旋，为他们的工程叫好！

小蜗牛、小蚯蚓们跟在他们的队伍后面，不断地挥手欢送！

“大绒毛”被拥进了小蚂蚁的洞穴里，洞穴里一下子增添了一处最好的大公寓。

夜深了，小蚂蚁们都睡在了小绒毛怀里，他们都一起睡着了。呼——呼——呼——多么温暖，多么舒服啊！

小蚂蚁们觉得很幸福，小绒毛也觉得很快乐！

（剧终）

后　记

《平常人生》中的这些文章，最早的写于1958年。

1957年年末，我和中国电影出版社的一些同志，被下放到江苏高邮劳动。当时正值农闲季节，并没有什么农活。在跟当时在中国少年儿童出版社工作的一位战友通信时，她建议我可以抓时间给他们写点东西，于是，我就写起童话来。我写一篇就寄给她一篇，大概到了1958年的4月，我的第一本童话小集子《蟹大王》，就由中国少年儿童出版社出版了。其中包括《谁最可爱》和《懒狗熊》等几篇我最早尝试写的童话。

1969年9月，我和中国影协的大部分同志又被下放到了天津团泊洼文化部“五七干校”。在那里，白天下地劳动，晚上基本上没什么事情。于是，脑子里便想起了新中国成立初，我曾在广西玉林军分区文工队，到剿匪部队去体验生活的情形，于是便写出了叙事诗《高山顶上一小鹰》……

1979年年初，我回到了影协，成了电影理论性刊物《电影艺术》的编辑部主任、副主编，之后又当了主编。这期间，中国儿童电影制片厂成立，由于职务和兴趣，我竟在业余时间写起儿童电影、美术电影剧本来！

总之，我这里的所有的东西，都是业余时间写作的！也期望读者们，只把它作为“业余作品”看待。

秦裕权

2019.9.16